Jennifer Fortein
# Morbus Inertia

AF223209

Jennifer Fortein

# Morbus Inertia

Krankheit der Ineffizienten

Bibliografische Information der Deutschen Nationalbibliothek: Die Deutsche Nationalbibliothek verzeichnet diese Publikation in der Deutschen Nationalbibliografie; detaillierte bibliografische Daten sind im Internet über http://dnb.d-nb.de abrufbar.

2. Auflage

© 2025 Jennifer Fortein

Coverbild erstellt unter Verwendung von Stockmedien von:
backgroundmasters/Shutterstock.com
Gorodenkoff/Shutterstock.com

Verlag: BoD · Books on Demand GmbH, In de Tarpen 42, 22848 Norderstedt, bod@bod.de
Druck: Libri Plureos GmbH, Friedensallee 273, 22763 Hamburg

ISBN: 978-3-7693-1118-1

# 1

»Kurzfakt Nummer 36«, ertönt das Wissensstreaming durch meine Kopfhörer, »Effizienz als Bewertungsmaßstab in Schule, Arbeit und Freizeit wurde von einem Konsortium entwickelt, in dem sowohl Vertreter der Regierung als auch namenhafte Unternehmen Mitglied waren. Seither gilt die Leistungsbewertung als gerechter, da Geschlechter-, Rassen- und Altersdiskriminierung auf systemischer Ebene verhindert werden.«

Meine Finger fliegen über die Tastatur, den Bericht vor mir abschließend, während mein Blick immer wieder zu der Kalkulationstabelle auf dem linken und den Kamerabildern auf dem rechten Monitor hinüberhuscht. Information erhalten, Information aufgenommen, Information gespeichert. So, wie ich es gelernt habe.

»Kurzfakt Nummer 37: Die geschlechterneutrale Wortendung ›-subjekt‹ ist als offizielle Schreib- und Sprechweise für nicht-geschlechtsspezifische Personenbezeichnungen aktuell verwendeter Standard in der Verfassung und neuen Gesetzesentwürfen.«

Erneut springt mein Blick zu den Live-Bildern meiner Mitarbeitersubjekte. Sie alle sind auf ihre Computer konzentriert, genauso wie ich.

Zufrieden wende ich mich wieder meinem Bericht zu. Es ist unsere Aufgabe, aufeinander aufzupassen. Schließlich arbeiten wir abgeschottet in den Zimmern unserer Wohnanstalten. Allein, in Ruhe.

»Kurzfakt Nummer 38«, spricht die monotone Stimme durch mein Headset weiter. »Seit der Entdeckung von Morbus Inertia konnten bereits über zehntausend Menschen von der Krankheit in diversen Optimierungskliniken des Landes geheilt werden. Verschiedenen Indikatoren zufolge hat dies zu einer

Wirtschaftskraftsteigerung von sechsunddreißig bis einundvierzig Prozent geführt.«

Ein Anruf geht ein, der mich aus meiner Arbeit reißt. Mit gerunzelter Stirn betrachte ich das quadratische Fenster auf meinem Desktop, das die Anruferin ankündigt. Es gibt kaum noch jemanden, der telefoniert. E-Mails sind effizient, selbst in dringenden Fällen, denn so werden Zeiträuber wie Floskeln, Smalltalk oder persönliche Befindlichkeiten vermieden.

Doch diesem Anruf kann ich heute nicht entgehen, denn laut der Anzeige auf meinem Monitor handelt es sich um die wichtigste Anruferin, die sich bei mir hätte melden können: Joanna, leitende Wissenschaftlerin der Westbach Forschungsanstalt und Optimierungsklinik. Aktuell arbeiten wir an einem Auftrag für diesen Optimierer und wenn ich die Zahlungssumme in den Teilrechnungen überschlage, haben mein Team und ich damit unsere Firma für die nächsten drei Jahre finanziert. Wenn wir unseren Job gut erfüllen, haben wir vielleicht sogar die Chance auf Folgeaufträge. Für sie werde ich daher eine Ausnahme machen.

Also nehme ich den Anruf an, was den Stream auf meinen Kopfhörern automatisch pausiert. »Wie kann ich helfen?« Eine Namensnennung von mir oder dem Unternehmen ist ineffizient. Sie weiß schließlich, wen sie angerufen hat.

»Hallo Caitlyn«, beginnt Joanna dennoch. »Findet das Release der Software morgen wie geplant statt?«

Ich suche mit meinem Blick einen Punkt an der Wand, um ihn zu fixieren, während ich eine Hand an meinen Kopfhörer halte. »Selbstverständlich«, antworte ich. Die Rückfrage allein ist eine Beleidigung unserer Arbeitsleistung. Wir sind immer im Zeitplan, dank eingeplanter Puffer oft sogar davor, aber das müssen die Kundensubjekte nicht wissen.

»Dass die Übertragung funktioniert, wurde ebenfalls getestet?«, hakt Joanna mit eisiger Kälte in der Stimme nach.

Zum ersten Mal in meinem Leben bedauere ich, dass Anrufe nicht zeitgleich mit einer Videoübertragung gestartet werden.

Ich würde zu gerne einschätzen, ob sie mich gerade auf den Prüfstand stellt oder unserer Firma so wenig vertraut. »Ich habe mit der Tunnelsoftware bereits einen Test durchgeführt. Also ja, es funktioniert alles.«

Ohnehin nehmen wir keine Aufträge von den wenigen Unternehmen und Fabriken an, die noch nicht mit den Standards kompatibel sind. Viel zu ineffizient wäre es, einer meiner Mitarbeitersubjekte für eine Installation oder Wartung vor Ort einhundert Kilometer oder noch weiter fahren zu lassen – auch wenn Joannas Klinik nicht ganz so weit entfernt liegt.

»In Ordnung.« Trotz meiner Zusagen klingt ihre Stimme wenig erfreut. Ich schätze bereits ab, ob damit ihr Pflichtanruf beendet ist, als sie nachsetzt: »Ich melde mich, weil sich noch kurzfristig eine Abteilung mit einem dringenden Anliegen an mich gewendet hat.«

»Eigentlich ...«, beginne ich.

Doch da erhebt sie bereits die Stimme und redet über mich hinweg: »Ich weiß, dass nachträgliche Änderungen des Anforderungsplans nicht erwünscht sind, aber es handelt sich um eine Kleinigkeit. Ihr würdet der angesehensten Optimierungsklinik des Landes sehr helfen, wenn sie noch Einzug in das kommende Release finden könnte.«

Ich presse die Lippen aufeinander. »Nicht erwünscht« ist untertrieben. Wenn wir dadurch in Verzug geraten oder die Softwarequalität leidet, wird jedes Mitarbeitersubjekt meines Teams in Verruf geraten, inklusive mir selbst. Dennoch war immer einer der Stärken meines Teams, dass wir jede noch so verrückte Anforderung möglich gemacht haben. Außerdem wage ich mich nicht, einer so zahlungsfähigen Kundin wie Joanna und ihrer Optimierungsklinik die Bitte auszuschlagen. Abgesehen davon, dass sie ohnehin nicht so klingt, als würde sie ein Nein akzeptieren.

Sollten wir es schaffen, dass sie mit unserer Arbeit zufrieden ist und diesem Unternehmen weitere Aufträge erteilt, müssen meine Mitarbeitersubjekte und ich nie wieder einen

Leistungsbericht fürchten. Und ich bin überzeugt, wir schaffen das.

Also entgegne ich: »Wir bekommen das sicher noch unter.«

»Erfreulich«, entgegnet Joanna kühl. »Es geht um eine Anpassung des Lagersystems unserer Krankenstation.«

»Alles klar, lass mir einfach die Details zukommen«, erwidere ich und wende mich gedanklich bereits meiner Zeitplanung zu.

»Ich möchte die Anforderungen lieber direkt an die Person weiterleiten, die die Aufgabe bearbeitet«, erobert Joanna meine Aufmerksamkeit jedoch zurück.

Ich runzle die Stirn. Ich weiß, dass meine Mitarbeitersubjekte für den Rest des Tages ausgelastet sind. Da ich diese Entscheidung getroffen habe, möchte ich ihnen nicht die zusätzliche Arbeit aufbürden, also wird sie an mir hängen bleiben. Dennoch wundert mich Joannas Verhalten – schließlich ist es meine Aufgabe, die Arbeit in meinem Team zu verteilen, nicht ihre.

Als Joanna mein Zögern bemerkt, setzt sie nach: »Unsere strengen Sicherheitslevel erfordern, dass nicht mehr Personen als nötig Einblick in die Funktionsweise dieses Lagersystems erhalten.«

»Natürlich«, erwidere ich sachlich. Oft genug habe ich Sicherheitsanforderungen gelesen, die mehr als merkwürdig waren. »Schicke dennoch mir die Anforderungen zu. Ich werde die Änderungen übernehmen.«

»Ich werde sie dir durchgeben«, bestimmt sie jedoch. »Wie ich schon sagte, es handelt sich um Systeme mit höchster Geheimhaltung.«

Ich zögere. Den Code dazu habe ich sowieso auf meinem Rechner. Was soll der Aufwand?

Doch dann lasse ich die Anspannung aus meinem Körper heraus. Vermutlich geht es ihr nur darum, diejenige zu sein, die bestimmt. Schon bei meinen letzten Gesprächen mit ihr hatte ich den Eindruck, dass sie keinen Satz sagen konnte, ohne zu betonen, wie herausragend ihre Optimierungsklinik ist. Was nur verständlich ist: Alle unsere Kundensubjekte und auch ich definieren uns über das, was wir erreicht haben. Also werde ich auch ihr das Gefühl lassen, ein Mitbestimmungsrecht zu haben.

»In Ordnung«, antworte ich also und öffne eine neue Datei auf meinem Rechner, ehe sie mir eine banale Liste an Änderungen durchgibt.

Mit dem ersten Anklang von Zufriedenheit beendet Joanna ihre Liste, ehe sie ergänzt: »Wir hören uns dann morgen beim Release.«

»Das Einspielen der Software wird ein Kollegensubjekt aus einer anderen Abteilung übernehmen«, widerspreche ich. »Sollte es jedoch nachträglich noch Rückfragen geben oder Probleme auftreten, bin ich natürlich deine erste Ansprechpartnerin.«

»Einverstanden.« Dann legt sie auf. Effizient, wie es sein muss.

# 2

»Kurzfakt Nummer 39«, ertönt es wieder durch meine Kopfhörer.

Ich entscheide mich, vor den Codeänderungen noch den Bericht abzuschließen, an dem ich gesessen habe: eine Leistungsbeurteilung meiner Mitarbeitersubjekte, die an die Human Resources Abteilung geht. Es ist ohnehin nicht so, als würde ich jemanden von ihnen als ineffizient oder leistungsschwächer einschätzen. Nicht offiziell jedenfalls.

Mein Blick schwenkt zu Tom, an dessen Bericht ich mich nun begeben muss. Er legt den Kopf in die Hände und wirkt verzweifelt.

Nein, Tom ist nicht nur mein Mitarbeiter, er ist mein Freund. Auch wenn ich das niemals jemand anderem sagen darf als ihm, denn sowas darf offiziell nicht existieren. Freundschaften sind ineffizient.

Ich reiße mich von dem digitalen Fenster los. Seit ich älter bin, verstehe ich, warum es verpönt ist. Es lenkt von der Arbeit ab.

»Kurzfakt Nummer 40: SmartSuits können vor allerlei Gefahren der Außenwelt schützen, mitunter krebserregender Sonneneinstrahlung, lungenangreifender Gasgiftstoffe und hautätzenden Schmutzpartikeln.«

Tom reißt erneut meine Aufmerksamkeit an sich, als er sich die Haare rauft, noch verzweifelter als vorhin.

»Tom?«, spreche ich in das Mikrofon meines Headsets, ehe ich mich zurückhalten kann. »Ist alles in Ordnung bei dir?«

»Ja«, antwortet er, sodass meine Kopfhörer für einen Moment den Ton des Streamings leiser stellen, ehe sie direkt nach Beendigung der Antwort die Lautstärke wieder erhöhen.

Ich nicke. Sie sind Softwareentwicklersubjekte, gelegentliche Frustrationen gehören dazu. Sie alle haben sich schon einmal die Haare gerauft. Auch ich.

So, wie ich es vermutlich gleich wieder tun werde.

Ich öffne den Code und auch, wenn mir die Konstrukte eigentlich bekannt vorkommen sollten, erscheint es mir kurz, als hätte ich kein Informatik-Studium abgeschlossen. Es ist definitiv zu lange her, dass ich selbst programmiert habe. Vielleicht wäre es doch effizienter gewesen, die Aufgabe an einen meiner Mitarbeitersubjekte abzugeben, die bereits eingearbeitet sind. Aber ich habe es Joanna zugesagt und werde mein Team nicht mit meinen Entscheidungen belasten.

Das muss doch zu schaffen sein, oder?

Also konzentriere ich mich wieder auf die Zeilen, versuche zu verstehen, was sie tun, suche die Stellen, die ich zu ändern habe. Dann schweift mein Blick wieder unwillentlich zu den Kamerabildern. Tom ist plötzlich verschwunden, durch die Linse blickt mich nur die kahle Wand an.

Nervös tippe ich mit dem Daumen auf das Mausgehäuse. Er wird nur eben auf der Toilette sein, oder?

»Kurzfakt Nummer 45«, dringt es nun wieder in mein Bewusstsein und ich bemerke, dass mir ein paar Nummern durchgegangen sind. Ich bin heute wirklich unkonzentriert.

Ich versuche mich erneut auf den Code zu fokussieren, doch meine Gedanken bleiben an Tom hängen. Wir haben gemeinsam dieselbe Remote-Universität besucht und nach wenigen Wochen festgestellt, dass wir im Gegensatz zu den meisten anderen ganz in der Nähe voneinander wohnten. Unsere Wohnanstalten, in denen wir noch heute leben, sind zu Fuß keine viertel Stunde entfernt. Und doch kommt es mir heutzutage vor, als lebte er auf der anderen Erdhalbkugel.

Unsere Professorensubjekte sagten immer, wir würden viel zu viel Zeit miteinander verbringen, statt uns aufs Lernen zu konzentrieren. Ich muss eingestehen, wir haben vielen ineffiziente Albereien nachgehangen. Manchmal saßen wir stundenlang beisammen und haben über unsere Professorensubjekte oder die anderen Studentensubjekte gelästert. Andere Male haben wir uns nach draußen gelegt, ohne SmartSuits, auf eine der wenig verbliebenen Grasflächen, und haben graue Wolken beim Vorbeiziehen beobachtet, während die Halme rund um uns knisterten und sich weicher anfühlten als jede Matratze. Meistens jedoch hat er im Darknet einen dieser alten Kinofilme heruntergeladen, die früher der Unterhaltung dienten, und wir haben ihn uns heimlich angeschaut.

Ich lächle, wenn ich daran zurückdenke, sollte ich doch eigentlich vor Scham im Boden versinken. Doch neben unseren kleinen Abenteuertouren im Gelände habe ich vor allem die Filmabende genossen. Manchmal gehen mir Szenen und Zitate jetzt noch durch den Kopf und nicht selten habe ich mich gefragt, wie es gewesen sein muss, damals zu leben. In einer Zeit, bevor Effizienz alles ausmachte.

Doch nun sind wir erwachsen und tragen Verantwortung. Solche Ausfälle können wir uns nicht mehr leisten.

Auch wenn ich die Zeiten immer öfter vermisse ...

Ich versuche, den Stein in meinem Magen zu verdrängen, der sich allmählich dort gebildet hat, und lenke meine Konzentration zurück auf die Arbeit.

Endlich trifft auch Tom wieder ein. Er setzt sich zurück an seinen Schreibtisch, doch er wirkt immer noch fahrig.

Ich schlucke. Konzentrationsschwäche ist ein Symptom von Morbus Inertia.

Nun lösen sich meine Hände endgültig von der Tastatur. Nicht umsonst habe ich für seinen Bericht am längsten gebraucht. Tom hat sich bereits seit zwei oder drei Wochen verändert. Früher war er das beste meiner Mitarbeitersubjekte, schnell und effizient. Mehr noch als das: Er war ein Genie.

Doch nun hängt er den anderen Mitarbeitersubjekten hinterher. Ich kenne die Nervosität, die er verbreitet, von früher – ständiges Wippen mit den Beinen und seine Finger konnte er auch nie ruhig halten. Doch das hat nie seine Effizienz eingeschränkt, nicht in meinen Augen jedenfalls. Jetzt hingegen weisen mich seine Kollegensubjekte immer wieder auf Fehler in seinem Code hin. Tom hat zwar versucht, das durch Überstunden zu kompensieren, doch wenn er seine gewöhnliche Effizienz an den Tag legen würde, wäre das gar nicht nötig.

»Tom, ist alles in Ordnung?«, spreche ich ihn also erneut an.

»Ja, wirklich alles in Ordnung.« Plötzlich wirkt er hektisch, als hätte ich irgendetwas gesagt, was ihm Angst bereitet.

»Du wirkst zerstreut«, setze ich nach und hoffe, dass die anderen Mitarbeitersubjekte währenddessen nicht meine Lippen lesen.

Tom hebt die Finger und beginnt nun an den Nägeln zu knabbern, nur wenige Sekunden, ehe er das Verhalten selbst bemerkt und die Hand wieder senkt. »Es ist nichts«, insistiert er mit gereizter Stimme.

Ich zögere, ehe ich hervorbringe: »Vielleicht solltest du dich mal auf Morbus Inertia untersuchen …«

»Nein«, erwidert er so schnell, dass er meinen Satz gar nicht zu Ende gehört haben kann.

Ich runzle die Stirn. »Schön, wie du meinst.« Warum will er sich nicht helfen lassen? Morbus Inertia ist hervorragend therapierbar. Die Optimierer sorgen dafür, dass man weder unter Trägheit noch Konzentrationsschwäche leiden muss.

Ich seufze. Jeder hat mal eine schlechte Zeit – ich bin heute schließlich auch unkonzentriert. Ich weiß, dass das eine unpopuläre Meinung ist, aber ich will Tom keine Probleme bereiten. Wenn er eine Untersuchung – aus welchem Grund auch immer – partout nicht möchte, dann werde ich ihn nicht dazu drängen.

# 3

Gegen Abend loggen sich immer mehr meiner Mitarbeitersubjekte aus dem Firmensystem aus. Verdient, denn alle haben wirklich gute Arbeit geleistet.

Jedenfalls alle außer Tom, der wie üblich auch nach Feierabend noch arbeitet.

Ich habe mittlerweile die wenigen, von Joanna angeforderten Änderungen endlich abgeschlossen, auch wenn ich dafür heute ebenfalls länger arbeiten musste. Ich hoffe, die Überstunden werden mir im Leistungsbericht verziehen – schließlich sind sie normalerweise ein Zeichen von Ineffizienz.

Erneut schaue ich zu Tom hinüber, wie er dort vor seinem Rechner sitzt, nach vorne gelehnt, angestrengt. Sein Gesicht, das von dem wenigen Monitorlicht angestrahlt wird, erscheint so noch blasser. Doch solange er nicht mit mir redet, kann ich ihm nicht helfen.

Ich logge mich ebenfalls aus, checke wie jeden Abend meine Termine für morgen und öffne im Anschluss mein Mailpostfach. Nicht, dass jemals etwas Wichtiges ankäme. Werbung und Bestätigungen über den Einzug von Rechnungsbeträgen.

Ich überblättere die Benachrichtigungen, ehe mir doch eine ins Auge fällt: »Wir bitten um deine Mithilfe.«

»Spam vermutlich«, brabble ich vor mich hin, ehe ich die Detailansicht öffne.

»Liebe Bürgersubjekte,

mit dieser jährlichen Nachricht wenden wir uns an alle, die laut medizinischen Unterlagen geschlechtsweibliche Ausprägungen zur Produktion von Eizellen und zum Austragen von Embryos haben.

Noch immer benötigen wir dringend Leihtragende zum Aufrechterhalten unserer Gesellschaft. Solltest du dich dazu bereit erklären, eine Schwangerschaft über neun Monate zu akzeptieren, erhältst du eine Gehaltsentschädigung während der zweiten Hälfte dieser Zeit und bist währenddessen von deinem Dienst befreit. Zudem erhältst du eine Sonderzahlung für die Geburt und anschließende Weitergabe des Kindes an die nächstgelegene staatliche Einrichtung.

Weitere Informationen sowie das Anmeldeformular findest du unter dem folgenden Link.«

Ich schnaube und schließe die Nachricht. Jedes Jahr bekomme ich sie, aber ich habe kein Interesse daran, eine Gebärmaschine für den Staat zu spielen, egal, wie viel Geld ich dafür bekomme. Sowieso ist Geld nicht gerade das Wertvollste, was ich besitzen kann. Nahrung und Kleidung ist ohnehin begrenzt. Die Ressourcen sind zu knapp, um sie noch als realistische Güter zu handeln – abgesehen von einzelnen Luxusartikeln, die ich mir sowieso nie leisten könnte. Etwas Geld gebe ich für die Hörbücher und gamifizierten Lern-Apps aus, aber dafür reicht mein Job aus. Schließlich werde ich hervorragend versorgt: Ich habe einen geschützten Schlafplatz, fließendes Wasser, einen Job, der mich erfüllt. Was bräuchte ich mehr?

Ich fahre mein System herunter und schiebe meine Tastatur die wenige Zentimeter nach hinten, die der Schreibtisch bietet. Dann rücke ich den Stuhl nach hinten, doch stoße augenblicklich gegen das Bettgestell hinter mir. Ich schnaufe, wende mich herum, doch ich stoße in derselben Bewegung mit dem Fuß gegen den Schreibtisch. Ich fluche bereits, trete um den Schreibtisch herum, als mein Ellenbogen den Schrank rammt.

Ich ziehe die Schultern hoch und Klaustrophobie steigt in mir auf. Ich kann mich nicht mal auf der Stelle drehen, ohne irgendwo anzustoßen. Einen größeren Raum würde ich durchaus begrüßen, doch ich weiß, dass dies eben die effiziente Art ist, Wohnraum zu nutzen.

Ich will mich nicht beschweren. Ich darf es gar nicht. Würden wir nicht so leben, hätte ich niemals die Chance bekommen, eine Stelle als IT-Projektleiterin anzutreten. Der Bezirk, in dem ich lebe, war mal einer der ärmsten und gefährlichsten Ghettos des Landes. Von dort aus hätte ich mich niemals für ein Studium qualifiziert, mir hätte es an Bildung und wirtschaftlichen Mitteln gefehlt. Ganz zu schweigen von den Anfeindungen, die ich wegen meiner Herkunft hätte riskieren müssen.

Und dann bin ich auch noch eine Frau. Ich weiß, dass Menschen meines Geschlechts früher kaum eine Chance hatten, eine Führungsposition wie meine zu erhalten, geschweige denn mit demselben Gehalt wie gleichgestellte Männer. Doch heutzutage? Es interessiert nicht, welches biologische oder genetische Geschlecht ich habe, geschweige denn, ob ich mich dementsprechend kleide. Es interessiert nicht, woher ich stamme, welche Hautfarbe ich habe, ob ich komisch aussehe. Es ist egal, wer meine Erzeugersubjekte sind oder mit welchem Glaubenssatz ich morgens aufwache. Es zählt nur, was ich leiste, was ich lerne und was ich abliefere.

Das ist wahre Gerechtigkeit.

Ich fahre meinen Rechner herunter und gehe wie jeden Abend hinüber in die Küche. Im Vorbeigehen drücke ich mein Smartphone gegen das Lesegerät, sodass eine Nahrungsration OptiMast aus dem Spender freigegeben wird.

»Neue Newsmeldung für deine Region«, ertönen meine Kopfhörer so plötzlich inmitten meines Wissensstreams, dass ich zusammenzucke. »Wie die Stadtverwaltung heute mitteilte, hat das Warten ein Ende: Nächsten Monat soll mit den Umbauarbeiten des Stadtgrenzengebiets begonnen werden, das von diversen Umweltkatastrophen Anfang des Jahrhunderts zerstört wurde. Dadurch können nun Wohnanstalten gebaut und Nutzflächen für Firmen geschaffen werden, die sich hier neu ansiedeln sollen. Der Bürgermeister bedankt sich im Besonderen bei der Westbach Forschungsanstalt und Optimierungsklinik, die dieses Vorhaben ermöglicht hat. Die leitende Wissenschaftlerin Joanna sowie ihr Team haben kurzfristig ein Lager Morbus-Inertia-Krankensubjekte aufgenommen, die sich dort bereits seit einigen Jahren aufhielten und dadurch die Bauarbeiten verzögerten. Die rund vierzig Individuen befinden sich nun in ärztlicher Behandlung.«

»Kurzfakt Nummer 61 ...«

Meine Gedanken schweifen erneut zu Tom. Offenbar ist er nicht der Einzige, der sich schwer damit tut, seine Krankheit anzuerkennen und Hilfe anzunehmen.

# 4

Mit der knisternden Tüte OptiMast kehre ich auf mein Zimmer zurück, wo ich mit einer Hand die Tastatur so weit zurückschiebe, bis ich die Plastikverpackung abstellen kann. Knatschend setze ich mich auf meinen einzigen Stuhl zurück, reiße mit einem Ruck die Verpackung auf und ziehe dann einen der fest zusammengepressten Briketts heraus, die in der Hand so hart wirken, als könnten sie zum Häuserbau verwendet werden. OptiMastLab ist mit diesem Zeug das vermutlich börsenstärkste Unternehmen der Welt geworden. Immerhin produzieren sie Nahrung, die eine vollumfängliche und ausgewogene Mahlzeit darstellt, samt aller Vitamine und Mineralstoffe und einem perfekten Verhältnis aus Eiweiß, Kohlenhydraten und Fetten.

Gesund und effizient.

Nur leider so künstlich, dass sie ungenießbar ist. Aber was wäre die Alternative? Echte Nahrung, die nicht synthetisch hergestellt wurde, gibt es kaum noch. OptiMastLab hat nicht umsonst ein millionenschweres Patent auf diese Riegel. Ohne sie wäre die Bevölkerung verhungert.

Plötzlich klingelt mein Smartphone und ich bin innerlich so froh, das Abendessen unterbrechen zu können, dass ich ihn annehme, ehe ich nach dem Anrufersubjekt gesehen habe. »Ja?«

»Hallo, Caitlyn.«

Das Brikett rutscht mir aus der Hand. »Tom«, erwidere ich tonlos.

»Hast du Zeit für mich?«

»Klar.«

Er zögert. »Ich meine, persönlich?«

Ich nehme die OptiMast wieder auf, bröckle jedoch nur lustlos einige Krümmel ab. »Wenn du dich erklären möchtest, das ist nicht nötig«, erwidere ich. »Du bist ein guter Mitarbeiter und …«

»Bitte«, fleht Tom jedoch. »Es ist wichtig.«

Ich zögere. Eigentlich ist ein persönliches Gespräch ineffizient. Ich müsste darauf bestehen, dass er mir einfach mitteilt, was er zu sagen hat. Am besten schriftlich und nicht durch umwegige, mündliche Kommunikation.

Doch die Wahrheit ist, dass ich mich freue. Unser letztes, persönliches Treffen ist sicher bald ein Jahrzehnt her, obwohl mich die Gespräche mit ihm oft so in den Bann gezogen haben, dass ich noch Tage später darüber nachdachte. Ich habe mich gefreut, dass er in meiner Firma und meinem Team angefangen hat, doch sich bloß durch eine Kamera gegenseitig zu beobachten ist nicht dasselbe. Außerdem habe ich dann endlich einen Anlass, mal wieder nach draußen zu gehen.

»Na schön«, gebe ich also zu schnell nach. »Ich komme in ein paar Minuten.«

Ein tiefes, erleichtertes Ausatmen. »Danke, Caitlyn. Du weißt nicht, wie viel mir das bedeutet.«

Ich schüttle den Kopf. »Schon gut. Ich muss mich ja noch für die Prüfungsfragen revanchieren, die du damals mit diesem Phishing-Angriff gestohlen und mir zukommen lassen hast.«

Ich glaube, Tom aus den Worten heraus lächeln hören zu können. »Ach, das war doch nichts. Ich hätte echt nicht gedacht, dass der Professor auf diesen simplen Versuch hereinfallen würde. Aber manchmal muss man eben Glück haben.« Eine kurze Zeit der Stille, dann setzt er nach: »Bis gleich, Caitlyn.«

Ich werfe mir das angebissene Brikett in den Mund, auch wenn es mich vermutlich einige Minuten kosten wird, bis ich ihn vollkommen zerkaut habe. Normalerweise würde ich die restliche Zeit heute nutzen, um mich in weitere Methodikbücher oder andere Wissensquellen einzuarbeiten. Aber einen Mitarbeiter zu unterstützen, ist doch schließlich auch Optimierung für den Job, oder?

Ich habe keine Ahnung, was Tom von mir möchte. Realistisch betrachtet gibt es kein Thema, das ein persönliches Treffen rechtfertigen würde. Vielleicht ist es bloß ein Vorwand, weil er mich ebenso vermisst wie ich ihn.

Ich hole meine Kapuzenjacke aus dem Schrank – einer der wenigen Kleidungsstücke, die ich besitze – und ziehe sie mir über. Dann tapse ich auf den Flur, der fast ebenso eng ist wie die vielen, einzelnen Zimmer, die daran grenzen. An allen hängen E-Paper-Anzeigen mit Namen, verschlossen, kein Geräusch dringt nach draußen. Es sind so viele Namen – fünfundvierzig Menschen sollen mit mir in diesem Gebäude wohnen – und doch habe ich noch keinen einzigen davon je getroffen. Warum auch? Das wäre ineffizient.

Ich tapse über den Flur in die hölzerne, ebenso winzige Eingangshalle zur Schleuse. Die schwere, halbkreisförmige Schleusentür erweckt den Eindruck in mir, ich würde einen Tresor verlassen wollen, was diese Häuser vermutlich auch sind. Nur der weiße Turm davor trübt den Eindruck – ein Spender für SmartSuits. Oder Personenpanzer, wie ich sie nenne.

Ich verachte die Dinger, aber ich habe wohl keine Wahl.

Ich ziehe einer der Anzüge aus dem Spender und sofort rutscht ein neues, weißes Plastikteil nach. Kleine Verpackungen, kaum größer als meine Handfläche – auf ein effizientes Format zusammengepresst.

Ich nehme den Personenpanzer aus der Plastikverpackung und sofort klappt er sich auf. Dann stemme ich meine Füße hindurch – das Einzige, was gleich noch die Außenwelt direkt berühren wird. Enger Saum legt sich um meine Fußgelenke, als ich den viel zu weiten Anzug weiter nach oben ziehe. Ich stülpe meine Hände hindurch in die Handschuhe, die sich enger anziehen lassen, und streife die Kapuze über meinen Kopf und meine Haare. Noch mit halboffenem Anzug verschließe ich die Stellen an den Fußgelenken mit dem angebrachten Klebestreifen, bis sie wirklich absolut luftdicht sind, und surre den Verschluss an der Vorderseite zu. Ich justiere den

Sichtschutz vor meinen Augen an den vorgesehenen Klettverschlüssen, ehe ich bereits das altbekannte Röhren des Luftfilters höre.

Dabei muss das arme Ding hier drinnen noch gar nicht arbeiten.

Ich stoße die leichtere Tür auf, die mich ins Innere der Schleuse führt. Erst, als sie mit einem Klacken ins Schloss fällt, stemme ich mich gegen die Außentür.

Mit einem Sog, der sich anhört, als würde ein Unterdruck gelöst, geht sie beschwerlich langsam auf. Sofort muss ich die Augen zukneifen. Im Inneren hat die künstliche Beleuchtung um diese Uhrzeit die Helligkeit gedimmt, doch hier draußen scheint die frühe Herbstsonne immer noch hell wie nach Sonnenaufgang.

Klack. Die Tür fällt hinter mir ins Schloss und lässt mich ruckhaft Luft einziehen. Vielmehr, als ich in diesem beschränktem Personenpanzer bekommen kann.

Keine Panik. Einatmen. Ausatmen.

Ich stapfe voran und obwohl ich noch das Knirschen des Plastiks um mich herum höre, die verringerte Sauerstoffzufuhr spüre, lenkt es mich ab. Ich bin draußen. In der Freiheit. Etwas Besseres gibt es doch nicht, oder?

Grau in Grau umgeben mich hohe Gebäude und Betonplatten, soweit das Auge reicht. Ich laufe die breiten asphaltierten Pfade hinauf, so steil, dass ich beinahe abrutsche. Ich beobachte jedes noch so kleine Grün, wie es zwischen dem Grau niedergestampft wird und sich dennoch immer wieder seinen Weg hindurch erkämpft. Hin und wieder erstreckt sich ein Baum zwischen den Säulen zur Sonne empor, dürr und doch lebenswillig, mit grünen und braunen Blättern, die den Sieg über die versiegelte Erde verkünden.

Von der Plattform führen schmale Wege zu den Häusern, weiteren Gängen und Gebäuden. Ich folge einem Weg über die geebneten, voll genutzten Flächen des sonst bergigen Landstrichs. Dann erreiche ich einen Tunnel und streife ihn entlang, steige Pfade hinab, tiefer und tiefer, durchquere Brücken, folge Trampelwegen. Es ist nicht die schönste Gegend, einer jener Orte, die das Grün besonders intensiv verdrängt haben. Es erinnert mich an einige Szenen aus dystopischen Filmen, die ich mit Tom gesehen habe. Doch hier habe ich wenigstens für einen Moment den Eindruck, Luft atmen zu können und nicht von Wänden erdrückt zu werden. Auch wenn es nur in Wahrheit der Personenpanzer ist, der mich erdrückt und mir durch die Filter viel zu wenig Sauerstoff zur Verfügung stellt, um wirklich atmen zu können.

In der Ferne erkenne ich die kleine Grünfläche, die ich schon viel öfter besucht habe, als ich zugeben darf. Sie ist kaum zwanzig Quadratmeter groß, einer der letzten, die erhalten geblieben ist. Vielleicht, damit die Leute ihre Hunde ausführen konnten. Früher jedenfalls. Heute hat niemand mehr Haustiere. Zu ineffizient.

Auch wenn sich ein Widerstand in mir regt, ermahne ich mich dazu, an der Grünanlage vorbeizulaufen. Nicht abermals darauf zuzugehen, das Grün zu genießen, das Gras zu berühren – vielleicht sogar ohne Schutzanzug. Für einen Moment die Luft einzuatmen ohne Filteranlage. Den Baum zu sehen ohne das Visier.

Wie früher mit Tom.

Ich schüttle den Kopf und gehe voran. Mittlerweile weiß ich, wie leichtsinnig das war. Wieso sollte ich Krankheiten riskieren, wenn ich doch diesen Personenpanzer tragen kann? Nur, weil es unbequem ist? Wie ineffizient ich doch früher dachte.

Ein schwacher Wind fegt Laub über die Steine, über die ich einsam wandle. Wer sollte außer mir auch hier sein? Niemand verlässt freiwillig die schützenden Gebäude, abgesehen von den wenigen Berufsgruppen, die es noch müssen. Ärztesubjekte zum Beispiel, wie jene von den Optimierern.

Eigentlich ist es verrückt, was ich hier tue. Ich hoffe nur, dass es niemandem auffällt.

# 5

Schließlich erreiche ich Toms Wohnanstalt. Ich trete auf die halbkreisförmige Schleuse zu und öffne die schwere Tür, ehe sie hinter mir so laut ins Schloss fällt, dass ich zusammenzucke. Dann springt bereits lauthals die Filterungsanlage an. Ein zerrissenes Schild blickt mir entgegen, die Farbe der Schrift ist verblichen und kaum noch lesbar. »Schutzkleidung während des Reinigungsprozesses bitte in der Dekontaminationsbox deponieren.« Eine blasse, digitale Zeichnung daneben zeigt eine Figur, die einen unförmigen Klumpen in ein Quadrat legt. Ich wende mich um. Dasselbe Schildchen blickt mir über besagter Box entgegen.

Dankbar, das sperrige Ding endlich loszuwerden, streife ich mir die Handschuhe mit den Gummibändern von den Händen und stülpe den Plastikanzug von meinem Körper, ehe er sich noch daran festbeißen kann. Ich stopfe alles zusammen in die niedrige Box, die sich nach dem Schließen selbst versiegelt, ehe sie die Wertstoffe unschädlich macht und recycelt.

Dann trete ich durch den Flur die Treppen hinab und klopfe schließlich an die Tür, dessen E-Paper-Display den einzigen Namen anzeigt, den ich hier kenne. Es erfolgt jedoch keine Antwort, nur ein zögerliches Öffnen der Tür, höchstens so breit, dass ein Auge hindurchsehen kann. Dann vernehme ich ein erleichtertes Durchatmen. »Komm rein, Caitlyn«, flüstert Tom und tritt von der Tür weg.

Vorsichtig öffne ich sie, bloß einen Spalt breit, unsicher, ob ich ihm sonst bereits das Holz gegen das Knie ramme. Tom sitzt mittlerweile vor seinem PC, ein großes, weißes Fenster geöffnet, was nicht so aussieht, als hätte er tatsächlich damit gearbeitet. Widersprüchlicherweise ist es das einzige Stück Technik, das er besitzt, obwohl er sich von morgens bis abends mit Computertechnologie auseinandersetzt. Tom sagte mal, seit er wüsste, wie leicht persönliche Geräte gehackt werden können, würde er sie nicht mehr in seiner Nähe haben wollen. Doch obwohl er mich während des Studiums von seiner Paranoia anzustecken versuchte, läuft das Smartphone in meiner Nähe praktisch auf Dauerbetrieb.

Ich quetsche mich durch den Spalt, doch wenigstens ist dieses Zimmer ein oder zwei Quadratmeter größer als meins, sodass ich es tatsächlich hineinschaffe, ohne, dass wir uns gegenseitig die Luft weg atmen. Dann setze ich mich auf Toms Bett, der einzige Ort, den ich durch die Möbel erreichen kann.

Beklemmende Stille zieht ein, während Tom an seinen Fingernägeln knibbelt und ich den Blick durch den Raum schweifen lasse. Ich weiß nicht, wo ich hinschauen soll, ohne seine Privatsphäre zu verletzen. Hier stehen so viele persönliche Dinge, wie ich es noch nie erlebt habe: T-Shirts mit Aufdrucken, Bilderrahmen mit Landschaftsfotos einer vergangenen Epoche, eine Gummiente direkt unter seinem mittleren Monitor. »Ist lange her, dass wir uns persönlich getroffen haben«, beginne ich schließlich, um die Stille zu überbrücken.

»Allerdings.« Toms Finger wandern über den Schreibtisch, unwillentlich auf der Suche nach etwas zur Beschäftigung. »Kannst du dich noch an die alten Kinofilme erinnern, die wir zusammen gesehen haben? Wir sollten das mal wiederholen.«

Meine Augenmuskeln kontrahieren, als hätte ich einen Krampf. So sehr auch ich mir das wünschen würde – es ist ineffizient. Diese Zeiten sind vorbei.

Dennoch bekomme ich genau diese Aussage nicht über meine Lippen. »Mal schauen«, erwidere ich also uneindeutig.

Tom zieht seine Füße auf den Bürostuhl hoch, bis er die Knie umklammern kann, dann sieht er mich wieder an. »Es war wirklich toll, mit dir mal anders sein zu können. Nicht immer um jeden Preis effizient.«

Ich zucke zusammen, als hätte Tom mir mit einem kaputten Kabel einen Stromschlag versetzt. Das ist kein Kompliment. Doch am meisten beunruhigt mich, dass Tom recht hat: Wir waren anders. Wir haben nicht nur gelernt und uns optimiert. Manchmal haben wir nur herumgehangen. Allein der Gedanke lässt einen Schauer durch das Innere meiner Wirbelsäule laufen.

»Warum hast du mich hergerufen?«, komme ich nun also auf den Punkt, um das unangenehme Gefühl loszuwerden. »Du sagtest, es sei wichtig.«

Tom setzt sich abermals auf seinem Stuhl um, dann wippen seine Füße auf und ab. »Hast du das von dem Infizierten-Lager gehört?« Nun starrt er mich an, als wäre das eine der unzähligen Prüfungsthemen unseres Studienabschlusses.

Die Frage kommt so unvermittelt, dass ich meine Finger in die Matratze presse. »Meinst du die Morbus-Inertia-Krankensubjekte?«

Tom nickt heftig. »Ich habe mich dazu eingelesen. Sie hatten, bevor sie gefunden wurden, in der Gegend ein Lager aufgeschlagen, isoliert von der Zivilisation. Weit weg. Sie hatten angefangen, Gemüse anzupflanzen und die Häuser wiederaufzubauen.« Er lässt die Worte sacken, ehe er fragt: »Was denkst du darüber?«

Ich wende den Blick ab, der nun doch auf eine von Toms persönlichen Gegenständen fällt. Ein kleiner, schwarzer Würfel, bestehend aus kleineren, durch Metallteile miteinander verbundenen Kästen. Ein Fidget-Toy, das Tom – in der einen oder anderen Ausführung – schon seit seiner Kindheit besitzt. Ich hatte es auch schonmal in der Hand. Es klackert etwas, wenn man die Würfel umschlägt, doch was Tom daran so faszinierend findet, dass er es ersetzt, sobald es kaputt geht oder nicht mehr ganz rund läuft, weiß ich nicht. Manchmal hat es mich wahnsinnig gemacht, wenn er ständig die Würfel herumschwang und aufeinander krachen ließ. Doch angeblich würde ihm das bei der Konzentration helfen.

»Ich bin mir nicht sicher«, ringe ich mich endlich zu einer Antwort durch. »Sie tun mir leid. Wie lange haben sie wohl schon unter der Krankheit gelitten?«

Toms Gesicht verkrampft sich. Nun greift er nach dem Fidget-Toy, das er mit geschickten Bewegungen zwischen seinen Fingern hindurchwindet. »Vielleicht haben sie ja gar nicht gelitten«, stellt er in den Raum.

Das erinnert mich alles viel zu sehr an die philosophischen Diskussionen, die wir früher geführt und doch nichts gebracht haben. Aber der Erinnerung wegen lasse ich mich dennoch darauf ein. »Wenn es Morbus Inertia war, leidet jeder darunter, oder? Klar, die Symptome können recht unterschiedlich sein. Aber allein schon die Müdigkeit und Konzentrationsschwäche ... warum sollte man es hinnehmen, wenn es behandelbar ist? Ganz abgesehen davon, dass es tödlich enden kann, wenn man zu lange mit einer Behandlung wartet.« Ich seufze bei dem Gedanken daran, dass dieses Schicksal auch Tom erwarten könnte, sollte er sich weiterhin gegen eine Untersuchung verschließen. Doch ich verdränge die düstere Wolke wieder und vertraue darauf, dass er noch zur Vernunft kommt.

»Du meinst also, es war richtig, die Leute mitzunehmen und zur Behandlung zu zwingen?«, hakt Tom weiter nach. Immer noch klacken die Würfel im Sekundentakt aufeinander, während sie durch seine Finger gleiten.

Ich ziehe die Schultern hoch. Was will er nur von mir hören? »Ich weiß es nicht. Streng genommen haben sie sich diese Häuser angeeignet und so verhindert, dass das Gebiet von der Stadt genutzt werden kann. Aber nein, ich finde nicht gut, dass sie gezwungen werden. Ich denke, jedem sollte die Entscheidung freigestellt sein. Freiheit ist unbezahlbar.«

Tom nickt und ein zartes Lächeln erscheint auf seinem Gesicht, als hätte ich die Prüfung bestanden. Dann legt er plötzlich das Fidget-Toy ab, dreht sich auf seinem Stuhl zu mir und sieht mich durchdringend an. »Caitlyn, ich muss dir etwas erzählen. Ich habe abgewogen, ob ich es dir überhaupt sage, aber ich denke, du solltest es wissen.«

Ich runzle die Stirn. »Und was?«

Doch er schüttelt den Kopf. »Du musst mir vorher etwas versprechen.« Er greift nach meinen Händen, als könnte er so seinen Worten noch mehr Nachdruck verleihen. »Du darfst niemandem weitergeben, was ich dir gleich erzähle.«

Ich zögere. Allmählich macht Tom mir Angst. Doch da ich nicht vorhabe, ihn in Probleme zu bringen, verlangt mir das Versprechen nichts ab. »In Ordnung.«

Tom atmet tief durch, dann lässt er meine Hände los. Als hätte der Satz schon die ganze Zeit auf seiner Zunge gelegen, prustet er heraus: »Ich habe die Optimierer-Listen gehackt.«

Ich starre ihn an, warte auf eine Erklärung, die jedoch nicht folgt. »Was meinst du damit?«

Toms Hand wandert wieder zu dem schwarzen Würfel, den er nun mit beiden Händen bearbeitet. »Es gibt Listen, in denen Menschen für eine Behandlung in Optimierern vermerkt werden. Manchmal werden sie gelistet, weil ein Leistungsbericht schlecht war, manchmal aufgrund von spezifischen Krankheiten, die auf Morbus Inertia hindeuten. Und manchmal aus irgendwelchen Gründen, die nicht herauszufinden sind.«

Ich nicke leicht. Tom hatte früher schon Spaß am Hacken von Systemen und war gefährlich gut darin. Dennoch stellt sich mir gerade eine andere Frage. »Warum erzählst du mir das?«

Tom atmet tief ein, um dann in einem Atemzug zu erzählen: »Ich stehe auch auf der Liste. Eine ganze Weile schon, um ehrlich zu sein. Ich war ursprünglich nur aus Neugierde in das System eingebrochen, aber als ich meinen Namen dort gelesen habe, entschied ich, regelmäßig draufzuschauen. Ich weiß mittlerweile, dass es keine chronologische Liste ist. Die Leute darauf haben eine Priorität, sie nennen es einen ›Score der medizinischen Notwendigkeit‹, und die jeweils obersten werden in eine Klinik verbracht, sobald die nächste Einrichtung Plätze frei hat. Aber die Prioritäten können auch hoch- oder runtergestuft werden und daher bin ich bisher verschont geblieben.«

»Verschont geblieben?«, wiederhole ich, überrascht, dass er das als etwas Gutes darstellt. Ich weiß, dass die Plätze in

Optimierern begrenzt sind, weshalb es ein Grund zur Freude sein sollte, wenn endlich ein Behandlungsplatz frei wird. Doch dass Tom nicht so denkt, sollte ich mittlerweile wissen.

»Darauf kommen wir noch zu sprechen«, erwidert er, als hätte er diesen Vortrag vorbereitet. »Hör mir jetzt einfach zu.«

Ich zucke mit den Schultern, nicke jedoch.

»Als ich heute draufgeschaut habe, ist mir nämlich etwas anderes aufgefallen«, fährt er fort. »Ich habe in den letzten Tagen bereits Prioritätspunkte dazu gewonnen, sodass ich immer weiter hochgerutscht bin. Doch jetzt plötzlich ...« Er hebt den Blick, dann sieht er mich durchdringend an. »... stehst du ganz oben.«

Ich spüre, wie mein Kiefer herunterklappt, ehe ich mich durchringen kann, den Mund wieder zu schließen. »Ich?«

Tom nickt heftig. »Du hast gerade die höchste Priorität. Ich folge direkt danach.«

Verwirrt schüttle ich den Kopf. »Aber ... meine letzten Leistungsberichte waren tadellos und ich habe nie eine Beschwerde meines Vorgesetzten bekommen ...« Ich starre auf Toms weißleuchtendes Display. »Wie lange stand ich schon in der Liste?«

Verlegen hebt er die Schultern. »Kann ich dir leider nicht sagen. Ich habe schon lange nicht mehr die ganze Liste geprüft und nur noch auf meinen Namen geachtet ... jedenfalls, bis du so hoch eingestuft wurdest, dass ich drüber stolperte.«

Ich atme tief ein. Diese Erkenntnis kommt überraschend, aber dennoch hat sie nichts Schlechtes zu bedeuten. Es spricht zwar dafür, dass ich krank sein könnte, aber auch, dass ich schon zur Untersuchung vorgesehen bin. Wenn ich jetzt die Ruhe bewahre und mich behandeln lasse, kann so vielleicht auch Tom endlich das Vertrauen fassen, etwas gegen die Krankheit zu unternehmen.

Also wende ich mich zurück an ihn. »Tom, vielen Dank für die Info, ich weiß deine Offenheit zu schätzen und ...«

Doch er schüttelt grimmig den Kopf. »Hör auf mit deinen einstudierten Phrasen«, unterbricht er mich. »Ich war noch nicht fertig.« Schlagartig wendet er sich zu seinem Computer und schließt das weiße Fenster, das tatsächlich nur der Tarnung diente.

Ich umklammere meine Oberarme. All das hier ist ineffizient und allein der Gedanke daran lässt eine eiskalte Gänsehaut über meinen Rücken wandern.

Doch Tom bemerkt mein Unwohlsein nicht, stockt nur plötzlich vor seinem Rechner. »Das ist nicht möglich.« Seine Stimme klingt gepresst. »Sie haben ihn offline genommen.«

»Was offline genommen?« Allmählich verliere ich seinen roten Faden endgültig.

»Alle Verweise darauf sind verschwunden«, setzt er nur nach. »Die Suchmaschineneinträge ... alles! Das kann gar nicht sein, vor allem nicht in der Geschwindigkeit. Der Artikel war vor einer halben Stunde noch online!«

Ich springe mit den Augen hin und her, als könnte ich so seinem Gesprächsverlauf folgen. »Von was für einem Artikel sprichst du?«

»Warte«, entgegnet er jedoch nur und tippt eilig auf seinem Computer herum, öffnet Fenster, schließt sie wieder.

Ungeduld pocht in mir auf. Was sollen diese Geheimnisse? Warum sagt Tom mir nicht einfach, was los ist, statt diese ineffizienten Haken zu schlagen?

Doch dann blase ich meine Anspannung mit einem Atemzug heraus. Er kann nichts dafür. Es ist die Krankheit, die ihn dazu bringt. Die uns beide ineffizient macht.

»Hier.« Tom rollt so weit wie möglich von seinem Schreibtisch weg.

Ich lehne mich nach vorne, erkenne eine Nachrichtenseite auf dem Monitor mit einem geöffneten Beitrag, ehe ich die Überschrift lese: »Optimierer: vom Staat unterstützte Todesfallen.«

Ich knibble mit den Augen, um sicherzugehen, mich nicht verlesen zu haben. Doch auch nach einigen Sekunden stehen dort immer noch dieselben Buchstaben in derselben Reihenfolge.

»Optimierer als Todesfallen?«, wiederhole ich skeptisch und wende mich zu Tom zurück. »Ist das der Artikel, den du mir zeigen wolltest?«

Tom nickt heftig. »Im Darknet war er noch zu finden.«

»Im Darknet?«, wiederhole ich abermals. »Betrachtest du das als verlässliche Quelle?«

Doch Tom wedelt mich bloß zurück zum Monitor. »Jetzt lies endlich!«

Verunsichert, warum er immer hektischer wird, wende ich mich wieder dem Display zu.

»Optimierer: Vom Staat unterstützte Todesfallen.

Kommentar von Alonso.

Ich schreibe diesen Bericht von außerhalb jenes Systems, dem du als Lesersubjekt vermutlich noch angehörst. Ich war früher Wissenschaftler in einer Optimierungsklinik, die die meisten als Optimierer kennen. Doch ich bin geflohen, habe die Klinik und die Gesellschaft, wie du sie kennst, zurückgelassen. Nun möchte ich, dass alle erfahren, was in diesen Optimierern vor sich geht – und glaubt mir, wäre dies eine Sprachübertragung, würdet ihr den Sarkasmus bei der Aussprache dieses Wortes in meiner Stimme hören. Ich hoffe, irgendjemandem damit helfen zu können, mit wenigstens einer geretteten Seele auch meine Schuld wieder reinwaschen zu können.«

Ich runzle die Stirn. Ein Kommentar also, nicht einmal ein vollwertiger Artikel. Keine differenzierte Recherche und sachliche Berichterstattung. Aber dennoch lese ich, Tom zuliebe, weiter.

»Optimierer heilen nicht – sie beseitigen! Und zwar all jene, die zu ineffizient für unser widerwärtiges System sind. Es sind grausame Methoden, die unter dem Deckmantel der KonzEn, der offiziellen Behandlungsmethode für Morbus Inertia, begangen werden. Und fast alle davon enden mit dem Tod.

Ich konnte nicht länger bei dem Verderben Tausender helfen, die in diesen vermeintlichen Kliniken sterben. Deswegen bin ich ausgestiegen – auch wenn es mich nicht davor bewahrt hat, das Wertvollste zu verlieren.

Falls du noch in diesem System verweilst und nur die geringste Ahnung hast, dass sie auf dich aufmerksam geworden sein könnten – und mit ›sie‹ meine ich sämtliche Leute, die für oder mit den Optimierern arbeiten, sowie Chef-, Kollegen- oder Nachbarsubjekte – dann mach, dass du wegkommst!

Wenn sie dich gefasst haben, wirst du nie wieder frei sein.«

Ich presse die Lippen aufeinander, um mir eine Bemerkung zu verkneifen. Hätte ich früher gewusst, dass Tom solche verschwörerischen Texte liest und sich davon beeinflussen lässt, hätte ich ihn beruhigen können, ehe sich diese Gedanken festsetzen. Der Verfasser dieses Kommentars ist offensichtlich nicht bei klarem Verstand. Ich weiß nicht, an welchen Krankheiten er leidet, aber mitunter sicher an Morbus Inertia. Denn was er da erzählt, ergibt keinen Sinn, wirkt wie zusammenhangslose Sätze ohne einen Anhaltspunkt, der seinen Worten Beweise schenken würde.

Mein Blick wendet sich zurück zu Tom, der sich nun vollständig auf seinem Schreibtischstuhl zusammengeklappt hat. »Ich weiß nicht, was ich davon halten soll.«

»Bitte, Caitlyn«, fleht er. »Wir müssen fliehen.«

»Wir ... was?«

»Wir müssen fliehen!«, wiederholt Tom. »Wir stehen beide ganz oben auf der Liste, Caitlyn. Wir müssen verschwinden, bevor sie uns kommen holen.« Plötzlich springt er auf, sodass er fast die Bettdecke herunterreißt, auf der ich sitze. »Wir haben nicht mehr viel Zeit!«

Ich deute mit dem Zeigefinger auf das Display. »Das ist nicht wahr, okay?«

»Woher willst du das wissen?«

»Woher willst du wissen, dass es das ist?«, erwidere ich in gefasster Stimme, auch wenn meine Aufregung es mir schwermacht. »Es wurden schon so viele Menschen behandelt. Wenn die Methoden wirklich so grausam wären, meinst du nicht, dass man viel früher und öfter schon davon gehört hätte?«

»Vielleicht wurden alle anderen ruhiggestellt«, erwidert Tom. »Der Artikel wurde doch nicht ohne Grund sofort offline genommen, oder?«

»Der Kommentar«, korrigiere ich. »Und du hast recht. Er wurde offline genommen, weil er voller Lügen steckt. Weil er bloß Panik verbreitet. So wie jetzt bei dir.«

Tom atmet tief durch und wippt von einem Fuß zum anderen. »Ich würde dir gerne vertrauen, Caitlyn. Ich würde gerne daran glauben, dass ich in eine Klinik komme, um geheilt zu werden, und dann wieder auf der Arbeit erscheine.« Seine Augen werden glasig. »Aber was, wenn es stimmt, was Alonso schreibt?«

»Es ist nicht …«

»Caitlyn, was, wenn es stimmt?«, beharrt Tom.

Ich senke den Blick. Es ist nicht der Kommentar, der mir Angst macht. Es ist Toms Panik. Ich würde ihm gerne versichern, dass nichts von all dem wahr ist, was Alonso in diesem Artikel geschrieben hat. Doch mit welcher Sicherheit, die Tom mir abkaufen würde, könnte ich das behaupten?

»Wir können nicht einfach verschwinden«, beginne ich also. »Wo sollten wir auch hin?«

»Wir könnten es wie dieses Lager aus den Nachrichten machen und uns bei der Stadtgrenze verstecken«, erwidert Tom, als hätte er sämtliche Fragen schon vorbereitet, die ich stellen könnte.

»Wir sollen also all das hier aufgeben?«, erwidere ich und hebe die Hände. »Wegen eines Internetkommentars?«

»Es ist nicht nur der Kommentar.« Plötzlich wird Tom wieder gefasst. »Caitlyn, die Regierung zwingt Menschen zu diesen

Behandlungen, das hast du selbst in den Nachrichten gehört. Das System hinter der Liste, nach der sie eingeliefert werden, ist völlig undurchsichtig. Die Leute werden in Kliniken gebracht, dessen Methodiken keiner kennt. Oder hast du schon mal etwas von der KonzEn gehört?«

Ich seufze. »Ich …«

»Oder einer anderen Behandlungsmethode?«, unterbricht Tom mich bereits. »Weißt du, wie Morbus Inertia behandelt wird?«

Ich klopfe mit den Daumen gegen die Oberschenkel. »Nein, aber ich bin auch keine Ärztin. Woher sollte ich sowas wissen?«

Tom geht die wenigen Schritte, die der Raum ermöglicht, auf und ab. »Es gibt kaum öffentliche Informationen zu Morbus Inertia, und wenn, dann sind sie widersprüchlich. Ich kann es dir zeigen!« Augenblicklich dreht er sich zu seinem Computer zurück.

»Tom, das musst du nicht.«

Schlagartig wendet er sich wieder zu mir, die Augen geweitet. »Beunruhigt dich das denn überhaupt nicht?«

Ich zögere. So, wie er das sagt, schon. Aber das kann ich nicht eingestehen, sonst würde ich seine Angst verstärken. »Es ist merkwürdig, ja«, gestehe ich. »Aber das heißt doch nicht, dass diese Kliniken eine ›Todesfalle‹ sind. Findest du nicht, dass das etwas abwegig ist?«

Tom holt tief Luft. »Ursprünglich schon. Aber ich habe recherchiert und Quellen gefunden, die es bestätigen.« Er schüttelt den Kopf. »Caitlyn, bitte denk darüber nach. Ich weiß nicht, wie viel Zeit uns noch bleibt.«

Ich lache nervös auf. »Wie viel Zeit …?«, beginne ich, doch breche den Satz ab. »Sie werden doch nicht einfach hereinstürmen und uns mitnehmen.«

Plötzlich greift er nach meinen Händen. »Bitte, Caitlyn. Vertrau mir nur dieses eine Mal. Lass uns flüchten.«

In Schockstarre fixiere ich Tom. Der Gedanke, mit ihm zu verschwinden, einfach dort hinauszulaufen in jene Umgebung, die uns dank verpesteter Luft und Giftpartikeln töten wird, erscheint mir abwegig. So überraschend, dass ich ihn noch gar nicht fassen, nicht einmal zulassen kann.

Doch ich habe Tom noch nie so erlebt. Er ist nicht der Typ für Kurzschlussentscheidungen – im Gegensatz zu mir. Er würde mir solche Informationen und seinen Wunsch nicht präsentieren, wenn er sich nicht absolut sicher wäre, die richtige Entscheidung zu treffen.

Die Entscheidung, draußen zu leben.

Ich ziehe ruckhaft Luft ein, als wäre es das letzte Mal, dass es mir möglich ist. Ich kann nicht abstreiten, dass mein irrsinniger, ineffizienter Freiheitswunsch sich für einen Moment den Gedanken ausmalt. Wie Tom und ich die engen Wände unserer Wohnanstalten verlassen. Wie wir nach draußen rennen. Wie wir zwischen Bäumen und Gräsern auf unbegrenzter Fläche leben. Frei.

Genau jene Kurzschlussentscheidung, die ich jetzt vermeiden sollte. Es ist wahnsinnig, unser geordnetes Leben aufzugeben wegen ein paar Verschwörungstheorien. Krankhaft sogar, denn vermutlich zwingen mich meine eigenen Morbus-Inertia-Symptome zu diesen Gedanken. Lieber sollte ich ihm klarmachen, dass wir immer noch eine Entscheidung fällen können, wenn ihm die Behandlung offiziell vorgeschlagen wird. Dass wir nicht übereilt reagieren sollten.

Doch ehe ich einen der Worte aussprechen kann, klopft es an der Tür. Tom weicht von mir zurück und wir starren zum Holz.

Das kann kein Besuch sein, denn Besuch ist ineffizient.

# 6

Einen Moment lang halten Tom und ich noch inne, als sei niemand zuhause. Dabei wäre das eine Lüge, auf die kaum jemand hereinfallen würde.

Also ertönt das Klopfen erneut.

Zögerlich tapst Tom auf die Tür zu und öffnet sie einen Spalt weit, nicht einmal genug, um selbst hinauszuschauen. »Ja?«

»Bitte kommt heraus.« Eine so durchdringende, männliche Stimme schallt hindurch, als würde uns nicht noch das Massivholz trennen.

Moment, hat er gerade im Plural gesprochen? Wie könnte jemand wissen, dass Tom nicht allein ist?

»Es ist gerade ungünstig«, erwidert Tom und versucht, die Tür zu schließen.

Doch plötzlich stockt sie und springt mit einem weiteren Ruck endgültig auf. Ich schrecke hoch und schaue schockiert hinaus. Ein Mann steht im Rahmen, die Hand an das Holz gepresst, hinter ihm weitere Silhouetten von Menschen. Eine Narbe zieht sich über seine gesamte Gesichtshälfte von der Augenbraue über die Wange bis hinunter zu seinem Kinn. Die dunkle Smartwatch um sein Handgelenk ist so hoch technologisiert, als wäre es ein Hilfsmittel für den Nahkampf. Er trägt ebenso wie die anderen Menschen um ihn herum militärisch anmaßende, schwarze Kleidung. Alles an ihm strahlt Kälte und Emotionslosigkeit aus.

Ich trete neben Tom, direkt vor den fremden Mann. »Was geht hier vor sich?«, frage ich mit meiner selbstsicheren Teamleiterin-Stimme.

Der Mann mustert erst Tom, dann mich. »Mein Name ist Ivan. Wir sind von der Westbach Forschungsanstalt und Optimierungsklinik.«

Ich schnaufe. Dieser Mann arbeitet also für Joanna? Ich hätte nicht gedacht, dass in einer Klinik Platz für zwei so eiskalte Menschen wäre.

»Was macht ihr hier?« Ich umgreife die Kante der Tür, die er immer noch aufdrückt. »Wir befinden uns gerade im Feierabend. Also wenn es um das Softwarerelease geht, müssen wir das auf morgen vertagen.«

Ich versuche, die Tür wieder zuzuschieben, doch Ivan presst weiter seine Hand dagegen. »Es geht nicht um die Software«, erwidert er und tritt nun einen halben Schritt in den Raum hinein, um endgültig zu verhindern, dass wir die Tür schließen können. »Wir sind wegen euch hier.«

Kurz rutscht mein Herz in den Magen zu der restlichen, unverdauten OptiMast. Wegen uns. Sie wussten also tatsächlich, dass Tom nicht allein ist. Dass ich bei ihm bin.

Wenn sie das herausgefunden haben, was wissen sie noch? Haben sie unser Gespräch belauscht? Mich beobachtet? Wie lange schon?

»Wir haben die Anweisung, euch in Behandlung wegen Morbus Inertia zu bringen«, fährt Ivan mit einer solchen Gleichgültigkeit in der Stimme fort, dass ich mich frage, wie oft er diesen Satz schon gesagt hat.

Vor ein paar Stunden dachte ich noch, Tom wäre derjenige, um den ich mich wegen einer Erkrankung sorgen müsste. Dass in meinem Leben alles geregelt laufen würde, ich eine gute Mitarbeiterin sei. Dass alles in Ordnung wäre.

Wie sehr ich mich getäuscht habe.

»Welchen Anlass gibt es dazu?«, halte ich weiter dagegen, auch wenn all die neueinströmenden Informationen allmählich drohen, mein Gehirn zu überfordern. Erst Toms Geheimnis, dass ich überhaupt auf dieser Liste stehe, dann dieser Kommentar von Alonso und jetzt steht schon irgendein Mann hier und will uns mitnehmen.

»Das kann ich euch nicht mitteilen.«

Plötzlich prescht Tom nach vorne. »Wir haben ein Anrecht darauf zu erfahren, warum man uns wegbringt!«

Ivan legt den Kopf leicht schräg. Jede seiner Regungen erinnert mich an die fließenden und dennoch lauernden Bewegungen einer Raubkatze. »Das ist korrekt. Aber ich habe nicht die notwendigen Informationen, um euch Details mitzuteilen. Wir haben nur die Anweisung, euch in die Optimierungsklinik zu verbringen.« Als wäre die Diskussion für ihn beendet, greift er nach Toms Oberarm.

Dieser schüttelt sich und weicht zurück, versucht so Ivans Griff zu entkommen. Doch die Raubkatze gerät nicht einmal ins Schwanken. »Dieses Vorgehen ist auf keinen Fall rechtlich zulässig. Ich werde …«

»Doch, das ist es.« Ivan hält Tom ungerührt fest, als würde dieser nicht gerade mit allen Kräften versuchen, sich zu befreien. »Wir sind verpflichtet, Vorfällen in Verbindung mit Morbus Inertia nachzugehen.«

Nun stelle ich mich vor Tom. »Aber er wünscht offensichtlich keine Untersuchung und keine Behandlung.«

»Es obliegt nicht mir, diese Entscheidung zu fällen. Ich vollstrecke sie nur.« Ivans Blick ruht auf mir, als wäre er ernsthaft daran interessiert, dass ich die Antwort verstehe. »Nun bitte ich darum, dass uns die Arbeit nicht unnötig erschwert wird.« Mit einem Ruck zieht er Tom von der Tür weg, ehe er ihn einer seiner Kollegensubjekte übergibt. Dann umfasst seine Hand bereits meinen Unterarm.

»Moment«, erwidere ich und stütze mich am Rahmen ab, als Ivan auch mich herauszerren möchte. Allein der feste, unnachgiebige Griff um meinen Arm löst Panik aus, die mein Herz zum Klopfen bringt. »Wir haben noch Angelegenheiten zu regeln, bevor wir mitkommen können. Wir müssen unsere Firma informieren und …«

»Das wurde bereits erledigt«, unterbricht Ivan mich.

Ich erlaube mir zwei hektische Atemzüge, ehe ich wieder versuche, gefasst zu wirken. Ich sollte die Situation vernünftig betrachten: Wir kommen in Behandlung und dann wird es uns wieder gutgehen.

Doch die pochende Wut in mir, dass sie einfach hier hereinstürmen und uns mitzerren können, verhindert, dass ich es so gelassen hinnehme. »Mag sein, dass euer Erscheinen hier rechtlich zulässig ist ... aber dieser Umgang ist es sicher nicht.« Mit Schwung reiße ich mich von ihm los und zu meiner Überraschung lässt er die Hand daraufhin sinken.

»Wir ergreifen nur gerade so viele Zwangsmaßnahmen wie notwendig sind«, erwidert Ivan, dann streckt er die Hand in Richtung des Flurs aus.

Ihn skeptisch beäugend trete ich an ihm vorbei und folge der Kolonne in Richtung Ausgang. All das hier fühlt sich so falsch an, doch ich weiß nicht, was ich tun soll.

Sollte ich weiter die Ruhe bewahren, um Tom so die Sicherheit zu vermitteln, die er jetzt bräuchte? Oder sollte ich nun doch seinem Vorschlag folgen und mit ihm durch diese Leute hindurchpreschen und fliehen?

Wäre es eine Kurzschlussentscheidung? Oder unsere letzte Chance?

# 7

Tom läuft voran, flankiert von zwei Mitarbeitersubjekten des Optimierers. Er ist gefügig und doch spüre ich seine Angst wie einen sauren Regendunst, der das ganze Gebäude erfüllt.

Ivan marschiert neben mir her, als wäre ich die größere Bedrohung von uns beiden. Doch wenn ich mich richtig an Toms Worte erinnere, habe ich schließlich auch das höhere Ranking in dieser Morbus-Inertia-Liste.

Toms loser Gedanke, zusammen zu fliehen, drängt sich immer weiter in mein Bewusstsein. Dieser Situation zu entkommen, die sich wie eine Festnahme anfühlt und meine Klaustrophobie so weit ansteigen lässt, dass sich mein Verstand allmählich abschaltet. Ist es nicht sogar mein Recht, abzulehnen?

»Was passiert jetzt genau?«, frage ich, während wir die Treppen emporsteigen, noch immer auf der Suche nach einem Anlass, Tom und auch mich zu beruhigen.

»Wir werden euch in die Optimierungsklinik bringen«, antwortet Ivan stoisch.

Ich verdrehe die Augen. »Aber was passiert dort? Es geht doch nur um eine Diagnose, nicht wahr?«

Nun schweigt die Raubkatze.

Meine Kehle zieht sich zusammen, als würde Ivan mich würgen, obwohl er mich nicht einmal berührt. »Mit welcher Behandlungsform haben wir denn zu rechnen?«, hake ich weiter nach, immer verzweifelter auf der Suche nach einem Beweis, der Toms Annahme widerspricht.

»Es gibt nur eine.«

»Und die wäre?«

Ivan senkt den Blick zu einem Zögern, ehe er antwortet: »Anerkannte Behandlungsform für Morbus Inertia ist die KonzEn.«

Meine Beine geben kurz nach und ich stolpere über eine Treppenstufe nach oben. Sofort greift Ivan nach meinem Arm, als wäre es ein unausgegorener Versuch zur Flucht gewesen. Ein fester Griff, der mir schon jetzt vermittelt, dass er auf jede Aktion vorbereitet ist.

Ich will mir einreden, dass es nichts zu bedeuten hat. Nur weil der Name der Behandlung übereinstimmt, heißt das doch nicht, dass auch die Behandlungsmethode jene sein muss, die Alonso beschrieb, oder? Er könnte immer noch ein Internet-Troll sein, der sich all das nur ausgedacht hat.

Doch die Anzeichen häufen sich.

Wir treten in den Eingangsraum vor der Schleuse, wo sich Toms und mein Blick abermals treffen. Die Angst in seinen Augen lässt die Wut in mir, die diese Menschen mit ihrem Vorgehen auslösen, noch höher kochen.

Ich werde nicht zulassen, dass sie uns gegen unseren Willen mitnehmen. Dass sie Tom zu dieser Behandlung zwingen, wie auch immer sie aussieht. Nicht zuletzt regt unsere hilflose Festnahme so viel Widerstand in mir, dass ich mich kaum noch beherrschen kann.

Sie sind zu weit gegangen. Ich weiß nicht, was passieren wird, wenn wir fliehen, doch ich werde mich auch nicht wie ein Kind in einer Erziehungsanstalt mitzerren lassen.

Ich habe immer noch einen freien Willen, oder nicht?

Tom mustert meinen Gesichtsausdruck. Er kennt mich gut genug, um ihn ohne Worte zu verstehen. Er deutet ein Nicken an, abwartend, was ich tue. Doch hier drinnen ist es zu eng, die Möglichkeiten zu begrenzt. Wir müssen erst aus diesem Gebäude heraus, an dieser Schleuse vorbei.

Als würde ich gehorchen, strecke ich also meine Hand zu der SmartSuit-Ausgabestelle aus, ziehe jedoch drei der kleinen, quadratischen Verpackungen hervor und verstaue zwei davon in meiner Jackentasche. Wenn wir flüchten, könnten wir sie noch gebrauchen.

Dann stülpe ich einen Personenpanzer über, locker jedoch. Schließe ihn nicht ganz, verklebe nicht die Fußgelenke. Nichts, was es mir gleich erschwert, das Ding wieder loszuwerden.

Wieder huscht mein Blick zu Tom, der mich offenbar genau genug beobachtet hat, um mein schlampiges Anziehen zu imitieren. Doch ich bemerke, dass mein Verhalten auch der Raubkatze nicht entgangen ist. Mit einem skeptischen Blick mustert Ivan mich, dann legt er mir eine Hand auf den Rücken, ehe wir in die Schleuse treten – wenn auch nicht stark genug, um mich voranzuschubsen. Eher um zu verhindern, dass ich wieder umdrehe.

Ein anderer Personenpanzer geht voran und drückt die schwere Schleusentür auf. Mein Kopf macht das zischende Geräusch nach, als würde es die Zeit bis zur Öffnung, die mir plötzlich unendlich lang erscheint, verkürzen.

Dann treten wir hinaus. Ich versuche, gleichmäßig zu laufen, unauffällig, direkt auf den großen, schwarzen E-Transporter zu, der vor dem Gebäude parkt. Doch die Raubkatze hält weiter die Hand auf meinen Rücken.

Ich muss schnell reagieren.

Ein paar Schritte gehen wir noch, der Beton unter meinen Schuhen fühlt sich plötzlich rau und klebrig an, als wolle er mich von meinem Vorhaben abhalten und mich daran erinnern, dass ich eine unüberlegte Entscheidung treffe.

Doch auch, wenn es stimmen sein mag: Sie ist gefallen.

Ein letzter Blick zurück zu Tom. Er ist nicht fixiert und bekommt dadurch hoffentlich eine Extrasekunde Reaktionszeit.

Ich nicke. Tom sieht es. Dann wende ich mich abrupt zur Seite. Ich stolpere zu Boden, doch nutze den Moment, um mich mit Händen und Beinen gleichzeitig abzustoßen zu meinem Sprint. Ich spüre den Windzug hinter mir, als die Raubkatze nach mir greift, doch ich entkomme.

Ich beschleunige meinen Schritt weiter, stemme meine Füße so kräftig in den Boden, wie es meine Muskeln erlauben. Tom ist zwei Schritte vor mir und ich greife ihn auf dem Weg am Arm, als könnte so ein Teil jener Energie, die gerade durch jedes Äderchen meiner Haut fließt, auf ihn übergehen. Ich ignoriere, wie das Plastik meine Muskeln wie bei einem entgegenstürmenden Unwetter zurückhält. Überall um mich herum knistert der Personenpanzer und macht es mir unmöglich, zu hören, wie eng auf die Schritte des Security-Personals sind. Ich renne einfach nur.

Gelegentlich ziehe ich Tom zurück auf die Beine, wenn er stolpert. Wir steigen über die steilen Pfade und Treppen empor, über Kieselwege, auf denen ich beinahe ausrutsche. Tom hechelt hinter mir, doch er hält durch, auch wenn sich seine Atmung ungesund anhört.

Erst, als wir eine gerade Strecke vor der nächsten Treppe erreichen, löst Tom sich aus meiner Hand. Schlagartig stoppe ich und wende mich zurück, befürchte bereits, er wäre gefasst worden. Doch Tom ist nur hinter mir in die Knie gegangen und atmet so heftig, dass sein ganzer Körper sich hebt und senkt.

Ich will ihn hektisch zurück auf die Beine ziehen, als mir auffällt, dass es hinter uns still ist. Da ist niemand. Leere. Haben sie so schnell aufgegeben? Konnten wir sie tatsächlich abhängen? Oder haben sie gar nicht versucht, uns zu kriegen?

»Tut mir leid, ich ...«, stammelt Tom.

Doch ich wimmle ihn ab. »Ist schon in Ordnung. Ich glaube, wir sind ...«

»Caitlyn? Tom?«

Ivans Stimme erreicht mich so plötzlich, dass ich hochspringe. Dennoch ist er nirgends zu sehen. Außerdem klang die Stimme merkwürdig metallisch, als ob ...

»Bleibt, wo ihr seid. Wir werden euch abholen.«

»Das Smartphone!«, fährt Tom mich an.

Es kostet mich eine Schreckenssekunde, um zu verstehen, was gerade passiert. »Bleibt, wo ihr seid«, hallt es in meinem Kopf nach. Sie haben uns über mein Smartphone geortet.

Wie durch einen Blitzschlag kehre ich in meinen Körper zurück und streife mir hektisch das Plastik vom Körper. Noch während ich mich mit den Beinen rausstrample, hole ich mein Smartphone aus der Hosentasche und werfe einen Blick darauf. Doch das Display ist dunkel.

»Verzichtet auf Gegenwehr. Eine Flucht ist sinnlos«, ertönt es erneut aus den Lautsprechern. Kein Anruf, den ich angenommen habe. Keine App, die geöffnet ist. Nichts, was ich getan hätte, was Ivans Stimme aus diesem Gerät erklären würde.

Sie haben es gehackt. So, wie Tom mich immer davor warnte. Deshalb wussten sie auch, dass ich bei ihm war – das Ortungssystem hat ihnen meine Position verraten. Ich bin überzeugt, dass sie das nicht dürfen, selbst wenn sie zu einer staatlich unterstützten Organisation gehören. Warum auch? Ich habe nichts verbrochen.

Und doch tun sie es, genau in diesem Moment.

Tom ist mittlerweile ebenfalls aus dem Personenpanzer gestiegen und atmet mit weit geöffnetem Mund. Doch obwohl wir flüchten, hat seine Miene etwas Hoffnungsvolles. »Glaubst du mir jetzt?«

Ich atme schwer durch. Diese Frage habe ich mir selbst noch nicht beantwortet. »Ich weiß es nicht. Aber ich möchte nicht, dass sie etwas gegen deinen Willen tun«, erkläre ich. »Und ich lasse mich nicht einfach festhalten.« Dann werfe ich das Smartphone von mir. Ein Knirschen ertönt und ich wundere mich darüber, wie der leichte Aufprall ein so lautes Geräusch verursachen konnte. Doch dann bemerke ich, dass das Knirschen anhält.

Ich schrecke herum zu dem E-Transporter, der auf uns zurollt. Querfeldein, über die Kieswege, sogar die flachen Treppen empor.

Ich greife erneut nach Toms Hand und wir laufen wieder los. Jetzt gibt es kein Plastik mehr, das meine Körperteile zurückhält. Dafür ist die Luft dünner und meine Muskeln fühlen sich noch schwerer an. Ich spüre ein Kribbeln auf meinen Wangen von den Giftpartikeln, die ein leichtes Brennen hinterlassen. Doch ich kann nicht aufhören.

Wir müssen fliehen.

Das Knirschen ist stets hinter uns und dass uns der Wagen noch nicht eingeholt hat, ist nur unseren unvorhersehbaren Haken zu verdanken, die wir über das Gelände schlagen können. Doch lange halten wir nicht mehr durch.

Nach einigen weiteren Treppen erreichen wir schließlich ein Plateau. Grauer Beton ragt rings um die geebnete Fläche rund einen Meter hoch aus dem Boden, sicher einige Zentimeter dick, eine viel zu übertriebene Sicherung für einen Ort, den selten jemand betritt. Und doch vielleicht gerade genau das, was wir benötigen.

Ich stürze nach vorne und das erste Mal löst sich Tom aus meiner Hand. »Was hast du vor?«

Ich klammere mich an eins der begrenzenden Betonstücke und schaue hinab. Es ist tief. Aber darunter ist Wiese, die kleine Oase zwischen meiner und Toms Wohnanstalt. Wenn wir es geschickt anstellen, verletzen wir uns vielleicht nicht so heftig. »Wir müssen da runter.«

»Was?« Toms Stimme überschlägt sich.

Ich stütze meine Hände auf die graue Fläche, die noch leicht feucht ist von einem vergangenen Regen, und klettere auf den schweren Betonbau, der Menschen genau von dem abhalten soll, was ich gerade tue. »Wir haben keine andere Chance.«

»Aber …«

»Ich gehe vor. Dann siehst du, dass es ungefährlich ist.« Was eine Lüge ist, denn natürlich ist es gefährlich. Aber irgendwie muss ich ihn überzeugen. »Dann springst du. Ich fange dich auf.« Ebenfalls gelogen, die Kräfte habe ich gar nicht. Aber wenn er darauf vertraut, dann geht sicher alles gut.

»Caitlyn ...«

Ungeachtet seines Widerspruchs setze ich mich auf die schmale Betonfläche und blicke hinab, wo meine Füße bereits hinabbaumeln. Dann kommen doch für einen Moment Zweifel auf. Ich weiß nicht, was diese Leute mit uns vorhaben, aber sollte ich dafür wirklich unseren Tod riskieren?

Doch ich riskiere ihn ja nicht für mich, sondern für Tom. Damit er jener Behandlung entgeht, vor der er sich fürchtet.

Also stütze ich mich ab, dann falle ich nach vorne in die Tiefe. Und falle. Und falle.

Am Boden aufkommend nutze ich die restliche Kraft aus dem Sturz, um mich abzurollen. Schließlich bleibe ich liegen, mitten auf der Wiese, auf der unebenen Oase. Kurz bin ich bewegungsunfähig, erwarte die Schmerzen, in den Knöcheln vor allem, doch ich habe den Sprung unbeschadet überstanden. Das Adrenalin zwingt mich zurück auf die Beine, im Gegensatz zu meinem Kreislauf, der augenblicklich Übelkeit und Schwindel hinterherschickt.

Taumelnd blicke ich zum Geländer empor, wo Tom nun mit in den Beton gepressten Fingern hinabsieht.

»Jetzt komm!«, weise ich ihn an und strecke die Hände aus.

Doch er zögert. Trotz der Entfernung sehe ich sein heftiges Atmen, während er sich immer weiter nach vorne beugt. Dann, endlich, klettert er über das Geländer. Er schlägt ein Bein über den Beton, bereit, mir zu folgen.

Komme, was wolle, ich werde ihn lebendig hier herunterbekommen.

»Jetzt spring!«, drängle ich erneut, noch ehe er vollständig über das Geländer geklettert ist.

Plötzlich scheint die Zeit stehen zu bleiben. Wie in Zeitlupe beobachte ich, wie Tom vom Geländer weggezogen wird, seine Schemen verweilen auf meiner Netzhaut, als wären sie eingebrannt. Doch er ist weg. Er ist verschwunden.

Ein Schauer durchfährt mich und ich trete einen Schritt voran, als würde ich so mehr von dem sehen, was hinter dem

Beton passiert. »Tom!«, rufe ich verzweifelt, auch wenn ich längst weiß, was passiert ist.

Sie haben ihn.

Ich hätte bei ihm bleiben sollen. Hätte ihn beschützen müssen. Vielleicht hätten wir es dann geschafft.

Ich blicke mich um, suche den schnellsten Weg, um wieder emporzugelangen. Doch plötzlich lehnt sich Ivan über das Geländer, schaut zu mir herab und klettert ebenfalls auf das halbhohe Betongemäuer.

Erst mit wackeligen Beinen, dann immer zügiger renne ich wieder los. Ich weiß nicht, wieso. Ich wollte ursprünglich bloß Tom helfen. Doch mein panischer Instinkt treibt mich weiter an wie während einer Verfolgungsjagd eines Films, wenn die Figur vor einer dunklen Gestalt flieht und nicht weiß, wieso sie verfolgt wird. Ich flüchte vor dem Unbekannten und ahne jetzt schon, dass es nicht gut enden wird.

Doch selbst, wenn ich entkomme: Was wird aus Tom? Kann ich ihm besser helfen, wenn ich frei bin?

Meine Lunge brennt, meine Muskeln brennen, meine Haut brennt. Ich biege ein paar Mal um Häuserecken, ehe ich mich an eine Gebäudewand presse, meinen Atem stillhalte, auch wenn alles in mir danach verlangt, so viel Sauerstoff wie möglich einzuziehen. Schritte nähern sich, werden langsamer, doch stoppen nicht. Ich weiß, wer es ist, und doch schaffe ich es nicht, weiter zu rennen. Meine Lunge versagt mir den Dienst und ich kann nur hoffen, dass er umdrehen und aufgeben wird, hier nicht weitersuchen und mich noch entdecken könnte.

»Caitlyn, es bringt nichts, davonzulaufen.« Ivans Stimme klingt bedauernd. »Die Behandlung ist notwendig.«

Mein Herz hämmert in meinem Brustkorb und ich muss den Kopf in den Nacken legen, damit der Sauerstoffmangel mich nicht in die Knie zwingt. Ich höre meine Lunge in der Lautstärke eines immer lauter röhrenden PC-Lüfters und wünschte mir, ich könnte mit dem Atmen aufhören, nur für einen Moment, bis ich in Sicherheit bin. Meine Haut pritzelt und ich fahre mir mit den

Fingerspitzen über die Wangen, doch dadurch verteile ich das Gefühl noch weiter.

Die Schritte nähern sich wieder. Weiß die Raubkatze, dass ich hier bin? Hört sie mich? Oder schleicht sie bloß lauernd herum?

»Caitlyn, es ist zu deinem Besten. Du wirst dich nachher besser fühlen.«

Ivan wirkt so überzeugt, so ruhig. Nicht, als hätte er ebenso wie ich gerade einen Sprint hingelegt. Beinahe so, als könnte ich ihm vertrauen.

Vielleicht hat er recht. Vielleicht sollte ich mich stellen und die Behandlung über mich ergehen lassen. Nicht so ineffizient denken, wie ich es gerade tue.

Doch ich kann die Zweifel nicht abstellen, die sich immer mehr in mein Bewusstsein drängen. Ich kann nicht einfach aufhören, Angst zu empfinden.

Ein weiterer Schritt in meine Richtung. Ehe ich darüber nachdenken kann, renne ich wieder los. Ich weiß nicht, wohin, weiß nicht, ob mir hinter der nächsten Kurve eine Sackgasse entgegenblickt, weiß nicht, wie lange ich laufen soll, welchen Weg ich einschlagen soll, ob meine Flucht die richtige Entscheidung ist. Aber ich laufe, als würde mein Leben davon abhängen. Denn wenn Tom und Alonso recht haben, dann tut es das.

Hinter mir höre ich lautes Gepolter, lauter beinahe als das des Wagens. Obwohl das Laufen auf dem unebenen, unbekannten Gelände schwerfällt, wage ich einen Blick zurück. Ivan folgt mir in sperrigem Personenpanzer und dennoch holt er mich ein.

Ich wende mich wieder nach vorne, versuche, meine Beine noch mehr anzustrengen. Doch das Atmen fällt mir zunehmend schwerer, schwarze, größer werdende Punkte bilden sich vor meinen Augen. In der Hoffnung auf Sicherheit steuere ich auf eine Kurve zu, bremse ab, bereit, dahinter zu verschwinden. Doch als ich gerade die Richtung wechseln will, verliere ich den

Halt. Der schlammige Boden gibt unter mir nach, meine Füße rutschen weg und ich lande seitlich im Matsch.

Mit schmerzender Hüfte versuche ich mich wieder auf die Beine zu hieven, doch es ist zu spät. Ivan drückt mich zurück auf den Boden und fischt nach meinen Handgelenken. Ich drehe mich auf den Bauch, ziehe mich nach vorne, entkomme für einen Moment seinem Griff, ehe er mich am Fußgelenk zurückzieht.

Im selben Atemzug drehe ich mich auf den Rücken. Ivan über mir wirkt konzentriert, kalte, schmale Augen mustern mich durch das Schutzvisier, ein Schweißtropfen läuft über die helle Narbe. Ich schlage um mich, trete, kann kurz meinen Fuß befreien, ehe Ivan sich erneut auf mich schmeißt.

»Caitlyn!«

Die ermahnende Stimme dringt an mein Ohr, viel mehr belehrend als drohend, so überraschend, dass ich unwillentlich meine Gegenwehr für einen Moment einstelle.

»Lass es. Das bringt nichts.« Die Raubkatze drückt meine Schulter in den Matsch, während sie mich am Boden fixiert. »Keinem von uns.«

Ich atme schwer, doch mit jeder Sekunde, die ich nicht reagiere, lässt der Druck auf meine Schulter nach. Ich könnte es gleich erneut versuchen. Ich könnte abwarten, bis Ivan mich loslässt, und dann rennen.

Doch wie viel erfolgreicher würde ich wohl sein? Ich bin bereits geschwächt und seine Verstärkung ist sicher auf dem Weg. Eine Truppe an weiteren, ähnlich gut ausgebildeten Menschen. Sollte ich einen weiteren, sinnlosen Kampf antreten? Oder lieber Tom beistehen?

Ivan greift nach meinem Handgelenk, nicht schmerzhaft, aber doch bestimmend fest. Dann zieht er mich damit auf die Beine. »Komm jetzt.«

Instinktiv reiße ich an meinem Arm, doch zusammen mit diesem Körperteil werde ich jetzt sicher nicht mehr flüchten. Eher müsste ich es mir ausreißen. »Wieso?«, beginne ich und das Gefühl, gefangen zu sein, lässt wieder Panik in mir aufsteigen. »Was habe ich getan? Warum …?«

»Details wird dir unsere Ärztin mitteilen.« Ivans Stimme ist durchdringend, trotz des Filters vor seinem Mund, seine Miene unverändert.

Ich schlucke, während sich seine Hand um mein Armgelenk immer noch anfühlt wie eine eiserne Fessel. »Ihr wisst es nicht einmal? Ihr nehmt mich einfach fest, ohne zu wissen, weshalb?«

»Das hier ist keine Festnahme«, korrigiert er mich. Stoischer Gesichtsausdruck, nicht die geringste Regung. »Das ist ausschließlich eine Überbringung in eine Optimierungsklinik. Die Tatsache, dass eine Zwangsmaßnahme für diesen Schritt notwendig war, spricht bereits für eine Erkrankung an Morbus Inertia.« Als hätte er keine Lust auf eine weitere Diskussion, reißt er mich mit sich.

Widerwillig stolpere ich den Weg entlang, den ich so mühevoll zurückgelegt habe. Ich hatte keine Chance. Ich bin sicher nicht die Erste, die so eine Flucht versucht hat, und nicht die Letzte. Auf Menschen wie mich sind sie vorbereitet. In allem, was sie tun, wie sie ausgebildet wurden.

Das hier ist schon öfter passiert.

Ich puste mir einige matschige Haarsträhnen aus dem Gesicht. Mit welcher Härte sie durchgegriffen haben, erschreckt mich fast mehr als Alonsos Nachrichtenkommentar, den ich selbst nicht ernstgenommen hätte. Wenigstens werde ich bei Tom sein. Er muss das, was nun auf uns wartet, nicht allein durchstehen.

# 8

Wir kehren zu der kleinen Grünoase zurück, auf der nun der E-Transporter parkt. Die Sonne ist fast untergegangen und beschattet alle Objekte mit einem rötlichen Glanz.

Ich würde gerne fragen, was jetzt mit uns passiert, doch ich schweige. Meine Angst, Antworten zu bekommen, die ich nicht hören möchte, ist zu groß.

Einige Personenpanzer haben auf der Wiese gewartet, doch steuern mit unserer Ankunft die Hecktür des Wagens an. Alle außer einer Person, die ausharrt, die Hände in die Seiten gestützt. Ich erahne durch das Visier des SmartSuits gefährlich leuchtenden Augen. »Ist unser Held zurück?« Die raue, weibliche Stimme trieft vor Sarkasmus.

Dennoch zeigt Ivan noch immer keine emotionale Reaktion. »Geh in den Wagen, Shaira.«

Die Frau verschränkt die Arme vor der Brust, ehe sie sich mit breiter Haltung vor ihm aufstellt, ein Bein seitlich abgestellt. »Gibt das eine Gehaltserhöhung für dich? Oder fühlst du dich einfach nur überragend, wenn du mal wieder eine Jagd erfolgreich beendet hast?«

»Diese Diskussion ist …«

»Schon gut!«, wimmelt sie in zickigem Ton ab und hebt die Hände. »Du musst mich nicht schon wieder belehren.« Einen Moment lang starrt sie noch Ivan an, dann wandert ihr Fokus zu mir. Ihr Blick spricht in jedem Moment eine Todesdrohung aus, in der er ein lebendes Wesen trifft. »Ich fahre.« Dann greift sie nach der Wagentür, ohne seine Reaktion abzuwarten.

Nachdem sie eingestiegen ist, wendet sich Ivan hinüber und stützt sich auf die Wagentür neben Shaira. »Du wirst nie wieder so mit mir reden«, zischt er sie an, um leiser zu reden, aber doch kann ich ihn problemlos verstehen.

Mein Herz klopft heftiger. Er ist zum ersten Mal abgelenkt. Doch ich befürchte, es wäre leichter, ein Metallschloss zu knacken, als seine Finger von meinem Handgelenk zu lösen.

»Wie habe ich denn mit dir geredet, Ivilein?«, provoziert Shaira ihn weiter. Ihre Augenbrauen springen nach oben und für einen Moment frage ich mich, wer von den beiden angsteinflößender ist. »Kannst du es etwa nicht ab, wenn jemand Niederes wie ich überhaupt spricht?«

»Du weißt genau, was ich meine«, antwortet Ivan trotz der gesenkten Stimme kontrolliert. »Ich habe allmählich alle arbeitsrechtlich möglichen Disziplinarmaßnahmen ergriffen. Ich kann dich nicht länger schützen.«

»Ach, du hast mich geschützt? Das ist mir neu.« Shaira lehnt sich ein Stück aus dem Wagen heraus. Trotz der Schutzanzüge, die die beiden trennt, wirkt es mir, als würde sie ihm gleich an die Kehle springen.

»Dein Verhalten hat Konsequenzen«, zischt Ivan. Doch obwohl ich annehme, dass es eine Drohung ist, klingt es so gleichgültig wie alles, was er sagt.

Dann löst er sich und zieht mich am Wagen vorbei. Als wir die Hecktüren erreichen, strahlt mir schmales Licht entgegen. Kahle, kurze Metallbänke sind an den Wänden befestigt, verdrahtet mit zusätzlichen Ketten. Tom sitzt auf der linken Bank, um ihn herum zwei Personenpanzer. Während ich einsteige, bleibt er stumm, doch seine traurige Miene verkündet, dass er uns aufgegeben hat.

Dachte Tom, dass ich es schaffe, zu fliehen? Immerhin bin ich schon immer die Sportlichere von uns beiden gewesen. Früher jedenfalls. Heute hat mich der Bürojob eingeholt wie jeden anderen auch.

Ivan setzt sich mit mir auf die gegenüberliegende Metallbank und zieht die Türen zu, sodass nur noch ein unruhiges Licht das Innere erhellt. Während wir über die Straßen ruckeln, durchfährt mich immer noch ein permanentes Zittern. Es herrscht eisernes Schweigen zwischen den Personenpanzern, ich blicke von Gesicht zu Gesicht, doch sie sind alle starr nach vorne gerichtet. Sie machen das schon zum tausendsten Mal.

Also konzentriere ich mich wieder auf Tom. »Es tut mir leid.«

Er wendet den Kopf zu mir, als würde er nach den richtigen Worten suchen, doch er schüttelt nur den Kopf. »Du hast nichts falsch gemacht.«

»Aber wenn ich dir …«

Er stoppt mich mit einer laschen Handbewegung, vermutlich, bevor ich etwas sagen kann, was uns in noch mehr Probleme bringt. Sein Atmen klingt immer noch wie das Röhren der SmartSuit-Luftfilter, obwohl wir beide die einzigen sind, die keinen tragen. »Vermutlich war es schon zu spät.«

»War es … ist es nicht.« Ich beuge mich zu ihm nach vorne, erwarte, von einem der Personenpanzer aufgehalten zu werden. Ivan schenkt mir zwar einen kritischen Blick, lässt mich jedoch gewähren. »Wir werden das durchstehen, verstanden?«

Ich hoffe, ihm Trost spenden zu können, ihn ernstzunehmen und gleichermaßen zu beruhigen. Doch Tom presst nur die Lippen aufeinander. »Ich wünschte, du hättest recht. Aber ich weiß nicht, ob wir das überleben werden.«

Ich stocke. Er hat »wir« betont, als wäre es das wichtigste Wort im ganzen Satz. Ob »wir« das überleben werden. Dabei stolpere ich vielmehr über das Wort »überleben«.

Alonso schrieb von den Optimierern als »Todesfalle«. Dass Tom daran glaubt, beunruhigt mich am meisten. Denn selbst, wenn ich Alonso für einen Wahnsinnigen halte, der Panik verbreiten wollte – Tom vertraue ich. Er ist ein Genie und hat stets alles hinterfragt. Er hätte die Anschuldigungen nicht geglaubt und mich eingeweiht, wenn er sie nicht überprüft hätte.

Die Erkenntnis trifft mich wie ein Schlag direkt in mein Herz. Tom begann zu erzählen, dass er weiter recherchiert hatte. Er muss herausgefunden haben, dass es wahr ist.

Mir wird kalt und eine Gänsehaut kriecht schmerzhaft über meinen Körper. Ich erwarte, dass die Personenpanzer leugnen, was er da erzählt, doch es bleibt still. Selbst Ivan hat den ausdruckslosen Blick wieder nach vorne gewandt.

Sie müssen doch widersprechen!

Ich richte mich wieder auf, habe ich doch den Eindruck, nur so noch atmen zu können. Als mir auffällt, dass ich immer noch nicht geantwortet habe, setze ich nach: »Tom, egal was passiert, wir werden auf jeden Fall überleben.«

Und ich meine es ernst. Mag sein, dass sie uns gefangen haben, dass ich nichts dagegen unternehmen konnte, dass sie uns in diesen Optimierer bringen. Aber ich werde nicht zulassen, dass sie uns umbringen. Mir ist egal, ob es sich bei den Kliniken um Todesfallen handelt oder was auch immer uns da erwartet. Ich werde uns da wieder herausholen.

# 9

Als der Wagen zum Stehen kommt, steigen wir durch die Hecktüren wieder aus. In einem merkwürdig anmutenden Marschschritt, behindert durch die schwere Schutzkleidung der militärisch anmutenden Menschen, schreiten wir auf ein strahlend weißes Gebäude mit einem breiten Steingarten und hohen Glasfronten zu. Tom und ich werden durch die hochmoderne Schleuse voller Instruktionen, Klappen, Schachteln und Boxen, die ich nicht alle einzuordnen weiß, hindurchgeschickt. Auf der anderen Seite erblicke ich eine leuchtend weiße Halle, so hell, dass es in den Augen brennt.

Doch Ivan lässt mir keine Gelegenheit, mich an die Helligkeit zu gewöhnen, und zieht mich bereits wieder mit sich. Er zerrt mich nicht, als wäre ich ein widerwilliges Kind, eher so, als wolle er mich über eine glatte Eisoberfläche navigieren. Dennoch ist der Griff stark genug, um mir zu vermitteln, dass ein erneuter Widerstand zwecklos wäre. Aber was sollte ich auch tun? Selbst wenn ich es schaffen sollte, seine Hand von meinem Handgelenk zu lösen – wobei ich annehme, dass ich mir den Arm abtrennen müsste, bevor er den Griff nochmal lockert – wären da noch die anderen Wachensubjekte hinter uns, die mich sofort wieder unter Kontrolle bringen würden.

Ivan führt mich über die weißen Fliesen auf einen Aufzug zu, direkt unter einem großen Treppenbogen, der eine halbe Etage höher führt. Die beinahe unsichtbaren Fugen lassen den Boden wie eine einzige, spiegelnde Fläche erscheinen. Durch die Glaskuppel fällt Licht herein, doch es muss zusätzlich eine künstliche Beleuchtung geben, die diese Halle mit ihren zwei schmaleren Gängen zur rechten und linken Seite selbst jetzt kurz vor dem Sonnenuntergang hell erstrahlen lässt.

Zum ersten Mal blicke ich zu Ivan neben mir auf und bemerke nun, ohne den Personenpanzer, dass auch er verschwitzt ist.

Die Haare sind strähnig und auf seinem schwarzen Hemd haben sich noch dunklere Flecken gebildet.

Ich habe es ihnen nicht leicht gemacht und dennoch hat es nicht ausgereicht.

Ein dumpfes Klingeln des Aufzugs ertönt und die Türen öffnen sich geräuschlos. Ivan zieht mich hinein, dicht gefolgt von Tom und weiteren Leuten aus Ivans Security-Team. Graue, dunkle Wände umgeben uns, während wir mit dem Aufzug hinabrasen, als würden wir mit Lichtgeschwindigkeit die Hölle erreichen.

Tom hat keinen weiteren Ton verloren. Er hat den Blick gesenkt, sieht weder mich noch einen der anderen an. Er hat schon aufgegeben.

Ich suche gerade nach den richtigen Worten, um ihn aufzubauen, als der Aufzug mit einem Klingeln dessen Ankunft verlautet. Während Tom und die Menschen vor uns den engen Innenraum verlassen, mustere ich den Raum dahinter. Es ist hier viel düsterer als in der weißen Eingangshalle. Das weiß-blaue Licht, die Menschen in grünen Kitteln, die langen Edelstahltheken sowie die Terrakotta-Fliesen erinnern mich an ein Labor, die langen, spitzen Untersuchungsgeräte und die ovale Leuchte an der Decke eher an eine Horrorklinik.

Jetzt werde ich paranoid.

Einige der grünen Kittel mustern uns, während wir hinaustreten. Stumm folgen sie uns mit den Blicken und mir läuft ein eiskalter Schauer den Rücken herab.

»Caitlyn wird vorgezogen. Bringt Tom in eine der Vorbereitungszellen.« Ivans durchdringende Stimme hinter mir, in diese gespannte Stille hinein, lässt mich zusammenzucken.

Umso länger braucht es, bis ich begreife, was er gesagt hat. Erschrocken schaue ich zu Tom auf, der plötzlich von mir weggezerrt wird, am Labor vorbei nach links in einen Gang. Ich will ihm hinterher, doch Ivan zieht mich am Handgelenk zurück und reißt mich quer durch das Labor mit sich, an all den Kitteln,

Untersuchungsgeräten, Apparaturen vorbei. Ich rieche praktisch schon das Blut – oder bilde ich mir das nur ein?

»Nein!« Ich weiß nicht, woher die plötzliche Kraft stammt, doch ich zerre an meinem Arm und stemme die Füße in den Boden. »Lass mich los! Ihr habt doch alles, was ihr wolltet. Ich bin hier. Also lasst mich zu Tom.«

Doch die Raubkatze bleibt ruhig, während sie dagegenhält. »Er kommt früh genug nach.« Dann versetzt Ivan mir einen Ruck und ich stolpere nach vorne, muss meine Gegenwehr einstellen. Gerade, als ich wieder stolpernd auf die Füße gefunden habe, stößt Ivan mich in einen Raum und schließt die undurchdringliche Metalltür hinter mir. Ich höre das Geräusch des Schlüssels im Schloss, ehe sich allmählich Schritte entfernen.

Ich bin eingesperrt.

»Hey!« Ich stürme auf die Tür zwischen den blau-weißen Wänden zu, die trotz der Farbe keinerlei beruhigende Wirkung auf mich haben. »Das könnt ihr nicht machen! Lasst mich raus!« Ich greife mir an den Hals, habe ich doch schon den Eindruck, keine Luft mehr zu bekommen. Hier ist viel zu wenig Luft. Zu wenig Luft.

Ich bin eingesperrt.

Ich trommle so heftig gegen die Tür, dass der Hall in meinen Ohren schmerzt. Ich höre das Klackern des Schlosses in der Halterung. Nach vorne, zurück, nach vorne, zurück. Ich versuche es wieder und wieder, doch so sehr ich auf eine Beruhigung durch das Verhalten hoffe, umso mehr lässt es das Adrenalin in meinen Adern hochkochen.

Als meine Handseiten zu schmerzen beginnen, stoppe ich. Ich atme mehrfach tief durch, doch die Schlinge um meinen Hals zieht sich immer weiter zu. Mit zittrigen Beinen laufe ich durch den Raum, dessen Wände die Luft einzusaugen scheinen.

Liegt es an der Enge? An dem Eingesperrtsein? Oder wollen sie mich hier tatsächlich ersticken?

Ich drücke mir die Hände an die Stirn und laufe im Kreis, fällt es mir doch immer schwerer, klar zu denken. Mein ganzer Körper zittert, während meine Sicht verschwimmt. Schwach nehme ich neben mir, eingelassen in die Wand, eine Glasfront war. Dahinter ist ein Raum, genauso quadratisch, mit einem weißen Plastiktisch und einem dazu passenden Stuhl.

Ich bin eingesperrt.

Ich laufe eine weitere Runde, dann bemerke ich zum ersten Mal eine weitere Tür. Sie ist kleiner, unauffälliger und aus Holz.

Die kriege ich auf.

Ich stürze darauf zu, rüttle an dem Knauf, immer heftiger. Ich schreie in der Hoffnung, es würde mir die nötige Kraft schenken, doch ich schaffe nicht, sie zu öffnen. Sie bewegt sich noch weniger als die Metalltür hinter mir.

Schließlich rutsche ich vom Knauf ab, falle rücklings auf den Boden und der Aufprall nimmt mir die restliche Luft, die noch in meinen Lungen steckte. Hat der Raum begonnen, sich zu drehen oder bilde ich mir das nur ein?

Ich stütze mich auf die Beine und strecke die Hände aus, da ich mich plötzlich nicht mehr ausbalancieren kann. Ich versichere mich immer wieder, dass sich die Wände nicht bewegen, dass ich hier nicht zerquetscht werde. Sie werden mich hier wieder herausholen. Sie müssen doch. Oder?

Ich stütze mich an einer Wand ab – nur um sicherzugehen, dass sie sich nicht bewegt – und schließe die Augen. Ich muss das hier bloß durchstehen. Sie werden mich nicht einfach in einen Raum sperren und verhungern, ersticken, zerquetschen lassen. Ich komme hier wieder heraus.

Hoffentlich komme ich hier wieder heraus.

# 10

Plötzliche Schritte aus dem Nebenraum lassen mich hochschrecken. Als erstes tritt Ivan ein, doch auch wenn ich Panik und Wut empfinde, lenkt mich das Treiben nebenan genug ab, um wieder klar sehen zu können.

Direkt nach Ivan betritt eine Frau den Raum. Ihr Gang ist aufrecht, sie trägt einen weißen Kittel und doch erkenne ich dazwischen ihre makellose Haut, die mich an teures Porzellan erinnert. Ihre Augen strahlen die Erhabenheit einer göttlichen Hoheit aus. Alles an ihr wirkt überlegen, mächtig – einfach besser.

Sie lehnt sich rücklings an den Plastiktisch, Ivan bleibt schräg dahinter stehen. »Guten Tag, Caitlyn. Ich bin Joanna, leitende Wissenschaftlerin dieser Einrichtung. Gewissermaßen kennen wir uns ja bereits.« Sie faltet die Hände in ihrem Schoß, während ich immer noch hechle, als würde ich auf einem Laufband trainieren. Kalter Schweiß tropft meine Stirn herab, der mich noch unwohler fühlen lässt. »Ich möchte dich herzlich in meiner Klinik willkommen heißen.« Die Formalität ihrer Worte verpönen mich, kann ich mich doch gerade nur darauf konzentrieren, am Leben zu bleiben.

Plötzlich höre ich ein Knirschen über mir. Erschrocken blicke ich an die Decke. Fällt sie jetzt doch auf mich herab?

Ich halte bereits schützend die Arme vor das Gesicht, als das leise Rattern immer näherkommt. Ich blicke wieder vorsichtig zur Decke, von wo ein schwarzes Elektronikgerät herabgelassen wird, und greife danach, ehe es den Boden erreicht.

»Unterschreib das und wir kümmern uns um deine Behandlung«, höre ich Joanna. Mit zwei Fingern, gerade so viel, dass ich das Gerät halten kann, nehme ich es entgegen. Auf dem glänzenden Display strahlt mir bereits die Überschrift des geöffneten Dokuments entgegen: »Einverständniserklärung zur Behandlung von Morbus Inertia«.

Noch ehe ich den restlichen Text gelesen habe, schaue ich wieder auf. »Aber es gab doch noch gar keine Diagnose, keine Untersuchung ...«

Joanna wendet den Blick über die Schulter zurück auf den weißen Plastiktisch, wo sie auf einem ebenso unscheinbaren Stück Elektronik herumscrollt. »Wir haben festgestellt, dass du dich draußen aufgehalten hast.« Sie nimmt nun das Tablet in die Hand und überkreuzt die majestätischen Beine. »Ohne Grund.«

»Es gab einen Grund«, widerspreche ich.

Joanna hebt die Augenbrauen. »Keinen Beruflichen.«

»Doch«, protestiere ich. »Ich musste mit einem meiner Mitarbeitersubjekte reden.«

»Mit Tom.« Sie spricht den Namen aus, als würde sie damit mein Herz zerspringen lassen können wie einen prallgefüllten Luftballon. »Da wir gerade bei dem Thema sind: Was genau hast du dort gemacht?« Ihre kalten Augen senken die Temperatur spürbar. »Du wurdest auf seinem Bett vorgefunden.«

Mein Blick springt kurz zu Ivan, doch er verzieht wie immer keine Miene. »Ich habe mit ihm geredet«, erwidere ich nachdrücklich. »Tom wohnt nicht in einem Palast. Wenn ich in diesen ...«

Doch Joanna unterbricht mich erneut, als wäre sie an meiner Rechtfertigung gar nicht interessiert: »Führt ihr eine Liebesbeziehung?«

Der letzte Tropfen Spucke in meinem Mund versiegt, ehe ich herausbekomme: »Nein!«

»Sicher?« Joanna hebt die Augenbrauen.

»Ja!«

Sie schaut wieder zum Tablet herab. »Du weißt, dass solche Verbindungen ein deutliches Anzeichen für Morbus Inertia sind.«

»Wären«, korrigiere ich. »Aber es ist nicht …«

Ohne mir eine Chance der Verteidigung zu lassen, fährt sie fort: »Außerdem haben wir Berichte von deinen ehemaligen Professorsubjekten eingeholt.«

»Ihr habt … was?«

»Offenbar kam das früher öfter vor«, fährt sie fort, ohne aufzusehen. »Dass ihr beide euch getroffen habt.«

Ich schlucke. Ich könnte erwidern, dass wir das taten, weil wir befreundet sind. Doch das würde an der Schwere meiner Tat nichts ändern, also schweige ich.

»Darüber hinaus hast du dich ohne SmartSuit draußen aufgehalten.« Schlagartig schaut sie wieder auf. »Und du bist geflüchtet.«

»Ja, aber nur …«, beginne ich und deute auf Ivan.

»Weiterhin«, spricht Joanna so laut weiter, dass sie mich überstimmt, und scrollt ruhig durch die Unterlagen, »haben wir Berichte über deine Leistungskurve bei der Arbeit vorliegen. In den letzten Tagen ist sie abgeflacht, um nicht zu sagen, eingestürzt.« Zum ersten Mal sieht sie mich an, als wolle sie eine Erklärung von mir.

Ich schüttle den Kopf, dann hebe ich in aufkeimender Wut die Hände. »Man kann doch wohl mal ein oder zwei schlechte Tage haben, oder nicht?«, fahre ich sie an, obwohl es die dümmste Antwort ist, die ich hätte geben können. Denn schließlich hat niemand mal schlechte Tage.

»Es kann durchaus passieren, dass die Leistung nachlässt«, erwidert Joanna zu meiner Überraschung. »Nur spricht das eben dafür, dass man an Morbus Inertia erkrankt ist.«

Ich schnappe nach Luft. »Aber ich …«

»Außerdem«, spricht Joanna erneut mit lauter werdender Stimme einfach über mich hinweg, »haben wir anonyme

Hinweise darauf bekommen, dass du dich in letzter Zeit merkwürdig benommen hast. Unkonzentriert sogar.«

Plötzlich werden meine Beine weich und wollen mich dazu zwingen, mich zu setzen. Doch stattdessen stolpere ich nur zurück. »Haben das meine Mitarbeitersubjekte erzählt?«

Joanna legt das Tablet beiseite, da sie ihr vernichtendes Urteil offenbar gesprochen hat. »Wie ich schon sagte, es waren anonyme Hinweise.« Sie stößt sich vom Tisch ab und stellt sich direkt vor der Scheibe auf. »Aber auch ohne diese wären die Anzeichen ausreichend gewesen, um auf Morbus Inertia zu schließen.« Schlagartig dreht sie sich um, andeutend, dass die Diskussion damit beendet ist.

Doch ich habe sie noch nicht beendet. »Ich habe immer gute, nein, hervorragende Arbeit geleistet!« Erneut wedle ich mit der Elektronik in meiner Hand herum. Doch Joanna begibt sich bereits auf den Weg zum Ausgang, gefolgt von Ivan. »Ich habe immer hart gearbeitet und jetzt …«

Noch immer schreiten die beiden ungerührt weiter. Also hole ich mit dem Tablet aus und schmeiße es kraftvoll von mir weg. Mit einem Krachen knallt es an die Wand, sodass ein Kratzer auf dem Metallgehäuse und eine Kerbe im Beton zu sehen sind.

Das laute Geräusch lässt die beiden herumschrecken. Joanna mustert mich und kommt wieder auf die Glasfront zu. »Caitlyn, unterschreib das«, droht sie und ich glaube, die Glasfront vor mir vibrieren zu sehen. »Dir bleibt ohnehin nichts anderes übrig. Du kannst es nur schnell oder langsam hinter dich bringen.«

Ich schnaube. »Warum? Warum all das?« Ich klopfe mit den Handflächen gegen das Glas, was Ivan dazu bewegt, einen Schritt auf mich zuzugehen.

»Weil du krank bist«, antwortet Joanna, das Wort »krank« so betonend, dass sich ihre Stirn in Falten legt. »Du musst hierbleiben. Ohne eine Behandlung können wir dir nicht helfen.«

Ich schnaube erneut, fahre mir durch die Haare, gehe einige Schritte im Raum auf und ab. Mein Schädel droht zu zerplatzen, ich kann noch immer nicht klar denken. Nicht, solange ich hier drinnen eingesperrt bin.

»Lese es dir durch, unterschreibe, und du kannst den Raum verlassen.«

Noch mehr Worte, die in meinem Kopf widerhallen. »Den Raum verlassen«? Es ist ein Flüstern, eines, das ich selbst kaum hören kann. »Verlassen«? Ich wünsche mir gerade nichts sehnlicher, als diesen Raum verlassen zu können. Aber für welchen Preis?

»Wir geben dir etwas Bedenkzeit.«

Bedenkzeit?

Ich starre durch die zerkratzte Scheibe. Das ist ihre Taktik. Sie wollen mich mürbe machen.

Wie gut sie das doch schaffen.

Erneut gehen die beiden auf die Tür zu und erneut stürme ich nach vorne. »Nein, wartet!« Ich drücke meine Handflächen gegen das Glas, doch dieses Mal kann ich sie nicht aufhalten.

# 11

Als Ivan und Joanna den Nebenraum verlassen haben, ist es plötzlich schrecklich still. Die Panik, die vorhin der Überraschung und Wut gewichen ist, frisst sich nun wieder in mein Bewusstsein. Ich setze mich auf den Boden, umgreife meine Füße, wiege mich vor und zurück, um mich zu beruhigen. Die Wände wabern auf mich zu. Ich schreie auf, um sie zu verscheuchen. Am Anfang hilft es, doch dann wird es schlimmer, immer schlimmer.

Ich bin eingesperrt.

Ich springe wieder auf, laufe Runde um Runde, erinnere mich daran, dass ich genug Luft zum Atmen habe. Es wird alles gut.

Einatmen. Ausatmen.

Ich bin eingesperrt. Ich werde hier drinnen sterben.

Aber das können sie doch nicht zulassen, oder? Das dürfen sie nicht.

Ich schnaufe angestrengt. Wie geht es wohl Tom in diesem Moment?

Erneut setze ich mich auf den Boden, wiege mich vor und zurück, nur einen Handgriff von dem Tablet entfernt. Ich komme hier nicht raus. Nicht allein. Nie wieder. Sie lassen mir keine andere Wahl. Ich muss es unterschreiben.

Mit zitternden Fingern und schweißnass greife ich nach dem Tablet. Als würde es einen Unterschied machen, lese ich:

»Einverständniserklärung zur Behandlung von Morbus Inertia

Das an Morbus Inertia erkrankte, behandlungswürdige Zielsubjekt, im Folgenden Krankensubjekt genannt, stimmt zu, durch das Personal der Westbach Forschungsanstalt und Optimierungsklinik, im Folgenden Behandlungsteam genannt, eine Behandlung von Morbus Inertia durchführen zu lassen.

Zur Behandlung von Morbus Inertia wird die Konzentrations-Energetisierung, im Folgenden KonzEn genannt, eingesetzt. Die KonzEn dient dazu, Geist und Körper zu revitalisieren und Anzeichen von krankhafter Trägheit und Konzentrationsschwäche zu eliminieren. Dazu ist es nötig, dass das Krankensubjekt die Sinne schärft, fokussiert Details aus der Umgebung aufnimmt, darauf aufbauend logische Verknüpfungen bildet und alle zur Verfügung stehenden Kräfte mobilisiert.

Das Krankensubjekt stimmt zu, an allen durch das Behandlungsteam durchgeführten KonzEn-Therapien zu partizipieren. Die Therapieansätze können folgende Aspekte einschließen, sind jedoch nicht hierauf beschränkt: Achtsamkeitsübungen, Sportangebote, Gruppentherapie, mentales Aktivierungstraining, Reintegrationsvorbereitungen, operative Eingriffe, Medikation, Zuführung medizinisch zugelassener Chemikalien. Weitere Therapieformen können durch neuere Forschungen hinzukommen oder alte ersetzen. Details können beim Behandlungsteam erfragt werden.

Das Behandlungsteam gewährleistet, alle zur Verfügung stehenden Maßnahmen zu ergreifen, um eine Heilung von Morbus Inertia beim Krankensubjekt zu erzielen. Sollten diese Behandlungsversuche fehlschlagen, verpflichtet sich das Behandlungsteam dazu, Forschungen anzustrengen, bis eine Heilung erzielt ist.

Das Krankensubjekt wird hiermit darüber aufgeklärt, dass eine vorzeitige Entlassung ausgeschlossen ist. Der Aufenthalt in der Westbach Forschungsanstalt und Optimierungsklinik endet mit der Heilung des Krankensubjekts von Morbus Inertia. Die Bestimmung des Heilungsfortschritts und -erfolges obliegt dem Behandlungsteam.

Im Rahmen des Datenschutzes sei darauf hingewiesen, dass die gesamte Anlage überwacht wird, eingeschlossen, aber nicht beschränkt auf Bild- und Tonaufnahmen, Lebenszeichendetektoren und Wärmebildkameras. Das Krankensubjekt erklärt sich mit der eigenen Unterschrift damit einverstanden, dass diese Daten erhoben, verarbeitet und gespeichert werden. Eine Datenlöschung kann im Rahmen des aktuell gültigen Datenschutzgesetzes erwirkt werden.

Das Krankensubjekt nimmt die Risiken zur Kenntnis, die mit der KonzEn verbunden sind, darunter Arbeitsplatzverlust, körperliche Schäden oder der Tod.

Das Behandlungsteam und die Westbach Forschungsanstalt und Optimierungsklinik ist von allen Haftungen freigestellt, die sich aus dem Risiko auf Leib und Leben des Krankensubjekts ergeben.«

Ich starre auf das allmählich dunkler werdende Display. Das kann nicht ihr Ernst sein. Das kann nicht echt sein, was ich hier lese.

Das kann doch nicht wahr sein!

Ich richte mich zitternd auf, während sich der nächste Panikanfall ankündigt. Das ist praktisch eine Verfügung, alles mit mir zu tun!

Es ist wahr. Alles, was Alonso geschrieben hat, ist wahr.

Steht mir jetzt der Tod bevor?

Ich lasse mich gegen die Wand fallen, fehlt meinem Körper doch allmählich die Kraft, um noch vollkommen durchzudrehen. Auch wenn mein Herz immer noch heftig klopft von einer Panikattacke, die im Inneren brodelt.

Es steht nicht explizit darin, dass sie mich umbringen, oder? Warum sollten sie das auch wollen? Im Prinzip steht das in dem Dokument, was ich erwartet habe. Sie wollen Morbus Inertia behandeln und dafür eben alle möglichen Behandlungsmethoden anwenden.

Zur Not auch den Tod.

Ich schlage meinen Hinterkopf gegen die Wand. Das ist verrückt!

Doch was ist, wenn ich tatsächlich krank bin? Ich habe Konzentrationsprobleme, meine Entscheidungen waren impulsiv und meine Gedanken zuletzt oft irrational. Vielleicht habe ich wirklich Morbus Inertia. Vielleicht benötige ich eine Behandlung. Vielleicht werde ich ohne sie sterben.

Ich muss unterschreiben. Sie werden mich ewig hier drinnen einsperren, bis ich zustimme, und meine Unterschrift unter diesem Dokument ändert ohnehin nichts. Ich frage mich, warum sie überhaupt nötig ist – nur ein Dokument, das zu den Akten gelegt wird. Wie Joanna bereits sagte: Es nicht zu unterschreiben, zögert es nur hinaus.

Der Boden bebt unter meinen Knien. Ich krabble zum Tablet, das mir nach dem Lesen aus den Fingern gerutscht ist, und hebe es auf. Meine Hand zittert so stark, dass ich das Unterschriftenfeld verfehle. Wenn ich erst einmal den Raum verlassen habe, werde ich mich zusammenreißen. Ich werde es aus diesem Optimierer herausschaffen, lebendig, geheilt. Mit Tom. Und dann werden wir unser altes Leben weiterführen, nur effizienter. Gesund und vorbildlich.

Ich versuche mich an meiner dritten Unterschrift, um endlich das passende Feld zu erwischen, als erneut das Knirschen über mir ertönt. Ich zucke zusammen, als das schmale Plastikbrett zu mir herabfährt. Mit zweieinhalb Unterschriften bedruckt lege ich die Elektronik auf die Ablage und beobachte, wie es in den Himmel gehoben wird. Für einen Moment fühle ich mich tatsächlich befreit. Ich komme hier heraus, ich werde frei sein.

»Herzlichen Dank, Caitlyn«, höre ich Joanna aus einer Lautsprecheranlage. Sie muss mich beobachtet haben.

»Kann ich jetzt hier heraus?«, frage ich bemitleidenswert schwach.

»Natürlich. Die Tür zu deiner Linken ist jetzt freigegeben.«

Mein Blick fällt auf das Holz mit dem Knauf, an dem ich bereits gerüttelt habe. Misstrauisch richte ich mich zurück auf die Beine und gehe darauf zu. Ich weiß, dass es nicht dieselbe ist, durch die ich hereinkam. Aber ich soll ja auch nicht einfach wieder verschwinden.

Ich greife nach dem Türknauf und als ich dieses Mal daran ziehe, geht sie mit einem leisen Klacken auf. Dunkelheit erfasst mich, als wäre die Finsternis stärker als das Licht.

»Folge dem Weg. Dort wirst du alles finden, was du benötigst.«

Ich halte noch einen Moment inne, warte darauf, dass Joanna die skurrile Situation auflöst. Dass sie mir versichert, dass dieses Dokument nicht echt war. Dass ich nicht zugestimmt habe, umgebracht werden zu können.

Doch sie schweigt.

# 12

Nach wenigen Schritten durch die Dunkelheit schlägt die Tür hinter mir zu. Ich schrecke herum, doch nun ist jedes Licht verschwunden, nur undurchdringliches Schwarz vor meinen Augen. Ich schließe sie, öffne sie wieder, doch es macht keinen Unterschied, alles bleibt dunkel. Ich drücke mir die Handballen auf die Augen und erneut steigt Panik in mir auf.

Das kann doch unmöglich eine Behandlung sein!

Ich löse die Hände und atme tief durch. Es muss hier einen Lichtschalter geben. Ich muss ruhig bleiben und ihn finden.

Ich strecke die Hände in das schwarze Nichts, doch zu meiner Überraschung spüre ich keine gefliesten Wände, sondern etwas Raues, Unebenes, dessen Oberfläche krümelt, als ich mit den Fingern darüberfahre. Ist das Gestein?

Ich taste mich weiter voran, doch ein Lichtschalter ist auf den Unebenheiten nicht zu erfühlen. Und mitten zwischen Gestein wohl auch nicht zu erwarten.

»Hallo?«, rufe ich, doch mein Ruf hallt wider wie in einer Höhle. »Ist da jemand?«

Was soll das? Ist das Licht ausgefallen? Soll ich hier warten, bis mich jemand abholt? Doch was mache ich überhaupt in einer Höhle? Das ist nicht der ideale Ort zur Behandlung einer Krankheit, oder?

»Gehe einfach weiter, Caitlyn«, erklingt es nun durch Lautsprecher, deren Ursprungsort ich durch den Hall nicht identifizieren kann. Doch die Stimme gehört eindeutig Joanna.

»Wohin?«, frage ich verwirrt und hebe leicht die Hände, unsicher, ob ich sie mir bei dieser Aktion bereits stoßen könnte. »Was soll das überhaupt?«

Doch ich bekomme keine Antwort mehr.

Auch, wenn sich die Dunkelheit immer noch wie klebriger Film auf meine Augen heftet, muss ich versuchen, ruhig zu bleiben. Ich lasse mich einfach behandeln und werde Tom damit beweisen, dass alles wieder gutwerden kann.

Also strecke ich die Hände nach vorne aus, die Ellenbogen leicht gebeugt, während ich mich mit vorsichtigen Schritten vorantaste. Steinchen knirschen unter meinen Schuhen und selbst dieses minimale Geräusch erzeugt ein Echo um mich herum.

Ich halte kurz inne, drehe erneut meinen Fuß auf den Steinen und konzentriere mich auf den Weg, den das Geräusch nimmt. Es wirkt uneben, merkwürdig konzentriert, als wären die Gänge lang, aber schmal, verschachtelt und engwinklig.

Oder bilde ich mir zu viel ein?

Mit einer Hand an der Wand, die andere nach vorne ausgestreckt, taste ich mich weiter voran. Ich fühle mich wie eine ahnungslose Ratte, die in einen Spiegelkäfig gesperrt wurde. Ich irre umher, während sie mich beobachten. Doch wenigstens bin ich beschäftigt und die Konzentration, die mir das hier abverlangt, lenkt mich von dem Gefühl der hilflosen Ohnmacht ab.

Mittlerweile habe ich die Augen geschlossen. Ich weiß, dass es keinen visuellen Unterschied macht, aber es beruhigt mich. Bei dieser vollkommenen Dunkelheit die Augen offen zu halten, löst Schmerzen in den Augenhöhlen aus. So kann ich meinem Gehirn wenigstens vorgaukeln, ich würde etwas sehen, würde ich bloß die Lider heben.

Weit kann es nicht mehr sein, oder?

Noch immer tapse ich durch die Dunkelheit, spüre immer wieder Wände vor mir, immer näher und plötzlicher. Ich stelle mir vor, wie sie auf mich herabfallen und mich erdrücken. Ich möchte den Gedanken zerstören, doch ich brauche ihn. Wenn ich mir den mich umgebenden Raum nicht vorstelle, verliere ich jede Orientierung und finde niemals heraus.

»Autsch!« Ein heftiges Pochen breitet sich an meinem rechten Schienbein aus, als hätte ich mich gestoßen. Ein dumpfes, metallisches Klackern rauscht noch durch mein Ohr über die restliche Totenstille hinweg. Doch meine Finger und Fußspitzen haben keinen Widerstand gespürt. Was war das?

Noch zaghafter als zuvor taste ich mich abwärts. Dann spüre ich etwas Eiskaltes an meinen Fingerkuppen, noch kälter als die mich umgebenden Steine. Ich hocke mich nieder und erfühle den Gegenstand, fahre die Rohre und Metallflächen entlang. Ist das ein Tisch?

Ich ertaste die Dimensionen, bilde mir ein inneres Bild von der Beschaffenheit und Größe. Das ist eine Metallliege.

Ich richte mich zum Gegenstand, als könnte ich ihn sehen. Mit vorsichtigem Vorantasten wage ich, mich daraufzusetzen, auch wenn sich das Metall hart und unbequem anfühlt.

Als ich sitze und meine Muskeln entspannen kann, muss ich sofort ein Gähnen unterdrücken. Ich bin schon lange wach, ich weiß gar nicht, wie lange. Eine Nacht ist sicher vergangen, oder eine Woche? In dem Raum mit der Glasscheibe kam es mir wie eine Ewigkeit vor.

Meine Finger umklammern die eiskalte Kante der Liege. Ich kann mir nicht vorstellen, hier zu schlafen. In der Dunkelheit, der Ungewissheit. Ich will aus dieser Höhle heraus, will Tom finden und das möglichst schnell hinter mich bringen, damit wir in unser altes Leben zurückkehren können. Doch ich weiß nicht, was noch auf mich zukommt. Es wäre möglich, dass diese Höhle bereits Teil der Behandlung ist. Immerhin haben sie die Liege nicht umsonst hier aufgestellt.

Misstrauen lässt mich erneut mit der flachen Hand über das Metall fahren, das mit einer spürbaren, dünnen Staubschicht bedeckt ist. Was auch immer mich noch erwartet, es könnte zeitaufwändig und kraftraubend werden. Sollte ich nicht jede Chance nutzen, Kraft zu tanken?

Einen Moment lang denke ich an Tom. Er wird nach mir hier hereinkommen, vielleicht sogar denselben Weg gehen wie ich. Sollte ich hier auf ihn warten, damit wir uns wiederfinden?

Ein kleiner Teil in mir hofft, dass sie ihn wieder gehen ließen. Dass er nicht als an Morbus Inertia erkrankt diagnostiziert wurde. Doch wenn ich mir Ivans Worte ins Gedächtnis rufe, ist das wohl auszuschließen: »Er kommt früh genug nach.«

Erneut schnaufe ich und lasse mich auf das harte Metall der Liege sacken. Ich rolle mich in meine Jacke ein, die immer noch voller mittlerweile getrocknetem Matsch ist, versuche eine Position zu finden, in der das Metall nicht meine Muskeln plattdrückt wie in einer Presse. Ich muss ja nicht schlafen. Nur meinen Körper etwas von den Strapazen erholen und auf Tom warten.

Nur warten, bis er hier vorbeikommt.

# 13

Ich erwache aus dem Schlaf, erschrecke vor der Dunkelheit, zwinkere einige Male, bis ich realisiere, dass ich nicht über Nacht erblindet bin. Ich bin in einem Optimierer. In einer stockfinsteren Höhle. In der KonzEn.

Ich schließe die Augen wieder und richte mich auf. Immer noch kraftlos hebe ich mich zurück auf die Beine.

Knirsch.

Als ich gerade losgehen möchte, höre ich etwas unter meinen Füßen knistern. Ich erstarre einen Moment, dann beuge ich mich herab. Mit sanften Fingerbewegungen, kaum die Luft zerschneidend, taste ich den Boden um meine Füße ab.

Knister.

Da war es erneut. Unter meinen linken Fingerkuppen. Ich greife danach, höre weiterhin das Knistern. Ich hebe den Gegenstand auf und öffne instinktiv die Augen. Dann versuche ich, das Objekt zu ertasten. Eine Plastiktüte, etwas mit Luft aufgebläht, so weit, dass der Inhalt nicht zu spüren ist. Sie riecht nach nichts weiter als dem Staub, der an ihr haftet. Was wohl darin sein könnte?

Mit kalten Fingerspitzen ertaste ich das obere Ende der Tüte und öffne sie.

Knister. Puff.

Das leise Entweichen von Luft lässt mich aufschreien. Mit langsamen Bewegungen führe ich die offene Tüte unter meine Nase und nehme einige tiefe Atemzüge.

Das ist OptiMast. Die ungenießbaren Nahrungsbriketts, die wir ständig essen.

Blind greife ich in die Tüte, ertaste einen der gepressten Riegel, spüre, wie etwas von den krümeligen Enden herabrieselt, als ich ihn hinaufhebe. Mein Magen grummelt und doch lege ich die OptiMast zurück in die Tüte. Wichtiger noch als Nahrung ist Wasser. Ich werde mich nicht wagen, diese staubtrockenen Häppchen zu mir zu nehmen, wenn mir keine Flüssigkeit zur Verfügung steht.

Noch mit der offenen Tüte in der Hand taste ich den Raum unter der Liege ab, vom Boden bis zur Decke. Dann spüre ich plötzlich weiteres, kühles Plastik unter meinen Fingern. Sofort ergreife ich den nachgebenden Kunststoff und ziehe ihn hervor. Tatsächlich ertasten meine Finger eine Plastikflasche mit einem Deckel, den ich ungeschickt aufschraube, sodass vom Inneren ein Gluckern ertönt. Wie ein zweijähriges Kind hebe ich unbeholfen die Flasche zu meinem Mund und lasse die Flüssigkeit in meinen Mund laufen.

Ich seufze erleichtert. Wasser.

Nach dem ersten Schluck mache ich mich sofort über einen der Briketts her. Ich knabbere daran, um nur so viel davon zu essen, bis das Magenknurren aufhört. Ich weiß nicht, wann ich die nächste Nahrung erhalte, wann ich es überhaupt aus dieser Höhle herausschaffe, wie es weitergeht. Ich sollte meine Ressourcen aufsparen.

Knisternd und knackend räume ich die Reste in meine Jackentaschen zu den SmartSuit-Verpackungen, die ich noch immer bei mir trage, um die Hände freizuhaben. Wie es wohl Tom gerade geht? Wo ist er? Offenbar ist er nicht an mir vorbeigekommen. Haben wir uns verpasst? Steckt er noch in diesem Raum fest und weigert sich ebenso wie ich, zu unterschreiben? Oder wurde er durch einen anderen Eingang hereingeführt und wir haben gar nicht die Chance, uns zu begegnen?

Den letzten Gedanken verdränge ich, während ich mich wieder aufrichte. Mir darüber Gedanken zu machen, vergeudet unnötig Kraft. Ich werde ihn finden und dann werden wir dieses Institut verlassen. Beide, am Leben, geheilt.

Also kämpfe ich meinen Weg weiter voran und taste mich durch die Finsternis. Ich muss endlich aus dieser Höhle herausfinden. In dem inneren Bild der Wände vor mir werden die Gänge immer enger und bald schon muss ich mich seitwärts hindurchschieben, um noch voranzukommen.

Einatmen, ausatmen. Nicht wieder die Panik zulassen. Wenn der Gang enger wird, steigt offensichtlich die Herausforderung. Der Ausgang kann nicht mehr weit weg sein. Bald bin ich draußen. Dann muss ich nur noch Tom holen.

Nach wenigen Metern kann ich die Hände endlich wieder in alle Richtungen ausstrecken. Ich lächle. Ich werde das schaffen.

Als ich mich einmal drehe und erneut nach einem Weg suche, wird das vollkommene Nichts hinter meinen geschlossenen Lidern plötzlich etwas heller. Ein Orangeton scheint durch meine Haut, der mich meine Augen sofort aufschlagen lässt. Noch mit ausgestreckten Armen sehe ich einige Meter vor mir Licht. Grelles Licht, das mich nicht erkennen lässt, was sich dahinter verbirgt, noch einnehmender als diese Dunkelheit.

Erleichtert laufe ich darauf zu, unbedacht, zu eilig. Plötzlich spüre ich einen Widerstand an meinem Fuß und stolpere. Ächzend komme ich auf dem Boden auf, doch springe sofort wieder auf. Worüber bin ich gefallen?

Dann höre ich schwach: »Caitlyn ...«

Ich wende mich herum, dann setzt mein Herz einen Takt aus. »Tom?« Das entfernte Licht fällt auf seine Silhouette und sein Gesicht, das eine ungewöhnliche Härte angenommen hat. Mehr als den Oberkörper kann ich in dem schwachen Lichtkegel nicht erkennen, aber ich habe ihn gefunden. Jetzt müssen wir nur noch aus dieser Höhle heraus.

Ich hocke mich nieder und strecke die Hand aus. »Komm hoch, lass uns raus hier.«

»Ich kann nicht«, gibt Tom jedoch zurück.

»Wieso?«

»Ich habe ... mich verletzt und ... komme nicht weg.« Ein Knirschen, dumpf, uneindeutig.

»Was ist passiert?«

Toms Stimme wird brüchig. »Ich … ich weiß es nicht genau … Ich habe ein lautes Krachen gehört und dann hat mein Bein plötzlich höllisch wehgetan.«

»Ein lautes Krachen?«, wiederhole ich überrascht. »Hast du dir was gebrochen oder …?«

»Nein, nicht diese Art von Krachen«, erwidert Tom. »Mehr wie … eine Bärenfalle.«

»Eine was?«, stoße ich aus. Nervös knibble ich mit den Augen, versuche wenigstens den Schatten seines Beines zu erkennen, doch es misslingt mir.

Tom hat jedoch nicht vor, sich zu korrigieren. »Es hat mein Bein immer noch umschlossen. Ich komme nicht weg.«

»Das … das kann nicht sein …«, stoße ich aus. »Warum sollten sie …?«

»Du hast den Artikel gelesen«, unterbricht mich Tom schwach. »Die Optimierer sind Todesfallen.«

Ich schüttle instinktiv den Kopf, als könnte ich so aus diesem Albtraum erwachen, von dem ich spüre, dass er gerade erst beginnt. »Wenn das wahr wäre, warum sollten sie diesen Aufwand betreiben? Wenn sie uns nur loswerden wollen …?«

Tom keucht auf. »Caitlyn, ich würde normalerweise liebend gern diese Diskussion mit dir führen, aber ich habe heftige Schmerzen.«

Ich stocke. »Ja, natürlich.« Vorsichtig beuge ich mich nach vorne, taste mit den Fingerspitzen über den Boden, um zu Toms Bein und dem ominösen Gegenstand zu gelangen, der ihn offenbar hier fixiert.

»Caitlyn«, fleht Tom. »Gehe ohne mich.«

Erschrocken schaue ich auf. »Was? Auf keinen Fall!«

»Ich werde … es nicht schaffen«, setzt er fort, immer wieder bricht seine Stimme, als würde ihm die Kraft fehlen.

»Was willst du damit sagen?«, frage ich, obwohl es so offensichtlich ist. »Du wirst nicht daran sterben!«

Doch als ich aufschaue, sehe ich sein vor Schmerz verzerrtes Gesicht. »Das hier ... das war ganz sicher noch nicht alles«, setzt er fort. »Du solltest weiter, bevor dich als nächstes so ein Ding erwischt.«

»Nein. Nein, das werde ich nicht«, bestimme ich und fahre mit der Hand weiter nach vorne, auch wenn sie vor Angst zittert. Ich weiß nicht, was ihm diese Schmerzen verursacht hat. Doch ich werde Tom nicht zurücklassen, ganz besonders nicht mit diesem Leid.

»Wenn du mir helfen willst«, setzt er gequält fort, »dann beende es. Bitte.« Als ich nicht reagiere, fährt er seufzend fort: »Hol dir einen Stein oder irgendwas ...«

»Nein!«, wiederhole ich noch nachdrücklicher. Meine Lippen werden staubtrocken, während mein Kiefer jegliche Spannung verliert. Das hat er nicht gerade gesagt, oder? »Das muss der Schock sein. Du bist verwirrt und ...«

»Ich hatte immer davon geträumt, berühmt zu werden«, wechselt Tom plötzlich das Thema. »Also, nicht berühmt um meinerwillen, aber unter einem Hacker-Namen. Dass ich mal irgendein besonders menschenverachtendes Unternehmen knacken und dann das gesamte Firmenvermögen einer NGO überspielen würde. Aber offensichtlich ...« Tränen laufen über seine schmutzige Haut. »Ich wusste ja nicht, wie wenig Zeit ich für diesen Traum haben würde.«

»Tom, jetzt reicht es!«, fahre ich ihn an. »Wir werden beide einen Weg hier herausfinden, verstanden? Und anschließend wirst du ein so berühmter Hacker, dass die Leute dein Pseudonym im ganzen Land kennen, klar?« Dann wende ich mich ab. Ich will ihn so nicht sehen, so verzweifelt, so hoffnungslos. Er hat schon aufgegeben.

Plötzlich spüre ich etwas Kaltes unter meinen Fingerspitzen, und zucke augenblicklich wieder zurück. Doch es hat mich nicht verletzt.

Erneut greife ich danach, fahre die Kontur nach. Etwas Halbrundes, Metallisches ... und viel zu stumpfe Kanten an der

Innenseite, die sich um Toms Bein schließen. Hat er den Begriff in mein Ohr gepflanzt oder warum muss auch ich an eine Bärenfalle denken?

Das ist ein Albtraum.

Ohne einen Ton zu verlieren, taste ich mich an den Seiten entlang. Unter gar keinen Umständen werde ich Tom sagen, dass er recht haben könnte. Dass dieses Teil dafür da sein könnte, uns qualvoll zu töten. Allein schon deshalb, weil mit der Aussprache der Worte die Erkenntnis auch in meinen Kopf einziehen würde.

Die Oberfläche fühlt sich glatt und ebenmäßig unter meinen Fingern an, während ich immer noch nichts von der Falle erkennen kann. Selbst wenn ich glauben würde, irgendeinen Stift oder Hebel zu finden, würde ich mich nicht trauen, ihn zu betätigen und somit möglicherweise die Falle noch fester um Toms Bein zu schließen. Das Einzige, was ich eindeutig spüren und zuordnen kann, sind die zwei Hälften, die seinen Unterschenkel umklammern. Und die werden wir nun lösen.

»Wenn ich ›jetzt‹ sage, ziehst du deinen Fuß heraus«, erkläre ich. Mit je einer Hand umgreife ich eine Hälfte der Falle und spüre jetzt schon, wie fest sie zusammengedrückt wird. Doch ich muss einfach stärker sein.

»Aber ...«

»Tom!«, fahre ich ihn an, ehe er widersprechen kann. Dann drücke ich mit ganzer Macht die Hälften auseinander. Es ist noch schwerer, als ich es erwartet hatte, und doch wird mir mit jedem Zentimeter bewusster, dass ich auf keinen Fall loslassen darf. Sollten mir diese Dinger aus den Fingern rutschen und erneut in Toms Bein knallen ... allein bei dem Gedanken wird mir übel.

Ich drücke meinen Fuß gegen eine stumpfe Stelle der gegenüberliegenden Hälfte und umklammere die vordere nun mit beiden Händen. Endlich habe ich genug Kraft, um die Spitzen aus seinem Fleisch zu ziehen. »Jetzt!«, brülle ich so laut, dass mein Ton an den Wänden widerhallt.

Ich höre ein Knirschen, mein Bein, meine Hände, meine Arme zittern. Das Metall rutscht zwischen meinen schwitzigen Fingern weg und je mehr ich nachgreife, desto rutschiger werden sie.

»Bin draußen.«

Mit einem Satz rolle ich mich von der Falle weg. Laut krachend knallen die Hälften aufeinander und ich keuche auf. Bebend bleibe ich am Boden sitzen, versuche mich auf den kleinen Erfolg zu konzentrieren, doch ich spüre nur diese alles zerfressende Panik.

Ich drehe mich Richtung Ausgang zum hellen Licht. Ich weiß nicht, was uns dort erwartet. Aber wenigstens sind wir dann aus der Höhle heraus und haben wieder Licht. Hoffentlich wird es dort leichter.

Ich höre ein leises, hoffnungsloses »Danke« hinter mir, das eins wird mit dem Rauschen auf meinen Ohren. Dann gehe ich zurück in die Hocke und greife nach einer der Gesteinsbrocken, die von den Wänden herabgebröselt sein müssen. Noch eine Falle wird uns nicht erwischen, dafür werde ich sorgen.

Ich richte mich auf und umklammere kurz noch den Stein, während ich ins helle Licht schaue. Dann werfe ich ihn kräftig von mir weg, mit all der angestauten Wut, Verzweiflung, Panik in mir.

Krach! Gerade, als er das Licht erreicht haben müsste, bricht ein Gesteinregen von der Decke herunter. Ich japse auf und muss mich beherrschen, nicht zurück und damit in diese Bärenfalle zu stolpern.

Wie viele tödliche Hindernisse haben sie hier für uns vorbereitet? Und warum?

Weil sie uns umbringen wollen. Das ist ihre Behandlung. Das ist die KonzEn. Dafür sind die Optimierer da. Um Menschen wie uns zu beseitigen.

Kurz geben meine Knie nach, doch ich stelle mich wackelig wieder auf. Ich bin nicht bereit, das zu akzeptieren. Ich werde kämpfen. Wir werden überleben. Egal, was dafür nötig ist.

Solange sie mir nicht den Kopf abgeschlagen haben, lebe ich. Und solange habe ich noch eine Chance.

Ich breche einen weiteren Gesteinsbrocken aus der Wand und werfe ihn voran. Mit einem dumpfen Ton kommt er auf dem Boden auf, dann Stille. Ruhig liegt der kleine Stein im Licht und wirft einen überdimensionierten Schatten.

»Ich glaube, es ist sicher«, stelle ich fest und beuge mich zu Tom herab. »Jetzt raus hier.« Ich lege seinen Arm auf meine Schultern und greife nach seiner Taille, spüre das Gewicht auf meinen Schultern lasten, das mich im ersten Moment nicht von der Stelle wegrücken lässt.

»Das wird nicht funktionieren.«

»Oh doch, das wird es«, insistiere ich und ziehe ihn mit mir.

»Du könntest …«

»Jetzt sei still«, fahre ich ihn an und stoppe erneut für eine Sekunde. »Wir sind Freunde, verdammt. Also lass mich das tun.«

Während ich Tom über den ranzigen Boden mitzerre, ächzt und stöhnt er, unterdrückt, aber dennoch hörbar. »Noch ein paar Meter«, presse ich hervor. Ich ziehe ihn an den Gesteinsbrocken vor dem Eingang vorbei, ehe wir zu dem hell erleuchteten Ausgang kommen.

Plötzlich flüstert Tom: »Wo ist der Stein?«

»Welcher von den vielen?« Ich stöhne. Die Strecke ist erheblich länger, als ich vermutet hatte.

»Jener, den du beim zweiten Mal geworfen hast, aus der Höhle heraus«, antwortet Tom. »Er ist weg.«

»Hier sind genug Steine«, keuche ich. »Lass uns das nachher klären.« Mit letzter Kraft ziehe ich ihn durch den niedrigen Ausgang. Lebendig. Wir beide haben überlebt. Wir beide werden frei sein.

# *14*

Das Licht blendet mich, als ich Tom loslasse und auf die Knie sacke. Meine Augen brennen und ich blinzle heftig, bis ich allmählich meine Umgebung erkennen kann. Ein Tränenfilm lässt die Farben immer noch verschwimmen und ich fahre mir mit den Handballen über die geschlossenen Lider, um ihn zu vertreiben. Doch was ich erkenne, als ich sie wieder öffne, überrascht und erschreckt mich zugleich. Wir sind auf einer Wiese, links zäumen uns hohe Hecken und nur die riesige, beleuchtete Glaskuppel lässt mich erahnen, dass sich das Gebiet ewig weit erstrecken muss.

Während ich meine Hände in die leicht klebrige Erde drücke, fällt mein Blick auf eine Art in der Wand eingelassenen, weißen Kasten schräg rechts vor uns, das Einzige, was hier nach Technologie aussieht.

»Caitlyn, Tom«, ertönt es plötzlich über uns. »Um die Behandlung erfolgreich abzuschließen, müsst ihr das Labyrinth zu eurer Linken durchqueren. Notwendige Versorgungsgüter und eine vorübergehende Vorbereitungsunterkunft findet ihr direkt vor euch in dem weißen Container, der Versorgungsstation.«

Ich überhöre den Teil mit dem Labyrinth und konzentriere mich auf die notwendigen Versorgungsgüter. Die benötigt Tom gerade dringend.

Als ich mich zu ihm drehe, erkenne ich zum ersten Mal die Wunde, welche die Falle hinterlassen hat. Rote Flecken fressen sich in seine Hose, der Stoff ebenso zerfetzt wie seine Haut darunter. Ich schüttle mich, um kontrolliert zu bleiben. Wenn sie das für unsere Ankunft bereithalten, womit haben wir dann in diesem Labyrinth zu rechnen? Wird es wie eins dieser riesigen Maisfelder aus einem der Horrorfilme sein, die Tom und ich gesehen haben? Gefängnisse ohne echten Ausgang, mit dem einzigen Sinn, darin zu sterben?

Ich beginne zu begreifen, warum Filme verboten wurden. Weil sie emotional machen. Ineffizient. Etwas, das ich jetzt noch weniger gebrauchen kann als je zuvor.

Ich lege Toms Arm wieder um meine Schulter und stemme mich auf die Beine. »Komm«, ächze ich, in erster Linie, um ihn darauf vorzubereiten, dass ich wieder loslaufe.

»Wohin …?«

»Der weiße Container«, antworte ich gepresst. Das satte Gras knirscht unter uns, so unberührt und schön. Der Ort könnte paradiesisch sein, müssten wir nicht um unser Überleben bangen.

Mein ganzer Körper bebt vor Erschöpfung. Es sind nur ein paar Meter, doch mit Tom auf meinen Schultern fühlt es sich wie eine Ewigkeit an.

Als wir schließlich den weißen Kasten durch eine türgroße Öffnung erreichen, breche ich noch im Eingang zusammen, als wäre hier endlich meine Erlösung gekommen. Ich keuche und kann mir für einen Moment nicht vorstellen, jemals wieder aufzustehen.

»Hänsel und Gretel haben es also aus dem dunklen Wald herausgeschafft.«

Ich löse mich von Tom und richte mich auf die Knie. Ein junger Mann, höchstens achtzehn Jahre alt, sitzt auf dem Linoleumboden, den Rücken und Kopf gegen die Wand gelehnt, ein Bein angezogen. Er sieht uns nicht an, doch er ist der einzige hier, also muss er gesprochen haben.

Uns umgibt ein schmaler Raum mit künstlichem Licht, der die Wände hellblau erstrahlen lässt. Zwei Liegen sind am Boden montiert, was mich auf eine Krankenstation schließen lässt, doch es sind kahle Metallliegen wie in einem Horrorfilm.

Immer wieder diese Assoziation.

Plötzlich wirft der Mann am Boden einen Stein in die Luft und fängt ihn wieder auf, als würde er damit spielen. »Es hat schon lange niemand mehr aus der Höhle herausgeschafft.«

»Ich brauche Hilfe«, übergehe ich die Bemerkung.

Doch der Mann wirkt unbeeindruckt. »Die brauchen wir alle.«

Allmählich kocht Wut in mir hoch. Reicht es nicht, was sie mit uns anstellen? Die Angst, Toms Schmerzen? Wenigstens behandeln müssen sie ihn! »Was bist du? Einer von Ivans Team? Ein Arzt? Oder ...?«

Zum ersten Mal wendet der Mann den Blick zu mir, in dem sich der Glanz eines knurrenden Wolfes spiegelt. »Du glaubst, ich würde hier arbeiten?« Er lacht verächtlich auf. »Versuch's noch einmal, Gretel.«

»Gretel?«

»Wie aus dem Märchen.« Er winkt ab. »Du würdest es sowieso nicht verstehen.«

Ich schüttle den Kopf und wende mich Tom zu. Wenn dieser Mann mir schon nicht hilft, muss ich wenigstens allein tun, was ich kann.

Tom, am Boden liegend, ist mittlerweile nicht mehr ansprechbar. Ich greife unter seine Arme, doch mein Körper verbietet mir die Anstrengung, die ich zum Hochheben benötigen würde.

»Du bürdest dir mit dem da unnötigen Ballast auf«, erhebt sich erneut die Stimme des Mannes. »Der ist fast tot.«

»Ist er nicht. Und jetzt sei endlich still, wenn du mir schon nicht hilfst!«, fauche ich ihn an, noch heftiger, als ich es geplant hatte. Doch das Blut rauscht mir durch die Adern und ich finde seine Arroganz unerträglich. Wie kann er das Leiden eines Menschen so gelassen beobachten?

Der Mann hebt die Augenbrauen und mustert mich. »Also nicht Gretel, sondern ein Kobold. Verstehe.«

Ich schnaube und verkneife mir eine Antwort. Mit Mühe schaffe ich es, Tom wenigstens umzudrehen und gegen die Innenwand zu lehnen, woraufhin er schwach stöhnt. Mit geschlossenen Augen und verzerrtem Gesicht harrt er aus, als würde er nur von Sekunde zu Sekunde den Schmerz ertragen.

»Okay, Tom«, rede ich ihm zu, unsicher, ob er mich wahrnimmt. »Wir kriegen das hin, in Ordnung?« Ich springe auf und drehe mich im Kreis. »Eine Krankenstation ... hier muss es doch Verbandszeug geben, oder? Irgendetwas ...«

»Krankenstation?«, wiederholt der Mann am Boden spöttisch. »Schön wär's.«

Ich widme ihm ein Kopfschütteln, ehe ich mich weiter umschaue. Doch der Raum ist fast leer, abgesehen von dem arroganten Kerl und den zwei Liegen. Ich gehe auf eine angrenzende Tür zu, doch als ich sie aufreiße, erkenne ich nur einen dunklen Raum mit einer Toilette darin. Eine weitere Tür daneben ist fest verschlossen.

Ich stütze mich auf meinen Knien ab und keuche. »Was ist das hier?«, rufe ich wütend. Wozu dient denn eine Krankenstation ohne Ärztesubjekt, ohne Medikamente, ohne ... irgendetwas?

»Futterplatz.« Seufzend richtet sich der Mann auf, mich mit seinem wilden Blick musternd. »So nenne ich es zumindest.«

»Also gibt es hier wenigstens Nahrung?« Wenn er mir schon nicht hilft, kann er mir wenigstens Infos geben.

»Hauptsächlich, ja.« Ich höre seine Stimme noch, als ich mich erneut Toms Wunde zuwende. Klaffendes Rot, so unglaublich viel Blut. Ich habe keine Ahnung, was ich tun soll, was schockierend ist. Seit Jahrzehnten rieselt permanent Wissen auf mich ein und doch weiß ich nicht, wie ich eine Wunde behandele, wenn ein Pflaster nicht genügt – und selbst das steht mir nicht zur Verfügung.

»Du gibst echt nicht auf.« Der Mann ist mittlerweile neben mich getreten, was mich noch aufmerksamer werden lässt. »Aber das respektiere ich. Jeder einen Arm.«

»Was?«, entfährt es mir.

Mit zusammengekniffenen Augen mustert er mich. »Du wolltest ihn doch hochheben, oder nicht?«

Zögerlich nicke ich, unsicher, warum er plötzlich seine Meinung geändert hat. Doch gerade kann ich jede Hilfe gebrauchen.

Also greife ich nach Toms linkem, der Mann nach seinem rechten Arm und wir hieven ihn wie von mir geplant auf die nächste Liege. Dort lege ich ihn auf den Rücken, doch ehe ich mich erneut seiner Wunde zuwenden kann, stößt der Mann mich weg. »Das kann man sich ja nicht mit ansehen.« Ich möchte gerade protestieren, als er sich nach oben wendet und ruft: »Hey, ihr da oben, wir brauchen hier mal ein bisschen Zeug von euch, klar? Sieht nämlich so aus, als würde die Dame nicht weitergehen, solange ihr Freund an einer Infektion krepiert.«

Verwirrt folge ich seinem Blick und bemerke einen schwarzen, kaum sichtbaren Punkt in der Wand. Als ich mich nun genauer an den Wänden umschaue, entdecke ich weiterer solcher Punkte. Kleine, eingelassene Linsen.

Plötzlich vernehme ich ein Knarren in der Decke und ducke mich bereits, doch es fährt nur eine Klappe herab. Der Mann geht prompt darauf zu und nimmt die offenbar genau dosierte Menge an Mulden, Verbandsmaterial und Desinfektionsmittel herunter.

Mein Blick folgt dem Tablett auf dem Weg zurück nach oben. »Danke«, stoße ich aus.

»Bedank dich nicht bei denen. Schließlich sind sie daran schuld, dass dein Hänsel jetzt in diesem Zustand ist«, korrigiert mich der junge Mann und breitet das Verbandszeug auf der Liege neben Toms Bein aus. Während er an ihm herumtupft, fallen immer wieder blutige Mulden zu Boden. Ich beobachte ihn misstrauisch, unsicher, ob ich ihn weiter gewähren lassen sollte. Dann holt der Mann das kleine Desinfektionsmittelfläschchen hervor und sprüht die Wunde damit ein.

Tom schreit durch aufeinandergepresste Zähne auf und der Schrei erschüttert mich bis ins Mark. Doch der Mann zuckt nicht einmal. Keine Regung. Als würde er die Schreie gar nicht hören.

Also mache ich einen Satz auf ihn zu und greife nach der Mulde in seiner Hand. »Musst du ihm so wehtun?«

»Wenn du ihn behalten willst, ja.« Kraftvoll entreißt er mir das Verbandsmaterial wieder und kneift die Augen zusammen, ebenso wie ich, ehe ich mich trotz seiner abfälligen Bemerkung dazu entscheide, wieder einen Schritt zurückzutreten. Dann tupft er weiter auf der Wunde herum und erneut schreit Tom auf. »Selbst so weiß ich nicht, ob du Hänsel durchkriegst.«

»Das werde ich«, stelle ich selbstsicher fest, vor allem, damit Tom es hört. Denn in Wahrheit erschrickt mich die Wunde so sehr, dass ich es nicht mehr versichern könnte. »Wir werden hier herauskommen.«

»Blödsinn, Kobold.« Der Mann wickelt den Verband um Toms Bein, so fest, dass dieser erneut aufstöhnt. »Es gibt keinen Weg hier heraus.«

Ein Tritt in die Magengrube. Das muss eine Lüge sein. Doch während er an Toms Bein herumwerkelt, werde ich ihn auch nicht weiter provozieren.

Als der Mann schließlich den Verband befestigt hat, entspannt sich Tom endlich und schließt die Augen. Ich werde ihn sich ausruhen lassen. Für den Moment habe ich alles getan, was ich konnte. Auch wenn eigentlich dieser Mann derjenige war, der ihn versorgt hat.

Ich wende mich zu ihm, doch er hat sich in alter Manier wieder auf den Boden gesetzt. »Danke.«

Doch er macht nur eine abwimmelnde Handbewegung. »Ich hatte gerade keine anderen eiligen Termine.«

Sollte das ein Scherz werden?

Ich gehe auf ihn zu und strecke meine Hand aus. »Ich bin Caitlyn. Und das ist …«

»Unwichtig.« Erneut wimmelt er mich mit der Hand ab. »Wenn du tatsächlich versuchst, hier herauszukommen, bist du eh bald tot.« Sein Blick hat wieder diesen wilden Glanz.

Ich mustere ihn skeptisch und lasse die Hand wieder sinken. »Mir ist egal, warum du hierbleibst. Aber wir werden uns behandeln lassen und dann ...«

Doch er lässt mich gar nicht ausreden. »Kobold, es gibt keine Behandlung.«

»Woher willst du das wissen? Wie du schon sagtest, du gehörst nicht zum Behandlungsteam.«

»Absolut korrekt.« Überraschend kraftvoll springt er wieder auf die Beine und kommt auf mich zu, immer noch den Stein in der Hand haltend. Ich weiche mit einem Fuß zurück, gerade weit genug, um im Notfall reagieren zu können. Seine Miene hat sich verfinstert, seine Brauen hängen tief über seinen Augen. »Ich bin ein Gefangener hier, genauso wie du und Hänsel.« Er deutet mit dem Stein auf Tom. »Also hör lieber auf mich, wenn du hier überleben willst.«

»Ich möchte etwas mehr als überleben«, gebe ich zurück.

»Dann bist du dumm und naiv.« Überraschenderweise entspannt sich seine Miene daraufhin und er deutet in Richtung des Ausgangs. »Reisende soll man bekanntlich nicht aufhalten. Also viel Spaß beim Sterben.«

Ich schnaube. »Warum bist du dir so sicher?«

»Ich habe es gesehen.« Er senkt den Kopf noch weiter, sodass die Schatten noch tiefer über seine Augen fallen. »Ich habe gesehen, wie sie abgekratzt sind, einer nach dem anderen. Die Hoffnungsvollen wurden wie Fliegen in einem Spinnennetz gefangen und kämpften dort noch, obwohl es längst vergebens war.« Seine Stimme gleicht nun einem Knurren. »Also, Caitlyn: Willst du ins Spinnennetz fliegen oder bleibst du lieber in der Scheiße?«

Ich recke das Kinn. Meine Entscheidung steht fest. Ich werde nicht aufgeben und es gibt nichts, was er sagen könnte, das meinen Entschluss ändern könnte. Dennoch weiß ich, dass es nichts bringt, mit ihm zu diskutieren, also antworte ich nur: »Ich hatte nicht vor, sofort aufzubrechen.«

Der Mann nickt. »Also …« Nun ist er derjenige, der die Hand ausstreckt. »Mein Name ist Malek.«

Misstrauisch beobachte ich ihn, entscheide mich dann aber dafür, den Handschlag zu erwidern. »Caitlyn, Tom«, wiederhole ich.

Sein Lächeln wird breiter, doch gleichzeitig erinnert es mich noch mehr an einen Wolf, der die Zähne fletscht. »Ein letzter Tipp für den Anfang. Wenn du ein Zischen aus der Decke hörst«, Malek hebt den Finger und beugt sich zu mir nach vorne, »renn.«

Ich mustere ihn, doch er wendet sich bereits ab und kehrt zu seinem Stammplatz zurück. Ich könnte fragen, wieso. Könnte versuchen, weitere Informationen aus ihm herauszubekommen. Doch ich traue ihm nicht. Er hat zwar Tom verarztet, aber dennoch erinnert er mich an ein wildes Tier, gelenkt von Instinkten, die jederzeit umschlagen können.

Ich werde nur warten, bis es Tom besser geht. Dann werde ich mir das Labyrinth genauer anschauen und wir werden entkommen.

Wir werden beide überleben und frei sein.

# 15

Ich sitze auf dem Boden, den Rücken gegen die Wand gelehnt, zwischen dem Ausgang und Malek, mit starrem Blick auf Tom vor mir. Seit Stunden, vielleicht sogar Tagen, von einigen minimalen Bewegungen abgesehen, die immerhin dazu geführt haben, dass ich mir den Matsch vom Gesicht und aus den Haaren waschen konnte.

Immer wieder stelle ich mir vor, wie sie jetzt vor ihren Monitoren sitzen und uns beobachten. Wie Tom auf der Liege dahinvegetiert, leidend. Wie ich hier hocke, um sein Leben bange, statt daran zu arbeiten, geheilt zu werden. Ineffizient. Genau, wie es die Krankheit von mir verlangt.

Ich frage mich, wo überall Kameras stecken und was sie in der Höhle aufgezeichnet haben. Wie ich mich ungeschickt an den Steinwänden entlang gekämpft habe? Wie ich auf der Liege geschnarcht habe? Wie die Bärenfalle Toms Bein zerfetzt hat?

Ich lehne den Kopf gegen die Wand, sodass mein Nacken knackt. Tom liegt so ruhig da, dass ich gelegentlich überprüfe, ob er noch atmet. Doch seine Nase zieht Luft ein und bläst sie hinaus. Er wird überleben. Er muss.

Dennoch sitze ich nun hier wie Malek, nahezu regungslos. Wie lange werde ich warten müssen? Wie lange wird es brauchen, bis Tom so fit ist, dass er mit mir weiterziehen kann? Stunden? Tage? Monate?

Eine tiefe Unruhe wühlt in mir, ungeheuer viel Wut auf das, was mit uns gemacht wird. Doch obwohl es so ein dominantes Gefühl ist, gibt es ein anderes, das es noch überspielt: die Angst um Tom und vor dem, was noch kommt. Die Härte, die uns bereits getroffen hat, lässt mich nur erahnen, was uns noch bevorsteht. Ich will mir einreden, dass Toms Verletzung ein Unfall war, doch die Wahrheit ist, dass ich keine Ahnung habe, was passiert ist und warum.

»Du könntest für Tom beten«, unterbricht Malek die Stille. Noch immer sitzt er rücklings gegen die Wand gelehnt, auch wenn sich sein Gesicht zu mir gedreht hat.

»Beten?«, wiederhole ich.

»Warum nicht?« Malek stützt seinen Kopf schräg auf seine hochgestützte Hand auf. »Die Leute haben das früher andauernd gemacht.«

»Ja, als sie sich noch wissenschaftliche Phänomene damit erklärt haben, dass irgendein allmächtiger Gott dafür verantwortlich ist«, erwidere ich.

Doch Malek verzieht das Gesicht. »Nicht nur. Auch manche wissenschaftlich aufgeklärten Menschen waren religiös.« Er stützt seinen Hinterkopf gegen die Wand. »Könnte also was dran sein.«

»Du meinst also, es gibt ein höheres Wesen, das mir auf magische Weise hilft, wenn ich es nur nett darum bitte?«, frage ich mit gehobenen Augenbrauen.

»Kannst du es sicher ausschließen?« Prüfend betrachtet er mich. »Im Moment sind doch die Mitglieder des Behandlungsteams auch sowas wie unsere Götter. Wenn wir sie nett bitten, schicken sie uns möglicherweise eine Gabe, die uns überleben lässt.«

Ich schnaufe. »Ich weiß nicht, ob es das ist, was Menschen unter ihrem Gott verstanden haben.«

»Vermutlich nicht. Glaube auch nicht so richtig dran.« Nachdenklich betrachtet Malek seine Fingernägel. »Das heißt, ich weiß es nicht. Wäre schon möglich, dass es stimmt. Schaden kann es nicht.«

Ich zucke mit den Schultern. »Ich weiß nicht, wie man betet, aber … wenn du so viel Ahnung davon hast, könntest du es mir zeigen.«

»So viel Ahnung habe ich nicht.« Dennoch schiebt Malek die Ärmel seines Oberteils hoch und dreht sich auf dem Boden zu mir. »Ich weiß nur ein paar Dinge, die mir meine Mutter beigebracht hat.«

Ich zögere. »Deine ... ›Mutter‹?«

Doch trotz der eigenartigen Formulierung legt Malek den Kopf schräg. »Ja. Was dagegen?«

Noch immer habe ich Schwierigkeiten, seine Worte zu verarbeiten. »Du kennst deine Mutter?«

Er zuckt mit den Schultern. »Natürlich.« Dann stockt Malek und drückt sich die flache Hand an die Stirn. »Stimmt ja. Bei euch ist das so ein anonymes Ding, richtig?«

Ich habe das Gefühl, mit jedem Satz, den er spricht, verwirrt er mich noch mehr. »Bei ›uns‹?«

»Ich bin nicht von hier. Oder jedenfalls nicht aus diesem effizienzgesteuerten System, das du wohl dein Zuhause nennst.« Maleks Blick verrät tiefe Abscheu. »Ich lebe in einer Kolonie an der Stadtgrenze. Das heißt, wenn nicht gerade irgendwelche Vollidioten kommen, uns überwältigen und hierher zerren.«

Sofort kommt mir das Infizierten-Lager aus den Nachrichten in den Sinn, das von diesem Optimierer aufgelöst wurde. Sie sollen sich seit Jahren schon an der Stadtgrenze aufgehalten haben. Malek muss ein Teil davon gewesen sein. »Ich habe von euch gehört.«

Doch bei Malek reicht meine Aussage nur für ein müdes Zucken der Augenbrauen. »Schön, dass wir es zu Berühmtheit geschafft haben. Hat uns nur leider nichts gebracht.«

»Und dort draußen«, setze ich erneut an, »da lebt ihr zusammen als ... Familie?«

»Tu nicht so entsetzt«, fährt Malek mich an. »Vor ein paar Jahrzehnten war das noch normal.«

Ich presse die Lippen aufeinander. Mir ist das Konzept in den meisten der Filme aufgefallen, die Tom und ich gesehen haben. Es war merkwürdig. Manchmal haben sich die Leute gestritten, manchmal fühlten sie sich im Kreise dieser Familie geborgen und manchmal war beides der Fall. Ich kann mir nicht vorstellen, wie es sich anfühlt, in einer solchen Familie zu leben. Ich kenne fast nichts anderes als die engen, abgeschotteten

Apartments. Nur als junges Kind lebt man noch in Erziehungsanstalten in engerem Kontakt mit Gleichaltrigen und zwei Erziehersubjekten, wo man auch seinen Rufnamen erhält. Auch wenn dieser völlig irrelevant ist, schließlich wird man nicht über eine zufällige Anrede, sondern über die eindeutige Ziffernfolge im System identifiziert, und Nachnamen sind sowieso ineffizient. Genauso wie menschlicher Kontakt, der mit Beginn der Schule unüblich wird.

»Entschuldige«, entgegne ich also. »Ich habe nur Probleme, mir das vorzustellen.«

Malek schüttelt den Kopf. »Wirklich unglaublich. Das ist ja krank, was die mit euch machen.« Dann wedelt er mit der Hand in der Luft herum. »Aber wir wollten beten, richtig?« Er rutscht zu mir nach vorne und lässt sich im Schneidersitz nieder. Anschließend streckt er die Hände zu mir aus.

Verwirrt tue ich es ihm gleich, bis er meine Hände umfasst, sanft und nach oben gerichtet, sodass es tatsächlich den Eindruck eines Rituals erweckt. »Lieber Vater im Himmel«, beginnt Malek, die Augen geschlossen.

Sofort schaue ich empor, doch Malek zupft mich an der Hand. Dann entweicht ihm kurz ein Lachen. »Da ist nicht wirklich jemand. Also, niemand, den du siehst.«

»Was bedeutet das also?«

»Das ist halt eine Ansprache für Gott«, erklärt er, dann schüttelt er leicht den Kopf. »Das würde jetzt zu weit führen, mach einfach mit.« Erneut schließt Malek die Augen, also tue ich es ihm gleich, ohne nachzufragen.

Dann beginnt er abermals: »Lieber Vater im Himmel, wir haben hier eine Ungläubige sitzen. Aber ich weiß, dass du alle deine Kinder gleichermaßen liebst, egal, ob sie dir schon folgen oder nicht. Ich bin mir sicher, wenn du hier eine gute Tat vollbringen und Caitlyns Freund wieder auf Vordermann bringen könntest, wäre sie sehr viel geneigter, an deine Existenz zu glauben.«

Ich linse kurz durch einen Spalt und bemerke, dass ein Lächeln auf Maleks Lippen liegt. Macht er sich gerade über mich lustig? Ist das überhaupt echt, was er hier macht?

Doch sofort schließe ich wieder die Augen und konzentriere mich auf seine Worte. Sollte nur die geringste Hoffnung bestehen, dass es etwas bringt, ist es das wert.

»Also, lieber Gott, im Namen von Caitlyn bitte ich dich um ein kleines oder vielleicht auch großes Wunder. Wir wären dir überaus dankbar. Amen.«

Plötzlich spüre ich, dass Malek mich am Arm zupft, und ich schlage die Augen auf. »Was ist los?«

»Du musst das auch sagen.«

»Was?«

»Amen.«

Überrascht hebe ich die Augenbrauen. »Amen«, wiederhole ich. »War das jetzt alles?«

Malek löst sich von mir und springt auf die Beine. »Ja.«

Ich habe Fragen. Viele Fragen. Doch ich schlucke sie herunter, denn keine davon würde mich jetzt weiterbringen.

Währenddessen dreht Malek sich wieder zu Tom. »So, Hänsel, wenn du jetzt nicht wieder gesund wirst, dann weiß ich auch nicht weiter.« Mit einigen Schritten wendet er sich ab, ehe er eine der Nahrungsverpackungen nimmt, die wir auf der zweiten Liege deponiert haben.

»Was hat das eigentlich zu bedeuten?«, wage ich nachzufragen. »Hänsel und Gretel? Kobold?«

Malek hebt die Augenbrauen, dann nickt er leicht. »Richtig, ihr kennt ja auch keine Märchen.«

»Märchen?«

Ein Lächeln erscheint auf seinen Lippen. »Das sind sowas wie sehr alte, fiktive Geschichten.«

»Also sowas wie Filme?«, schlussfolgere ich.

Malek legt den Kopf schräg. »Nicht so richtig. Es sind Texte. Bild und Ton musst du dir selbst dazu denken.«

Ich runzle die Stirn. »Sind Märchen also eine Art Konzentrationsübung?«

Die Frage lässt ihn laut auflachen. »Oh nein. Ich weiß, ihr kennt das Konzept nicht, aber es nennt sich Unterhaltung und Entspannung.« Dann schweift sein Blick in die Ferne. »Meine Mutter hatte so einen uralten, gebundenen Märchenband und hat mir als Kind oft daraus vorgelesen. Ich habe ihr in letzter Zeit oft gesagt, dass ich mich zu alt für diese Geschichten fühle. Mittlerweile wünsche ich mir, ich könnte noch einmal mit ihr auf diesem kaputten Sofa sitzen und ihrer Stimme lauschen, wenn sie ›Das tapfere Schneiderlein‹ vorliest ...« Er blinzelt einmal, dann wendet er das Gesicht ab.

Ich hole Luft, auf der Suche nach den passenden Worten. Doch ehe ich sie finden konnte, unterbricht ein schriller Schrei meine Gedanken, gefolgt von durchdringendem Gepolter. Ich springe auf, doch draußen ist niemand zu sehen.

»Bemühe dich nicht«, erwidert Malek widersinnig ruhig. »Wenn sie so schreien, ist es schon vorbei.«

Ich schnaube. Unmöglich kann ich jemanden dort liegen lassen, der leidet. Aber ich kann Tom auch nicht zurücklassen. Oder?

Noch immer schläft er friedlich auf der Liege mit dem Verband, den Malek ihm angelegt hat. Er wird nicht auf Tom aufpassen, aber ich habe auch nicht das Gefühl, dass er ihm etwas antun wird.

Ich hoffe, ich irre mich nicht.

Zögerlich wage ich mich aus der Versorgungsstation heraus, zunächst nur wenige Schritte, die Hand noch am Ausgang haltend. »Hallo?«, rufe ich, doch es erfolgt keine Antwort. Meine Hand verharrt am Rahmen, als wäre sie dort festgeklebt.

Malek folgt mir. »Du hast doch nicht wirklich vor ...?«

»Doch«, unterbreche ich ihn und gehe auf die Höhle zu, die ich als Quelle des Geräusches vermute. Jeder, der hier hindurchgeschritten ist, hätte schließlich bei uns vorbeikommen müssen, oder?

Auf Zehenspitzen tapsend, als könnte ich auf dem bereits bekannten Weg doch noch eine Falle auslösen, bewege ich mich auf die Höhle zu, deren Dunkelheit jedoch alles zu verschlingen scheint. »Hallo?«, rufe ich erneut. Als ich näherkomme, bemerke ich einen Steinhaufen am Boden, einzelne Trümmer kullern mir entgegen. Sind die von Toms und meiner Durchreise? Oder ...?

Ich wage nicht, den Gedanken zuende zu bringen. Stattdessen tapse ich wenige Schritte in die Höhle hinein, dann ersticke ich einen Schrei mit meinen Händen.

Dort liegt jemand unter den Steinen. Nur die Beine schauen noch heraus, sonst keine Regung mehr. Nicht einmal der Versuch, sich zu befreien.

Ich stolpere zurück, stürze über einer der weggerollten Steine und lande rücklings im Gras. Ist die Person tot? Habe ich das erste Mal in meinem Leben eine Leiche gesehen? Hat das Behandlungsteam sie getötet – durch herabfallende Steine? Oder ist die Person nur bewusstlos?

Ich muss sie befreien!

Plötzlich höre ich ein Knacken und eine Klappe fährt langsam aus der Decke herunter, wodurch sie droht, die Höhle von der Wiese zu trennen, auf der ich stehe.

»Nein, Moment!«, schreie ich und stütze mich über meine eiskalten Hände zurück auf die Beine. »Wartet!« Eilig greife ich nach einem der großen Steine, um ihn dazwischenzuschieben. Doch entgegen meiner naiven Erwartung ist er so schwer, dass ich einen zweiten Anlauf benötige, um ihn anzuheben. Als ich mich dann mit dem Schwergewicht umdrehe, verschließt die Klappe bereits knackend den verbleibenden Spalt.

Ruckhaft lasse ich den Stein fallen, halte das Ohr an die Klappe und klopfe dagegen. Darin muss es jetzt noch finsterer sein als sonst. »Hallo? Kannst du mich hören?«

Keine Antwort. Stattdessen höre ich etwas, was wie das Knirschen einer Tür klingt. Schritte. Stimmen.

»Ihr bringt die Felsen zurück. Ich kümmere mich um das Krankensubjekt.«

Abermals weiche ich von der Tür zurück. Das war Ivan.

Stolziert er mit seinem Team gerade durch diese Höhle? Können sie einfach durch einen Seiteneingang hinein, das Licht anschalten und begutachten, welches Werk sie hinterlassen haben?

Mit aufsteigender Übelkeit drücke ich mein Ohr wieder gegen die Klappe, doch das Knirschen der Steine ist zu laut, um etwas anderes hören zu können. Als das Geräusch verstummt, nähern sich zügig Schritte. Ich bin erneut geneigt, zurückzuweichen, doch dieses Mal halte ich dem Instinkt stand. Ein Rumpeln, dann entfernen sich die Schritte. Erneut die Tür. Stille. Abgesehen von meinem klopfenden Herzen.

Plötzlich fährt die Klappe empor. Kurz betrachte ich die Absperrung voller Schreck, dann fällt mein Blick auf den wenig beleuchteten Weg vor mir. Die Steine sind weg. Ebenso wie die Person.

Das Behandlungsteam hat die Leiche herausgeschafft.

»Ich sagte ja, das bringt nichts«, ruft Malek über den Platz.

Schlagartig wende ich mich herum. Er muss mich die ganze Zeit über beobachtet haben. »Was war das?«, frage ich, während ich auf ihn zukomme. Nicht, weil ich keine Antwort darauf wüsste, sondern weil ich inständig hoffe, Malek würde mir eine andere geben.

Doch er schüttelt nur den Kopf, während er an die Versorgungsstation angelehnt stehen bleibt. »Das, mein lieber Kobold, war eine Reinigungsaktion. Gelegentlich kommt das Behandlungsteam herein, um eine Falle wieder aufzustellen oder eine Leiche abzuholen.«

»Das ... das ist nicht wahr, das ...«, stammle ich vor mich hin. Das ist grausam. Abartig.

Warum nur tun sie uns das an? Was haben wir falsch gemacht, um auf diese Art und Weise zum Sterben verurteilt zu werden? Und was muss ich tun, um es zu verhindern?

Kann ich das überhaupt?

# *16*

»Caitlyn?«

Die plötzliche Stimme aus dem Inneren der Versorgungsstation lässt mich mit schnellen Schritten hinein huschen. Sofort eile ich zu Tom, der die Augen geöffnet hat. »Ich bin da.«

Er krächzt leise. »Hast du ... zufällig ... was zu trinken?«

Sofort greife ich in meine Tasche und helfe Tom dabei, die Flüssigkeit in seinen Mund fließen zu lassen. »Wie geht es dir?«, frage ich, nachdem ich die Flasche wieder von seinem Mund gelöst habe.

»Müde.«

»Und die Schmerzen?«

Er nickt, was keine Antwort auf die Frage ist. Seine Augen sind glasig und als ich meine Handrückseite an seine Stirn halte, schießt mir Hitze entgegen. »Du hast Fieber!«

Ich recke mich, will ebenso wie Malek vorhin um Hilfe bitten, bis Tom nach meiner Hand greift. »Nicht, Caitlyn«, haucht er. »Ich muss dir alles erzählen. Spätestens jetzt musst du es wissen.« Seine Stimme ist kratzig, als wäre er erkältet.

»Was muss ich wissen?«

»Was diese Optimierer machen. Alles, was ich dir sagen kann, was ich herausgefunden habe und ...« Er bricht den Satz ab und schließt die Augen.

Ich warte kurz, dann rüttle ich ihn leicht. »Tom?«

»Entschuldige.« Als würde er sich noch mehr zusammenreißen wollen, reißt er die Lider krampfhaft weit auf. »Alonso ... war ein ehemaliger Wissenschaftler in einem anderen Optimierer. Ich habe sein Foto und ein paar Daten in Webarchiven gefunden ...« Für höchstens eine Sekunde schließen sich erneut seine Augen, ehe er mich wieder ansieht. »Aber es gibt eine Chance.«

»Worauf?«

»Hier herauszukommen.« Tom greift erneut nach meiner Hand und ich umschließe sie, obwohl sie ebenso glüht wie sein Gesicht. »Alonso hatte recht, das hier ist ... als Todesfalle angelegt. Aber das ist nicht die ganze Wahrheit. Ich habe Berichte gefunden von welchen, die ... die es herausgeschafft haben. Die Morbus Inertia hatten und geheilt waren, nachdem sie ... all das hier durchgestanden hatten. Es gibt eine Chance, zu entkommen, wenn man ... wenn man es überlebt.« Sein Blick wandert zu mir hoch. »Und ich glaube, du kannst es schaffen.«

Sofort schüttle ich den Kopf. »Wir haben das besprochen, Tom. Ich lasse dich nicht zurück.«

»Caitlyn ...« Zum ersten Mal fährt wieder ein Lächeln über sein Gesicht, doch es ist voller Schmerz, sodass mir Tränen in die Augen schießen. »Ich werde sterben. Und ich bin an einem Punkt angekommen, an dem ich es den Schmerzen vorziehen würde.« Sein Blick wandert zu seinem Bein herunter, dessen Verband wieder Blut aufgesogen hat.

»Nein ...« Ich unterdrücke schmerzhaft angestrengt ein Schluchzen in meiner Kehle und löse mich aus seiner Hand. Eilig greife ich nach dem Verband und wickle ihn auf, will mich versichern, dass es besser aussieht als vor Maleks Behandlung. Die Fetzen fliegen herum, kaum erkennbar durch den verschwommenen Tränenfilm, der sich gebildet hat. Doch als ich das letzte Stück Textil löse, kriecht ein verzweifelter Schluchzer meine Kehle empor – das Einzige, was mich davon abhält, nicht laut aufzuschreien. Seine Wunde ist entzündet und riecht auf eine unangenehme Weise süßlich, die Haut ist rotblau verfärbt und wirkt zum Platzen gespannt.

Mir fällt der Verband aus den Händen. Ich bin schuld. Ich habe ihn hierhergebracht. Ich stand ganz oben auf der Liste und wenn ich nicht zu ihm gegangen wäre, hätten sie vielleicht nur mich eingesammelt. Wenn ich ihn besser geschützt und seinen Leistungsbericht weiter nach oben korrigiert hätte, dann wären sie nicht auf ihn aufmerksam geworden. Wenn ich mich niemals mit ihm angefreundet hätte, würde er ein ganz normales Leben führen, als effizientes Genie.

Doch das schlimmste Vergehen ist, dass ich ihm nicht geglaubt habe. Hätte ich ihm sofort vertraut, dann hätten wir früh genug flüchten können.

Es muss meine Schuld sein. Sonst würde es bedeuten, dass ich hilflos war, die ganze Zeit über.

Tom hat abermals die Augen geschlossen, auch wenn er nicht so wirkt, als würde er schlafen. Was nur hätte ich tun können, um dieses Schicksal abzuwenden?

»Du weißt es, nicht wahr?«

Ich wende mich zu Malek, der immer noch im Eingang der Versorgungsstation steht. »Was weiß ich?« Meine Stimme klingt schwach und ich spüre die feuchten Tränen auf meinen Wangen.

»Er wird es nicht schaffen.«

»Hör auf damit!«, fahre ich ihn an. Ich weiß, dass er recht hat, aber umso weniger will ich es hören.

Ich recke mich nach oben, rufe ebenso wie Malek vorhin in einer der Kameras, nur lauter, schriller: »Wir brauchen Hilfe! Seht ihr das nicht? Verdammt, tut doch was, irgendetwas!«

Doch Malek schüttelt den Kopf. »Das bringt nichts. Sie haben schon zu viele sterben gesehen, um sich darum zu scheren.«

Ich stütze mich auf der Liege ab, ehe ein Krampf meine Lunge zerquetscht. Das Erdrückendste ist, dass ich Tom nicht helfen kann. Ich kann nur dabei zusehen, wie er qualvoll stirbt.

Plötzlich tritt Malek neben mich und streckt mir den Stein entgegen. »Bring es zu Ende. Für ihn.«

Ich spüre, wie mir meine gesamte Mimik entgleitet. Das kann er nicht ernst meinen. Er kann nicht wirklich glauben, dass ich ausgerechnet Tom mit einem Stein erschlagen könnte. Mit dem dumpfen Gegenstand auf seinen Schädel einprügeln, immer wieder, mit voller Wucht, bis er tot ist. Endlich tot ist.

»Du bist verrückt!«, fahre ich ihn an, obwohl ich viel zu lange mit dem Gedanken gespielt habe.

»Wir werden hier drinnen sowieso alle sterben.« Beinahe erahne ich Trost in Maleks Stimme. »Dann hat er es etwas früher geschafft.«

Mein Blick schweift zurück zu Tom. Erst jetzt bemerke ich, dass ich seine Hand so fest umklammere, dass sie weiß geworden ist. Zitternd lasse ich sie los und lege sie neben ihm auf der viel zu kalten Metallliege ab.

Am liebsten würde ich zusammenbrechen. Ich fühle mich so unendlich hilflos, Trauer überkommt mich wie ein tödlicher Hurricane und allmählich schleicht sich die Erkenntnis in meinen Kopf, dass er tatsächlich sterben wird. Dass es ein letzter Freundschaftsdienst von mir wäre, ihn nicht noch weitere Stunden oder Tage leiden zu lassen.

Allein der Gedanke daran lässt mich beinahe ohnmächtig werden. Ich kann es nicht. Und doch muss ich es tun.

Ich erwische mich dabei, darauf zu warten, dass Tom stirbt. Dass mir die Entscheidung abgenommen wird. Dass ich es nicht tun muss. Doch immer wieder hebt sich sein Brustkorb für einen weiteren Atemzug, der sein Weiterleben verkündet.

Ich fühle mich miserabel, auf seinen schnellen Tod zu hoffen. Doch jede Art der wundersamen Heilung auf dieser Metallliege ohne Medikation ist ausgeschlossen. Tom wird sterben.

Also greife ich nach dem Stein in Maleks Hand.

# *1 7*

Ein Zischen über uns lässt mich den Gesteinsbrocken senken. Verwirrt schaue ich empor, versuche das Geräusch zu verorten und hoffe inständig, dass erneut eine Klappe herabgelassen wird. Mittlerweile würde ich jedes Medikament, jedes Verbandszeug, jede Spritze dankbar annehmen. Doch dieses Mal fährt keine Klappe herab.

»Scheiße«, flucht Malek und stürmt auf den Ausgang zu.

Sprachlos schaue ich ihm nach, dann erinnere ich mich an seine Worte. Das ist das Zischen, bei dem ich flüchten soll.

»Die verteilen Gas«, erklärt Malek vom Ausgang aus. »Gleich gehen die Türen zu. Komm da raus!«

Langsam wende ich mich zu Tom. Sie tun etwas, wie ich es erbat. Nur dass es nicht die Hilfe ist, die ich mir erhofft hatte.

In mir pocht der Wunsch auf, Tom mit mir zu schleifen. Darauf zu hoffen, dass dort draußen die Wunderheilung auf ihn wartet. Doch ich verharre regungslos an der Stelle.

Plötzlich zerrt Malek an meiner Jacke. »Jetzt komm schon! Du kannst ihm nicht mehr helfen.«

Einen halben Schritt lasse ich mich mitreißen, ehe ich ein letztes Mal nach Toms Hand greife. Doch selbst darauf reagiert er nicht mehr. Weiterhin zischt es über uns und ich ahne, dass ich höchstens noch Sekunden habe. Dennoch kann ich mich immer noch nicht lösen.

»Er wird sowieso sterben!«, fährt Malek mich an. »Willst du es ihm gleichtun?«

Schwer atmend umklammere ich Toms Hand, unfähig, sie loszulassen. Der Gedanke klingt verlockend. Einfach hier bei ihm zu bleiben und den Schmerz zu ersticken, der sich jetzt schon wie tödliches Gift in meinem Körper ausbreitet. Mit ihm sterben, ehe ich die Trauer spüren kann. Was erwartet mich denn noch? Ein qualvoller Leidensweg, der nicht von Giftgas beendet wird?

»Caitlyn.« Malek zieht mich an den Schultern zu sich. Nebeliges Gas verteilt sich an der Decke und wabert immer weiter herab. »Wenn du ihn nicht zurücklassen willst, dann nehmen wir ihn mit. Aber was auch immer wir tun, es muss jetzt geschehen. Klar?«

Ich nicke, obwohl ich kaum etwas von dem verstehe, was er sagt.

»Ihn mitzuschleifen, zögert sein Leid nur hinaus.«

Erneut nicke ich, obwohl das keine Frage war.

»Glaubst du, er würde wollen, dass du mit ihm stirbst?«

Ich blicke zurück zu Tom, dann schüttle ich den Kopf. Allmählich kriecht ein süßlicher Geruch in meine Nase, die Ausgangstür ist nur noch einen Spalt weit geöffnet.

Ich spüre, wie Malek mich mit sich zieht. Mein Herz möchte hierbleiben und Tom in den letzten Sekunden beistehen, doch mein Körper bewegt sich von selbst. Ich beginne, zu laufen, Malek zu folgen. Ich gerate ins Taumeln, da mir schwindelig wird, stütze mich an der Wand ab, um wieder auf die Beine zu kommen. Dann schiebe ich mich nach Malek durch den schmalen Spalt hinaus und falle vorwärts auf die Wiese. Alles dreht sich um mich herum, ich muss mich übergeben, es braucht einige Sekunden, bis ich in der Realität ankomme. Dann trifft mich diese mit voller Wucht.

Ich falle zurück auf die Knie, obwohl mir selbst diese Haltung zu viel Kraft abverlangt. Mein Oberkörper kippt nach vorne, während ein Schluchzen mich erschüttert. Tränen tropfen auf meine Oberschenkel und ich bemühe mich nicht mehr, mich zusammenzureißen.

Tom ist tot. Er ist gestorben, weil Morbus Inertia behandelt werden sollte. Weil diese KonzEn grausam und qualvoll ist und uns nicht einmal gesagt wird, was von uns verlangt wird.

Alonso hatte recht. Das hier ist eine reine Todesfalle.

Nachdem ich die ersten Tränen weggewischt habe, bemerke ich, dass Malek sich neben mich gehockt hat und mich still beobachtet. Erst, als sich unsere Blicke treffen, beginnt er: »Möglicherweise ist es das Letzte, was du jetzt hören möchtest, aber ich weiß, wie du dich fühlst.«

Ich schnaufe und fahre mir erneut mit den Händen über die Augen, da ich mich nun doch unwohl dabei fühle, in seiner Anwesenheit zusammenzubrechen. Ich werde mir nachher eine stille Ecke dafür suchen. Und vielleicht nie wieder aufstehen. »Ich weiß. Du hast hier ja auch schon Menschen sterben sehen.«

Malek nickt. »Als wir hier ankamen, waren wir fast vierzig Leute.«

»Und alle anderen sind …?«

»Tot«, stellt er fest. Obwohl er das ausspricht wie eine belanglose Tatsache, wendet er den Blick ab. »Eine von ihnen war meine Mutter.«

»Wirklich?«, frage ich mit brüchiger Stimme.

Malek knabbert an seiner Unterlippe. »Ich weiß nicht, was genau passiert ist. Sie war ins Labyrinth gegangen und wurde von zwei anderen, die es gerade so überlebt hatten, hinausgebracht. In ihrem Herz steckte ein Messer. Als sie hier ankam, war sie schon tot.« Er senkt die Lider und beißt jetzt so krampfhaft die Kiefer aufeinander, dass sich seine Wangen aufblähen. Doch obwohl er mir leidtut und der Schmerz sich immer noch durch meine Seele brennt, fühlt es sich für einen Moment erleichternd an, die Trauer teilen zu können.

»Um ehrlich zu sein, fühle ich mich schuldig«, setzt Malek fort, als ich nicht antworte, was mich augenblicklich erneut ins Herz trifft. »Gerade jetzt, da ich gesehen habe, was du alles getan hast. Aber ich … ich …« Malek schüttelt mit dem Kopf, so heftig, als wolle er ein Insekt vertreiben. »Ich habe immer behauptet, ich würde mal ihr Anführer werden. Aber was für ein lächerlicher Anführer muss ich sein, wenn ich keinen einzigen von ihnen beschützen konnte?« Er schaut zu mir auf, tiefe

Trauer liegt in seinen Augen. »Ich konnte sie nicht davor beschützen, hier zu landen. Und ich konnte sie nicht davor beschützen, hier zu sterben.«

Ich presse die Lippen aufeinander, ehe ich mich endlich zu Worten durchringen kann. »Glaube mir, das kann ich verstehen«, erwidere ich dann. »Ich war Toms Teamleiterin. Wir waren Freunde. Ich habe auch für ihn die Verantwortung getragen und ich habe genauso versagt.« Schwach blicke ich hinab zu der Lache an aufgetürmten Matsch vor mir.

Einen Moment lang hält Malek noch inne, dann legt er einen Arm um mich und drückt mich an sich zu einer Umarmung. Obwohl ich diesen Mann erst seit wenigen Stunden kenne, habe ich das Gefühl, dass die Trauer uns verbindet.

»Warum tun sie das?«, frage ich, während meine Stimme erneut schwach und heiser klingt wie vor einem erneuten Schluchzer.

Malek schüttelt leicht den Kopf. »Ich weiß es nicht. Ich glaube, sie wollen Leute wie uns einfach loswerden.«

»Morbus-Inertia-Kranke?«

»Nein«, antwortet er. »Ineffiziente.«

Ich löse mich aus der Umarmung und blicke Malek an, als hätte er eine Fremdsprache verwendet. »Ist das nicht dasselbe?«

»Ist es nicht«, entgegnet er bestimmt. »Nicht immer volle Leistung zu bringen, nicht immer im besten Sinne eines Unternehmens zu handeln und sich nicht stets selbst zu optimieren, ist keine Krankheit. Ineffizienz ist nichts Verwerfliches. Krank ist diese Gesellschaft, weil sie zu einem ständigen Streben nach einem vermeintlich besseren Selbst zwingt.«

Ich schüttle den Kopf, denn ich will es nicht hören, dass es umsonst war. Dass Alonso recht hatte. Dass Tom sterben musste, weil er nicht genug Leistung erbrachte.

Plötzlich schiebt sich die Klappe hinter uns wieder auf, genauso langsam, wie sie zugegangen ist. Still beobachten wir sie, bleiben noch sitzen, als sie sich längst geöffnet hat. Nur kraftlos langsam richte ich mich wieder auf die Beine und nähere mich ihr.

Ein letztes Mal noch werde ich zu Tom gehen. Mich vergewissern, dass er nicht mehr leidet. Wenigstens seinem toten Körper noch den Trost spenden, den ich ihm im Leben nicht geben konnte.

Malek folgt mir mit sanften Schritten, als ich die Station betrete. Ein leicht süßlicher Geruch schlägt mir entgegen, ehe ich den Blick zu der Liege wende.

Sie ist leer. Tom ist weg.

Da ich regungslos im Eingang stehen geblieben bin, schiebt sich Malek an mir vorbei, um ebenfalls einen Blick ins Innere zu werfen. »Ich schätze, sie haben seine Leiche mitgenommen. Deswegen hat es auch so lange gedauert.«

Gefühlstaub starre ich die Liege an. Sie ist gereinigt, kein letzter Rest von Tom, als wäre er nie hier gewesen. Meine Hand fährt darüber, doch ich spüre nur das Desinfektionsmittel, das seinen penetranten Duft im Raum verteilt. Als wäre Tom eine giftige Substanz gewesen, die es zu entfernen galt. Ich konnte mich nicht einmal verabschieden.

Dumpf nehme ich wahr, dass Malek eine Hand auf meine Schulter legt. Er sagt nichts, starrt einfach mit mir auf die Liege. Die nun leere Liege, als wäre all das nur ein böser Albtraum gewesen.

# 18

Ein paar Stunden später wirkt die Szene, als hätte sich nichts verändert. Alles ist still und abgesehen von Malek und mir verlassen. Doch der krampfende Schmerz in meiner Brust, das Einzige, was neben der Leere in mir existiert, erinnert mich in jeder Sekunde daran, wen ich verloren habe.

Malek hockt wieder auf dem Boden, den Rücken gegen die Wand gelehnt. Ich sitze auf der Liege von Tom, als wäre ich ihm so näher, meine Beine schaukeln herab und ich starre durch die Tür nach draußen.

Nichts passiert. Ich weiß nicht, ob tatsächlich Stunden vergangen sind oder mein kaputtes Zeitgefühl mir das einredet. Vielleicht waren es Minuten. Vielleicht Tage. Was macht das noch für einen Unterschied?

»Ist merkwürdig, das jetzt zu sagen, aber«, unterbricht Malek zum ersten Mal die eiserne Stille, »es ist schön, nicht mehr allein zu sein. Es war einsam.«

Ich reagiere nicht. Ich würde gern nicken, vielleicht auch lächeln. Mich bedanken oder irgendetwas anderes sagen. Doch ich starre nur geradeaus. Den Blick durch die Tür gerichtet, auf die hohen Hecken vor mir.

Malek reißt eine der OptiMast-Tüten auf, die zwischenzeitlich zu uns heruntergelassen wurden, und streckt ein Brikett in meine Richtung aus. »Du auch?«

Noch immer verharrt mein Körper in der Starre. Nur mit Anstrengung dränge ich mich zu einem Kopfschütteln durch.

Malek zögert, dann schiebt er sich das Brikett zwischen die Zähne. Sein knirschendes Kauen ist für einige Momente das einzige Geräusch, das durch den Raum dringt, während mein Blick sich immer noch an die Hecken haftet.

Tom hat behauptet, es gäbe einen Weg heraus. Der Gedanke machte mir Hoffnung, weil ich mit ihm in unser altes Leben zurückkehren wollte. Doch mein altes Leben ist verloren. Ich würde zurückkehren, um meinen Job wieder aufzunehmen. Das Einzige, was mein Leben ausmachte. Frühmorgens aufstehen, arbeiten, spätabends schlafen gehen. Tagein, tagaus.

Warum war mir das nie bewusst? Warum ist mir nie die Eintönigkeit aufgefallen? Die Sinnlosigkeit?

Ich habe getan, was von mir erwartet wurde. Ich hatte keine Zeit und Kraft, um meine Situation zu reflektieren. Ich musste funktionieren.

In dieses Leben werde ich nicht zurückkehren. Nie wieder. Niemals.

Mit einer Hand streiche ich über die Liege neben mir. Ich habe das Gefühl, meine Freiheit nicht verdient zu haben. Aber dennoch weiß ich, dass es das ist, was Tom wollte. Er hat mich dazu gedrängt, die KonzEn zu verlassen, seit wir in dieser Höhle waren.

Und diesen letzten Wunsch werde ich ihm erfüllen. Wenn es nur die geringste Chance gibt, hier herauszukommen, werde ich dafür kämpfen. Ich werde nicht kapitulieren. Ich werde diese angebliche Behandlung überstehen.

Sobald ich draußen bin, werde ich allen von Tom erzählen. Ich werde es Alonso nachmachen und Tom weiterleben lassen. Zwar nicht unter einem Pseudonym als erfolgreicher Hacker, aber als unschuldige Person, die so ein Ende nicht verdient hatte.

Er wird nicht vergessen werden. Dafür werde ich sorgen.

Mit Schwung stoße ich mich von der Liege herunter, so plötzlich, dass Malek zusammenzuckt. »Was hast du vor?«

Wie ein unaufhaltbares Programmskript stampfe ich durch die Versorgungsstation, um meine Wasserflasche aufzufüllen. »Ich werde dort hineingehen.« Dann schreite ich zielsicher auf die Hecken zu.

Doch als ich die Station verlasse, greift Malek nach meinem Arm. »Hast du nicht gesehen, was hier passiert?« Er deutet mit der ausgestreckten Hand auf die Liege. »Hast du es immer noch nicht verstanden?«

»Es gibt einen Weg hier heraus«, wiederhole ich monoton und schreite weiter auf das Labyrinth zu.

Doch Malek holt auf und stellt sich vor mich. »Ich will nicht noch jemandem auf nimmer Wiedersehen sagen müssen.«

»Dann komm mit«, schlage ich vor.

Für einen Moment starrt er mich an, als hätte ich einen Witz gemacht. »Das ist dein Ernst?«, fragt er dann mit sich überschlagener Stimme.

Ich nicke. »Ist es besser, andere Krankensubjekte beim Sterben zu beobachten, anstatt es selbst zu versuchen?«

Malek wendet den Blick zum Boden und schiebt die Ärmel seines Oberteils hoch. Eine Weile schweigt er, bis er schließlich nuschelt: »Ist es nicht zu spät dafür?«

Ich runzle die Stirn. »Wie meinst du das?«

»Hätte ich die Entscheidung nicht treffen müssen, bevor sie alle gestorben sind?« Er atmet tief ein, doch nicht wieder aus. »Hätte ich nicht als erstes hindurchgehen müssen, um sie zu befreien?«

Vor ein paar Tagen noch hätte ich mich über seine ineffiziente Art zu denken gewundert. Doch heute verstehe ich, was Malek eigentlich sagen will. »Du musst dich nicht selbst bestrafen, indem du hierbleibst«, erkläre ich. »Tom wollte, dass ich flüchte, obwohl er wusste, dass er es nicht schaffen würde. Glaubst du nicht, deine Leute dachten genauso über dich?«

Malek beißt auf seiner Unterlippe herum, antwortet jedoch nicht.

Also setze ich nach: »Wenigstens einer sollte es hinausschaffen, um die Geschichten all jener erzählen, die hier gestorben sind, und die Kolonie wiederaufzubauen.«

Er schüttelt den Kopf. »Nur, damit sie sie wieder einreißen?«

Ich lächle schwach. »Vielleicht müssen wir sie dieses Mal einfach stabiler bauen.«

»Du würdest mitkommen wollen?«, fragt Malek mit geweiteten Augen.

Ich nicke. »Ich werde nicht in mein altes Leben zurückkehren.« Dann strecke ich die Hand zu ihm aus. »Also, Anführer: Gehen wir es an?«

Einen Moment lang zögert er noch, dann legt er den Kopf in den Nacken, ehe er seine Hand in meine Richtung bewegt. Kurz, bevor sich unsere Handflächen berühren, stockt er jedoch. »Unter einer Bedingung.«

»Welche?«

»Sollte einer verletzt werden und zurückbleiben müssen ...« Er stockt, rechnet wohl mit einer Widerrede, doch ich lausche stumm. »... macht der andere weiter. Sieht nicht zurück. Gibt nicht auf.«

Ich zögere. »Willst du dich versichern, dass du nicht auf mich warten musst?«

Doch er schüttelt den Kopf. »Ich will mich versichern, dass ich nicht für deinen Tod verantwortlich bin.«

Einen Moment lang hadere ich noch. Die Vorstellung, auch noch Malek zu verlieren, lässt erneut dieses schwarze Loch in meinem Magen entstehen. Doch es fühlt sich nicht weniger beängstigend an, ihn in der Station zurückzulassen, also schlage ich ein. »Einverstanden.«

Viel zu ausführlich schüttelt Malek meine Hand, als wolle er das Unvermeidliche hinauszögern. Dann schließlich entziehe ich mich dem Handschlag und trete auf die Hecken zu.

»Der Eingang ist rechts«, erklärt Malek, als ich gerade die Finger zu den ersten Blättern ausgestreckt habe, die zu meiner Überraschung echt sind. So viel Schönes hätte man mit diesen Pflanzen schaffen können, doch nun zieren sie einen Todestrakt.

Ich folge Malek rechts an den Hecken vorbei, direkt auf eine Wand zu, an der ein Zettel hängt. Eine schematische Zeichnung des Labyrinths zeigt Sackgassen, ein roter Punkt markiert den Eingang, an dem wir stehen, und ein roter Pfeil deutet auf den Ausgang.

Eine Weile verharre ich davor und präge mir den kürzesten Weg durch das Labyrinth ein. Gelegentlich hebe ich den Blick und verknüpfe die Beschreibung zusätzlich mit prägnanten Auffälligkeiten der Kuppel über uns.

»Ich denke nicht, dass dieses Ding viel bringen wird«, erklärt Malek währenddessen. »Das wäre zu einfach.«

»Aber es kann auch nicht schaden«, erwidere ich und konzentriere mich wieder auf den Weg. Geradeaus, dem Weg folgen, bei der ersten Gabelung links. Die linke Wand habe ich erreicht, wenn ich diese Kamera über mir sehe. Und dort dann weiter nach rechts ...

Ich schließe die Augen und laufe in Gedanken erneut den Weg ab. Mein ganzes Leben bestand aus Lernen. Riesige Mengen auswendig lernen, komplexe Logiken begreifen, möglichst viel in möglichst kurzer Zeit. Hoffentlich wird uns das helfen.

Als ich den Weg sicher reproduzieren kann, wende ich mich zum Eingang, werfe jedoch einen letzten Blick zur Station zurück. Noch immer durchfährt mich ein stechender Schmerz in der Brust, wenn ich an Tom denke. Doch wenigstens kann ihm jetzt kein Leid mehr zustoßen. Ich muss mich nicht mehr fürchten, wie sein Ende aussehen könnte. Jetzt kann ich mein Leben riskieren, ohne mich gleichzeitig um seins sorgen zu müssen.

Ich drehe mich wieder nach vorne zum Gang mit den umzäunenden Hecken. Ich habe aufgegeben, auf eine Behandlung zu hoffen. Mittlerweile glaube ich Alonso: Die KonzEn dient dazu, Menschen zu töten. Nur mein Vertrauen in Tom lässt mich meine Füße in Bewegung setzen. Er war der Überzeugung, dass es einen Ausweg gibt.

Außerdem sterbe ich lieber beim Versuch, dieser Hölle zu entkommen, als weiter kapitulierend meine Trauer zu ertragen.

# 19

Gras und Matsch verzieht sich unter meinen Füßen, während ich durch den scheinbar friedlichen Garten laufe, dicht gefolgt von Malek hinter mir. Es ist absolut windstill und doch knistern die Blätter der Büsche, die weit über mich in den gewölbten Glashimmel hinaufragen.

Ich höre ein Surren um mich herum und blicke auf. Kleine Drohnen mit kaum erkennbaren Kameras schwirren in gleichmäßigen Bahnen über meinem Kopf, offensichtlich programmiert und nicht ferngesteuert.

Ich laufe weiter geradeaus, dem Weg in meinem Kopf folgend, als würde ich die Zeichnung ausmalen. Ich folge einer Rechtskurve auf eine weitere Hecke zu. Genau wie auf dem Diagramm.

Ich werde es schaffen.

Direkt vor mir erscheint die erste Gabelung, wir biegen wie geplant links ab. Schon jetzt fühle ich mich verloren und obwohl alles still bleibt, fährt mir ein kalter Schauer den Nacken herab.

Es ist zu still.

Dennoch folge ich meinem Plan und biege ein weiteres Mal entlang einiger Hecken ab. Plötzlich knackt es, was Malek und mich zusammenzucken lässt. Ich hebe die Hände, doch nichts passiert.

Dann schaue ich zu meinem Fuß herab. Ich bin bloß auf einen Ast getreten. Doch was macht ein Ast eines Busches mitten auf dem Weg?

»Alles okay?«, fragt Malek hinter mir.

Ich drücke den Fuß immer noch in den Ast. Vor und hinter uns bedeckt nur Gras den Boden, die umgebenden Hecken sind so weit entfernt, dass ich sie selbst mit ausgestreckten Armen nicht erreiche, und es fegt auch kein Wind umher. »Dieser Ast«, beginne ich also und deute mit dem Finger herab. »Wie kommt der hier hin?«

Malek hockt sich herab und betrachtet das Stück Holz genau, ehe er sich umsieht. »Könnte abgefallen sein«, erwidert er, ehe er auf eine der Hecken zugeht und ein paar Blätter beiseiteschiebt.

»Mitten auf dem Weg?«, hake ich nach, den Fuß immer noch in das Stück Holz pressend. »Äste fliegen nicht einfach durch die Gegend.«

Konzentriert starrt Malek in die Hecke. »Warte mal.«

Weiterhin harre ich aus, mittlerweile nicht einmal mehr die Arme oder den Kopf bewegend, während er mit dem Gesicht tiefer zwischen die Blätter fährt.

Dann ruft Malek plötzlich: »Lauf!«

Ich weiß nicht, warum er mir diese Anweisung erteilt. Doch mein Körper ist so sehr auf Hochspannung, dass ich sie wie eine Einladung annehme. Ich hebe das Bein und wir rennen los. Dann erkenne ich aus dem Augenwinkel, wie spitze, handgroße Dornen aus der Hecke herausfahren, ehe sie mit Wucht auf die gegenüberliegende Seite zudonnern. Nur wenige Momente, nachdem ich aus dem Gang herausstolpere.

Japsend wende ich mich um, stolpere noch einen halben Schritt zurück, bis ich gegen Malek stoße, der die Hände auf die Knie gestützt hat. »Was zur Hölle?!«, flucht er. »Ich dachte erst, ich hätte mich verguckt, als ich diese Zacken in der Hecke gesehen habe. Aber offenbar habe ich das nicht!«

Den kalten Schock noch in den Adern starre ich die tödliche Hecke vor uns an. Das Behandlungsteam wird weiterhin versuchen, uns qualvoll zu töten. Doch ich hatte nach den Ereignissen in der Höhle auch nichts anderes erwartet.

Ich blicke mich um, damit ich meine Orientierung zurückerlange. Wir sind zu weit gelaufen, die letzte Gasse hätten wir nehmen müssen. Eine Gasse, die nun von Hecken mit tödlichen Dornen blockiert wird.

Plötzlich höre ich Schritte hinter mir und fahre herum. Malek ist wieder losgelaufen, einfach schnurstracks geradeaus.

»Wohin gehst du?«, frage ich aufgebracht. »Das ist der falsche Weg!«

»Ach ja?« Mit ausgestreckten Armen dreht er sich zu mir um. »Glaubst du echt, dieser Grundriss macht einen Unterschied?« Wütend deutet er in die Richtung, in der er wohl den Eingang vermutet. »Denn ich habe den Eindruck, dass sich die Wände bewegen.«

Ich schnaufe, verstumme jedoch, während mein Blick zurück zu der verschobenen Hecke wechselt. »Blindlings durch das Labyrinth zu laufen, bringt aber auch nichts.«

»Schön, also, wo entlang?«

Ich richte den Blick nach oben zur Glaskugel. Zum Glück habe ich mir nicht nur den Weg, sondern auch Anhaltspunkte außerhalb des Labyrinths eingeprägt. »Siehst du die Kamera mit dem fünfundvierzig Grad Knick in der Halterung?«

Malek verkreuzt die Arme. »Hast du ein Geodreieck dabei oder wie soll ich einen fünfundvierzig Grad Knick erkennen?«

»Sie steht halt leicht schräg.« Mit den Händen forme ich den Winkel, bis er sie endlich entdeckt. »Darunter müsste der Ausgang sein.«

»Also gehen wir direkt darauf zu?«

Ich zögere, während mein Blick auf den Weg hinter uns fällt. Doch Malek hat recht: Sich auf einen Plan zu versteifen, bedeutet unseren Tod. »Direkt darauf zu«, bestätige ich also.

Dann läuft Malek voraus und ich folge. Auch wenn er für meinen Geschmack viel zu zügig unterwegs ist.

Nach einigen Metern ersetzen zunehmend Mauern die Büsche. Perfekte, grau-weiße Fugen umrahmen die hellroten Steine, als würden sie nach jedem Krankensubjekt ersetzt werden – was nach meinen bisherigen Erkenntnissen durchaus möglich wäre.

Vor uns formen sie eine Sackgasse, an dessen Ende Malek innehält. »Das gibt es ja nicht.« Immer wieder drückt er sich mit voller Kraft gegen die Mauern. »Die wackeln, als ob sie bewegbar ...«

»Malek, komm da raus«, unterbreche ich ihn. Allein der Gedanke, mich tiefer zwischen diese Massivwände in eine Sackgasse zu begeben, löst Panik in mir aus.

Doch Malek bleibt entspannt, als er sich zu mir umdreht, die Hände immer noch auf die Steine gepresst. »Das könnte unser Ausweg sein!«

Dann ein Knacken. Minimal, kaum hörbar. Doch genug, um mein Herz doppelt so schnell schlagen zu lassen. Malek lässt die Hand sinken und lauscht ebenso gespannt wie ich. Wir starren uns an, warten darauf, ob etwas passiert.

Plötzlich setzen sich die Mauern in Bewegung. Ich schrecke herum und renne los, doch ich benötige nur wenige Meter, ehe ich zwischen den Steinen hervortrete. Sofort wende ich mich zurück zu Malek. Ihn berühren die Wände beinahe, in meinem Kopf sehe ich bereits, wie er zwischen den Backsteinen zerquetscht wird. Ich halte die Hände hoch, möchte wegschauen und kann mich doch nicht bewegen.

Er schafft es nicht.

Plötzlich springt Malek ab und lehnt sich nach vorne. Hinter ihm krachen die Steine unnachgiebig aufeinander, als er gerade ächzend neben mir landet.

Ich sinke auf den Boden. Er hat überlebt, aber dennoch droht mein schlimmster Albtraum real zu werden – getötet von Wänden, die mich zerquetschen. Wie vielen Menschen ist schon genau das zugestoßen?

»Alles okay?«, keuche ich, ohne den Blick von den Mauern lösen zu können.

»Ja. Gerade so.« Malek schwingt sich auf den Hintern, ehe auch er auf die geschlossene Sackgasse starrt. »Sie sind verrückt. Sie sind vollkommen verrückt.« Als hätte ihm diese Erkenntnis den nötigen Antrieb verliehen, springt er auf die

Beine und klopft gegen die Steine. Doch der Hall ist dumpf, kaum vernehmbar.

Sie sind massiv. Kein Pappmaché. Das ist echt.

»Sie sind verrückt!«, wiederholt er und deutet mit dem Daumen auf die Wände.

Nur schwankend schaffe ich es, mich aufzurichten. »Überrascht dich das noch?« Trotz Restschwindel wende ich mich einem weiteren Gang mit Hecken zu. »Wir sollten weiter.«

»Klar. Bis wir von noch irgendetwas zermatscht werden«, faucht Malek, ehe er an mir vorbeizieht. »Aber eine Sache ist merkwürdig.«

»Was?«

»Das mit dem Ast.« Abrupt bleibt er stehen. »Woher kam der?«

Ich runzle die Stirn und stoppe nun ebenfalls. »Vermutlich ist er irgendwann mal von der Hecke abgefallen, als sie mit diesen Dornen hervorgeschossen ist.«

Doch Malek schüttelt beharrlich den Kopf. »Die Rinde vom Ast war wellig und ließ sich leicht lösen. Das Geäst der Büsche ist fester und heller.« Er wendet sich ab. »Irgendetwas stimmt nicht.«

Ich hebe die Schultern. »Worauf willst du hinaus?«

Malek runzelt die Stirn, während er sich umblickt. »Vielleicht sind das Hinweise gewesen.«

»Hinweise? Aber ...«

Plötzlich hebt er die Hand, als wolle er mich zur Ruhe anweisen. Dann deutet er in Richtung der Büsche. Ich folge seinem Blick und erkenne eine Blüte, die gut sichtbar in einer der Hecken wächst. Die erste Blume im ganzen Labyrinth. Schmale, pinke Blätter ragen uns entgegen, zwischen ihnen stehen gelbe Pollen hervor.

»Das ist kein Zufall«, stellt Malek fest.

Ich umklammere meine Oberarme. »Aber was soll uns das sagen?«

»Ich weiß es nicht. Noch nicht.« Langsam tritt er voran, die Blüte fest im Blick.

Plötzlich ertönt ein Zischen. Ich greife nach Malek und ziehe ihn zurück, unwissend, was gerade passiert. Dieser löst sich jedoch keuchend aus meinem Griff und zieht sein Oberteil über den Kopf. Mit einer Handbewegung, die tiefe Abscheu verrät, schmeißt er es von sich und weicht anschließend zurück in meine Richtung. Das Textil zerfällt von einem unscheinbaren Punkt ausgehend, als würde eine unsichtbare Flamme es anzünden.

Einen Moment lang starren wir den Stoff noch an, ehe Malek sein am Körper verbliebenes Hemd prüft, das jedoch unbeschadet wirkt. »Was war das denn?«

Nur langsam beuge ich mich zu den verbliebenen Fetzen herab und begutachte sie. Das Muster, welches den Eindruck einer kalten Verbrennung erweckt. »Säure, denke ich.«

»Säure?« Erneut schaut Malek an sich herab. »Stell dir vor, das Zeug hätte mich direkt im Gesicht getroffen ...«

»Ich stelle es mir lieber nicht vor.« Langsam richte ich mich wieder auf, ehe mein Blick zurück auf die Blume fällt. Sie befindet sich nur wenige Meter vor der Falle, einige Meter dahinter strahlen mir dieselben Blütenfarben erneut entgegen. Als würden sie diesen Ort markieren.

Malek hat recht. Das sind Hinweise. Doch nach dem, was mit Tom passiert ist, wage ich nicht daran zu glauben, dass sie die Krankensubjekte vor Gefahren warnen sollen. Warum sollte das Behandlungsteam erst tödliche Fallen aufbauen und uns dann helfen, sie zu umgehen?

Dennoch frage ich mich, ob es stimmen könnte. Soll uns tatsächlich eine Chance gegeben werden, die KonzEn zu überleben? So, wie Tom es versprach?

# 20

Der neuen Erkenntnis folgend achten wir noch aufmerksamer auf jeden Hinweis, den das Labyrinth uns präsentiert. Verschiedene Blumen stehen für Säureangriffe. Die Äste auf dem Gras markieren gefährliche Hecken, die jedoch nur auslösen, wenn man auf sie tritt. Sobald ein Knacken ertönt, sollten wir uns von roten Mauern fernhalten. Ein heißer Windstoß kündigt glühende Flammen an, modriger Gestank eine Trittfalle, die mich an die Verletzungen von Tom erinnert. All diese Anzeichen sind so zuverlässig, dass wir uns unbeschadet durch das Labyrinth bewegen können.

Dennoch frage ich mich, warum sie das tun. Ist die KonzEn doch eine Behandlungsform? Eine gefährliche und brutale, aber dient sie immerhin nicht nur dazu, uns abzuschlachten? Ergeben die Anforderungen, die sie uns stellen, doch einen mir noch unbekannten Sinn?

Nach einigen weiteren Metern erreichen wir einen von Hecken und Mauern umzäunten Platz. In der Mitte ist ein Becken mit klarem Wasser angelegt, das dennoch keine tiefe Sicht zulässt. Zögerlich betrete ich den Platz und suche nach all den Anzeichen für tödliche Fallen, die wir bereits kennen.

Ob dieses Becken ein neuer Hinweis ist? Doch dafür ist es zu auffällig.

Maleks sanfte Schritte folgen mir auf den Platz. »Wir sollten zurück. Das könnte …«, beginnt er gerade, als sich eine Hecke hinter uns in Bewegung setzt.

Ich fahre herum, doch als der Ausgang verschlossen ist, bleibt sie stehen. Dennoch sind wir jetzt hier eingeschlossen, zwischen Hecken und Mauern. Und einem Wasserbecken.

Zögerlich tapse ich weitere Schritte voran. Plötzlich ein Knirschen neben mir. Nicht wie jenes, das die Wände verschiebt. Unbekannt. Gefährlich.

Ich wende mich zur nächstgelegenen Wand, aus der sich eine Steinformation löst. Keine Ankündigung, keine Warnung, nichts, was uns vor dem bewahren könnte, was nun folgt. Außer den wenigen Sekunden, bevor die noch unbekannte Falle auslöst.

Ich stolpere rückwärts zur gegenüberliegenden Wand, doch auch dort ertönt das Knatschen und weitere solcher Klappen öffnen sich überall um uns herum. Keine Möglichkeit, sich zu verstecken.

Dann zieht bereits ein Zischen an mir vorbei. Ich ducke mich und schaue der Geräuschquelle nach, die mit einem dumpfen Aufprall verstummt. Dort liegt ein Messer mit einer glänzend scharfen Klinge. Es hat mich nur knapp verfehlt. An diesem Ort muss Maleks Mutter gestorben sein. Und wir sind die Nächsten.

Für eine Sekunde halte ich inne, doch es kommt mir wie eine Ewigkeit vor, so schnell rasen meine Gedanken. Was hier passiert, ergibt keinen Sinn. Bisher haben sie uns immer eine Chance gegeben, den Fallen auszuweichen und zu überleben. Warum sperren sie uns jetzt ein und konfrontieren uns mit einem Kreuzfeuer aus Klingen?

Mein Blick fällt in Zeitlupe auf das Wasserbecken. Es führt tief hinab, während die Messer etwa anderthalb Meter über dem Gras abgefeuert werden. Selbst wenn eins dort herabfiele, so würde es durch die Wasserdichte gestoppt werden. Ist das der für uns vorgesehene Ausweg?

Malek folgt meinem Blick und damit wohl auch meinen Gedanken. Ohne zu zögern, stürzt er sich ins Wasser und schreit noch im Sprung: »Caitlyn, beeile dich!«

Zitternd harre ich aus. Gerne würde ich ihm folgen und mich damit in Sicherheit bringen. Aber ich kann nicht schwimmen.

Ich stolpere zurück und hoffe noch für einen Moment, es gäbe einen anderen Weg. Einen, bei dem ich nicht zwischen zwei Todesarten wählen müsste.

Doch dann trifft mich eins der Messer am Oberschenkel. Sofort beuge ich mich nach vorne und presse meine Hand auf die brennende Wunde. Das Messer traf mich nur oberflächlich, aber dennoch schießt der Schmerz in mein Gehirn und schaltet die letzten Zweifel aus. Ich streife die Jacke von meinen Schultern in der Hoffnung, mit weniger Kleidung langsamer unterzugehen und damit die Chance zu haben, nicht zu ertrinken. Noch in der Bewegung renne ich auf das Becken zu und springe mit den Beinen zuerst hinein. Ich schließe die Augen, nehme einen tiefen Atemzug, dann sinke ich hinab. Meine Finger krallen sich an den Beckenrand, auch wenn ich so riskiere, einen von ihnen zu verlieren. Doch besser einen Finger als mein Leben.

Ich halte die brennenden Augenlider geschlossen und konzentriere mich darauf, ruhig zu bleiben. Denn mit dem Kopf weit unter der Wasseroberfläche zu sein, ohne die Möglichkeit auf einen Atemzug, den meine Lunge schon jetzt so dringend einfordert, versetzt mich erneut in Panik.

Ich harre aus, lausche nur auf das leise Plumpsen und Zischen über uns. Hoffentlich hört es auf, bevor meine Luftausdauer endet. Nur noch meine Fingerkuppen kleben am Beckenrand, rutschen jedoch so rasant herab, dass ich mich kaum noch halten kann. Ein weiteres Mal greife ich nach, doch jede Bewegung entzieht mir Unmengen an Luft, sodass ich glaube, nicht mehr lange durchzuhalten.

Dann rutschen meine Finger ab. Ich kann mich nur im letzten Moment davon abhalten, nicht vor Schreck aufzuschreien. Während ich immer tiefer herabsinke, die Füße weit ausgestreckt, versuche ich, an den Innenwänden des Beckens Halt zu finden. Doch die Fugen sind zu flach, meine Fingernägel gleiten einfach darüber.

Ich werde ertrinken.

Plötzlich stoßen meine Fußspitzen auf Widerstand. Dort ist bereits der Boden des Beckens, ich bin nicht weit unter der Oberfläche. Ich sollte mit einem kräftigen Abstoßen wieder nach oben gelangen können. Vielleicht werde ich doch überleben, sollte ich lange genug die Luft anhalten können.

Ich umklammere meinen Oberkörper, senke den Kopf und harre aus, als würde ich in einem aufrechten Sarg liegen. Mich umschließen die Dunkelheit der geschlossenen Augen und das Wasser, das mich zu erdrücken scheint.

Schließlich verstummt auch das letzte dumpfe Geräusch über mir. Ohne sicherzustellen, dass es nicht bloß eine Feuerpause ist, stoße ich mich vom Boden ab. Das Wasser fließt an mir vorbei, viele Sekunden lang, und dennoch erreiche ich nicht die Oberfläche. Bin ich doch tiefer gesunken, als es mir vorkam? Werde ich nie wieder Luft atmen? Werde ich hier sterben?

Endlich ertönt das platschende Geräusch, als mein Schädel die Wasseroberfläche durchbricht. Ich schlage die Augen auf und nehme einen tiefen Atemzug, ehe ich wieder im Wasser einsacke. Sofort strecke ich eine Hand aus und klammere mich an den Rand, zu dem ich mich hinüberziehe. Keuchend lege ich meinen Oberkörper darauf, während das Wasser mein Gesicht hinunterfließt, und atme viele Atemzüge ein.

Ich lebe. Und über mir bleibt es still. Offenbar war es das, was sie von uns erwartet haben.

Kraftlos ziehe ich mich aus dem Becken heraus. Jeder Muskel fühlt sich wie ein Zusatzgewicht an, sodass ich direkt neben meiner Jacke auf den Boden sinke.

Dann taucht auch Malek auf. Er löst seine Hand, mit der er sich offenbar die Nase zugehalten hat, und wischt sich damit das Wasser aus dem Gesicht. »Hast du das gesehen?«, fragt er aufgeregt.

»Was meinst du?« Meine Stimme zittert. »Ich habe viele Messer gesehen …«

»Nein, da unten!«, widerspricht Malek jedoch. »Da war ein Tunnel!« Er schwebt mitten im Wasser und gestikuliert sogar mit den Händen. »Bestimmt ist das der Ausgang!«

»Ich weiß nicht …« Zögernd streiche ich mit der Hand über den Oberarm.

»Der ist so versteckt, ich bin mir sicher!«, fährt er jedoch fort. »Also los, lass uns weiter.«

Doch ich schüttle den Kopf. »Ich kann nicht schwimmen.«

»Du kannst nicht ...?«, beginnt Malek, dann bricht er den Satz ab. »Meinst du das ernst?«

Ich nicke. »Schwimmhallen sind ineffizient.«

Mein Satz entlockt Malek ein entnervtes Stöhnen. »Jetzt wären sie effizient gewesen.«

Ich antworte nicht, denn selbst, wenn ich schwimmen könnte, wäre es trotzdem eine Horrorvorstellung, einen engen Unterwassertunnel zu passieren. Dann stützt sich Malek am Beckenrand hoch und beginnt, das Becken zu verlassen.

»Nein!«, stoppe ich ihn jedoch und fahre nach vorn auf die Knie. »Wenn da ein Ausgang ist ...«

»Aber du kannst nicht durch«, unterbricht Malek mich.

»Wir hatten eine Regel.«

Er pustet heftig die Luft aus. »Wenn jemand verletzt ist«, ergänzt Malek.

Ich deute auf meinen Oberschenkel, dessen Blut durch das Wasser verlaufen ist. »Das bin ich.«

»Aber nicht tödlich.«

»Bitte, Malek«, flehe ich nun. »Du solltest gehen.«

»Und du?« Seine Stimme überschlägt sich, während er die Arme ausstreckt. »Wo willst du hin? Hierbleiben?«

Mein Blick schweift umher zu den Hecken und Mauern, die uns immer noch umgeben. Dann greife ich nach einem der Messer neben mir auf dem Boden und fahre vorsichtig mit dem Daumen über die Klinge. Sie ist nicht scharf genug, um mit einem Schlag einen Busch zu zerkleinern, aber hoffentlich genügt sie für das, was ich vorhabe. »Ich werde mir den Weg herausschneiden.«

»Damit?« Malek deutet mit gehobenen Augenbrauen auf das glänzende Metall in meiner Hand.

Ich nicke. »Und du versuchst es mit dem Unterwassertunnel.«

Doch er schüttelt den Kopf. »Sie könnten hier weitere Fallen vorbereitet haben.«

»Das kann für deinen Weg auch gelten«, erwidere ich. »Keiner der Wege ist sicher, also sollten wir uns aufteilen. So schafft es hoffentlich wenigstens einer nach draußen – wie wir es ausgemacht haben.«

Malek wendet den Blick ab. Sekunden vergehen, in denen die Wassertropfen von mir herab in die Erde fallen, die immer matschiger wird. Dann greift er plötzlich aus dem Becken heraus nach einem weiteren Messer auf der Erde. »Nur für alle Fälle«, erklärt er und steckt es ein. »Ich werde es versuchen.«

Ich nicke. »Pass auf dich auf.«

»Ich bin ein guter Schwimmer«, erwidert Malek, ehe er sich vom Rand abstößt. »Pass du auf dich auf.«

Ich lächle. »Das werde ich.«

Malek hält inne, während wir uns auf der Suche nach den richtigen Worten mustern. Den vielleicht letzten Worten, die wir je wechseln werden.

Dann taucht Malek plötzlich unter. Ich stolpere nach vorne und erwäge, ihm etwas nachzurufen, doch da ist er bereits in der undurchsichtigen Tiefe des Wassers verschwunden. Also stütze ich mich zurück auf die Beine und werfe meine Jacke über die Schultern, die dadurch von innen aufweicht.

Ich hoffe, dass dieser Unterwassertunnel nicht der einzige Weg ist, der herausführt. Schließlich können die meisten nicht schwimmen und das muss das Behandlungsteam einkalkuliert haben. Wenn die KonzEn wirklich verlassen werden kann, dann muss es noch einen anderen Ausweg geben.

Ich wende mich also der nächstgelegenen Hecke zu und steche mit dem Messer auf die Pflanze ein, säge die schmaleren Äste ab, bohre meinen Weg hinaus. Es ist mühsam, das Messer unscharf, die Hecke zu dicht. Doch hoffentlich haben wir schon alle Fallen ausgelöst und ich nun Zeit genug.

Als ich endlich einige dünnere Äste zerschnitten habe und sich mir ein schmaler Ausgang zeigt, stecke ich das Messer in eine Jackentasche neben den Plastikpackungen. Eilig ziehe ich die Kapuze über meinen Kopf, um das Verletzungsrisiko zu verringern, und hebe mich auf die unteren, dicken Äste. Dann schiebe ich mich durch den schmalen Spalt des meterhohen Busches. Die Blätter und Äste ratschen an meinen Armen und im Gesicht, doch ich arbeite mich voran, unterdrücke die Angst, stecken zu bleiben, hier drinnen zu sterben. Wenn ich aufgebe, dann werde ich mit Sicherheit nicht überleben.

Am anderen Ende stolpere ich aus dem Grünzeug und bleibe lauernd in der Hocke. Ein heißer Windstoß trifft mich, der Warnhinweis für eine Feuerfalle, dann schiebt sich eine Steinplatte an einer der Mauern beiseite. Und ich renne.

# 21

Japsend falle ich hinter die nächste Mauer und hebe den Blick zur Kamera, die ich Malek zeigte. Der Ausgang war definitiv darunter eingezeichnet. Wenn die Karte am Eingang also tatsächlich ein Abbild des Labyrinths war, dann haben wir uns in den letzten Stunden in die richtige Richtung bewegt.

Hoffentlich gibt es eine Chance für mich. Und hoffentlich war dieser Unterwassertunnel nicht eine weitere Todesfalle, in der Malek gelandet ist.

Ich halte im nächsten Gang Ausschau nach weiteren Hinweisen, dann wage ich mich vorsichtig voran, meine Richtung bestimmt von der abgewinkelten Kamera über dem vermeintlichen Ausgang. Plötzlich steigt Rauchgeruch in meine Nase und ich halte inne. Ich kenne den modrigen Gestank als Ankündigung einer Trittfalle. Aber dieser hier ist viel penetranter, geradezu ... echt.

Ich wende den Blick über die Schulter und erschrecke. Die Hecken kokeln, die Blätter stehen in Flammen, die Äste glühen herunter wie dicke Streichhölzer. Das Labyrinth steht in Brand!

»Malek!«, rufe ich, während der Rauch mich einholt. »Malek, solltest du mich hören: Flieh! Es ist ein Feuer ausge...« Mein Husten erstickt den Rest des Satzes. Ich hole röchelnd Luft, dann renne ich. Ich habe keine Zeit, auf Hinweise für Fallen zu achten. Ich muss fliehen, ehe die Flammen mich erreichen.

Ein Rattern, die Mauern hinter mir fliegen aufeinander zu. Ich laufe noch schneller, bis sich plötzlich eine Hecke in meinen Weg schiebt. Ich stolpere hinein, spüre die Äste an meinem Gesicht, ehe ich mich wieder aufrichte. Sofort wende ich mich zu den Seiten, doch auch dort schießen Hecken auf mich zu und stoppen erst kurz vor meinem Körper. Ich weiche zurück, falle jedoch in weiteres Geäst. Brennbare Pflanzen schließen mich ein, bald samt tödlicher Hitze. Nur noch wenige Meter von mir entfernt sticht das grelle Rot in den Himmel und fegt bedrohlich auf mich zu. Ich muss hier heraus.

Die Hitze schlägt mir bereits entgegen, als ich mich einem der Büsche zuwende. Mit Schwung stemme ich mich darauf und greife nach dickeren, höher gelegenen Ästen, um mich nach oben zu ziehen. Kleinere Stöcke brechen unter mir, doch ich kämpfe mich weiter nach oben.

Als ich mich gerade mit zitternden Muskeln auf die Hecke hebe, erreicht das Feuer die untersten Äste. Doch vor mir liegt eine Mauer, direkt hinter dem Busch. Ächzend arbeite ich mich voran, mit jeder Bewegung einen weiteren Ast abbrechend, bis ich endlich die feuerroten Steine erreiche. Ich hoffe, dass ich hier sicher bin, denn ich habe keinen anderen Ort mehr, an den ich flüchten könnte.

Während ich das Knistern um mich herum höre, den Gestank einatme, die Hitze auf meiner Haut spüre, fällt es mir immer schwerer, mein Husten zu kontrollieren. Plötzlich erinnere ich mich an die Personenpanzer, die ich vor meiner Flucht mit Tom einpackte. Ob ein SmartSuit mich vor einer Rauchvergiftung bewahren kann?

Krächzend ziehe ich die quadratischen Plastikverpackungen aus meiner Jackentasche, doch meine Finger sind so schwitzig, dass mir eine davon aus den Händen gleitet. Noch vor dem Aufprall auf dem Matsch kokeln die Kanten des Kunststoffs an und hinterlassen schwarze Wellen.

Vor der Hitze wird mich der Anzug jedenfalls nicht schützen.

Dennoch fokussiere ich mich wieder auf meinen verbleibenden SmartSuit, packe ihn aus und stülpe ihn trotz des wackeligen Untergrunds über. Als endlich das reinigende Surren der Luftfilter erklingt, rolle ich mich auf die schmale Teilmauer, um nicht zwischen die Steine zu geraten, und atme mehrmals tief durch. Mein Körper schmerzt und dennoch fühlt sich alles taub an. Die Rauchschwaden, die von einem nebeligen Weiß in dunkles Schwarz übergehen, verdecken vollständig die Sicht und hinterlassen trotz der Schutzschicht brennende Hitze auf meinem Körper. Ruß heftet sich an die Glaskuppel und verdunkelt dadurch das Labyrinth noch mehr.

Ob Malek es geschafft hat? Hat ihn dieser Tunnel tatsächlich zum Ausgang geführt? Denn wenn er stattdessen hier im Labyrinth herauskam, dann ...

Ich schüttle leicht den Kopf. Schließlich habe ich es auch geschafft, obwohl ich zum Zeitpunkt des Feuers im Labyrinth war.

Doch was, wenn er gar nicht erst so weit kam? Wenn er in den Wassermassen ertrunken ist? Vielleicht gab es gar keinen Ausgang oder irgendwelche Tore schlossen sich, als er gerade im Inneren des Tunnels war.

Ich ziehe die Beine an und stütze meinen Kopf zwischen meine Knie. Ich weiß es nicht und solange das Feuer wütet, werde ich es auch nicht herausfinden. Ich kann ihn nicht suchen, ich kann nicht einmal nach ihm rufen. Ich würde die Antwort durch die stechenden Flammen nicht hören. Im Moment kann ich nur abwarten. Meine Strafe dafür, womöglich als einzige überlebt zu haben.

# 22

Mein Kopf kreist beständig um die negativsten Gedanken, die mein Hirn zu bieten hat. Wenn ich versuche, mich von der Trauer um Tom abzulenken, denke ich an die Ungewissheit wegen Malek. Und sollte ich es doch für einige Momente schaffen, an keinen von beiden zu denken, so male ich mir mein eigenes, grausames Ende aus.

Die Gedanken kreischen so laut in meinem Kopf, dass ich nicht wahrnehme, wann das Rauschen des Feuers verstummt. Erst, als das Knistern leiser als der Luftfilter meines SmartSuits ist, hebe ich den Kopf von meinen Knien. Vorsichtig ziehe ich das Visier des Personenpanzers ab und stelle erleichtert fest, dass ich die noch immer nach Rauch stinkende Luft einatmen kann, ohne sofort husten zu müssen. Dann nehme ich nehme zum ersten Mal einige Schlucke Wasser aus der Flasche und einen der OptiMast-Briketts. Sparsam knabbere ich daran, ehe ich den Rest wieder verstaue. Schließlich weiß ich nicht, wie lange meine Vorräte noch halten müssen.

Unter mir wankt die schmale Wand, sodass ich meine Hände um die Steine lege. Überall stehen kahle, schwarze, blattlose Hecken mit teilweise sichtbarem Metallgehäuse im Inneren zwischen verrußten Mauern. Einige der dickeren Äste sind vollständig überzogen mit Ruß, vermutlich so verbrannt, dass sie bei einem tiefen Ausatmen schon in sich zusammenbrechen würden. Viele Pflanzenteile schwelen noch immer.

»Malek?«, rufe ich über das Labyrinth hinweg, doch es zeigt sich keine Bewegung. »Malek?«, werde ich lauter, doch noch immer keine Reaktion. Hört er mich nicht? Oder ist er tatsächlich tot?

Ich senke den Kopf. Wenn er im Labyrinth war, als das Feuer ausbrach, müsste ich ihn jetzt ebenso auf eine der Mauern hocken sehen, doch das ist definitiv nicht der Fall. Also war entweder der Unterwassertunnel ein Ausgang oder er ist nun tot.

Ein Stich durchfährt mich, als ich daran denke. Ein weiteres Leben, das in dieser KonzEn beendet worden sein könnte, auch wenn das Feuer nicht geplant wirkte. Warum sollten sie ihre eigene Behandlungsstätte niederbrennen? Ich befürchte, dass es ein Unfall war.

Dennoch muss ich weiter versuchen, den Ausgang zu finden. Wenn Malek tot ist, muss ich das Versprechen einlösen, das wir uns gaben. Und falls er noch lebt, werden wir uns dort wiedertreffen.

Ein weiteres Mal sehe ich zu der krummen Kamera empor. Wenn ich quer durch die Büsche fliehe, fehlen mir nur ein paar Schritte zur Freiheit.

Also wage ich mich an den Rand der Steine. Ich muss hinabklettern, obwohl die Fallen kaum noch Warnhinweise zeigen werden. Ich kann nur hoffen, dass sie durch das Feuer nicht mehr funktionieren.

Ich lasse mich auf den Boden rutschen und halte einen Moment inne, doch noch feuert keine der Fallen auf mich ab. Die Drohnen kreisen über mir wie hungrige Geier, aber sie werden mein Aas nicht bekommen.

Ich streife den Personenpanzer ab und die Kapuze wieder über den Kopf, dann renne ich auf eine der Hecken zu. Ich quetsche mich durch einen abgebrannten Busch, der jedoch noch so heiß ist, dass meine Haut an Händen und Gesicht verbrennt. Doch ich schüttle den Schmerz ab und laufe weiter. Ich werde mich nicht mehr aufhalten lassen. In der Ferne sehe ich bereits die hellgrauen Tore, direkt unter der krummen Kamera.

Der Ausgang.

Nur noch auf das Ziel fokussiert laufe ich darauf zu. Ich quetsche mich durch die letzten Büsche, ehe sich plötzlich Klappen neben den Toren öffnen. Spitze Pfeile schießen hervor, doch ich werde mich nicht mehr aufhalten lassen.

Ich beobachte die Geschosse, die nacheinander im Gras landen. Sie fixieren kein Ziel und werden in sich wiederholenden, kalkulierbarem Muster abgefeuert. Nur diese Abfolge ist jetzt relevant.

Ich ducke mich, wodurch die Waffen zu feuern aufhören. Also schmeiße ich mich in den Matsch und krieche flach voran, nähere mich den Toren immer weiter, bis die Visiere sich erneut öffnen. Noch ehe ein erneuter Schuss folgt, springe ich hoch und weiche im vorgeplanten Hakenschritt den Pfeilen aus. Geduckt sprinte ich nach vorne, bis ich mit vollem Schwung gegen die glänzende Verkleidung knalle.

Sofort wende ich mich herum und presse die Handflächen auf die Tore. Warum öffnen sie sich nicht? Können die Pfeile mich hier erwischen? Ich kann nicht ausweichen. Wenn sie mich jetzt fixieren ...

Plötzlich gibt der Widerstand hinter mir nach und ich falle rücklings zu Boden. Der Ausgang hat sich geöffnet.

Um Luft ringend krabble ich rückwärts, bevor sich die Türen bereits wieder schließen. Mich umgibt blendend helles Licht, sodass ich keine Konturen oder Wände um mich herum erkennen kann. Ich halte mir die Hände an die Stirn, doch der Tunnel strahlt von allen Seiten wie mein Pfad zum Nachleben.

Was werden sie tun? Ist die Behandlung nun abgeschlossen? Oder erwartet mich die nächste Folter?

Ich tapse über den unbekannten Grund, höre ein leichtes, dumpfes Echo. Die Helligkeit verblasst, als ich eine kreisrunde Halle mit einer verschlossenen Tür vor Kopf erreiche. Ich drehe mich um mich selbst, doch es ist leer, still, verlassen.

»Herzlichen Glückwunsch, Caitlyn«, höre ich plötzlich Joannas Stimme überall um mich herum, so dröhnend laut, dass ich mir die Hände auf die Ohren halte. »Bitte warte hier, bis wir dich abholen.«

Erneut blicke ich mich um, doch nichts tut sich. Keine Tür öffnet sich, keine Schritte ertönen. Werden sie mich wirklich herausholen? Oder warten sie, bis ich durchdrehe? Denn es fehlt nicht mehr viel, bis ich dieses Stadium erreiche.

Erschöpft setze ich mich auf den Boden. Mir bleibt nichts anderes übrig, als zu warten. Wie lange wird es wohl dauern? Stunden, Jahre? Sie können es bestimmen.

Plötzlich springt eine der Türen auf und ich hüpfe wieder auf die Beine. Shaira, die Frau mit den bissigen Augen und der sarkastischen Stimme, nähert sich mir mit einigen Menschen im Rücken. »Hat es endlich mal wieder jemand geschafft?«

Stumm betrachte ich sie, während die beiden Männer, die ihr gefolgt sind, sich neben mir platzieren. Zeitgleich ergreifen sie meine Arme, sodass ich fixiert bin.

»Was ...?!«, beginne ich zu protestieren, doch Shaira macht einen großen Schritt auf mich zu und legt mir den Zeigefinger auf den Mund.

»Du willst doch schließlich niemandem wehtun, oder?« Mit der anderen Hand greift sie in meine Jackentasche, aus der sie das Messer herauszieht, dann schreitet sie rücklings von mir weg.

Die Männer lassen mich los, doch das mindert meine Wut nicht. »Und wie ich das möchte«, entfährt es mir.

Doch zu meiner Überraschung erscheint dadurch ein so breites Lächeln auf Shairas Mund, dass ich ihre glänzenden Zähne sehe. »Hat selbst die KonzEn dir den Kampfeswillen nicht austreiben können?« Sie legt den Kopf schräg und suhlt sich offenbar in den Gewalttaten, die hier verübt werden.

Doch ich möchte einfach nur hier heraus, also verstumme ich, starre sie bloß mit finsterem Blick an, den ich trotz aller Willenskraft nicht unterdrücken kann.

Shairas Lächeln verebbt. »Keine Antwort mehr? Schade.« Dann dreht sie mir einfach den Rücken zu, als würde ich nicht immer noch mit dem Gedanken spielen, sie zu würgen. Für all das, was sie uns angetan haben, für die Menschen, die ich verloren habe. Doch ich verwerfe den Gedanken, straffe die Schultern und folge ihr.

Die beiden Männer bleiben hinter mir, als wir den Ausgang passieren. Shaira benimmt sich zwar immer noch wie eine Gefängniswärterin, aber offenbar werde ich tatsächlich herausgebracht. Ich habe es geschafft.

Als würde ich zum ersten Mal das Wunder des Lebens sehen, bewundere ich das Labor vor den Aufzügen, als wir es erreichen. Ich lebe und bald schon werde ich frei sein. Das ist doch schließlich die Vereinbarung, die ich unterschrieben habe, nicht wahr?

»Beeindruckend.« Erst jetzt fällt mein Blick auf Joanna, die ebenfalls anwesend ist und mich mustert. »Du hast die KonzEn überraschend zügig durchlaufen. Allerdings haben die kargen Büsche es dir am Ende ja auch sehr leicht gemacht.«

Ich stoße ein abwertendes Grunzen aus. »Ich wäre da drinnen fast gestorben.«

Doch Joanna verzieht keine Miene. Sie stolziert nur auf mich zu und plötzlich kommt mir meine Lage wieder gefährlich gespannt vor. »Dennoch hast du streng genommen den vorgesehenen Ablauf nicht absolviert.« Ein krampfhaftes Zucken durchfährt ihre Augenlider, das sie angestrengt zu unterdrücken versucht.

»Aber dass dieses Labyrinth abgebrannt ist, war doch nicht meine Schuld!« Mein Atem beschleunigt sich. »Ich habe gemacht, was von mir gefordert wurde. Warum bin ich also noch hier?«

Joanna beäugt mich misstrauisch. »Dafür, dass du gerade ›fast da drinnen gestorben‹ wärst, bist du immer noch ziemlich«, sie zögert, »vorlaut.«

Ich schnaube. »Es steht mir zu, jetzt zu gehen«, beharre ich. »Mir wurde gesagt, dieser Ausgang sei der Abschluss meiner Behandlung. Also bin ich jetzt geheilt.«

»Ob du geheilt bist oder nicht, entscheide immer noch ich.« Erneut durchfährt ein Zucken Joannas Augen, dieses Mal heftiger. Ihre Hand fährt an ihren Bauch, auch wenn sie die Bewegung fließend ablenkt. Ein winziges Detail, das mir dennoch nicht entgeht. »Dafür werde ich zunächst das Videomaterial sichten müssen.« Sie schaut zu dem Security-Team auf. »Steckt sie in eine der Vorbereitungszellen.«

Mein Herz rutscht in meine Eingeweide. Habe ich das richtig verstanden? Zelle?

»Sie hat die KonzEn abgeschlossen, wir sind nicht hier zum Babysitten«, erwidert Shaira rau.

Plötzlich macht Joanna einen Schritt auf sie zu, bloß einen minimalen, aber dennoch weicht Shaira zurück. »Wenn du unfähig bist, meine Anweisung effizient auszuführen, sollte ich wohl besser deinen Gesundheitszustand überprüfen lassen.«

Shaira verengt kurz die Augen, dann ergreift sie kapitulierend meinen Arm. Wenige Sekunden des widerstandslosen Mitziehens kostet es mich, bis ich realisiere, dass sie mich aus dem Labor hinauszieht. Wir steuern den Nebengang an, in den sie Tom bei unserer Ankunft brachten. Mit den Vorbereitungszellen hinter schmalen Türen.

»Nein!«, schreie ich und stemme meine Füße in den Boden. »Ich habe getan, was von mir verlangt wurde! Ich habe die Behandlung abgeschlossen! Ich bin geheilt!« Mit einer schwungvollen Bewegung des Oberkörpers versuche ich mich zu befreien, doch Shaira ist zu stark. Unbeeindruckt von meiner Widerwehr stößt sie mich in die Zelle, dann fällt die Tür ins Schloss.

Sofort wende ich mich herum, meine Fäuste prallen gegen das Metall. »Lasst mich hier heraus! Ihr könnt das nicht tun!«, brülle ich, obwohl ich genau weiß, dass sie es können.

Der Raum ist eng und schmal, keine Einrichtung, keine Fenster, nicht einmal ein Luftspalt. Hier drinnen werde ich ersticken!

Ich nehme Anlauf und werfe mich gegen die Tür, doch sie erhält nicht einmal eine Schramme. Die Panik ist mittlerweile so dominant, dass ich an nichts anderes mehr denken kann. Meine Fingernägel kratzen über das Metall, erzeugen das markerschütterndste Geräusch, das ich mir vorstellen kann.

Blut läuft meine Finger hinab und ich werfe meinen Kopf gegen die Tür. »Lasst mich hier heraus«, flehe ich. Ein Schluchzen verlässt meinen Mund, noch ehe ich realisiert habe, dass ich weine.

Dann sinke ich an der Tür herab auf den Boden. Ich schluchze hemmungslos und umklammere meine schmerzenden, abgeschabten Fingernägel. Auf dem Oberschenkel sitzend pocht meine Wunde und mein Rücken verweigert mir, mich anzulehnen, denn meine Haut brennt von irgendetwas, was in der KonzEn passiert ist. Und da gibt es genug.

Zum ersten Mal versiegt die Hoffnung in mir. Ich werde sterben. Ich werde diesen Optimierer nie wieder verlassen. Ich habe die KonzEn mitgemacht und werde trotzdem wieder eingesperrt. Tom muss sich geirrt haben, denn offensichtlich gibt es keinen Weg heraus. Alonso hatte recht, Menschen wie ich sollen hier vernichtet werden.

Ich schlage meinen Schädel gegen die Wand, als könnte der zusätzliche Schmerz diesen Albtraum beenden. Doch stattdessen nisten sich Erinnerungen wie zusätzliche Folter in meinen Kopf. Der Anblick von Tom, sterbend auf dieser Liege, unser letzter gemeinsamer Moment, ehe sie seine Leiche wegbrachten. Diese permanente Panik, die mich in den letzten Stunden und Tagen begleitete. Das Feuer, überall Feuer. Es muss auch Malek getötet haben, falls er nicht vorher in dem Tunnel ertrunken ist, denn ich habe ihn nicht mehr angetroffen. Doch was würde es auch für einen Unterschied machen, ihn nochmal zu sehen? Die KonzEn dient dem Abschlachten der Menschen. Auch mich wird es noch treffen, vielleicht heute, vielleicht erst morgen.

Langsam versiegen die Panik und Trauer, zurück bleibt Kraftlosigkeit. Mein Körper kippt zur Seite, selbst die Tränen vertrocknen, während ich mit angezogenen Beinen auf dem glatten Boden liege. Er stinkt nach einer Mischung aus Plastik, Reinigungsmitteln und dem, was die Reinigungsmittel nicht entfernen konnten. Ein Ventilator rotiert an der Decke, aber dennoch habe ich das Gefühl, hier drinnen zu ersticken.

Ich wünschte, ich würde diesen Lebenswillen spüren, der nur wenige Minuten zuvor noch in mir gekämpft hat. Doch ich bin zu erschöpft. Mein Körper genießt, sich nicht mehr bewegen zu müssen, nicht mehr unter Hochspannung zu stehen, sich endlich ausruhen zu können.

# 23

Ein Rattern des Schlosses lässt mich die Augen aufschlagen. Ich weiß nicht, ob ich geschlafen oder bloß regungslos dagelegen habe. Mein Körper fühlt sich an, als hätte ich einen heftigen Muskelkater, aber dennoch richte ich mich auf die Beine, bevor sich die Tür aufschiebt.

Ivan steht dahinter und mustert mich ausdruckslos wie immer. Nur seine Narbe im Gesicht verleiht ihm eine bedrohliche Erscheinung. »Komm mit.«

»Wohin?«, frage ich und bleibe unverändert an der Stelle stehen.

»Ich bringe dich in Joannas Büro.«

Nervös klopfe ich mit meinen verkrusteten Fingerspitzen gegen meine Oberschenkel. »Wieso? Will sie mit mir reden, bevor ich entlassen werde?«

»Ich nehme es an.«

Zögernd mustere ich ihn. Das klingt nicht, als würden sie mich gleich der nächsten, grausamen Behandlung unterziehen. Außer, er lügt mich an.

Doch gerade ist nur relevant, dass ich diese Zelle verlasse. Also trete ich nach vorne und Ivan weicht von der Tür zurück, mich ebenso intensiv im Blick behaltend wie ich ihn. Als ich vollständig auf dem Flur stehe, schließt er laut knatschend die Tür.

»Geh in den Aufzug.« Nichts in seiner Stimme oder Haltung verrät das Geringste darüber, was mich erwartet. War es eine harmlose Bitte? Oder der Befehl, mich in einen schwertausgelegten Sarg zu legen?

Dennoch folge ich der Anweisung, immerhin führt der Schacht nach draußen. Ich schiebe mich an Ivan vorbei, wage kaum, ihm den Rücken zuzudrehen. Die Stimmung ist so gespannt, dass es mich nicht wundern würde, wenn er plötzlich zu einem Werwolf mutieren würde.

Bei meinem Gang durch das Labor beobachten die Wissenschaftlersubjekte mich, doch ich erwidere ihre Blicke düster, ehe ich mich den Kabinentüren zuwende. Ich drücke den Knopf, um den Aufzug anzufordern, und während die Lämpchen der Indikatoren den Abstieg verkünden, tritt Ivan von hinten an mich heran, nur minimal in meinem Sichtfeld.

Ich beiße mir auf die Wange. In der Kabine könnte ich ihn angreifen. Dann wäre ich nicht mehr auf ihn und Joanna angewiesen, um den Optimierer zu verlassen. Er ist ein gut ausgebildeter, überlegener Mann, aber ich habe gerade die Hölle überlebt. Vielleicht habe ich eine Chance, wenn ich ihn überrumple, sobald uns niemand mehr beobachtet. Selbst wenn ich ihm nur eine weitere Narbe zufüge, wäre es zumindest eine Genugtuung für Toms, Maleks und mein Leid.

Ob seine existierende Narbe von genauso einem Kampf mit einem Krankensubjekt stammt?

Klingelnd erreicht uns der Aufzug und ich trete mit festem Schritt ein. Im Inneren wende ich mich sofort herum und starre Ivan ebenso an wie er mich. Ohne den Blick zu lösen, fährt er die Hand zur Bedientafel aus und drückt den obersten Knopf. Dann hält er seine Smartwatch dagegen, ehe ein dumpfes »Autorisierung erfolgreich« ertönt.

Die Türen schließen sich. Der Aufzug setzt sich in Bewegung. Zwei Sekunden. Drei Sekunden. Vier Sekunden. Der Moment ist günstig.

»Tu es nicht.«

Noch ehe ich einen Schritt nach vorne setzen konnte, stoppe ich schon wieder. Kann Ivan Gedanken lesen? Oder war das eine Halluzination? Hat die KonzEn mich verrückt gemacht?

»Was soll ich nicht tun?«, frage ich, nur um sicherzugehen.

Ivan schüttelt den Kopf. »Bring dich nicht noch in Probleme.«

Wenigstens habe ich mir seine Worte nicht eingebildet. »Ich habe keine Ahnung, was du meinst«, beharre ich.

Doch die Raubkatze reagiert nicht auf meinen Bluff. »Du hast die KonzEn gemeistert, trotz zusätzlicher Herausforderung. Ich gehe davon aus, dass Joanna dich nun über den Abschluss deiner Behandlung sowie die darauffolgenden Schritte aufklären wird. Begehe jetzt also bitte keinen Fehler, der dich diese Entlassung kostet.« Irritierenderweise spricht er mit einer solchen Ruhe, dass seine Worte wie ein freundschaftlicher Ratschlag klingen.

Dabei habe ich keinerlei Grund, diesem Mann zu vertrauen. Er gehört zu jenen, die für die Qualen in der KonzEn verantwortlich sind. Aber dennoch schleicht sich bei mir die irrationale, übermächtige Hoffnung ein, dass seine Worte stimmen. Außerdem bringt der Angriff auf einen überlegenen Gegner nichts, wenn dieser mit meiner Attacke rechnet.

Also harre ich aus, bis die Aufzugtüren sich öffnen und Ivan aussteigt. Ich folge seiner Handweisung, die entlang des weißen, kurzen Ganges führt. Zwei Türen befinden sich zu den Seiten, eine direkt vor Kopf.

Ich laufe an den beiden seitlichen Türen vorbei und bleibe am Ende des Flurs stehen. Als ich abwäge, ob ich anklopfen sollte, höre ich Ivan bereits hinter mir sprechen: »Wir sind da.«

Ich wende mich über die Schulter zurück und sehe noch, wie er seine Smartwatch senkt. Dann geht die Tür vor uns auf, geführt von einem sanften, automatischen Hebel. Ein helles Büro begrüßt uns, beleuchtet durch die Sonne, die durch eine Glasfront hinter Joanna hereinscheint. Es muss entgegen meinem Zeitgefühl, das mich durch die durchgehende, künstliche Beleuchtung der KonzEn verlassen hat, mitten am Tag sein.

Ich tapse herein und betrachte die karge Einrichtung. Ein Bett, ein Schrank, ein Schreibtisch – ebenso viel, wie ich besitze. Dennoch wirkt der vergleichsweise riesige Raum, als stände er leer. Einzig der Tresor in der hinteren Ecke erweckt den Eindruck eines Zimmers, das einem gehobenem Angestelltensubjekt gehört.

»Guten Tag, Caitlyn. Setz dich.«

Zögerlich folge ich Joannas Anweisung. Der Stuhl vor ihrem Schreibtisch fühlt sich gemütlicher an als jede Sitzgelegenheit, die ich je kennengelernt habe. Ich bin eingehüllt von Polstern, die sich perfekt an meinen Körper anschmiegen. Mein Rücken und meine Schultern würden am liebsten augenblicklich darin einsacken, doch die anhaltende Angst um mein Leben verhindert die dafür benötigte Muskelentspannung.

»Du kannst gehen«, weist Joanna Ivan an.

Doch er zögert. »Bist du dir sicher?«

Plötzlich werden ihre Augen wieder kalt. »Muss ich mich wiederholen?«

Ivan mustert kurz mich, dann wieder sie. »Ich werde vor der Tür warten.«

»Das ist nicht nötig.« Joannas Betonung vermittelt mir das Gefühl, mit Eiszapfen zerstochen zu werden, obwohl es gar nicht um mich geht. Es geht doch nicht um mich, oder? »Du hast genügend andere Arbeiten zu erledigen. Vor der Tür zu warten wäre ineffizient.«

Ich zucke zusammen. Noch nie zuvor hat jemanden das Wort »ineffizient« so hart ausgesprochen, dass es mir körperliche Schmerzen bereitet.

Erneut zögert Ivan und zum ersten Mal erkenne ich ein Zucken seiner Augenlider, als würde er nachdenken. Zu meiner Überraschung beginne ich mir zu wünschen, er würde hierbleiben, denn aus irgendeinem Grund scheint es nicht in Joannas Interesse zu sein.

»In Ordnung«, entgegnet er jedoch. »Ich nehme an, du wirst mich kontaktieren, wenn ich Caitlyn nach draußen begleiten soll.«

Joanna fixiert ihn, ohne zu blinzeln. »Ich werde dich rufen, wenn ich deine Hilfe benötige«, antwortet sie dann bloß.

Ich halte die Luft an. Mich überkommt der Instinkt, aufzuspringen und nach draußen zu rennen, doch ich käme nicht weit.

Stattdessen verlässt Ivan ohne ein weiteres Wort den Raum, zieht die Tür hinter sich zu und lässt mich mit Joanna allein.

# 24

»Also, Caitlyn«, beginnt Joanna und bewegt mit ihren langen, schmalen Fingern das Mausrad, als würde sie auf dem Computer herumscrollen. Doch ihre Pupillen sind starr geradeaus gerichtet. Sie liest nicht. Sie überlegt.

Ihr Blick huscht zur Tür, dann zurück auf ihren Monitor und schließlich zu mir. »Es ist bedauerlich, was ich jetzt tun muss. Aber es ist unvermeidbar.«

Ich starre Joanna an, versuche noch, die Worte zu verarbeiten. Da steht sie bereits von ihrem Schreibtisch auf, greift in eine Schublade und ...

Ist das eine Waffe?

Sofort hebe ich die Hände und rutsche mit dem Stuhl zurück, als könnte weitere Distanz zu ihr mein Leben retten. »Was ... warum?«, stottere ich. Der Lauf der Waffe strahlt mir mit derselben Dunkelheit entgegen wie die Höhle im KonzEn. Sie sieht anders aus als die Pistolen, die ich aus den Filmen kenne, aber dennoch so bedrohlich, als könnte sie mich beim ersten Treffer töten.

Joanna hält die Waffe erhoben wie eine Auftragsmörderin und doch zittert ihre Hand, als wäre es das erste Mal, dass sie jemanden in den Tod schickt. »Vielleicht tröstet dich der Gedanke, dass es um etwas Größeres als deine Existenz geht.«

Instinktiv schüttle ich den Kopf. Ich weiß nicht, was hier vor sich geht, und mein adrenalingefluteset Gehirn erlaubt mir auch nicht, einen logischen Schluss zu fassen. Doch ich habe diese grausame KonzEn nicht überstanden, um dann erschossen zu werden.

Also werfe ich mich auf den Teppich und gegen den Schreibtisch, um dem ersten, tödlichen Schuss zu entgehen. Ich lasse das Zischen über mir wenige Millisekunden lang verstummen, ehe ich wieder auf die Beine springe. Noch immer wackelt die Waffe in Joannas Hand, bedingt durch das Beben ihrer Muskeln. Sie ist es nicht gewohnt, Menschen eigenhändig umzubringen. Die einzige Hoffnung, die ich habe.

Ich stürze mich auf die Waffe, kann gerade noch Joannas Arm von mir weglenken, ehe sie erneut feuert. Eine Art Laser schießt aus dem Lauf hervor und trifft den Schrank, in dem ein schwarz umrandetes Loch entsteht.

Mit Schwung presse ich ihre Hand auf den Schreibtisch, doch Joanna umklammert noch immer die Waffe. Ich versuche gerade, sie ihr zu entreißen, als sie ihre zweite Hand mit einer Spritze darin hebt und meinen Hals anvisiert.

Ich habe keine Ahnung, welches Mittel darin ist. Doch offensichtlich will Joanna mich umbringen. Sie hat diesen Angriff vorbereitet. Ich habe keine Chance.

Ich weiche zurück, sodass die Spritze im Lack ihres Schreibtisches landet, doch Joanna hebt sofort wieder die Laserwaffe. Ich kann nicht mehr ausweichen und bin zu weit weg, um sie anzugreifen. Dieses Mal wird sie treffen.

Plötzlich springt die Tür ruckhaft auf, sodass ich mit dem Holz zur Seite geschubst werde. Erst pralle ich gegen den Schrank mit dem Brandloch, dann rutsche ich zu Boden.

»Was ist hier los?« Ivans Stimme hallt durch den Raum, während er Joanna fixiert. Er beachtet mich nicht, aber dennoch wage ich nicht, wieder aufzustehen.

»Sie hat mich angegriffen.« Unvermittelt richtet Joanna die Waffe erneut auf mich. Ich weite die Augen, doch kann nur hilflos abwarten, bis ich sterbe. »Als ich Caitlyn mitteilte, dass sie erneut für die KonzEn vorgesehen ist, wollte sie mich umbringen. Ich musste mich verteidigen.«

Ich atme so heftig, dass ich eine alte Dampflok synchronisieren könnte. Doch ihre Lüge verrät mir, dass die Wahrheit sie offenbar in Probleme brächte. Dass Joanna mich nicht erschießt, solange ihr Mitarbeiter im Raum ist. Auch wenn die auf mich gerichtete Waffe einen anderen Eindruck vermittelt.

Ivan tritt wenige, wohlgewählte Schritte nach vorne, ehe er zwischen mir und Joanna stehen bleibt. »Ich hätte das verhindern können, wenn du mich nicht fortgeschickt hättest«, stellt er ruhig fest. »Aber offenbar konntest du die Situation selbst unter Kontrolle bringen.« Scharf betrachtet er die Waffe in Joannas Hand.

So langsam, als hätte sich ihr Arm versteift, lässt sie die Hände sinken. »Du hast recht.« Sie kneift die Augen zusammen, als sie Ivan mustert. »Daher frage ich mich, was du hier machst.« Noch immer die schmalen Finger um den schwarzgrau glänzenden Todbringer gelegt deutet sie auf die Tür. »Du kannst gehen.«

Ruckhaft ziehe ich Luft ein. Ich weiß, was passiert, wenn Ivan die Anweisung befolgt. Joanna wird schießen, dieses Mal ohne Zögern. Ohne, dass ich ausweichen kann. Ohne zu verfehlen.

Dennoch wird genau das passieren. Ivan wird ein effizienter Mitarbeiter sein, dem Befehl seiner Vorgesetzten gehorchen und verschwinden.

Doch nach einigen Sekunden stelle ich fest, dass er sich nicht gerührt hat. »Wenn du ihr das weitere Vorgehen mitgeteilt hast, kann ich Caitlyn ja wieder mitnehmen.« Ivan greift nach meinem Oberarm und zieht mich auf die Beine, den Blick nicht einen Moment von Joanna lösend. Ich rechne damit, dass er mich festnimmt, dieses Mal vielleicht sogar fesselt, schließlich hat Joanna mich als unberechenbare Gefahr dargestellt. Doch nichts davon passiert. Er sieht mich nicht einmal an.

»Ivan!« Joannas Ton wird drohend. »Missachtest du gerade meine Arbeitsanweisung?«

Im Widerspruch zu seinem stoischen Auftritt beginnt Ivan, mit dem Kiefer zu mahlen. »Das Gespräch mit Caitlyn ohne weiteren Personenschutz fortzuführen, stellt nach den geschilderten Ereignissen ein hohes Risiko für dich dar. Wieso bestehst du auf dieses ineffiziente Vorgehen?«

Alle meine Muskeln verkrampfen sich. Warum widersetzt Ivan sich? Ahnt er, was passiert, wenn er den Raum verlässt?

Doch selbst wenn es so wäre, warum sollte er sich an meinem Tod stören? Schließlich schafft er Leichen aus der KonzEn heraus, ohne eine Gefühlsregung zu zeigen.

Joanna stockt ebenfalls, denn das harmlose Wort »ineffizient« schafft es immer wieder, Menschen zu schockieren. Dann setzt sie ein charmantes und gleichzeitig tödliches Lächeln auf. »Ich werde mich nicht vor dir rechtfertigen. Aber da du unbedingt helfen willst«, ihr Blick durchbohrt mich spürbar, »bring Caitlyn zurück in eine der Vorbereitungszellen. Uns stehen noch Aufräumarbeiten bevor, ehe die KonzEn starten kann.«

Ich schlucke schwer. Ihre Aussage ist zwar glaubwürdig, aber dennoch befürchte ich, dass sie Ivan bloß loswerden will, um mich in der winzigen Zelle zu erschießen.

»In Ordnung«, antwortet Ivan jedoch nur, ehe er mich mit sich zieht.

# 25

Während ich hinausstolpere, behalte ich Joanna im Blick, doch sie richtet die Waffe nicht mehr auf mich. Immerhin kann sie mich ja bequem in einer winzigen Zelle erledigen, wenn sie bloß abwartet.

Mein Herz klopft so heftig, dass ich vor dem Aufzug vor und zurück wanke. Ich kann nicht zulassen, dass Ivan mich in diesen Keller zurückbringt. Doch wenn ich angreife, solange Joanna in der Nähe ist, wird sie mich sofort erschießen. Ich werde auf diesen Aufzug warten und dankbar die zweite Chance nutzen, die ich erhalte. Ein letzter Versuch, ehe ich sterbe.

Nachdem sich die Aufzugtüren beiseitegeschoben haben, zieht Ivan mich rauer als sonst in die Kabine. Dort löst er sofort den Griff und ich richte mich auf, um anzugreifen, doch plötzlich flüstert er: »Ich glaube dir.«

Der Schock vertreibt jegliche Spannung aus meinem Körper. »Aber ich habe doch gar nichts gesagt.«

»Das war auch nicht nötig.«

Verwirrt mustere ich erst Ivan, dann seinen Finger, der sich in den Schließen-Knopf des Aufzugs bohrt. Bedächtig langsam fahren die Türen zusammen und sperren schließlich mit einem dumpfen Klacken jegliche Geräusche aus.

»Wir verschwinden.«

Die zwei geflüsterten Worte hallen wie ein Echo durch meinen Kopf. Habe ich sie mir eingebildet? Doch ich habe gesehen, wie Ivans Lippen sich synchron zu dem Ton bewegten. Und nun drückt er einen Knopf auf der Schalttafel, der nicht zum Keller und den dortigen Vorbereitungszellen führt.

»Du ... hilfst mir?«, schlussfolgere ich, auch wenn mir die Worte kaum über die Lippen gehen. Das Rauschen des Aufzugs, der zurück in die Tiefe rast, spiegelt sich als Klingeln in meinen Ohren.

»Falls Joanna es ahnt, werden wir am Haupteingang erwartet«, erklärt er so gefasst, als ob er ein Gedankenexperiment durchspielen würde. »Daher werden wir einen Notausgang auf einer anderen Etage nehmen.«

Ich kann noch immer nicht erfassen, was Ivan gerade vorschlägt. »Du bringst mich hier heraus?«

»Du musst zwei Regeln beachten.« Die Ruhe seiner Worte jagt mir beinahe noch mehr Angst ein als Joannas Mordversuch. Nur das schnelle Heben und Senken seines Brustkorbs verrät mir, dass auch er nervös sein muss. »Erstens: Kehre niemals zu deiner alten Wohnanstalt zurück. Hole keine persönlichen Gegenstände ab, verabschiede dich von niemandem, wage dich nicht einmal in die Nähe. Zweitens: Sobald wir draußen sind, renn.«

Mein Kopf dröhnt, als würde er zu schnell sprechen und es mir damit unmöglich machen, ihn zu verstehen. »Wieso tust du das?«

Ivan mahlt mit dem Kiefer. »Weil das Vorgehen in deinem Fall nicht richtig war.«

Mir sackt die Kinnlade herab. Dieser Mann hat Moralvorstellungen? Das ist unmöglich.

Doch ich schaffe es nicht mehr, zu antworten, denn die Aufzugtüren springen bereits klingelnd auf. Festen, sicheren Schrittes verlässt Ivan den Aufzug, doch ich brauche einen Moment länger, um zurück in meinen Körper zu fahren. Eilig folge ich ihm durch kaum beleuchtete, schmale Flure, ehe uns ein grünes Schild mit weißem Piktogramm entgegen leuchtet.

»Moment!«, stoppe ich ihn. »Es ertönt doch sicher ein Alarm, wenn der Notausgang geöffnet wird?«

Ivan nickt. »Eine Sirene im ganzen Gebäude.«

»Aber …«

Ohne meine Antwort abzuwarten, drückt Ivan die Klinke herunter und ein schriller Ton bohrt sich in mein Trommelfell. Ich halte die Hände auf die Ohren und schließe verkrampft die Augen, bis Licht durch meine geschlossenen Lider fällt.

Ungeachtet des Alarms lasse ich die Arme wieder sinken und schaue fasziniert nach draußen. Die warme Nachmittagssonne erhellt einen betonierten Hof, an dem eine ebenso graue Straße grenzt. Doch trotz der versiegelten, tristen Flächen erinnert mich der Anblick an das Paradies.

»Regel Nummer zwei.« Ivan drückt mich am Rücken nach vorne, sodass ich über die halbhohe Schwelle stolpere. Ich lande auf dem Beton und habe Mühen, mich wieder aufzurichten, so schwach bin ich geworden. Doch ein leichter Wind legt sich um meinen Körper und zieht mich hinaus in die Freiheit.

Es ist echt. Nur warum fühlt sich die Realität so surreal an?

»Caitlyn, lauf!« Ivan steht vor mir auf dem Beton und brüllt mich an. Seine Gefühlsregung kommt so unerwartet, dass ich augenblicklich aufspringe und Ivan hinterher sprinte, auch wenn meine Schmerzen mir nicht das benötigte Tempo erlauben.

»Verdammte Scheiße!«, höre ich ein so durchdringendes Fluchen hinter mir, dass ich unwillentlich den Blick über die Schulter wende. Shaira springt über den Stufenabsatz und einige weitere Menschen aus dem Security-Team folgen ihr, teilweise in Personenpanzern bekleidet.

Ich drehe mich wieder nach vorne und versuche, mein Tempo zu beschleunigen. Dabei fühlt sich mein Körper an, als sei er in Fesseln gelegt, die Verletzungen bremsen mich zusätzlich und die dünne Luft erschwert mir das Atmen. Doch ich werde nicht aufgeben.

Wir erreichen den Parkplatz, auf dem einige schwarze, identische E-Transporter nebeneinander aufgereiht sind. Könnte ich einen davon zur Flucht vor Shaira und den anderen nutzen?

»Jetzt komm!«, ruft Ivan jedoch und läuft einfach an den Autos vorbei.

Vernünftigerweise sollte ich jetzt mit einem der Wagen verschwinden, statt einer Person zu vertrauen, die mich vor ein paar Tagen noch in meinen Tod schickte. Aber dennoch folge ich ihm.

Plötzlich stoppt Ivan und presst seine Smartwatch gegen einen der Transporter, dann reißt er die Tür auf und springt hinein. Ich steuere auf die Beifahrertür zu, doch als ich endlich den Hebel zu fassen bekomme, werde ich an der Kapuze gepackt und weggezerrt.

Ich trete nach hinten aus und der Griff um meine Kleidung löst sich. »Scheiße!«, flucht Shaira mit ihrer unverkennbaren, giftigen Stimme. Im selben Moment schlingt sie ihre Arme um meinen Körper und obwohl ich mich an den Türgriff der Innenseite klammere, zieht sie mich allmählich vom Wagen weg.

Dabei darf ich nicht verlieren. Wenn ich Shaira nicht schnell genug entkomme, wird das heraneilende Security-Team uns erreichen. Dann stecken sie mich in eine Zelle, in der ich ermordet werde.

Plötzlich taucht Ivan auf dem Autodach über mir auf. In einer fast lautlosen Bewegung stürzt er sich herab und reißt Shaira damit nieder, sodass sie sich unwillentlich von mir löst. Dann dreht er sich wieder herum, springt über den Beifahrersitz zurück vor das Lenkrad und brüllt: »Jetzt steig ein!«

Ich hieve mich am dem Plastikgriff gerade ins Innere des Wagens, da fährt Ivan bereits los. Gegen die mich hinausdrückende Beschleunigung ziehe ich mich auf den Beifahrersitz, damit ich endlich die Tür zuziehen und nicht mehr hinauskatapultiert werden kann. Ivan lenkt währenddessen den Transporter quer über den Beton auf die Straße zu. Er drückt das Gaspedal durch und bedient das Lenkrad mit geübten Bewegungen ohne die üblichen Sprachbefehle oder das automatische Zielsystem. Doch als wäre das nicht schon angsteinflößend genug, nimmt Ivan auch noch eine Hand vom Lenkrad, um damit die Smartwatch von seinem Handgelenk zu lösen und achtlos aus dem Fenster zu werfen.

Japsend drehe ich mich um, doch die Straße hinter uns bleibt leer. »Das war verdammt knapp! Warum hast du nicht den erstbesten Wagen genommen?«, fahre ich ihn voller Adrenalin und Angst an.

»Das war der erstbeste Wagen«, korrigiert mich Ivan so ruhig, als wäre er nicht an derselben Flucht beteiligt gewesen. »Diese Einheit war zur Reparatur vorgemerkt. Das Funkmodul ist defekt, welches unter anderem zur Ortung eingesetzt wird.«

Ich schnaube. Eigentlich war es naheliegend, dass die Transporter der Optimierer voller Technik sind. Was wäre passiert, wenn ich ein anderes Auto gestohlen hätte? Wäre ich nach zwei Häuserblöcken wegen einer funktionierenden Ortung gefunden worden? Oder hätte ich ohne eine autorisierende Smartwatch nicht einmal einsteigen können?

»Sie folgen uns nicht«, stellt Ivan nach einer Weile fest, während er wiederholt die Rück- und Seitenspiegel prüft, gelegentlich wendet er sich sogar über die Schulter zurück.

Nervös folge ich seinen Bewegungen. »Haben sie aufgegeben?«

»Unwahrscheinlich.« Mit quietschenden Reifen biegt Ivan um eine Kurve und ich muss mich am Sitz festhalten, um nicht gegen die Tür gedrückt zu werden. Auf der nächsten geraden Strecke beschleunigt er den Wagen rasant, sodass meine Organe in den Sitz gedrückt werden und der Widerstand eines OptiMast-Briketts meine Speiseröhre emporkriecht.

Ich habe noch nie jemanden erlebt, der ohne Autopiloten einen Wagen bedienen kann. Allerdings saß ich auch nur zwei Mal in meinem Leben in einem Auto: bei meinem Wechsel von der Erziehungsanstalt in meine jetzige Wohnanstalt und als ich zum Optimierer verschleppt wurde. Dennoch verunsichert es mich, die Kontrolle über ein tonnenschweres, beschleunigendes Gerät Menschenhänden anzuvertrauen. Menschen machen Fehler. Und ich will nicht sterben.

»Du kannst Auto fahren?«, beginne ich also vorsichtig.

Doch die Raubkatze nickt nur stumm, den Blick abwechselnd in den Rückspiegel und auf die Straße vor sich richtend.

»Soll ich irgendwo mit drauf schauen?«, frage ich weiter, denn ich kann mir nicht vorstellen, dass sich ein einzelner Mensch bei dieser Geschwindigkeit gleichzeitig auf all diese Spiegel, die Straße und die Bedienung der Hebel und Pedale konzentrieren kann.

Doch Ivan schüttelt den Kopf. »Ich mache das nicht zum ersten Mal.«

Ich schnaube. Offenbar kann ich diese Fahrt nur abwarten und hoffen, sie zu überleben.

# 26

Während der Fahrt biegt Ivan gelegentlich in schmalere Seitenstraßen ab, nur um dann wieder auf breitere Hauptstraßen zu wechseln. Ich weiß nicht, ob er ein Ziel hat oder ob er genauso umherirrt, wie ich es nun täte. Im Wagen herrscht Stille, während ich die vorbeirasenden Landschaften und Gebäude beobachte. Nicht einem Auto oder Menschen sind wir begegnet, was mich beruhigt. Immerhin werden sie nach mir suchen. Nach uns beiden.

Tausende Fragen springen in meinem Kopf auf und ab, doch ich wage mich nicht, eine einzige von ihnen zu stellen. Obwohl Ivan mir geholfen hat, kann ich seine Vergangenheit nicht ausblenden. Er hat das Security-Team eines Optimierers geleitet und den grausamen Tod etlicher Menschen mitverschuldet. Auch den von Tom und Malek.

Also bleibe ich still und vermeide, auf mich aufmerksam zu machen, als könnte Ivan sich sonst daran erinnern, dass er mich noch umbringen muss. Jedenfalls, bis er auf einen holprigen, unbefestigten Seitenweg einbiegt und einige Ruinen ansteuert. Offenbar ist er nicht ziellos umhergeirrt.

»Stopp!«, schreie ich unerwartet laut.

Ivan macht eine Vollbremsung, sodass ich in Richtung des Armaturenbretts rutsche, ehe der Gurt mich in den Sitz zurückpresst. Kurz sieht er sich auf der Straße vor uns um, dann dreht er den Kopf zu mir. »Was ist denn?«, fragt er gereizt. Jetzt habe ich sogar die Raubkatze verärgert.

»Ich will aussteigen.« Kraftvoll stoße ich die Beifahrertür auf und springe aus dem hohen Wagen.

»Was ist los?«, fragt Ivan wieder gewohnt nüchtern.

Die verbliebenen Steinplatten auf der kaputten Straße kippeln, als ich mich auf ihnen umdrehe und zu Ivan emporsehe. Er hat sich ein Stück zum Beifahrersitz hinübergelehnt, als hätte er noch nach mir gegriffen. »Ich gehe«, antworte ich und schlage die Tür zu. Orientierungslos stolpere ich über die Steinplatten, die teilweise schräg in die Luft ragen, manche klackern, als wäre ein Hohlraum darunter.

Dann wird hinter mir eine Tür zugeschlagen und ich blicke mich überrascht um. Ivan ist ebenfalls ausgestiegen, harrt jedoch am Wagen aus. »Wo gehst du hin?«

»Weiß ich noch nicht.«

»Erinnerst du dich an Regel Nummer eins?«

Ich schnaube. »Ja. Auch wenn du nicht einfach irgendwelche Regeln aufstellen kannst, die ich zu befolgen habe.«

Ivan steht weit weg, aber dennoch glaube ich, seinen Mundwinkel zucken zu sehen. »Ist der Begriff ›Tipp‹ angemessen?« Und jetzt ist er auch noch kooperativ.

»Von mir aus.« Ich mache eine abwimmelnde Handbewegung. »Ich habe sowieso nicht vor, zurückzugehen.« Immerhin wüsste ich nicht einmal, in welche Richtung ich laufen müsste.

Kurz schweigt Ivan, als würde er erwarten, dass ich meine Antwort ausführe. Dann erklärt er: »Ich wollte dich zur Stadtgrenze bringen.«

Überrascht schaue ich zu ihm auf, denn dieser Satz wirft einen Haufen neuer Fragen auf. »Warum?«, beginne ich mit der Offensichtlichsten.

Ivan kommt mir einige Schritte entgegen. »Nach unserer kürzlichen Durchsuchung des Gebiets wird niemand annehmen, dass sich dort noch jemand aufhält. Die anstehenden Umbauarbeiten werden frühestens in einem Monat starten, solange solltest du dort also sicher sein.«

Ich schüttle den Kopf. Das kann nicht sein Ernst sein. »Du willst mich irgendwo hinbringen, wo ich ›sicher‹ bin?«, wiederhole ich, denn ich kann ihn unmöglich richtig verstanden haben. Doch Ivan nickt nur. »Und was machst du?«

Er schließt die Augen, als würde ihm die Antwort körperliche Schmerzen bereiten. »Ich werde mich in einer

Optimierungsklinik außerhalb der Stadt in Behandlung begeben.«

Mir klappt die Kinnlade herab. »Du tust was?«

»Ich werde …«

»Ich habe dich schon verstanden!«, unterbreche ich Ivan, ehe er denselben, unglaublichen Satz noch einmal sagen kann. Ich suche nach einem Anhaltspunkt, der mir verrät, ob ich träume, doch alles fühlt sich so surreal an, dass ich es nicht mehr beurteilen kann. »Wie kannst du so verblendet sein?«

Die Frage lässt eine uneindeutige Mimik über sein Gesicht huschen. »Wie bitte?«

»Du kennst die KonzEn doch besser als ich!« Abermals schüttle ich den Kopf. »Willst du sterben?«

Zu meiner Überraschung reagiert Ivan zögerlich auf die Frage. »Darum geht es nicht.«

»Sondern?«

»Mit deiner Rettung habe ich einen Verrat begangen«, erklärt er. »Wenn ich mich jetzt auf Morbus Inertia behandeln lasse, werden die Behörden annehmen, dass ich während meiner Taten unzurechnungsfähig war. So bleibt der Ruf der Westbach Klinik unbeschadet.«

Ich runzle die Stirn. »Willst du diese Leute immer noch schützen?«

»Es waren meine Mitarbeitersubjekte. Ich trug die Verantwortung für sie. Sie sollen nicht unter meiner Entscheidung leiden.« Wieder mahlt er mit dem Kiefer. »Wobei ich ohnehin davon ausgehe, dass sie den Ausbruch vor der Öffentlichkeit geheim halten werden. Das wird deine Chancen erhöhen, unentdeckt zu bleiben.«

Ist es das, worüber Ivan sich im Auto Gedanken gemacht hat? »Das heißt, du willst dich opfern«, fasse ich zusammen, während sich unerwartet Mitleid in mir ausbreitet. Womöglich stirbt er, weil er mir geholfen hat und seine Leute nicht in Probleme bringen will.

»So würde ich es nicht bezeichnen«, widerspricht er jedoch.

»Aber du hast doch erlebt, was passiert ist!«, fahre ich ihn an. »Oder läuft es in anderen Optimierern anders?«

»Nein.« Er zögert. »Das heißt, bis auf ein Detail.«

»Und welches?«

»Normalerweise versuchen Ärztesubjekte ihre Krankensubjekte nicht zu erschießen«, antwortet er ruhig. »Ich habe nämlich nicht den Eindruck, dass Joannas Version, in der du sie angegriffen hast, stimmte. Oder irre ich mich?« Herausfordernd mustert er mich.

»Nein«, erwidere ich und presse die Lippen aufeinander. »Ist das der Grund, warum du mich rausgeholt hast?«

Ivan zögert. »Nicht nur. Ich hielt ihre Entscheidung, dich erneut für eine Behandlung vorzusehen, für inkorrekt. Nach Durchlaufen der KonzEn gibt es nur zwei mögliche Vorgehensweisen: Entweder ist das Krankensubjekt geheilt oder die Behandlungsmethode wirkte nicht. In beiden Fällen ist es jedoch ineffizient, dieselbe Behandlungsmethode erneut anzuwenden.«

Das ist eine so nüchterne Analyse der Situation, dass ich sie für wahr halte. »Wurde also noch nie jemand zweimal in die KonzEn geschickt?«

»Nicht, dass ich davon wüsste. Jedes Krankensubjekt, das die Behandlung durchlaufen hat, führt nun wieder ein normales Leben.«

Ich wende den Blick ab. Immerhin stimmt Ivans Schilderung mit dem überein, was Tom mir erzählte: Es gibt eine Chance, den Optimierer wieder zu verlassen, für andere jedenfalls. Doch das ist jetzt nicht mehr relevant. Ich bin draußen und nur das zählt.

Warum unterhalte ich mich überhaupt noch mit Ivan?

»Also«, beginnt er, »soll ich dich noch zur Stadtgrenze bringen?«

Ich beiße mir auf die Lippe, um den ersten Kommentar zu unterdrücken, der mir in den Kopf kommt: ein »Nein«, gefolgt von vielen Beleidigungen und Anschuldigungen. Denn auch nur ein Wort davon auszusprechen, wäre dumm. Warum sollte ich in giftiger Luft und gefährlichen Luftpartikeln desorientiert herumwandern, wenn ich den Bezirk mit einem Wagen erreichen kann?

Dennoch ist mir immer noch unwohl bei dem Gedanken, in der Nähe jenes Mannes zu sein, der Tom und Malek auf dem Gewissen hat. Aber wenigstens zeichnet sich ab, dass er für mich im Moment keine Gefahr darstellt.

»Ja«, bringe ich schweren Herzens über die Lippen. Gegen einen inneren Widerstand, der mich am Boden fixiert, kehre ich zum Wagen zurück und steige auf der Beifahrerseite ein. Ivan folgt ebenso stumm und startet erneut den Motor.

Ich seufze und senke den Blick. Ivan hat mir das Leben gerettet. Aus wirren Prinzipien heraus, aber dennoch hat er viel für mich geopfert. Ich kann nicht vergessen, dass er kaltblütig Menschen in den Tod geschickt hat, aber meine Dankbarkeit darüber, noch zu leben, ist dennoch echt.

»Danke«, stoße ich also aus und versuche seine Reaktion abzuschätzen, ehe ich mich mit einer aufwändigen Rede blamiere.

Doch Ivan bleibt stumm. Hat er mich nicht gehört? Oder interessiert ihn mein Dank in Wahrheit gar nicht?

# 27

Die Sonne senkt sich bereits tief über den Horizont, als wir über die unebene Straße ruckeln, zerstört durch Schlaglöcher und Überschwemmungen, aufgeweicht und deformiert durch Waldbrände und Umweltkatastrophen. Ich bohre meine Nägel in das Sitzkissen, während ich die zerrütteten Häuserruinen betrachte. Zum Teil stehen nur noch die stützenden, hochragenden Stahlrohre mit zerfetzten Ebenen, manche provisorisch überdacht mit Plastikplanen oder dichten Blattdächern, dazwischen eingeschlagene Fenster, zertrümmerte Türen und löchrige Zelte. Je weiter wir in das Gebiet fahren, desto mehr verebbt die Straße zu einem Landweg, ehe wir nur noch über getrockneten Matsch fahren.

Ich kann mir nicht vorstellen, wie das Leben hier funktioniert. Hätte ich Malek bei mir gehabt, hätte er mir alles zeigen können. Doch nun bin ich allein und werde selbst lernen müssen, wie ich an Nahrung und Trinkwasser komme und wie ich mich vor den Leuten der Optimierer schütze, denn früher oder später werden sie wiederkommen.

Das ist also mein neues Leben. Ohne meinen Job. Ohne meinen alten Wohlstand. Und vor allem ohne Tom. Aber wenigstens bin ich am Leben.

Plötzlich höre ich ein Wolfsjaulen, weit entfernt und dennoch durchdringend. Ich schrecke hoch und wende den Blick aus dem Fenster, doch ich kann nichts erkennen. Muss ich auch noch lernen, mich gegen wilde Tiere zu verteidigen?

Ich blicke zu Ivan, der den Blick weiter starr geradeaus hält. »Hast du das gehört?«, frage ich.

»Das war ein Tier«, erwidert er desinteressiert.

Ich schnaube und beobachte wieder die Umgebung. Das nackenhaaraufstellende Jaulen hängt mir noch in den Ohren und es fällt mir schwer, mich davon abzulenken. Wie soll ich die nächsten Jahrzehnte in der Wildnis überleben, wenn mir schon ein einfacher Tierlaut Angst einjagt?

Plötzlich tauchen zwischen den Ruinen Menschen vor uns auf und Ivan stoppt den Wagen, sodass wir knirschend auf der trockenen Erde zum Stehen kommen. Prompt steigt er aus, während ich erstarre, als würde der Wagen mir Schutz bieten können. Erst nach einigem Zögern reiße auch ich die Wagentür auf und stolpere auf den krustigen Boden.

»Verschwindet!«, ruft ein Mann mit strähnigen Haaren in einem schwarz-braunen, zerrissenen Bademantel, der möglicherweise früher eine andere Farbe hatte. Er wirkt hager, was ihn sicher älter erscheinen lässt als er ist, und seine Haut hat tiefschwarze, krankhaft wirkende Flecken. Jeder der Menschen hinter ihm hält merkwürdig anmutende Waffen in den Händen – abgebrochene Metallstäbe und Holzplanken, sogar verrostete Besteckmesser und ein Seil. »Wir werden keinen weiteren Angriff auf unsere Gemeinschaft dulden!«

Ich hebe augenblicklich die Hände, während Ivan zwischen mir und die fremden Menschen tritt. Ich hatte nicht damit gerechnet, dass hier noch jemand lebt. Ivan und seine Kollegensubjekte müssen sie bei ihrer Durchsuchung übersehen haben. Oder haben sie die KonzEn überstanden und sind danach zurückgekehrt?

»Wir wollen euch nichts tun«, erwidere ich, auch wenn ich diese Garantie für Ivan nicht übernehmen kann.

Augenblicklich lenkt der Mann den Blick zu mir und ich bereue, etwas gesagt zu haben. »Warum seid ihr dann mit einem schwarzen Transporter wie jene der Optimierer hier?«

»Wir haben den Wagen gestohlen«, erklärt Ivan ruhig. Nun hebt auch er die Hände, jedoch nur, um einige Schritte auf den Fremden zuzugehen. »Wir sind zu zweit und unbewaffnet.«

Ich schnaube. Wenn ich nicht wüsste, wer er ist, würde ich dieser beruhigenden Stimme sofort vertrauen.

Auf den Mann scheint Ivans Tonfall dieselbe Wirkung zu haben. »Also seid ihr nicht hier, um uns abzuholen?« Offenbar war weder er noch einer der anderen Anwesenden dabei, als Ivan und sein Team die Durchsuchung durchführten, sonst hätten sie ihn oder zumindest seine Kleidung sicher längst erkannt.

»Sind wir nicht.« Ivan legt eine Pause ein, als müsste sein Gegenüber das Gesagte verarbeiten, dann setzt er nach: »Können wir die Hände jetzt herunternehmen?«

Der Mann im Bademantel zögert, dann weist er die Leute hinter sich mit einer Handbewegung an, die Waffen zu senken.

Vorsichtig komme nun auch ich näher und der Fremde verzieht die Miene, als er mein Gesicht mustert. Was er dort wohl sieht? »Tut mir echt leid, aber heutzutage muss man höllisch aufpassen.« Nun lässt er endgültig den Ast zu Boden sinken. »Jemand aus unserer Gemeinschaft hat euren Wagen heranfahren sehen und wir dachten, dass die vom Optimierer schon wieder kommen, um uns zu jagen.«

Ich zögere. War dieses Wolfsjaulen ein Alarmruf?

»Kommt doch erst einmal herein. Hier draußen ist es ungesund«, schlägt der Mann im Bademantel vor und deutet auf eins der wenigen Häuser mit intakten Außenwänden.

»Ich hatte nicht vor, zu bleiben«, wendet Ivan ein, fixiert an Ort und Stelle, als wäre er dort festgeklebt.

Der Mann dreht sich überrascht um. »Tatsächlich? Also wenn du noch eine andere Kolonie in der Nähe kennst, wo man als Aussteiger leben kann, dann sag mir gerne Bescheid. Wir können immer Handelsbeziehungen gebrauchen. Aber mir ist keine bekannt.« Sein Gesichtsausdruck spiegelt eine Mischung aus Belustigung und Freundlichkeit.

»Ich möchte nicht ›aussteigen‹«, insistiert Ivan.

»In dem Stadium bist du also noch? Die Verleugnung?« Das Lächeln auf dem Gesicht des Fremden wird breiter. »Was willst du denn machen? Zurück in dein altes Leben?«

Ivan fixiert den Mann vor sich. »So in der Art.«

Doch das entlockt ihm ein Auflachen. »Oh, wie oft ich das schon gehört habe. Doch ich muss dir was sagen, Tiger ...« Der von ihm gewählte Spitzname für die Raubkatze lässt mich kurz lächeln, doch ich presse die Lippen aufeinander, um es zu verstecken. »Ich weiß nicht, wie du hier gelandet bist, aber niemand, der noch ein solches intaktes Leben hat, würde je hier aufkreuzen.«

Ivan atmet mehrfach schwer durch, antwortet jedoch nicht. Die einzige Reaktion, die ich wahrnehme, ist ein Augenzucken in meine Richtung. Gibt er mir die Schuld dafür?

Plötzlich kommt der Mann im Bademantel auf uns zu und legt jedem eine Hand auf die Schulter, richtet sich jedoch weiter an Ivan: »Wie wäre es, wenn du erst einmal mit hereinkommst und dich dann entscheidest? Ich will niemanden überreden, aber wir können hier immer starke Männer gebrauchen.« Sein Blick huscht entschuldigend zu mir. »Und natürlich auch starke Frauen, das war nicht sexistisch gemeint!«

Ich lächle angesichts der Wärme, die dieser Mann ausstrahlt, vor allem im krassen Gegensatz zu der Raubkatze neben mir. Selbst Ivan zögert und zum ersten Mal sehe ich ihm an, wie er mit sich kämpft.

Schließlich entgegnet er: »Der Akku des Wagens ist fast aufgebraucht. Es kann nicht schaden, ihn etwas laden zu lassen.« Hat Ivan sich gerade zu etwas überreden lassen?

Die Augen des Mannes leuchten auf. »Um das Auto braucht ihr euch übrigens keine Sorgen zu machen. Hier wird nicht gestohlen.« Ein diebisches Auflachen entfleucht seiner Kehle.

»Die meisten Menschen können das Fahrzeug sowieso nicht bedienen, da kein Autopilot verbaut ist«, antwortet Ivan gewohnt stoisch.

Der Mann im Bademantel reagiert jedoch nicht mehr und wirft sich mit der Schulter gegen die Tür, sodass sie sich öffnet und ich in das alte Haus lugen kann. Hinter der Tür begrüßt mich keine Schleuse, sondern ein karg eingerichteter Raum. Mitten im Zimmer steht ein Sofa, durch dessen Polster sich eine Feder gebohrt hat, und ein SmartSuit liegt über der Lehne, der an verschiedenen Stellen mit Klebeband geflickt wurde. Rechts von mir ziert ein verrußter Kamin die Wand, dessen schwarzer Überzug die dunklen Bilder des Labyrinths in mein Gehirn schwemmt.

Ein Hustenanfall des fremden Mannes reißt mich aus den Gedanken. »Entschuldigt, die Luft«, erklärt er heiser. »Ich kenne euch nicht. Ihr seid noch nicht lange aus dem System raus, oder?«

»Wir haben es gar nicht verlassen«, beharrt Ivan.

»Oh, Tiger, das wird noch ein steiniger Weg.« Der Mann lächelt ihm aufmunternd zu, dann zuckt er plötzlich zusammen. »Wie unhöflich, ich habe mich noch gar nicht vorgestellt. Ich bin Alonso.«

Ich stolpere einen Schritt zurück. Das ist der Mann, der diesen Kommentar auf der Nachrichtenseite über die Optimierer verfasst hat? Der früher als Wissenschaftler in einer der wichtigsten Einrichtungen des Landes gearbeitet hat? Der Tom und mein Leben gerettet hätte, wenn ich ihm früher geglaubt hätte?

Kurz halte ich es für des Zufalls zu viel, ihn hier anzutreffen. Doch bei genauerer Überlegung ist es sogar naheliegend. Als Aussteigersubjekt gibt es keinen anderen Ort als die Stadtgrenze, um unterzukommen. Sonst wären wir schließlich auch nicht hier.

»Caitlyn, Ivan«, stelle ich uns knapp mit einer unkoordinierten Handbewegung vor. »Du bist der Autor dieses Nachrichtenkommentars über die Optimierer, richtig?«

Plötzlich leuchten Alonsos Augen auf und er lässt die Hände sinken. »Du hast ihn gelesen? Es gibt Menschen da draußen, die ihn …?« Erneut unterbricht ein Husten seinen Satz. »Seid ihr deswegen ausgestiegen?«

Ich spüre, wie sich ein Pfeil in mein Herz bohrt. Doch ehe ich antworten kann, fragt Ivan bereits: »Was für ein Nachrichtenkommentar?«

»Ich habe einen Bericht veröffentlicht über das, was in den Optimierern vor sich geht«, erklärt Alonso, für einen Moment noch enthusiastisch, ehe seine Stimmung kippt. »Eine Warnung an die Leute da draußen, nachdem die Angestelltensubjekte vom Optimierer unsere Gemeinschaft aufgelöst haben. Ich wollte es nicht länger klaglos hinnehmen, ich ...« Er zieht krampfhaft die Augenbrauen zusammen. »Es war so unfair! Wir haben hier niemandem geschadet, wir wollten nur in Ruhe und Abgeschiedenheit leben. Doch diese Leute haben einfach alle mitgenommen!« Er schluckt und lässt die aufgeregt umherwirbelnden Arme sinken. »Jedenfalls wurde es mir so erzählt, ich war zu der Zeit nicht da. Sonst wäre ich jetzt sicher ebenso brutal und grausam ermordet worden wie die anderen aus unserer Gemeinschaft!«

»Es war weder brutal noch grausam«, korrigiert Ivan.

Alonso stockt. »Woher willst du das wissen? Moment ...« Er tritt einen Schritt zurück. »Wie genau seid ihr eigentlich an diesen Transporter gekommen?«

»Wir haben ihn gestohlen«, wiederholt Ivan.

»Ja, ja, ja, das sagtest du bereits.« Mit schwingendem Zeigefinger tritt Alonso auf ihn zu. »Aber der sieht wirklich aus, als würde er von einem Optimierer stammen. Und einen Autopiloten hat er auch nicht ...« Er kneift die Augen zusammen, als könnte er so besser denken. »Das ist tatsächlich ein Transporter von einem Optimierer, oder?«

Ivan nickt stumm.

»Diese Wagen stiehlt man nicht einfach«, stellt Alonso fest. »Ich weiß, dass selbst wir Wissenschaftlersubjekte keinen Zugriff darauf hatten.« Plötzlich stockt er, als hätten wir die Erkenntnis in ihn hineingeprügelt. »Ihr seid doch vom Optimierer. Ihr gehört zur Security!«

Ich will noch erklären, dass diese Aussage für mich nicht zutrifft, doch da erwidert Ivan bereits: »Ich habe die Einrichtung verlassen. Aber zum Zeitpunkt der Durchsuchung habe ich das Security-Team der Optimierungsklinik geleitet.«

Alonsos Körperhaltung versteift sich, sein Gesicht bekommt einen roten, schwitzigen Glanz, seine Freundlichkeit wechselt innerhalb von Sekunden erst zu Wut, dann zu Hass. »Du warst also dabei?« Seine Stimme überschlägt sich. »Du hast meine Familie mitgenommen?«

»Deine ›Familie‹?«, wiederholt Ivan irritiert.

»Meine Partnerin. Und meinen kleinen Jungen!«, brüllt Alonso.

Seine Worte hallen in meinem Kopf nach wie in einer leeren Höhle. Könnte mein aufkeimender Verdacht wahr sein? Ist Malek Alonsos Sohn?

Die These erscheint mir gewagt, schließlich sind es die einzigen zwei Menschen, die ich aus dem Infizierten-Lager kenne. Doch es sind auch die einzigen zwei, die solche familiären Formulierungen verwendet haben. Malek sprach zwar nie über seinen Vater, aber er erzählte, dass seine Mutter mit ihm zusammen im Optimierer gelandet sei – möglicherweise Alonsos »Partnerin«.

Es ist so naheliegend, aber dennoch unterdrücke ich meine Rückfrage. Es wäre egoistisch und grausam von mir, Alonso aus reiner Neugierde nach seinem Sohn zu befragen, nur um ihm dann die Gewissheit zu vermitteln, dass er tatsächlich tot ist.

Alonsos Stimme geht in ein Wimmern über. »Ich hätte ihn nicht alleine lassen dürfen.« Er hat sich auf das Sofa niedergelassen, direkt neben der herausgesprungenen Feder, schnauft und schluchzt. »Ich musste doch die Pillen für meinen Jungen holen, damit er nicht ebenso unter den Schadstoffen leidet wie wir anderen. Dabei hätte ich hier sein müssen, um meine Familie zu schützen. Wäre ich doch bloß da gewesen ...« Plötzlich hebt er den Kopf wieder. »Ohne euch wäre das nicht passiert«, brüllt er, auch wenn er sich nur auf Ivan konzentriert. »Du hast meine Familie entführt!«

Noch ehe Ivan antworten kann, stürmt Alonso auf ihn zu. Er trommelt der Raubkatze gegen die Brust, zwei, drei Schläge, ehe Ivan den Wissenschaftler mit einem Ausholen des Unterarms zurückstößt. Der Schlag wirkte nicht kräftig, aber dennoch taumelt Alonso zurück, bis er wieder aufs Sofa fällt.

»Ich habe nur meine Pflicht erfüllt«, entgegnet Ivan und richtet sich wieder auf.

»Das ist deine Entschuldigung?« Alonso springt erneut auf, das Gesicht verzerrt vor Schmerz und Wut. »Ohne euch wären mein Sohn und meine Partnerin noch hier. Lebendig!«

»Wenn die beiden die KonzEn nicht abschließen konnten, dann hätten sie auch die Krankheit nicht überlebt«, setzt Ivan jedoch fort. »Dir müsste als Wissenschaftler bekannt sein, dass sie tödlich enden kann.«

Alonso kneift die Augen zusammen. »Das stimmt so nicht! Nicht ganz jedenfalls.«

»Die Sterberate von Morbus Inertia ist enorm hoch«, korrigiert Ivan ihn.

»Nein, also ja ...« Alonso lässt sich zusammen mit einem Hustenanfall zurück auf das Sofa fallen. »Es gibt Menschen, die wegen dieses ›Zustands‹ Selbstmord begehen, oder sie haben andere Leiden, die tödlich enden. Aber das ist keine Folge und kein Symptom von Morbus Inertia. Es sind einfach Krankheiten! Erschöpfungszustände, Herzinfarkte, tödliche Infektionen.«

»Deine Auflistung spiegelt typische Komorbiditäten von Morbus Inertia wider«, gibt Ivan zurück und verblüfft mich mit seinem Wissen über die Krankheit und Medizin. Ist es normal, als Security-Chef so viel darüber zu wissen?

Alonso verkreuzt die Arme vor der Brust. »Es kann keine Begleiterkrankung sein, wenn es die Haupterkrankung gar nicht gibt.«

»Morbus Inertia existiert«, beharrt Ivan. »Ich weiß, dass Menschen nach der KonzEn an ihren Arbeitsplatz zurückkehren und wieder ein normales Leben führen konnten.«

»Normales Leben? Normales Leben?«, spottet Alonso und reißt wieder die Hände hoch. »Das ist kein ›normales Leben‹. Ab dem Moment, in dem die Menschen den Optimierer verlassen – die wenigen, die das überhaupt schaffen – stehen sie unter ständiger Beobachtung.«

Alonso leugnet nicht, dass manche Menschen die KonzEn abschließen? Das unterstützt Toms und Ivans Aussage. Dabei schrieb er doch, die Optimierer seien eine Todesfalle, nur dazu da, um Menschen abzuschlachten. Widerspricht dem das nicht?

Doch Alonso setzt bereits fort: »Fast alle überlebende Teilnehmersubjekte werden in Optimierer versetzt, damit sie besser unter Kontrolle gehalten werden können.«

»Oder um ihnen eine effiziente Wiedereingliederung zu ermöglichen«, stellt Ivan in den Raum. »Immerhin sprechen wir über eine schwere Krankheit.«

»Aber diese Krankheit existiert doch gar nicht!«, schreit Alonso schrill auf, was seiner Lunge ein heiseres Krächzen entlockt. »Versteht ihr das denn nicht? Morbus Inertia ist nur ein Instrument der Unternehmen, damit die Menschen ihnen widerstandslos dienen. Reiche Lobbys bestechen die Regierung, damit Gesetze in ihrem Sinne erlassen werden. Bei der Angst vor Ineffizienz geht es um Gewinn, nicht um Gesundheit.«

Doch Ivan hält weiter dagegen: »Wenn wir nicht angefangen hätten, effizienzgetrieben zu arbeiten, hätte der Klimawandel die Menschheit ausgelöscht. Nun hingegen haben wir einige technische Innovationen entwickelt, die unser Überleben und sogar einen gewissen Wohlstand sichern.«

Alonso schnaubt wie ein Stier. »Das Klimaproblem entstand doch erst aus dieser effizienzgesteuerten Gesellschaft, die sich einen Dreck um die Auswirkungen ihres Wohlstandsdenkens geschert hat. Und von wegen ›geheiligte Technologie‹: Jegliche Entwicklung dient ausschließlich dem Geldbeutel der Firmen. Für echte Innovationen fehlen nicht nur die unabhängigen Institute, sondern auch die nicht von Überarbeitung zerfressenen Gehirne.« Er hebt drohend den Zeigefinger. »Und jeder, der den lieben Unternehmen nicht gut genug dient, soll durch Morbus Inertia und diese Optimierer eingeschüchtert oder eliminiert werden.«

Ivan mustert den Wissenschaftler. »Klingt das nicht eher nach einer Verschwörungstheorie?«

»Wow, das wurde mir ja noch nie an den Kopf geworfen«, erwidert Alonso sarkastisch. »Aber ich weiß es. Ich war Teil derer, die daran forschen sollten, klar? Wir haben haufenweise Proben und Anamnesen und allerlei Daten gesammelt, um so eine Krankheit nachzuweisen, aber da war nichts! Eine Krankheit der Ineffizienten existiert nicht. Sinnloses Herumhängen ist sogar nötig für Kreativität, soziale Bindungen und die Gesundheit. Es ist wider unsere Natur, uns ständig selbst zu optimieren.«

»Wenn alle ›sinnlos herumhängen‹ würden, ständen unsere Produktionen still und es gäbe weder Wärme noch Nahrung oder Wasser«, antwortet Ivan nüchtern.

»Es gibt doch nicht nur das eine oder das andere!«, keift Alonso. »Wir arbeiten hier auch hart, aber wir schuften nicht für eine geldgierige Firma, um uns dann nach Feierabend weiter in ihren passiven Dienst zu stellen.«

»Wir leben in einer Gesellschaft zusammen«, setzt die Raubkatze jedoch an. »Und diese Gesellschaft funktioniert nur, wenn jeder seinen Teil dazu beiträgt.«

Alonso kratzt sich an einem der schwarzen Flecken, bis er blutet. »Natürlich müssen die Menschen einer Gemeinschaft zusammenarbeiten – das tun wir hier auch! Aber es ist falsch, sich kaputt zu arbeiten, damit andere ihre unendliche Gier befriedigen können. Der Zwang und die Angst durch Morbus Inertia nützen der Gesellschaft nicht, sondern nur den Unternehmen, die dadurch an gefügige Arbeitersubjekte kommen.«

»Deine Darstellung klingt nach Sklaverei«, stellt Ivan fest.

»So weit sind wir davon nicht entfernt. Menschen sind nur noch eine Ressource.« Alonso stützt sich am Kamin ab. »Nichts an diesem System ist mehr menschlich und vielleicht ist es schon zu spät, um etwas daran zu ändern.«

Dann tritt Stille zwischen den beiden ein. Ich weiß nicht, ob sie sich bloß nichts mehr zu sagen haben oder ob sie realisieren, dass der jeweils andere nicht von seinem Standpunkt abweichen wird.

Doch wenigstens kann ich die Pause nutzen, um eine meiner vielen Fragen zu stellen: »Wozu genau dient die KonzEn also? Wenn es keine Krankheit gibt und die Wirtschaft diese Menschen nur loswerden möchte, warum wird ein solcher Aufwand dafür betrieben?«

Alonso atmet zum ersten Mal etwas Anspannung hinaus. »Es ist doch perfekt.« Zynismus frisst sich in seine Stimme. »Mit der Einverständniserklärung und dem Vorwand einer Behandlung behält der Staat seine Rechtschaffenheit, während die Menschen in den Einrichtungen sterben. Und jene, die es herausschaffen, sind eingeschüchtert und tun alles, um nicht noch einmal in die KonzEn geschickt zu werden. Aus diesem Grund sind sie oft danach wieder ›effizient‹, doch das hat nichts mit Heilung zu tun, sondern mit Abschreckung.«

Ich zögere. Wollte mich Joanna loswerden, weil ich nicht eingeschüchtert genug war? Immerhin erwähnte sie bei unserem Gespräch im Anschluss an die KonzEn, dass ich immer noch »vorlaut« sei.

»Du hast eine überraschend negative Einstellung gegenüber der KonzEn«, merkt Ivan an. »Immerhin hast du sie selbst einst angewandt.«

Ich beiße mir auf die Wange. Auch Alonso war früher dafür verantwortlich, dass viele Menschen diese Behandlung durchlaufen mussten und daran starben. Genauso wie Ivan, der im Gegensatz zu ihm die Behandlungen jedoch immer noch rechtfertigt.

Ich seufze. Ich würde Ivan gerne dafür verurteilen, doch vor wenigen Tagen hätte ich noch genauso argumentiert wie er.

»Ich bin nicht grundlos ausgestiegen.« Alonso zieht die Brauen zusammen. »Und müsste ich nicht immer noch Schuld aus dieser Zeit abtragen, hätte ich mich längst einen Abgrund hinabgestürzt. Doch das Karma schlägt bekanntlich zurück: Ich war an der Beseitigung von Menschen in Optimierern beteiligt und nun sind meine Lieben ebenfalls dort umgekommen. Es ist bloß unfair, dass es sie erwischt hat und nicht mich.« Er schnauft tief durch. »Wenigstens weiß ich, dass ich unverzeihliche Fehler begangen habe und die Strafe dafür ertragen muss. Doch warum seid ihr hier, wenn ihr an die Methoden glaubt?«

Ich schnappe nach Luft, doch abermals kommt Ivan mir mit dem Antworten zuvor: »An die Methoden zu glauben heißt nicht, sie bedingungslos gutzuheißen.«

Ich klappe den Mund wieder zu und mustere ihn. Zweifelt er schon die ganze Zeit an der KonzEn? Oder hat Alonso etwas bewirkt?

Der Wissenschaftler atmet tief durch und scheint damit seinen Ärger weg zu schlucken. »Wie auch immer. Wir benötigen dringend Hilfe und können uns nicht leisten, wählerisch zu sein. Mit den vier, fünf Leuten, die aus unserer Gemeinschaft übriggeblieben sind, können wir kaum die täglichen Arbeiten verrichten. Abgesehen davon, dass wir die Auswirkungen der verpesteten Luft spüren und nicht mehr so leistungsfähig sind wie früher.« Er schüttelt den Kopf und unterdrückt ein Husten. »Um ehrlich zu sein brauchen wir sogar ganz akut Hilfe.«

»Wobei?«, frage ich, denn etwas zu tun zu kriegen würde hoffentlich die Trauer in mir so weit verdrängen, dass ich wieder atmen könnte. Außerdem würde ich mich nicht mehr ganz so sehr wie ein Schmarotzer fühlen, der das Haus eines Mannes in Beschlag nimmt, der mich für den Mörder seiner Familie hält.

»Der Sturm letzte Nacht hat die Abdeckung unseres Wassertanks beschädigt«, beginnt Alonso. »Wir haben bereits begonnen, das Wasser abzuschöpfen und unseren Pflanzen zu geben, weil es jetzt zu verunreinigt ist, um es zu trinken. Aber wir haben das Dach noch nicht reparieren können.«

»Ich mache das«, bestimme ich sofort, auch wenn mein Verstand einwendet, dass ich vorher weitere Informationen einholen sollte. Doch auch diese würden nichts an meiner

Entscheidung ändern. Ich muss mich so schnell wie möglich in diese Gemeinschaft integrieren, die nun mein neues Zuhause wird. Außerdem kann ich nicht damit umgehen, herumzusitzen und nichts zu tun.

Ein kurzes Lächeln huscht über Alonsos Gesicht, immer noch getrübt von seiner Trauer. »Nichts für ungut, Caitlyn, aber die Metallplatte ist schwer, damit genau sowas wie letzte Nacht normalerweise nicht passiert. Ich bezweifle, dass eine Person sie allein bewegen kann.«

Augenblicklich wende ich mich zu Ivan. »Dann wirst du mir helfen.«

Überrascht mustert er mich. »Du weißt, dass ich …«

»Du kannst dich später immer noch stellen. Aber hier wirst du gerade dringender gebraucht.« Aufgebäumt gehe ich einen Schritt auf ihn zu. »Außerdem kannst du jetzt nicht einfach feige verschwinden.«

»Wie bitte?«, fragt Ivan.

»Du hast mich schon richtig verstanden«, erwidere ich. »Hier wartet Arbeit auf dich und du willst gleich wieder verschwinden.«

»Ich …«

»Nein, jetzt hörst du mir mal zu«, beginne ich und schlage ihm mit der flachen Hand gegen die Brust. »Ich bin dir dankbar dafür, dass du mir im Optimierer das Leben gerettet hast. Aber das ändert nichts daran, dass du schuld daran bist, dass Tom und ich überhaupt erst dort gelandet sind. Außerdem finde ich es unfair, dass du noch immer jene Leute zu beschützen versuchst, die diese quälende Behandlung fortführen, allen voran Joanna.« Ich halte kurz inne, doch da Ivan mir immer noch geduldig zuhört, setze ich nach: »Mach dich also nützlich, bevor du wieder deinen alten Verpflichtungen nachgehst.«

Ivan betrachtet mich nachdenklich, dann bemerke ich erneut das Zucken seines Mundwinkels. Doch noch ehe er antworten kann, ertönt es hinter uns: »Du warst selbst Krankensubjekt in einem Optimierer?«

Ich wende mich um und bemerke, dass Alonso mich durchdringend ansieht. »Richtig«, erwidere ich, froh, dieses für mich so relevante Detail endlich loszuwerden. »Ich habe vorher als Teamleiterin in einer Software-Firma gearbeitet. Theoretisch habe ich die KonzEn durchlaufen, aber das hat wohl nicht allzu viel zu bedeuten.« Mein Blick wendet sich zurück zu Ivan. »Also?«

»Einverstanden«, erwidert die Raubkatze nach kurzem Zögern. »Ich nehme an, ein paar Stunden machen keinen Unterschied.«

»Gut.« Dann drehe ich mich zu Alonso. »Also, wo finden wir die Baustelle?«

# 28

Alonso führt uns wenige Meter von seinem Haus entfernt zu einer Apparatur, die ich nicht als Wassertank identifiziert hätte. Der zylindrische Behälter erinnert eher an einen alten, fast drei Meter hohen Gastank, der einen Zapfhahn bekommen hat und dessen Oberseite aufgebohrt wurde. Eine tatsächlich massiv aussehende Metallplatte liegt schräg darin, nur noch gehalten von zwei lockeren, rostigen Schrauben und einigen Unebenheiten in der Platte, die verhindern, dass sie ganz hineinrutschen kann. Immer wieder erscheinen Menschen mit Schüsseln, Gießkannen und anderen provisorischen Behältern, um Wasser daraus abzuschöpfen.

»Da sind wir«, stellt Alonso unter einem beginnenden Hustenanfall fest. »Das ist praktisch das Herz unserer Gemeinschaft.«

Ich streife mir die Jacke von den Schultern und werfe sie beiseite, ehe ich eine Holzbox neben dem Tank ansteuere, die splittrig und löchrig wirkt. Ich springe darauf, selbst überrascht, dass mich meine Kraft nicht ganz verlassen hat, und beuge mich zu dem Tank hinüber. Dunkles Wasser mit einigen Laubblättern schwimmt darin, schon fast bis zum Boden verbraucht. Nun aus der Nähe bemerke ich, dass es sich bei dem Deckel nicht bloß um eine Metallplatte handelt. Sie hat kleine Vertiefungen und über der Unterseite spannt ein dünnmaschiges Netz.

»Damit filtern wir das Regenwasser«, erklärt Alonso, als er meinen Blick folgt. »Natürlich eliminieren wir damit nicht alle Schadstoffe, aber wenigstens reduzieren wir den Gehalt an Säure und Giftpartikeln.«

Neben mir klettert nun auch Ivan hoch und mustert ebenfalls das Innere des Tanks. »Das ist trinkbar?«

»Im Rahmen der Möglichkeiten.« Alonso verschränkt die Arme. »Besser als kein Wasser zu haben, das kann ich euch sagen.«

»Also einfach nur die Platte wieder obendrauf und die Schrauben festziehen?«, frage ich, während ich mich an die Metallplatte hänge. Doch sie ist so schwer, dass ich sie selbst mit meinem Körpergewicht nicht bewegen kann.

»Wenn ihr das hinkriegt, ja«, erwidert Alonso. »Wenn ich irgendwie helfen kann ...«

»Nein«, unterbricht die Raubkatze ihn und greift nun ebenfalls nach der Metallplatte. Abermals hänge ich mich daran und Ivan zieht sie gleichzeitig herab, sodass nun endlich die andere Seite aus dem Wasser herausragt.

»Wie habt ihr die Abdeckung jemals hier hochbekommen?«, fragt Ivan gepresst.

»Da waren wir noch mehr Leute«, antwortet Alonso, gedämpft durch das unschöne Quietschen, als die zwei stumpfen Metallflächen aufeinander reiben, ehe die Platte wieder auf dem Tank aufliegt.

»Jetzt noch festmachen«, bestimme ich und wende mich zu der Unterseite der Platte. Ein paar Schrauben hängen noch halb herausgedreht in den Bohrungen, manche sind zu Boden gefallen, andere so rostig, dass sie nicht mehr halten werden.

Plötzlich höre ich ein leichtes Knacken hinter mir. Ich wende mich herum zu Ivan, der eine Hand an dem Tank abgestützt hat und mich mustert. »Wo nimmst du die Kraft her?«

Vor Überraschung klappt mir die Kinnlade herab. Er ist doch ebenso wie ich auf diese zersplitterte Box geklettert, die kaum unser beider Gewicht halten kann. »Was meinst du?«

»Nach allem, was passiert ist«, fährt Ivan fort, »machst du immer noch weiter.«

Ich zucke mit den Schultern. »Was soll ich denn sonst tun?«

Er holt kurz Luft, als wolle er antworten, doch dann verstummt er endgültig.

»Leute, das Holz knatscht«, ruft Alonso. »Also was auch immer ihr da besprecht, macht es lieber unten.«

Noch vor Beendigung seines Satzes springe ich wieder von der Box herunter. Dort sammle ich die verteilten Schrauben ein und prüfe, welche davon noch verwendbar sind, ehe ich einige davon Ivan hochreiche. »Du machst die eine Hälfte, ich die andere.«

Er hockt sich herab und streckt die Hand aus, sodass ich ihm die Schrauben hineinlegen kann. Kurz betrachtet er sie in der Hand, dann greift er plötzlich in eine Tasche seiner Weste. »Gut, dass ich noch etwas Werkzeug dabeihabe.« Ivan zieht zwei kleine Schraubendreher heraus. »Einer davon ist zwar ein Schlitzschraubendreher und das hier sind Phillips-Schrauben, aber …«

»Keine Ahnung, was du da redest, aber jetzt gib her«, unterbreche ich ihn und reiße ihm einen der Werkzeuge aus der Hand. Dann gehe ich zur gegenüberliegenden Seite, ziehe mir eine weitere, instabile Box heran und klettere wieder empor.

»Soll ich euch wenigstens festhalten oder so?«, fragt Alonso, als die Boxen erneut knacken.

»Du kannst uns nicht beide festhalten«, erwidert Ivan jedoch gewohnt stoisch, während er auf der gegenüberliegenden Seite beginnt, die Schrauben in die provisorischen Bohrungen zu drehen. Ich tue es ihm gleich, stets leicht gestützt auf die Metallplatte, sollte die Box doch unter mir nachgeben.

Nach einigen Minuten und mehrfachem Umplatzieren der Holzkisten haben wir schließlich alle verwendbaren Schrauben wieder befestigt. Allmählich wurde es auch Zeit, denn der Himmel dämmert und hier, ohne Strom und künstlichem Licht, wird es so dunkel, dass ich die Schraubwindungen kaum noch erkennen kann.

Mit einer stützenden Hand springe ich wieder von der Kiste herunter und nehme in der stickigen Luft einige tiefe Atemzüge. Das Gefühl, etwas Sinnvolles bewirkt und nicht bloß weiteren Programmcode oder eine Leistungsbewertung geschrieben zu haben, löst einen Glückshormon-Schub in mir aus, der kurz die Ängste und den Kummer in mir beiseiteschiebt. Wenigstens ein paar Sekunden, in denen der Schmerz nicht allgegenwärtig ist.

»Geschafft«, kommentiere ich, ehe ich Ivan den Schraubendreher zurückreiche.

Doch er schüttelt bloß den Kopf und reicht Alonso den zweiten. »Behaltet die Werkzeuge. Ich brauche sie nicht mehr.«

Zögerlich nimmt Alonso den rötlichen Griff entgegen. »Das heißt wohl, du wirst tatsächlich nicht bleiben.«

Ivan mahlt mit dem Kiefer, während er zum Platz hinter uns schaut. Die Menschen haben sich in die Häuser verkrochen und ein kühler Wind zieht auf, der meinen verschwitzten Körper zittern lässt, sodass ich die Jacke wieder vom Boden aufhebe. »Wenn ich hier noch erwünscht bin, würde ich eine Nacht bleiben«, antwortet Ivan schließlich. »Meine Chancen stehen besser, mit der Ladung des Wagens anzukommen, wenn ich bei Tageslicht fahre.«

Neugierig mustere ich ihn. Was Ivan sagt, klingt logisch, und doch kommt seine Kehrtwendung so überraschend, dass ich es für einen Vorwand halte.

Alonso nickt langsam. »Ihr beide habt uns mit der Reparatur enorm geholfen, also ja …« Er holt tief Luft und seine Lunge rasselt. »Ihr seid erwünscht. Falls ihr Wasser braucht: Wir haben noch einen zweiten Tank. Der ist zwar bei Weitem nicht so groß wie dieser hier, aber verdursten muss trotzdem keiner.«

Ich ziehe die Wasserflasche aus meiner Jacke, ehe ich erwidere: »Ich habe noch alles.« Dann hole ich aus meiner anderen Tasche die Briketts. »Möchte jemand?«

»OptiMast?« Alonso hebt die Augenbrauen und nimmt mir dann so vorsichtig eine der Tüten aus der Hand, als könnte sie ihn beißen. »Das ist ungenießbar.«

»Allerdings«, bestätige ich und nehme nun einen der Riegel aus der offenen Verpackung, ehe ich widerwillig eine Ecke abbeiße. Dann trage ich in zynischem Unterton den aufgedruckten Spruch vor: »Aber gesund, nährstoffreich und effizient!«

Alonso macht eine abwimmelnde Handbewegung. »Hör mir damit auf. Diese Grillanzünder vermisse ich am allerwenigsten.« Er reicht mir die Tüte zurück. »Wobei ich eingestehen muss, dass unsere Lebensmittelreserven so sehr gesunken sind, dass wir wohl bald wieder darauf zurückgreifen müssen.«

Ivan runzelt die Stirn. »Du hast Zugriff auf OptiMast?«

Alonso legt den Kopf schräg. »Ich habe ein paar Kontakte, die uns im Notfall mit einigen Nahrungsbarren versorgen können.«

Neugierig mustere ich ihn, während ich die Vorräte wieder in meinen Jacken verstaue. »Woher hast du eigentlich diese Kontakte? Ich dachte, das Leben hier draußen sei einsam.«

»Einsam?«, wiederholt Alonso. »Keineswegs. Okay, unsere Gemeinschaft ist durch den letzten Angriff ziemlich geschrumpft, aber normalerweise herrscht hier eine fröhliche und liebevolle Atmosphäre.« Sein Blick huscht kurz zu Ivan, dann zurück zu mir. »Ich muss eingestehen, einen Teil der Kontakte habe ich noch aus der Zeit vor meinem Systemausstieg, die restlichen haben sich seit der Veröffentlichung meines Artikels ergeben. Es sind Leute, die mit dem Systemausstieg sympathisieren, aber sich noch nicht dazu durchringen können. Ich kann sogar verstehen, dass sie Hemmungen haben.« Er zuckt mit den Schultern. »Immerhin bedeutet das, eines Tages einen zu frühen und unschönen Tod zu sterben, harte, körperliche Arbeit, um nicht zu verhungern, und die vollkommene Aufgabe jedes zivilisierten Wohlstandes, inklusive Strom und fließendem Wasser. Ich hätte mich auch nie gewagt, diesen Schritt zu gehen, wenn sie nicht gewesen wäre ...« Alonso senkt den Blick und wirkt plötzlich wieder melancholisch.

»Wen meinst du mit ›sie‹?«, frage ich nach.

Alonso hebt den Blick wieder, doch seine Augen wirken immer noch traurig. »Meine Partnerin. Ich habe sie kennengelernt, als ich noch im Optimierer als Wissenschaftler gearbeitet habe.« Er fährt sich durch die Haare. »Ich mache kein Geheimnis daraus, ich habe mich sofort in sie verknallt. Mehr noch, ich habe diese Frau vom ganzen Herzen geliebt. Für sie hätte ich alles getan. Dennoch habe ich zu wenig getan, um sie zu beschützen.« Allmählich lösen sich Tränen von seinen Wimpern. »Immerhin hatten wir einige schöne Jahre, die ich ohne sie nicht gehabt hätte. Und sie hat mir meinen Sohn geschenkt, der so viel Freude in mein Leben gebracht hat. Es ist bloß so schmerzhaft zu wissen, dass ich die beiden nie wieder sehen werde.«

Ich verkrampfe das Gesicht, spüre ich seinen Schmerz doch so deutlich wie meinen eigenen. »Es tut mir leid.«

Alonso schüttelt den Kopf. »Du konntest nichts dafür.« Sein Blick schwankt zu Ivan hinüber, der daraufhin die Lider senkt und schweigt.

Kann es sein, dass er seine Taten zu bedauern beginnt, obwohl er vorhin die Praktiken im Optimierer noch so vehement verteidigt hat? Oder hat er sie in Wahrheit nur verteidigt, um sein Verhalten vor sich selbst zu rechtfertigen?

»Wie auch immer«, lenkt Alonso ein. »Wenn ihr etwas braucht, meldet euch.«

Ivan hebt den Kopf wieder. »Ich komme schon zurecht.«

»Jetzt spiel nicht den Starken, Tiger«, maßregelt Alonso ihn jedoch und klopft ihm auf die Schulter. »Ihr könnt diese Nacht bei mir bleiben. Dann fühlt sich wenigstens das Haus nicht so leer an wie die letzten Tage ...« Alonso atmet tief durch und erst ein erneutes Husten unterbricht seinen melancholischen Gesichtsausdruck. »Morgen sehen wir dann weiter.«

# 29

Ein lautes Rattern weckt mich am nächsten Morgen, sodass ich beinahe vom Sofa falle, auf dem ich geschlafen habe. Ich glaube im ersten Moment noch, das Labyrinth vor mir zu sehen, ehe ich Alonsos zerfallenes Haus und direkt vor mir Ivan erkenne, der die Hände hebt. »Entschuldige, ich wollte dich nicht wecken.«

Ich blicke hinüber zu den zerkratzten, dreckigen Scheiben, durch die nur das trübe, hereinfallende Licht der Morgendämmerung zu erkennen ist. »Kein Problem.« Benommen fahre ich mir durch die Haare, während Ivan zielstrebig zur Tür schreitet. »Du gehst jetzt also?«

Er stoppt, dann wendet er sich zu mir um. »Ich kündigte doch an, dass ich nur über Nacht bleiben würde.«

»Aber hier wirst du gebraucht!«, erwidere ich, obwohl ich ihn eigentlich so weit wie möglich von mir weghaben möchte. Doch der Gedanke, dass sich jemand freiwillig in einen grausamen Tod begibt, um die Mörder von Tom und Malek zu schützen, ist für mich noch unerträglicher. »Alonso sagte …«

»Glaubst du tatsächlich, Alonso möchte ausgerechnet mich in seiner Nähe haben?«, unterbricht Ivan mich in scharfem Ton. Dann atmet er tief durch und setzt mit gefasster Stimme fort: »Es war ganz nett, dass ich gestern helfen konnte, aber es ist sicher nicht sein Wunsch, mit einem jener Menschen zusammenzuleben, der ihn von seiner Familie getrennt hat. Ganz zu schweigen von der Verachtung, die du für mich empfinden musst. Ich tue uns allen einen Gefallen, wenn ich gehe.«

Ich öffne den Mund, weil ich schon aus Prinzip protestieren möchte. Immerhin hat er mir das Leben gerettet und dafür seins geopfert. Doch ohne etwas davon gesagt zu haben, klappt mein Mund wieder zu. Denn es würde nichts daran ändern, dass er recht hat.

Ivan wendet sich zur Tür, bleibt jedoch vor dem Holz stehen wie vor einer unüberwindbaren Barriere. Dann stützt er sich mit einer Hand an der Wand ab und schließt die Augen. Undeutbare Stille tritt ein, ehe er äußert: »Ich sollte es dir nicht sagen, aber ich werde es dennoch tun.«

Aufmerksam mustere ich ihn. »Was? Warum?«

»Tom und Malek«, fährt er fort. »Sie sind nicht tot. Sie sind noch in der Optimierungsklinik.«

Noch immer hält er den Kopf gesenkt, sodass ich glaube, mir die Worte eingebildet zu haben. »Die beiden leben?« Erst, als er mich nicht korrigiert, stürme ich so rasant auf ihn zu, dass er sich wieder aufrichtet. »Warum sagst du mir das erst jetzt?«

Ivan blickt auf mich herab, als hätte ich ihn geprügelt, die Hand immer noch nicht von der Wand gelöst. »Ich hatte befürchtet, dass du dann zurückkehren würdest.«

»Das werde ich ja auch!« Ich stocke. »Warum willst du mich überhaupt davon abhalten?«

»Dafür habe ich dich nicht herausgeholt.«

Ich verdrehe die Augen. Eine miserable Erklärung. »Oder du lügst mich gerade an, was die beiden angeht.«

Nun löst Ivan doch die Hand von der Wand, um sich aufzurichten. »Wie bitte?«

»Ich habe Tom auf dieser Liege gesehen, nachdem diese Bärenfalle ihn …«

»Es war keine Bärenfalle«, fällt Ivan mir ins Wort.

»Ist mir egal!« Wütend schubse ich ihn zurück. »Er lag im Sterben!«

Ivan presst die Kiefer aufeinander. »Das war alles so nicht geplant.«

»Was heißt ›das war so nicht geplant‹? Ihr habt die Falle doch schließlich aufgestellt, oder nicht?«

»Das ist richtig, aber die Hindernisse in der KonzEn dienen nicht dazu, die Krankensubjekte umzubringen.«

»Sondern?«

»Der Konzentrations-Energetisierung.« Er lässt den Langnamen der Therapieform im Raum stehen, als wäre es eine vollwertige Antwort. »Im Gegensatz zu dem, was Alonso glaubt, ist die KonzEn nicht darauf ausgerichtet, die Menschen abzuschlachten. Sie sollen sich auf ihre Umgebung und dessen Details konzentrieren, ihre Sinne schärfen und ihnen bislang unbekannte Kräfte mobilisieren. Deshalb wäre es unter normalen Umständen auch für dich möglich gewesen, deine Therapie unbeschadet zu durchlaufen.«

Ich zögere, denn durch Ivans Ausführungen beginnen sich die Puzzleteile zusammenzufügen. In der Höhle habe ich es geschafft, den Fallen auszuweichen, obwohl ich nicht besonders vorsichtig vorging. In der Versorgungsstation ließen sie uns Nahrung und Wasser zukommen, um die darauffolgende Strecke zu schaffen. Die Fallen im Labyrinth wurden durch Hinweise angekündigt, sodass sie umgangen werden konnten. Sogar der Lageplan am Eingang war korrekt. Ich habe die KonzEn nicht nur zufällig überlebt, sondern weil sie darauf angelegt war.

»Was sollte es also bringen, Tom so schwer zu verletzen?«, hake ich nach.

»Er musste lernen, besser aufzupassen.« Seine Augen werden kalt, während er über eine tödliche Falle spricht wie über eine Schullektion. »Damit er es beim nächsten Mal besser macht.«

Ich runzle die Stirn. »Beim nächsten Mal?«

»Wir wollten ihn herausholen«, fährt Ivan fort. »Aber du warst noch in der Höhle. So lange konnten wir nicht herein.«

Mir gefriert das Blut in den Adern. »Du willst mir also sagen, dass ihr Tom behandelt hättet, wenn ich weitergegangen wäre, statt ihn mit mir zu nehmen?«

Ivan legt den Kopf schräg. »Jedenfalls hätten wir ihn früher behandelt. Nachdem du ihn herausgeholt hast, nahmen wir an, ihr bewerkstelligt seine Behandlung selbstständig. Da wussten wir allerdings noch nicht, wie schwerwiegend seine

Verletzungen waren. Als wir feststellten, dass sich sein Zustand weiter verschlechtert, mussten wir intervenieren.«

»Mit dem Giftgas?«, schlussfolgere ich.

»Betäubungsgas«, korrigiert Ivan mich jedoch. »Wir setzen es gelegentlich ein, wenn wir Maßnahmen in der Versorgungsstation durchführen müssen. Dadurch verlassen die Krankensubjekte entweder den Raum oder sind lange genug betäubt, damit wir alles Notwendige erledigen können. In dem Fall eben, Tom herauszuholen und auf die Krankenstation zu bringen.«

Ich kann es immer noch nicht fassen. Stimmt es, was Ivan mir erzählt? Tom ist am Leben? Und ich habe ihn zurückgelassen?

»Was ist mit Malek passiert?«, frage ich weiter nach in der Hoffnung, ich hätte Zeit mich zu sammeln, während Ivan redet.

»Das Feuer brach aus, als er gerade im Wasserschacht war«, antwortet er. »Wir haben ihn daher dort herausgeholt, ehe er wieder auftauchen und sich gefährden konnte.«

Ich starre ihn an, während meine Beine schwanken. »Ihr holt Leute also da raus, wenn sie verletzt oder in akuter Gefahr sind«, resümiere ich, was ihn nicken lässt. »Was war also mit mir? Ich war auch noch drinnen, als das Feuer ausbrach! Ich wäre beinahe gestorben!«

»Ich weiß nicht genau, was passiert ist.« Seine Stimme spannt sich an. »Die Anlage wurde fälschlicherweise aktiviert. Eigentlich gibt es einen Schutzmechanismus, der Flammenquellen so nahe an den Hecken blockiert.«

Ich zögere. Ich wäre beinahe wegen einer Fehlfunktion gestorben?

»Die Absprache war, dass ich mit einem Team die Rettung von Malek übernehme und eine zweite Truppe dich herausholt«, fährt Ivan fort. »Aber als ich zurückkam, teilt mir Joanna mit, sie hätten die Aktion abgebrochen. Das Risiko für die Mitarbeitersubjekte wäre zu groß und du wärst längst von den Flammen erfasst worden.«

Ich stolpere zurück. Joanna hat gelogen? War sie auch für die Fehlfunktion an dieser Feuerfalle verantwortlich? Doch das würde bedeuten, dass sie mich nicht erst loswerden wollte, nachdem ich die KonzEn durchlaufen hatte. Nicht, weil ich »zur vorlaut« war. Sondern dass es noch einen anderen Grund gab.

»Hat dich Joannas Aussage nicht misstrauisch gemacht?«, hake ich also nach.

Ivan zögert. »Zunächst nicht, denn die Anlage stand tatsächlich in Flammen, als ich ankam. Wir löschten den Brand dann mit dem Rauchabzug, unseren Feuerlöschern und ähnlichen Amateurmitteln, schließlich sollte von diesem Unfall niemand erfahren, um den Ruf der Klinik nicht zu gefährden. Doch dann sah ich, dass du auf diesen Mauern lagst.« Er atmet tief durch, als wäre der Anblick tatsächlich eine Erleichterung gewesen. »Ich dachte zunächst, Joanna hätte sich bloß geirrt. Die Lebenszeichensensoren haben wegen der Hitze und deines SmartSuits nicht mehr korrekt funktioniert und die Sicht der Kameras war durch den Rauch beeinträchtigt. Aber als dann das im Büro passierte ...« Er bricht den Satz ab.

Nachdenklich wende ich den Blick nach draußen. Am liebsten würde ich sofort losstürmen, da ich mit jeder Sekunde, die verstreicht, befürchte, Malek und Tom nicht mehr lebend anzutreffen. Doch ich kann nicht einfach die Klinik betreten und mich noch einmal in die KonzEn begeben. Joanna wird erneut versuchen, mich umzubringen, und ich weiß nicht, wieso.

Plötzlich erinnere ich mich an das Telefongespräch, das wir kurz vor der KonzEn führten. Die Sonderanforderung, die ich für sie erfüllen sollte. Sie wollte explizit wissen, wer die Änderungen vornimmt, und kurz darauf stand ich laut Tom auf der Prioliste der Optimierer ganz oben. Waren die Sicherheitsanforderungen nur ein Vorwand? Hat Joanna anschließend dafür gesorgt, dass ich in dieser Liste hochrutschte, um mich umbringen zu können?

Es ist nicht auszuschließen, aber in meinem Kopf ergibt es trotzdem keinen Sinn. Diese Änderungen waren völlig harmlos, kleine Stellschrauben am Lagersystem der Krankenstation, es hatte nicht einmal mit dem Optimierer selbst zu tun.

Gab es schon vor diesem Gespräch etwas, was sie zu ihrer Entscheidung veranlasst hat? Eine nicht zufriedenstellende Absprache für das Projekt? Eine unbedacht versandte E-Mail?

Ich werde es nicht herausfinden. Das heißt, Tom, Malek und ganz besonders mir bleibt nichts anderes übrig, als zu fliehen, sobald wir eine geöffnete Tür finden. Gegen ein Security-Team und eine vollfunktionsfähige Sicherheitseinrichtung, die gerade ein Software-Update mit den höchsten Standards erhalten hat. Das sind miserable Aussichten, aber es ist immer noch besser, als Malek und Tom im Optimierer zurückzulassen, während ich ein neues Leben beginne. Also trete ich an Ivan vorbei zur Tür in der unrealistischen Hoffnung, dass mir auf dem Weg noch ein magischer Plan einfallen möge.

Zum ersten Mal wirkt er entsetzt, als er mich anstarrt. »Wo willst du hin?«

»Ich gehe zurück«, erkläre ich. »Ich muss Tom da herausholen.«

Plötzlich macht die Raubkatze einen Satz nach vorne und steht damit zwischen mir und der Tür. »Das war es, was ich verhindern wollte«, wiederholt Ivan. Erneut versuche ich, an ihm vorbei zum Ausgang zu gelangen, doch er stellt sich mir wiederholt in den Weg. »Joanna wollte dich umbringen. Was sollte sie davon abhalten, es erneut zu versuchen, wenn du durch die Vordertür hineinspazierst?«

Ich starre Ivan düster an. »Ich werde mir etwas einfallen lassen.«

»Was du vorhast, ist unvernünftig«, ermahnt er mich. »Ich habe dich für klüger gehalten, als unter tödlichen Umweltbedingungen ein paar Dutzend Kilometer zu Fuß zu laufen, um dann erschossen zu werden.« Nun fixiert er mich ebenso starr wie ich ihn.

»Ich nehme den Wagen«, gehe ich auf den einzigen zweifelhaften Punkt ein und deute mit einem Kopfnicken nach draußen.

»Ich habe den Wagen gestohlen, also gehört er jetzt mir«, erwidert Ivan. Für einen Moment glaube ich, mich verhört zu haben, so widersinnig ist seine Aussage. Doch da formen sich seine Lippen plötzlich zu einem leichten Lächeln.

Ich schnaube, denn am allerwenigsten kann ich ausstehen, dass er mir den Ausgang versperrt und mich dadurch hier einsperrt. »Dann werde ich ihn dir eben auch stehlen«, fahre ich ihn an. »Und jetzt geh beiseite.« Ich stoße ihn weg, wogegen er sich überraschenderweise nicht wehrt, und trete nach draußen.

Dort atme ich tief den merkwürdig riechenden Wind ein, der so heftig geworden ist, dass er meine Jacke beinahe mit sich reißt. Schon durch das bloße Heraushalten von Gesicht und Händen beginnt meine Haut zu brennen, genauso wie meine Lunge mit jedem weiteren Atemzug, den ich nehme.

»Caitlyn«, höre ich dann Ivans Stimme sanfter hinter mir.

Doch ich mache eine abwimmelnde Handbewegung. »Ich will deinen Widerspruch nicht hören.«

»Aber ich ...«

»Hör auf!«, fauche ich ihn an. »Ich werde auf keinen Fall hierbleiben, wenn die beiden noch dort sind.«

Sein Gesicht verkrampft sich. »Hör mir bitte zu.«

»Nein!« Meine gesamte Wut der letzten Tage entlädt sich in einem Mal. Ich stürme auf ihn zu, reiße ihn damit zurück ins Haus und klopfe mit den Händen gegen seinen Brustkorb. »Du bist schuld daran, dass Tom und Malek und ich dort gelandet sind und beinahe gestorben wären. Du bist an allem schuld!«

Ivan öffnet kurz den Mund, doch verzichtet schließlich auf eine Antwort. Unerwartet tritt Stille ein, welche die Worte in meinem Kopf nachhallen lässt.

Was habe ich da gerade gesagt? Ivan ist nicht allein schuld an dem, was passiert ist. Das gesamte Behandlungsteam ist es, das

System und gewissermaßen auch ich. Denn hätte ich Tom ernster genommen, als er mir seine Ängste mitteilte, wären wir gar nicht erst in diesem Optimierer gelandet. Genau genommen ist Ivan derjenige, der das schlimmste Szenario verhindert hat. Er ist dafür verantwortlich, dass ich lebe, und ebenso Malek und Tom. Meine Wut trifft den Falschen.

Also atme ich mehrmals tief durch, um meine explodierte Wut wieder in die Wände zu sperren, aus denen sie geflohen ist. Dann schließe ich mit gesenktem Kopf die Tür hinter mir. »Entschuldige«, flüstere ich.

Ivan mahlt mit dem Kiefer. »Du hast recht«, gesteht er jedoch ebenso leise wie ich.

»Das war unfair«, widerspreche ich und schaue wieder zu ihm auf. »Ich bin nicht mit allen Entscheidungen einverstanden, die du getroffen hast. Aber wer weiß, wie ich in deiner Situation gehandelt hätte ...« Ich hebe die Schultern, ehe sie schlaff herabsacken. »Ich würde im Nachhinein auch einiges anders machen. Selbst Alonso hat noch mit Gewissensbissen zu kämpfen, obwohl es schon Jahre her ist ...« Ich stocke, als mir plötzlich ein Gedanke kommt. »Ich muss es ihm sagen«, platzt es aus mir heraus.

Ivan mustert mich. »Was musst du ihm sagen?«

Ich stürme die enge Wendeltreppe mit den fehlenden Stufen empor, über die Alonso gestern Abend verschwunden ist. »Dass Malek lebt. Das könnte sein Junge sein!«, rufe ich ihm noch zu, ehe ich die obere Etage erreiche.

# 30

Oben angekommen begrüßt mich eine Ruine. Ausgenommen der Außenfassade sind alle Wände eingerissen, vereinzelt sind nur knöchelhohe Mauerreste zurückgeblieben. Staub liegt so hoch auf dem Boden, dass jeder Fußabdruck sichtbar ist. Vereinzelt zieren Möbel die Einöde, doch sie sind bis zur Unbenutzbarkeit zerstört. Entfernt in der Ecke des Obergeschosses erkenne ich zertrümmerte Keramikeinrichtungen, noch lose an der Wand und dem Boden montiert. Da muss einmal das Bad gewesen sein. Jedenfalls, als es hier noch funktionierende Wasserleitungen gab.

Am Boden zeichnen sich schmale Fußspuren im Staub ab, die so frisch aussehen, dass ich ihnen folge. Ich stolpere über die zerbrochenen Steine in eine hintere, dunkle Ecke der Etage. Eine kaputte Matratze ohne Bezug liegt auf dem blanken Boden, voll mit braunen, grauen und grünen Flecken, die eine Gänsehaut über meinen Körper jagen. Alonso liegt auf dem Textil, zusammengekauert wie ein Baby, den Bademantel wie eine Decke weit über alle Körperteile gezogen. Er wimmert und ich bin mir für einen Moment unsicher, ob er schläft oder bei Bewusstsein ist.

Vorsichtig beuge ich mich zu ihm herab. »Alonso, alles okay?«

Sofort richtet er sich auf, der Bademantel rutscht von seinen Schultern, die Augen sind vor Schreck geweitet. »Was ist los?«, keucht er.

»Nichts Schlimmes.« Zögerlich hocke ich mich neben ihn. »Entschuldige, ich wollte dich nicht erschrecken.«

Zerstreut fährt er sich durch die Haare. »Schon okay. Ich hatte sowieso gerade einen Albtraum.« Er lässt die Hand sinken, sein Gesichtsausdruck verrät eine Mischung aus Angst und Aufregung. »Was gibt es?«

»Ich muss dich etwas fragen.« Ich umklammere meine Finger. »Kennst du einen jungen Mann namens Malek? Höchstens achtzehn Jahre alt? Denkt sich gerne Spitznamen aus alten Märchen aus?«

Augenblicklich blühen Alonsos Augen auf. Noch ehe ich fassen kann, dass ich mit meiner Vermutung richtig liege, springt er aus dem Bett auf. »Das ist mein Junge!« Alonso umgreift meine Oberarme und starrt mich an. »Malek ist am Leben? Mein kleiner Junge lebt?«

»Na ja, so klein war er nicht mehr«, entgegne ich. »Aber wie ich gerade erfahren habe, ist er am Leben, ja.«

Ich will mich gerade zu Ivan umdrehen, als Alonso mich plötzlich in die Arme schließt. Ein penetranter Geruch steigt mir in die Nase, aber dennoch fühlt sich die Umarmung so herzlich an, dass ich sie nicht unterbrechen möchte. »Mein Junge lebt«, wimmert er, während er sein Gesicht auf meine Schulter drückt. Dann löst Alonso sich wieder von mir und Schmerz zieht in sein Gesicht ein. »Aber das heißt auch, dass er immer noch in Gefahr ist. Wo ist er?«

Ich presse die Lippen aufeinander. »In der Westbach Klinik. Aber ...«

»Ich werde ihn holen gehen«, bestimmt er.

Doch ich drücke meine Hände gegen Alonsos Schultern und plötzlich bin ich diejenige, die jemanden aufhält. »Ich glaube nicht, dass das sinnvoll wäre.« Und jetzt spreche ich auch noch wie Ivan.

»Aber ich muss meinen Jungen da herausholen!«, antwortet Alonso mit weit geöffneten Augen, ehe ihn ein erneuter Hustenanfall heimsucht.

Ich lasse die Hände sinken. »Ich habe vor, zurückzugehen. Und dann werde ich auch Malek herausholen.«

»Du gehst zurück?«, wiederholt Alonso.

»Ich habe die KonzEn schon einmal durchlaufen. Das heißt, ich weiß, was mich erwartet.« Das ist zwar keine Lüge, aber auch nicht die ganze Wahrheit. Doch ich möchte vermeiden, einen weiteren Menschen in der KonzEn leiden und möglicherweise sterben zu sehen. Oder, alternativ, ihn mit mir schleppen zu müssen, um ihn lebend herauszukriegen, denn Alonso wird die Anforderungen kaum durchstehen.

Als hätte ich all die Sätze ausgesprochen, lässt der Wissenschaftler die Schultern hängen. »Ich weiß, was du mir sagen willst. Ich würde vermutlich keinen halben Tag überleben.« Schlaff lässt er sich auf seine Matratze fallen. »Es ist verloren. Alle, die dort landen, sterben. Es ist nur eine Frage der Zeit, bis es auch Malek trifft.«

»Aber …«, beginne ich zu widersprechen.

Doch Alonso beachtet mich gar nicht, senkt den Blick und blinzelt heftig. »Solange Morbus Inertia existiert, wird mein Junge nie sicher sein.« Schwach sinkt seine Hand herab. »Ich habe alles versucht. Ich habe die Öffentlichkeit aufgeklärt, ich habe meine Kontakte mobilisiert, ich habe sogar begonnen, eine Widerstandsbewegung zu bilden. Aber wer gibt schon sein luxuriöses, wohlbehütetes Leben auf, um in der Wildnis zu leben?« Alonso breitet die Hände aus. »Ich dachte, ich könnte bewirken, dass endlich die Existenz von Morbus Inertia aberkannt wird. Dass eine gewisse Ineffizienz, Emotionalität und kein ständiger Tatendrang keine Krankheit, sondern ganz normale, menschliche Natur ist. Aber selbst, wenn ich das eines Tages schaffen sollte – was werden sie bis dahin mit meinem Jungen gemacht haben? Dasselbe wie mit meiner Frau? Denn ich nehme an, es hat einen Grund, dass du nur nach Malek gefragt hast.« Er atmet tief durch und fährt sich erneut mit gespreizten Fingern in die Haare.

Ich hole Luft, um etwas zu sagen, doch es fehlt mir an den richtigen Worten. In welchem Punkt könnte ich Alonso schon widersprechen?

»Ich hätte niemals ein Kind in diese Welt setzen dürfen, geschweige denn es in der Wildnis aufziehen. Ich habe versucht, permanenten Nachschub an Präventionspillen zu besorgen, und Malek bei jeder Gelegenheit in einen SmartSuit gesteckt, aber das macht meine Entscheidung nicht weniger verwerflich und egoistisch.« Beim Ausatmen rasselt seine Lunge. »Hätten wir Malek nach seiner Geburt dem System übergeben, wären seine Überlebenschancen und sein Gesundheitszustand besser gewesen. Aber die Wahrheit ist, dass ich ihn bei mir haben wollte.« Er hebt die Schultern. »Doch solange die Gesellschaft glaubt, dass eine solche Krankheit in Optimierungskliniken geheilt wird, kann ich ihn nicht beschützen ...« Plötzlich stockt er. Wie in Zeitlupe schaut er wieder auf und obwohl seine Augen noch wässrig wirken, bekommen sie einen kraftvolleren Glanz. »Das ist es!«

Unwillkürlich zucke ich zusammen, habe ich doch den Eindruck, dass seine Idee viel zu sehr mit mir zu tun hat. »Was?«

Alonso sieht mich mit einem wahnsinnigen Blick an, die Augen so weit geöffnet, dass rund um die Iris das Weiß des Augapfels zu erkennen ist. »Das ist es!«, wiederholt er, dann stürmt er an mir vorbei, nur Momente, bevor die klappernden Schritte die Treppe hinab zu hören sind.

Ich wende den Kopf zurück zu Ivan, der still in dem Konstrukt steht, das vom Türrahmen übriggeblieben ist.

Dann ruft Alonso bereits: »Jetzt kommt schon!«

# *31*

Auf Zehenspitzen, als würde Alonso gleich eine Waffe auf mich richten, trete ich zurück ins Erdgeschoss. Im Nebenraum erkenne ich seinen Schatten, der aufgeregt hin und her springt und ein lautes Klimpern und Klirren erzeugt.

»Wo ist es nur?«, pfeift er. »Wo ist es nur?« Weiteres Kramen. »Ach, jeder kennt doch diese eine Schublade, oder? Die eine Schublade, die jeder hat? Mit Krimskrams, das man eben so ansammelt?«

Mit gerunzelter Stirn sehe ich zu Ivan, der jedoch mit ausdrucksloser Miene in den Nebenraum starrt.

Dann kommt Alonso bereits wieder, ein Gewirr an schmalen, dünnen Kabeln und daran verdrahteten Geräten vor sich hertragend. »Das ist es!«

Mit einem angewiderten Ausdruck mustere ich den Wirrwarr in seinen Händen. »Was ist das?«

»Das ist die Lösung«, erwidert Alonso jedoch nur. »Keine Ahnung, ob noch alles funktioniert und vollständig ist und so.« Mit wilden Handbewegungen zieht er die Kabel auseinander, bis er mit einigen davon auf mich zukommt. »Das hier, das …« Alonso zieht ein winzig kleines, längliches Gerät mit Clip hervor. »Das ist ein Mikrofon. Und das …« Er hat plötzlich eine flache Linse in der Hand, die mit dem Mikrofon verbunden ist. »Das ist eine Kamera. Und hier …« Ein quadratischer Kasten kommt zum Vorschein. »Das ist das Funkgerät. Die Optimierer haben Störsender installiert, damit keine Frequenzen außer ihren eigenen nach draußen gelangen, aber das kann ich umgehen.« Stolz hält Alonso den Kabelsalat in die Luft. »Genial, oder?«

Ich fühle mich, als hätte ich zwischendurch den Anschluss verloren. »Was soll ich damit?«

»Es anlegen!« Alonso strahlt mich an wie ein Studentensubjekt am Abschlusstag und legt die Kabel auf dem Sofa ab. »Wir werden die Praktiken der Optimierer aufnehmen! Nein, besser noch – wir werden einen Stream starten!« Das letzte Wort spricht Alonso gedehnt aus mit ausladender Handbewegung.

»Und ... wie? Ohne Strom?«, frage ich zögerlich.

»Das Ding da läuft noch mit alten Batterien, davon habe ich noch welche. Und für den Rest habe ich meine Kontakte. Überlass das nur mir.« Er macht wieder eine abwimmelnde Handbewegung, heftiger als zuvor. »Du wirst das tragen und dann wird die ganze Welt sehen, was wirklich in den Optimierern vor sich geht.«

»Inwiefern macht das einen Unterschied?«, mischt Ivan sich ein.

»Du hältst dich da raus, Tiger, das ist unser Plan.«

Doch die Raubkatze schüttelt den Kopf. »Eine Videoaufzeichnung ist nicht nur ein abwegiger, sondern auch ein unmöglicher Plan. Sie werden die Technik sofort bemerken.« Er deutet in einer abwertenden Bewegung auf mich.

»Beim letzten Mal hast du mich nicht gefilzt.«

Ivan wendet den Blick zu mir. »Denkst du das?«

Ich zögere. »Hast du?«

»Es war meine Pflicht.«

»Wann?«

»Als du am Boden lagst. Nur ein schneller Check«, erwidert Ivan, nicht ganz so ausdruckslos, wie ich es von ihm gewöhnt bin.

»Ich habe gar nichts gemerkt.«

»Du warst wohl abgelenkt.«

Ich schnaube. »Wovon soll ich abgelenkt gewesen sein?«

Plötzlich heben sich seine Mundwinkel und kleine Grübchen werden in seinen Wangen sichtbar. »Von der Flucht.«

»Leute, Leute, Leute!«, fährt Alonso dazwischen. »Können wir bitte zum Thema zurückkommen?«

»Das ist das Thema.« Ivan wird wieder ernst. »Caitlyn, wenn du zurückgehst, bist du tot.«

Alonso schiebt sich zwischen uns wie eine Pop-Up-Werbung. »Also sind wir uns in dieser Sache mittlerweile einig? Dass man da drinnen stirbt?«

»Was Caitlyn angeht: ja.«

Die Aussage verwirrt den Wissenschaftler so sehr, dass er wortlos zurückweicht. Stattdessen tritt Ivan nun einen Schritt auf mich zu. »Du musst das nicht tun, Caitlyn. Tom kann auch allein geheilt werden, wenn er die KonzEn durchläuft.«

Ich verenge die Augen. »Du sagst es. ›Wenn‹. Abgesehen davon werde ich nicht zulassen, dass er noch einmal so leidet wie durch diese Bärenfalle.«

»Es war keine …«

»Jetzt sei still!«, fahre ich ihn an. »Es kann doch nicht richtig sein, die Menschen durch solche Qualen zu schicken, nur um sie von einer Krankheit zu heilen, egal von welcher!«

»Wusstest du, dass früher Gliedmaßen amputiert wurden, um das Leben eines Patientensubjekts zu retten?«, fragt Ivan unvermittelt.

Ich schnaube. »Das ist doch nicht vergleichbar.«

»Bei Krebs wurde eine Chemotherapie angewandt«, setzt er fort. »Mitunter hatte sie schwere Nebenwirkungen, aber trotzdem wurde sie durchgeführt.«

Ich verschränke die Arme vor der Brust. »Ich weiß, worauf du hinauswillst, aber …«

»Konfrontationstherapie«, unterbricht Ivan mich nun. »Die Menschen wurden durch ihre schlimmsten Ängste und Erinnerungen geführt, um sie psychisch zu heilen.«

Ich mustere ihn durchdringend. »Für jemanden, der ein Sicherheitsteam geleitet hat, weißt du ganz schön viel über Medizin.«

»Allgemeinwissen«, wimmelt er ab.

Ich seufze. »Ich gestehe ein, dass eine Heilung manchmal mit Leid verbunden ist. Aber es gibt dennoch einen wesentlichen Unterschied zwischen deinen Beispielen und den Optimierern: Die Behandlung der Krankheiten war freiwillig. Niemand wurde dazu gezwungen und jeder durfte sie jederzeit abbrechen.«

Ivan atmet tief ein. »Bei manchen Menschen ist es besser, sie zu einer Behandlung zu zwingen.«

»Wieso? Was würde sonst passieren?«

»Sie würden sterben.«

Ich schnaube. Immer derselbe Satz. »Und es ist besser, in einem Optimierer zu sterben, in den man eingesperrt wurde, als in der Freiheit, die man gewählt hat?«

Doch obwohl ich glaube, dass dieses Argument Ivan endgültig überzeugen müsste, setzt er dagegen: »Ist es besser, in Freiheit zu leiden, statt die Qual einer Behandlung zu ertragen, um geheilt zu werden?« Noch immer spricht er so gelassen, als würden wir nur ein hypothetisches Gedankenexperiment durchspielen.

»Aber Tom hat nicht ...« Ich breche den Satz ab, denn jedes weitere Wort wäre eine Lüge. Tom hat gelitten, und wie. Er hat Überstunden gemacht und sich vollkommen überarbeitet, um mithalten zu können. Er hatte ein permanentes schlechtes Gewissen, körperliche Krankheiten machten sich bemerkbar und dazu kamen Ängste wegen des Nachrichtenkommentars. Vor wenigen Tagen noch hatte ich mir eine Morbus-Inertia-Behandlung für ihn gewünscht. Vermutlich hätte ich auch eingesehen, wenn zu der Heilung ein gewisses Leid dazugehört hätte. Doch jetzt weiß ich nicht einmal mehr, ob die Krankheit überhaupt existiert.

»Es ist mir egal, okay?«, erwidere ich also. »Wir haben das durchgesprochen, Ivan. Ich gehe zurück und du kannst mich nicht aufhalten.«

Ivan mahlt mit dem Kiefer. »Das habe ich befürchtet.« Er dreht sich zum Kabelsalat auf dem Sofa, ehe er nachsetzt: »Deshalb werde ich mitkommen.«

# 32

Vor Schreck verliert jeder einzelne meiner Gesichtsmuskeln seine Spannung, sogar meine Arme sinken schlaff herab. »Was?«

»Ich habe darüber nachgedacht.« Ohne mich anzusehen, entwickelt er die verknoteten Kabel. »Ich werde dich hinbringen und mit hineingehen.«

Ich beobachte regungslos, wie er das verknotete Gestrüpp vor sich entwirrt. »Wieso?«

»Weil du sterben wirst, wenn ich nicht mitkomme.«

Ich stocke. »Und was würdest du daran ändern wollen? Du kehrst ja schließlich nicht als Leitung des Security-Teams zurück.«

»Das stimmt. Aber ich kenne die Abläufe, das Gebäude, die Angestelltensubjekte.« Kurz lässt er von den Kabeln ab, um mich anzusehen. »Da ich geahnt habe, wie du reagieren würdest, habe ich unsere Optionen letzte Nacht durchgespielt.«

Ich zucke zurück. »Du hast ... was?«

»Ich wollte es dir vorhin schon sagen, aber du hast mir ja nicht zugehört.« Er wendet den Blick wieder zu den Kabeln, als würde das seine Konzentration steigern. »Der KonzEn-Aufbau ist zerstört, nachdem das Feuer ausgebrochen ist. Das heißt, Joanna müsste normalerweise die verbleibenden Krankensubjekte in eine andere Klinik verlegen, solange der Wiederaufbau stattfindet. Allerdings ist sie versessen darauf, den guten Ruf der Optimierungsklinik zu bewahren und somit niemals Fehler einzugestehen. Die Zerstörung des eigenen KonzEn-Aufbaus durch ein Feuer ist ein solcher, fataler Fehler. Joanna wird also behaupten, sie hätte im Moment keine Kapazitäten frei, um weitere Krankensubjekte aufzunehmen, aber die bestehenden wird sie sicher nicht abgeben.«

Noch immer knoten seine Finger an den Kabeln herum, sein Blick ist konzentriert nach unten gerichtet, als würde er eine Matheaufgabe lösen.

»Ich gehe davon aus, dass sie sich um eine zur Not provisorische, aber vorrangig schnelle Reparatur der KonzEn bemühen wird. Wir können also annehmen, dass Malek und Tom noch vor Ort sind.«

Ich zögere. »Das ist doch gut, oder?«

»Nicht unbedingt. Wenn beide in denselben, aber einen anderen Optimierer gekommen wären, hätten wir zumindest nicht Joanna als zusätzliche Gefahr einkalkulieren müssen. Nun hingegen müssen wir dafür sorgen, dass du ohne Verzögerung zurück in die KonzEn gelangst, damit Joanna nicht an dich herankommt. Ich nehme an, dass Tom und Malek mittlerweile wieder dort sein dürften. Malek wurde nur zur Überprüfung auf die Krankenstation geschickt und Toms Beinverletzung ist mit dem korrekten Einsatz an Regenerationstechnologie schnell zu beheben.«

Mir bleibt die Spucke weg. Er hat das wirklich durchgeplant. Wieso?

»Wir müssen also nur sichergehen, dass du nicht in den Vorbereitungszellen landest. Wenn du allein den Optimierer aufsuchst, besteht die Gefahr, dass Joanna dich dorthin verlegen lässt und vollendet, was sie angefangen hat. Der Plan ist also, dass du in der KonzEn landest, noch bevor Joanna erfährt, dass du wieder da bist.«

Ich zögere. »Und das geht?«

»Wir werden dafür sorgen.« Ivan stockt. »Das heißt, ich werde dafür sorgen.«

»Und wie?«, frage ich misstrauisch.

»Ich bin kein Teamleiter mehr. Wenn ich zurückkehre, werden meine ehemaligen Mitarbeitersubjekte, vor allem Shaira, mehr Interesse an mir als an dir haben. Daher nehme ich an, dass sie dich schnell in der KonzEn abladen werden.« Wieder mahlt Ivan mit dem Kiefer.

»Was meinst du damit, dass sie mehr Interesse an dir als an mir haben werden?«, wiederhole ich jenen Satz, an dem ich hängen geblieben bin.

Ivan seufzt. »Sie werden sicher noch ein paar Angelegenheiten mit mir zu klären haben.«

»Wieso?« Ich komme mir blöd vor mit meiner Fragerei, aber was Ivan geplant hat, ergibt für mich keinen Sinn.

Zum ersten Mal unterbricht er seine Arbeit an den Kabeln. »Ich habe meine Mitarbeitersubjekte hintergangen, in dem ich mit dir geflüchtet bin. Das hätte üble Konsequenzen für sie haben können. Hinzu kommt, dass Shaira mich von vorneherein bekämpft hat. Sie fand stets, ich würde mich ›zu sehr‹ an die Regeln halten. Es hat die Lage nicht gerade verbessert, dass ich sie mehrfach ermahnen musste, weil sie ihrer Arbeit nicht korrekt nachgegangen ist.«

»Was hat sie gemacht?«, frage ich, obwohl ich ahnen kann, dass ihre ständigen Widerworte ihm und Joanna gegenüber sicher dazuzählen.

Er zieht die Schultern hoch. »Sie kam fast immer zu spät zur Arbeit, folgte bestenfalls unmotiviert den Anweisungen und provozierte dauernd mich und andere Mitarbeitersubjekte. Manchmal hatte ich den Eindruck, sie boykottierte bloß aus Prinzip.« Ivan schüttelt den Kopf. »Zweimal habe ich ihr eine Arbeitsverwarnung erteilen müssen. Beim nächsten Mal hätte sie ihre Stelle verloren, was unweigerlich einen KonzEn-Aufenthalt für sie bedeutet hätte. Daher hatte ich die letzte Verwarnung aufgeschoben, aber ewig hätte ich sie nicht schützen können.« Ivan stützt sich mit den Händen auf der Sofalehne ab, als hätte ihn plötzlich die Kraft verlassen. »Shaira war wütend auf mich und fühlte sich ungerecht behandelt. Sie hat völlig ausgeblendet, dass ich auch nur meinen Job machen musste.« Er atmet tief durch. »Jetzt, wo ich nicht mehr ihr Chef bin, könnte sie die anderen aufhetzen, sodass sie gemeinsam ihren Frust an mir auslassen.«

Ich zucke zusammen. »Was ... was heißt das?«, stammle ich. »Ich habe Shaira kennengelernt. Sie wirkte mir nicht, als würde sie dich bloß zu einem Gespräch bitten.«

Doch Ivan antwortet nur gefasst: »Sie wird mich nicht umbringen.«

»Nicht umbringen?«, wiederhole ich. »Sondern?«

Er seufzt. »Womit sie eben durchkommt unter dem Vorwand der Notwehr.«

Augenblicklich schüttle ich den Kopf. »Das werden wir nicht machen.«

»Hey, Tiger«, mischt sich Alonso nun ein, »deine neue Heldenhaftigkeit in allen Ehren, aber das klingt wirklich verrückt.«

Doch Ivan nimmt nur die Arbeit an den Kabeln wieder auf. »Es ist einfacher, ein paar Blessuren zu überleben anstatt einer Schusswaffe.«

»Eine Schusswaffe?«, wiederholt Alonso mit sich überschlagener Stimme.

Doch ich ignoriere seine Frage. »Es muss einen anderen Weg geben!«

»Ich bin alle Optionen durchgegangen«, setzt die Raubkatze jedoch fort. »So können wir sicher sein, dass du schnellstmöglich in die KonzEn gelangst, ohne, dass Joanna zwischenzeitlich eingeschaltet wird. Dann müssen wir es nur noch zum Ausgang schaffen und du kannst die Klinik mit den beiden wieder verlassen.«

Ich runzle die Stirn. »Nur noch? Du hast aber schon mitbekommen, dass der Teil mit dem Verschwinden der schwierigste war?« Meine Stimme versagt mittlerweile in Anbetracht dessen, was Ivan vorschlägt.

Noch immer ist sein Blick gesenkt, als könnte er mir nicht in die Augen sehen. »Es hat einen Grund, warum der Ausgang so hell ausgeleuchtet ist. Es gibt dort einen Wartungsschacht, der direkt in den Kontrollraum führt. Den können wir nutzen, um ins Gebäude zu gelangen, und von dort aus fliehen wir.

Eventuell müssen wir ein paar Umwege nehmen, aber das entscheiden wir spontan.«

Ich kann nicht fassen, was ich da höre. Über diesen Plan hat Ivan sich offenbar die ganze Nacht Gedanken gemacht. Für … mich? »Warum tust du das?«

»Du willst doch unbedingt zurückgehen«, gibt Ivan mit gespannter Stimme zurück.

»Das ist keine Antwort auf meine Frage.« Allmählich werde ich misstrauisch. So selbstzerstörerisch kann niemand sein, oder? Er hatte vor, sich wieder in Behandlung zu begeben, aber was er vorschlägt, ist kein regulärer Durchlauf der KonzEn, um danach wieder ein normales Leben aufzunehmen.

Ivan zögert. »Ich habe über unsere Gespräche gestern nachgedacht. Über alles, was passiert ist.« Er stützt sich mit den Händen auf dem Sofa ab, den Rücken rund wie ein Katzenbuckel. »Ich kann nicht beurteilen, ob Morbus Inertia existiert und welche Behandlungsmethode dagegen wirksam ist. Aber ich weiß, dass es nicht richtig ist, wenn Menschen dort umgebracht werden, wo sie geheilt werden sollten.« Zum ersten Mal schaut er wieder auf und blickt mir durchdringend in die Augen.

Ruhig erwidere ich seinen Blick, der vielsagender ist als das, was er gerade geäußert hat. Warum hat er plötzlich seine Meinung geändert? Gestern noch hat er die Methoden verteidigt und heute zweifelt er?

Es muss einen Haken geben. Wieso hätte Ivan sein ruhiges, geregeltes Leben für ein Krankensubjekt wie mich aufgeben sollen? Vielleicht wollte er tatsächlich verhindern, dass ich erschossen werde, aber dennoch hat er viel dafür geopfert.

Irgendetwas stimmt nicht. Ob er von Joanna beauftragt wurde? Ob er mich auf diesen Weg zurückbringen soll?

Nichts davon ergibt Sinn, denn wenn Joanna dahinterstecken würde, hätte er sich gestern im Büro nicht gegen sie gestellt. Doch wie kann es wahr sein, was er sagt? Warum sollte er freiwillig zurück in den Optimierer gehen und dafür sein Leben riskieren? Weil er glaubt, krank zu sein? Glaubt er das immer noch? Speziell in die Westbach Klinik zu gehen, mit Shaira, bedeutet auch für ihn deutlich mehr als nur die KonzEn. Wer würde solche Qualen und Risiken für einen anderen Menschen freiwillig auf sich nehmen?

Ich schlucke, als mir die Erkenntnis kommt. Ich tue es auch – für Tom. Aber das ist etwas anderes als zwischen Ivan und mir. Wir kennen uns erst seit wenigen Tagen und selbst da eher auf unidirektionalem Weg durch die Kameras. Es wäre verrückt von ihm, deshalb sein Leben zu riskieren.

Ineffizient.

Plötzlich reicht Ivan mir das aufgerollte Gewirr an Kabeln. »Nimm.«

Ich zögere. »Sagtest du nicht, sie würden die Technik bei mir sofort finden?«

»Nicht, wenn ich sie ablenke.« Da ich das Knäuel immer noch nicht entgegengenommen habe, steckt er es mir unvermittelt in die Jackentasche. »Du gehst schließlich als erstes hinein.«

»Sollte ich es nicht schon anlegen?«, frage ich vorsichtig.

»Das wäre unklug. Das Risiko, dass Shaira oder einer der anderen die Technik dann entdeckt, ist zu groß. Du legst das Set erst an, wenn du in der KonzEn bist«, entscheidet Ivan mit gewohnt stoischer Stimme.

Ich zögere. Das könnte eine Falle sein. Vielleicht gibt es einen Grund, warum er nicht möchte, dass der Stream schon bei meiner Ankunft läuft. Plant er etwas, das er mir nicht mitgeteilt hat?

Wenn nur irgendetwas von dem, was er tut, Sinn ergeben würde!

»Das Funkgerät ist noch mit meinem Tablet verbunden.« Alonsos plötzliche Stimme unterbricht meine Gedanken. Er hält ein zersplittertes Stück Technik mit abgefranzten Ecken in der Hand, das kaum nach dem aussieht, wie er es bezeichnet hat. »Ich kenne einen Informatiker, da werde ich das Gerät laden und alles vorbereiten, damit wir den Stream starten können, sobald ihr das Modul einschaltet.« Er blickt wieder auf. »Ich habe das Gefühl, euch vorher besser versorgen zu müssen, aber ... wir haben nicht viel da.«

Ich ziehe die restlichen Essensbriketts aus meiner Tasche. »Ein paar Vorräte haben wir noch.«

Doch Alonso hebt bereits den Finger. »Ich kann euch neue Kleidung anbieten! Deine sieht so aus, als hätte sie einiges mit dir erlebt, Caitlyn.«

Ich schaue an mir herab. Ehrlicherweise riecht sie auch so. »Wenn es keine Umstände macht?«

»Keineswegs!« Alonso läuft wieder in einen Nebenraum und wühlt in den unendlich tiefen Schubladen herum. »Dafür, dass ihr meinen Jungen da herausholt, ist mir kein Aufwand zu hoch!« Mit den Händen voller Kleidung kehrt er zurück und drückt sie mir so rasant in die Arme, dass ich zurückstolpere. »Bitte!«, fügt er mit einem breiten Grinsen hinzu.

Zögerlich nehme ich die schlichte, aber saubere Kleidung entgegen und versuche mich an einem Lächeln. »Ich gehe mich kurz umziehen.« Mit einer Hand, die ich gerade so entbehren kann, ohne dass mir der Kleiderhaufen zu Boden fällt, deute ich nach oben.

Alonso streckt die Hände aus. »Nur zu! Mi casa e... wie ging das nochmal gleich?«

»Mi casa es su casa«, höre ich Ivan noch, ehe ich die klapprige Wendeltreppe emporsteige.

Zwischen den herabgebrochenen Wänden lege ich eilig Schuhe und Jacke ab, ehe ich Oberteil und Hose gegen die Kleidung von Alonso wechsle. Ich will nicht mehr Zeit als nötig verlieren. Jede Sekunde könnte schließlich über das Überleben von Tom und Malek entscheiden. Im Anschluss schlüpfe ich wieder in die Schuhe und spanne die Jacke zurück über die Schultern, deren breite Taschen mir sicher auch bei meinem zweiten Besuch hilfreich sein werden.

Dann ertönt plötzlich ein durchdringendes Wolfsjaulen.

# 33

Ich stürme die Treppen herab, doch ich höre schon auf der ersten Stufe Alonso aufschreien: »Oh nein, oh nein, oh nein!« Er wendet sich auf der Stelle, läuft hektisch herum, ohne wirklich irgendwohin zu laufen. »Das ist das Notfallsignal. Mitarbeitersubjekte vom Optimierer kommen!«

»Wir müssen los«, zischt Ivan mir zu.

»Was? Nein!«, erwidere ich. »Wir können doch jetzt nicht einfach abhauen. Gegen deine Kollegensubjekte kommen diese Leute doch gar nicht an! Wir können sie mit dieser Invasion nicht allein lassen!«

Er runzelt die Stirn. »Das hatte ich auch nicht vor.« Dann schaut er auf zu Alonso. »Bring deine Leute in den Wagen.«

Alonso reißt überrascht die Augen auf – ebenso, wie ich jetzt aussehen muss – dann stürmt er nach draußen, laut einige Namen rufend.

Meine übliche »Wieso«-Frage liegt mir auf den Lippen, doch ich schlucke sie herunter. Nicht nur, dass die Zeit zu knapp ist, um sie jetzt zu klären – ich werde diesen Mann sowieso niemals verstehen.

Also stürme ich auf den Vorplatz, wo Alonso bereits seine wenig verbliebenen Leute anweist, durch die Heckklappe ins Innere des Transporters zu steigen. Mit zu viel Ruhe schwingt sich Ivan auf den Fahrersitz, während ich auf den Platz neben ihm klettere.

Dann werfe ich einen Blick in den Rückspiegel. Auf der unbefestigten Straße hinter uns ist ein schwarzer, heranrollender Wagen zu sehen. Immer weiter nähert er sich uns, wird immer größer, immer angsteinflößender.

Plötzlich ein Klopfen im Inneren der Ladefläche in unsere Richtung und Ivan drückt das Gaspedal durch. Die Reifen schlittern über den Matsch, den der Regen letzte Nacht verursacht hat. Quietschend kommt der Transporter in Bewegung, obwohl der andere Wagen nur wenige Meter noch von uns entfernt ist.

»Fahr schneller!«, schreie ich sinnloserweise, um meinem Stress Luft zu verschaffen.

Doch Ivan blickt bloß starr auf die Straße vor sich, hält das Lenkrad fest umklammert, während der Wagen auf und ab ruckelt. Er schlittert über den Matsch, verliert immer wieder an Bodenhaftung, ehe die Reifen mit einem Rumsen zurück auf die Erde prallen.

Keuchend blicke ich abwechselnd nach vorne auf den unebenen Weg vor uns und nach hinten zu dem schwarzen Wagen. Will mir meine Panik es nur weismachen oder kommt er immer näher? Es ist der gleiche, schwarze Transporter wie jener, in dem wir gerade sitzen, und die Westbach Klinik liegt der Stadtgrenze am nächsten. Es müssen Ivans ehemalige Kollegensubjekte sein. Suchen sie uns? War es so naheliegend, dass wir uns hier verstecken würden? Haben wir Alonso und seine Leute durch unseren Aufenthalt in Gefahr gebracht?

Wenn ich Ivans Worten trauen kann, will Joanna nicht den Ruf ihrer Klinik riskieren. Das heißt, sie kann uns nicht auf der Optimierer-Liste nach oben gestellt und zur Fahndung ausgeschrieben haben. Hat sie die Verfolgung also im Alleingang gestartet? Nur, um Ivan und mich wieder einzufangen? Um mich endlich umzubringen? Denn wenn diese Leute uns unvorbereitet erwischen, dann stehen meine Überlebenschancen noch schlechter als ohnehin schon.

Sie dürfen uns auf keinen Fall kriegen!

Plötzlich lenkt Ivan den Wagen rasant um eine Kurve. Zunächst erkenne ich nur Häuserwände und ein Schrei entkommt meiner Kehle. Erst mit Verzögerung bemerke ich einen schmalen Spalt zwischen zwei eng beieinanderstehenden Gebäuden. Ich presse die Hände auf den Mund, als ich vor meinem inneren Auge sehe, wie wir vor die Wände knallen und dadurch zerquetscht werden wie eine OptiMast-Tüte im Recycling.

Dann ruckelt der Transporter bereits in den engen Spalt. Die Rückspiegel brechen ab und begleitet von einem Knirschen löst sich der Lack von den Seiten. Ich umklammere den Türgriff, unfähig, den Blick von dem verbleibenden Spalt vor uns abzuwenden, der immer schmaler zu werden scheint.

Plötzlich ruckt das Fahrzeug erneut und wir schlittern zwischen den beiden Häusern hervor. Ich keuche, starre einige Sekunden lang noch auf die Straße vor uns, ehe ich nach unseren Verfolgersubjekten Ausschau halte.

»Sind sie noch da?«, fragt Ivan, der ohne Rückspiegel und durch die Metallwand zur Ladefläche hinter uns in seiner Sicht eingeschränkt ist.

Ich betrachte den Häuserspalt hinter uns, der in immer weitere Ferne rutscht, und die aufgewühlte Erde davor. »Nein«, äußere ich dann und lasse mich in den Sitz rutschen. Eine Hand presse ich auf mein Herz, das vom Pochen schmerzt.

»Wir sollten dennoch ein paar Kilometer zurücklegen, bevor wir Alonso und seine Leute absetzen«, erklärt Ivan, während wir eine asphaltierte Straße erreichen. Augenblicklich verstummt der E-Transporter, als würde er sämtliche Geräusche der Welt aussperren und damit die Flucht ungeschehen machen.

»Oder ein paar Kilometer mehr.« Langsam richte ich mich im Sitz wieder auf.

Doch Ivan schüttelt den Kopf. »Die Solarpanel haben ein paar Stunden geladen, aber einen großen Umweg können wir uns nicht leisten.«

Ich nicke stumm und lehne mich zurück. Ein paar hundert Meter kostet es mich, ehe sich mein Atem und mein Herz beruhigt haben, während die Umgebung wie unscharfe Bilder an uns vorbeirauscht. Es erscheint mir unwirklich, jemals in den Ruinen der Stadtgrenze gewesen zu sein. Ein Einblick in ein Leben, das so anders ist als alles, was ich bisher kannte.

Werde ich die Chance bekommen, Tom dieses Leben zu zeigen? Diese Obdachlosensiedlung voller Wilder, wie auch ich jetzt eine bin, ist kein Paradies. Hier herrschen miserable Lebensbedingungen, das habe ich an Alonso gesehen. Und gerochen. Aber es ist der Inbegriff von Freiheit. Das Leben, in das Tom mit mir fliehen wollte. Keine einengenden Räume, kein effizienzgetriebenes Dasein. Ein Kampf ums Überleben, aber so viel realer als die Existenz, die hinter diesen grauen Betonwänden geführt wird.

Wird das unsere gemeinsame Zukunft?

# 34

Nachdem Ivan die Koloniebewohnersubjekte in wenigen Kilometern Entfernung von der Stadtgrenze abgesetzt hat, begeben wir uns erneut auf den Weg zu Joannas Klinik. Immer wieder erhasche ich einen Blick auf Ivan, der jedoch ausdruckslos und stumm wie immer auf die Straße vor sich blickt. Tut er all das tatsächlich, um neuerdings Menschen zu schützen? Hat Alonso seine Meinung und Überzeugungen ändern können? Oder hat Joannas Verhalten ihn bereits ins Wanken gebracht? Er redet nicht ausreichend darüber, um es einschätzen zu können. Stattdessen tüftelt er ständig irgendwelche Pläne aus, von denen ich höchstens das Ergebnis erfahre. Und das beruhigt mich ganz und gar nicht, denn ich habe keine Ahnung, ob er längst an einem neuen Ziel arbeitet, in dessen Fokus ich stehe.

Dennoch bleibt mir nichts anderes übrig, als seinem Plan zu folgen. Ich wäre sowieso zurückgegangen, ob mit Ivan oder ohne ihn. Ich kann nur hoffen, dass meine Erfolgschancen durch seine Anwesenheit steigen.

Als Ivan und ich das weiße Glasgebäude erreichen, verabschiedet sich zeitgleich auch unser letzter Funken Ladung. Spätestens jetzt ist eine Umkehr also wohl nicht mehr möglich, dieses Fahrzeug bewegt sich keine hundert Meter mehr.

»Du musst das nicht tun«, beginne ich ein letztes Mal, als Ivan den Wagen hält. »Du kannst noch umkehren und ...«

»Nein.«

»Du hast mir schon so viele Infos gegeben, ich komme sicher auch allein ...«

»Nein«, unterbricht er mich abermals, ehe er aussteigt und zielsicher auf das Gebäude zutritt. Kein Zögern. Keine letzten Worte. Nichts.

Was habe ich erwartet?

Obwohl ich noch einen Moment bräuchte, um mich zu überwinden, steige auch ich nun eilig aus dem Wagen und folge ihm zum Eingang der Optimierungsklinik. Mein Hals brennt, als hätte ich seit Tagen zu heiß gegessen, und das Prickeln auf der Haut beginnt in dem Moment, als ich den Wagen verlasse.

Tue ich das gerade wirklich? Mein schlagendes Herz drängt mich dazu, umzudrehen, davonzulaufen, zu fliehen. Doch ich kann nicht. Die Schuld, mit der ich dann leben müsste, könnte ich nicht ertragen. Tom wird allein die KonzEn nicht schaffen. Ich weiß nicht einmal, ob ich sie noch einmal schaffen werde, schließlich habe ich keine Ahnung, was sie dieses Mal für uns vorbereitet haben.

Als ich Ivan in die Schleuse folge – was überraschenderweise ohne Sicherheitsmaßnahme möglich ist – zieht meine Lunge zunächst tief die sauerstoffangereicherte Luft ein, als der Filterungsprozess abgeschlossen ist. Dann drückt Ivan gegen einen Knopf nahe der zweiten Schleusentür, vermutlich eine Klingel. Ein wenig beruhigt es mich, dass es überhaupt Sicherheitsmaßnahmen gibt, sonst wäre unser aufwändiger Plan schließlich nicht nötig gewesen.

»Ivilein ...« Der Name wird durch einen Lautsprecher über der Klingel eher gesungen als gesagt. Das muss Shaira sein. »Wie schön, dass du uns wieder beehrst.«

Obwohl mir bereits diese vor Zynismus aufgeladene Ansprache einen Schauer über den Rücken jagt, bleibt Ivan stur mit dem Gesicht zur Tür vor sich ausgerichtet. Nicht einmal ein Zucken, das den Gedanken an einen Abbruch offenbaren könnte. »Ich habe einen Fehler begangen«, erklärt er stoisch. »Ich bin hier, um das zu korrigieren.« Plötzlich greift er mit der Hand nach hinten zu meinem Unterarm.

Ich zucke zusammen. Wollte er ausdrücken, dass er hier ist, um mich auszuliefern? Dass er diesen Fehler korrigieren möchte? Hat er mich belogen? War das sein Plan?

Hat er deshalb nicht gewollt, dass ich die Kamera schon anlege? Damit ich nicht filme, was gleich passiert? Damit er mich ohne einen Beweis eliminieren kann?

Ein Zucken fährt durch mein Gesicht. Verdammter Lügner. Ich habe ihm geglaubt, obwohl ich ahnte, dass etwas nicht stimmte. Wollte ich einfach darauf hoffen, dass er seine Meinung geändert hat? Dass es einen noblen Grund hat, warum er mir hilft? Oder war ich nur unglaublich naiv?

»Ich muss eingestehen, ich hatte mehr Respekt vor dir, als du noch deine eigenen Entscheidungen getroffen hast.« Mittlerweile ist Shairas Stimme wieder gefährlich schneidend.

»Jetzt lasst uns rein.« Ivan ist so unglaublich gefasst, dass ich Angst bekomme. Gar nicht so, als würde ihm nun die gefährliche Konfrontation bevorstehen, die er mir ankündigte.

»Selbstverständlich.« Als ein Surren der Tür ertönt, verstärkt sich der Griff der Raubkatze um meinen Unterarm. Doch obwohl ich annehmen müsste, dass er damit meine Flucht verhindern möchte, fühlt es sich nicht so an. Vielleicht bin ich immer noch verblendet und naiv, doch mein Gefühl sagt mir, dass es ein nervöser Griff ist.

Mit der freien Hand stößt Ivan die Tür auf ins Innere, wo bereits einige schwarzgekleidete Mitarbeitersubjekte von allen Seiten herantreten. Viel mehr Menschen als damals bei Tom und mir, als hätten sich alle hier versammelt. Zwischen ihnen schreitet Shaira nach vorne, die Daumen in ihren Gürtel gehangen und mit dem Auftritt einer Oberkommandantin. »Wen haben wir denn da?« Ihr Blick schwankt erst zu mir, dann wieder zu Ivan.

Bei dem bloßen Anblick der Herde, die sich uns entgegenstellt, beginne ich zu zittern, obwohl keiner von ihnen auf mich achtet. Sie alle haben sich auf Ivan konzentriert, doch dieser verzieht keine Miene.

Mit leichtem Druck zieht er mich voran, bis ich neben ihm stehe. »Ihr könnt sie zurückbringen.« Er verliert wirklich keine Zeit.

Doch Shaira zeigt keinerlei Interesse an mir. »Das klingt ja beinahe wie ein ...« Sie zögert und verzieht das Gesicht, ehe ein hässliches Lächeln darauf erscheint. »... Befehl. Jemand sollte dich darüber aufklären, dass Verräter ihre Stelle als Boss verlieren.« Wie ein Symbol seiner verlorenen Position reißt sie Ivans Weste auf und schmeißt sie schwungvoll beiseite.

Als wolle er mich aus dem Fokus verschwinden lassen, schiebt Ivan mich mit der Hand beiseite. Hat er doch die Wahrheit gesagt?

»Ich weiß«, erwidert Ivan gewohnt gefasst. »Und ich bin bereit, die Konsequenzen zu tragen. Aber dennoch solltest du deine Pflicht erfüllen und ...«

Weiter kommt er nicht mehr, denn der Rest des Satzs geht in ein Keuchen über. Shaira hat, völlig ohne Vorwarnung, Ivan so heftig ins Gesicht geboxt, dass sein Kopf zur Seite geruckt ist. Als er sich wieder nach vorne dreht, lässt er sich erstaunlich wenig anmerken, aber dennoch bildet sich eine Schwellung auf seiner Wange und ein Blutstropfen rinnt seine Lippen hinab.

»Du hast mir nicht mehr zu sagen, was ich zu tun habe!«, zischt Shaira ihn an. »Arschlöcher wie dich konnte ich noch nie ausstehen. Der einzige Sinn eures Lebens ist es, anderen ihres schwer zu machen.«

Ivans Augenlid zuckt, die einzig erkennbare Schmerzreaktion. »Ich hatte nie vor, dir das Leben schwer zu machen.«

Shaira lacht bitter auf. »Ivilein, du hast noch etwas viel Schlimmeres getan. Du hast uns alle betrogen!« Für einen Moment wirkt es, als würde sie ihn erneut schlagen, doch dann knurrt sie nur böse und wendet sich ab, um unruhig im Kreis zu laufen.

Ivan öffnet den Mund, als könne er nur so weiteratmen, und sein Blick schweift durch die Menge. »Steht ihr alle so geschlossen und ungefragt hinter Shaira?«

Kräftig umgreift Shaira sein Kinn und seine Wangen, sodass er sie ansehen muss. »Offenbar warst du gar nicht so beliebt, wie du immer geglaubt hast, du Held. Spätestens, seit du riskiert hast, dass wir alle wegen dir in die KonzEn gehen, verstehen sie, dass ich recht hatte. Beinahe hätte wegen dir diese verfickte Klinik geschlossen werden müssen!« Brüllend greift sie ihn am Kragen und zieht ihn an sich heran, offenbar bereit, ihm den nächsten Schlag zu verpassen.

Ich balle die Hände zu Fäusten. Beim Anblick von Ivans Blut tauchen plötzlich die Bilder von Toms Beinwunde in meinem Kopf auf und vernebeln meinen Verstand. Diese Menschen haben schon so viel Gewalt ausgeübt. Ich kann mir das nicht länger mitansehen.

Also stürme ich voran, offenbar so rasant, dass ich Shaira von ihm wegstoße. Zwischen der Raubkatze und ihr bleibe ich stehen, doch obwohl ich in diesem Moment Angst spüren sollte, fühle ich nur das pochende Adrenalin und die kochend heiße Wut.

»Lass ihn in Ruhe!« Meine Stimme klingt zischender als erwartet, was sie immerhin noch gefährlicher erscheinen lässt. Auch wenn ich keine Ahnung habe, woher ich den Mut nehme, mich all diesen Menschen gegenüberzustellen.

»Caitlyn, halt dich da raus«, höre ich Ivan hinter mir. Doch ich denke nicht einmal daran. Mir wäre es sogar lieber, selbst verprügelt zu werden, anstatt weiterhin tatenlos zuzusehen.

Shaira mustert mich überrascht, dann wendet sie sich an Ivan. »Das ist also der Grund, warum du ihr geholfen und alle deine Mitarbeitersubjekte verraten hast: Unser Ivilein hat eine Freundin gefunden.« Auf all die Arten, wie »Freundin« ausgesprochen werden kann, hat Shaira die abfälligste gewählt.

Plötzlich stößt Ivan mich heftig zur Seite, sodass ich ein paar Schritte wegstolpere. Er hätte also die Kraft, wenn er wollte. Doch warum wehrt er sich ausgerechnet gegen mich? »Ich bin hier, um Caitlyn abzuliefern. Ich habe keine Ahnung, was in sie gefahren ist. Bringt sie einfach weg, mir ist egal, was ihr mit ihr anstellt.«

Kurz durchfährt mich bei seinen Worten Angst, doch sie sind viel zu hektisch gesprochen, um ehrlich zu sein. Er versucht mich zu schützen.

»Sicher«, stellt auch Shaira ironisch fest. »Ich hätte es mir eigentlich denken können, Ivilein. Warum sonst hättest du dauernd vor diesen Überwachungsmonitoren sitzen sollen, sogar außerhalb deiner Arbeitszeit? Ich dachte schon, du würdest jetzt nicht nur Mitarbeiter des Monats, sondern auch des Jahres werden wollen. Aber in Wahrheit hast du gespannt, mein Lieber. Hast du dir nur einen runtergeholt oder ist da noch mehr?«

Nach den Worten fällt es mir schwer, den Blick weiterhin auf Shaira zu richten. Ist es wahr, was sie da erzählt?

»Schick uns einfach in die KonzEn und du hast Ruhe vor uns«, wiederholt Ivan nun, jedoch so nervös, dass auch Shaira immer misstrauischer wird.

Sie verengt die Augen, tritt einen Schritt auf ihn zu und mustert ihn. »Warum willst du unbedingt da rein?«, fragt sie, leiser als sonst, als würde sie nachdenken. »Bist du tatsächlich so überzeugt von diesen Methoden? Oder ist da noch etwas anderes?«

# 35

»Was ist hier los?«

Beim Klang der fremden Stimme springt Shaira augenblicklich beiseite. »Wir haben Caitlyn und Ivan geschnappt«, erklärt sie und müsste ich nicht gerade um mein Leben fürchten, bekäme sie dafür von mir einen Schlag ins Gesicht.

Langsam streben die Menschen vor mir auseinander, sodass ich direkt in die eiskalten Augen sehen kann. Joanna.

Ich weiche zurück, nur um eine Sekunde später von Shaira nach vorne geschubst zu werden. Beinahe stolpere ich in Joanna hinein, die jedoch wie mit dem Boden verwachsen stehen bleibt. »Gute Arbeit«, kommentiert sie den angeblichen Verdienst ihres Security-Teams.

Ihr Blick wandert zu Ivan. Sie muss wissen, woher diese beginnenden blauen Flecken und das Blut, das Ivan über die Lippe läuft, stammen. Doch sie sagt nichts dazu.

Stattdessen wandert ihr Blick zurück zu mir. »Ich wusste es ja.«

»Was wusstest du?«, fahre ich sie an.

»Dass du noch nicht geheilt warst.« Für einen Moment erinnert sie mich an Ivan, genauso gefasst redet sie in diesem doch alles andere als gefassten Moment. »Gut, dass du zurück bist. Ich bin mir sicher, dass die Behandlung dieses Mal wirksamer ist.« Einen Moment lang lässt sie ihre Worte nachhallen, dann wendet sie sich ab und geht auf die Treppen zu. »Bringt die beiden in die KonzEn«, befiehlt sie im Weggehen.

»Beide? Zusammen?«, hakt Shaira nach.

Joanna wendet sich über die Schulter zurück. »Gab es etwas Unverständliches an der Anweisung?«

»Nein, natürlich nicht«, knurrt Shaira.

Ich versuche, das folgende, tiefe Durchatmen so unauffällig wie möglich zu gestalten. Wir werden zurück in die KonzEn gebracht, genauso, wie wir es erreichen wollten. Nur warum separiert Joanna mich nicht wie von uns angenommen, um mich erschießen zu können? Hat es damit zu tun, dass die Behandlung dieses Mal wirksamer ist, wie sie es sagt? Was hat sie geändert?

Als Joanna die Treppen empor stolziert ist wie eine Ballkönigin, wendet Shaira sich wieder Ivan und mir zu. Ihr giftiger Gesichtsausdruck weicht purer Bösartigkeit. »Glaube mir, Ivilein, du wirst dir noch wünschen, dass wir es vor deinem Eintritt in die KonzEn zu Ende gebracht hätten.« Jedes einzelne Wort betont sie wie zu einem Schwur. »Viel Spaß, Arschloch.« Dann greift sie ihn grob am Arm und reißt ihn mit sich in Richtung Aufzug.

Kälte und Hitze fahren mir durch jede Pore gleichzeitig, als zwei Männer mich mit sich zerren in jene Richtung, die ich bereits kenne: hinab in den Keller.

Der Aufzug gleitet sanft in die Hölle, doch rauscht so laut in meinen Ohren, dass es schmerzt. Das Klingeln der Ankunft drückt sich wie ein Bohrer in mein Trommelfell, ehe sich die Türen öffnen und uns das sterile Labor entgegenstrahlt.

Shaira versetzt Ivan einen Stoß, um ihn ins Innere des Warteraums mit der Glasscheibe zu schubsen. Eng darauf werden ich hinein befördert, wenn auch sanfter als er. Dann schließt sich klackend hinter uns die Tür.

Ich trete noch zwei Schritte voran, während Ivan sich an der Wand abstützt, nach vorne gebeugt, die Augen geschlossen.

»Danke«, äußere ich vorsichtig das Einzige, was mir einfällt, nach dem, was ich gerade gehört und gesehen habe.

Doch Ivan antwortet nicht. Nur langsam richtet er sich wieder auf, sein Gesicht färbt sich stellenweise rot-blau.

»Tut es weh?«, frage ich überflüssigerweise.

»Es geht schon«, erwidert er, ohne mich anzusehen.

Noch immer kann ich es nicht glauben. Hat er all die Schmerzen ertragen, um mich zu schützen?

Shairas Worte flackern wieder auf wie Scheinwerfer in der Dunkelheit. Er soll mich durch die Kameras beobachtet haben, sogar außerhalb der Arbeitszeit. Das ist verstörend und überraschend zugleich. Nicht zuletzt widerspricht es dem, wie sich Ivan bisher gezeigt hat. Normalerweise würde ich annehmen, dass Shaira gelogen hat, doch er hat es nicht geleugnet. Außerdem sehe ich keinen Grund, warum sie sich das ausdenken sollte. Dass Ivan hingegen gelogen hat, als er beteuerte, ich sei ihm egal, war für uns alle offensichtlich.

Eine Vorahnung flackert in mir auf, so abwegig, dass ich sie leugne, doch zu präsent, um sie zu ignorieren. Könnte Ivan seine Entscheidungen getroffen haben, weil er … mich mag?

Ich bemerke ein unerwartetes Herzklopfen, wenn ich daran denke. Sofort versuche ich es auszublenden, lenke meinen Blick auf die leicht reflektierende Glasscheibe und erschrecke. Starre ich Ivan schon die ganze Zeit so ungeniert an?

Plötzlich zieht er mich am Arm mit in eine Ecke des Raumes. »Wir sollten die Zeit nutzen.«

Jetzt klopft mein Herz so heftig, dass es bis in meinen Magen ausstrahlt. »Wofür?«

Mit einem Seufzen greift er in meine Jackentasche, ehe er die aufgewickelte Kameratechnik herauszieht. Richtig, die musste ich ja noch anlegen.

»Überwachen sie uns hier nicht bereits?« Unkoordiniert schaue ich nach oben zu den Kameras.

»Wir befinden uns in einem toten Winkel«, flüstert er. Dann nähert er sich mir noch mehr und zieht das Kabel mit beiden Händen auseinander. Meine Augen verfolgen jede Bewegung von ihm und ich frage mich, warum mir nie zuvor seine perfekten Finger aufgefallen sind.

Weil es ineffizient ist. Habe ich nicht gerade genug andere Probleme?

Ich blicke zur Seite, um mich zu sammeln, während Ivan konzentriert die Clips entlang meines Shirtkragens anlegt, zuletzt fixiert auf die Kamera, die er wie ein Scharfschützengewehr ausrichtet. Seine Augen, die mich so starr fixieren, lassen eine Gänsehaut meinen Nacken herunterlaufen.

Was ist nur los mit mir?

Ivan greift nach meiner Jacke und rutscht sie zurecht, bis sie die Kabel und Clips verdeckt. Bilde ich mir das ein oder hat er mich damit auch ein Stück weiter zu sich herangezogen?

Ich muss dringend diese Gedanken verdrängen, denn ich muss mich auf die vor uns liegenden Aufgaben konzentrieren. Dennoch kann ich nicht verhindern, dass mein Kopf immer wieder dieselben Erinnerungen abspielt. Wie Ivan mit mir geflüchtet ist, obwohl er so viel dafür opfern musste. Wie er die ganze Nacht wachgeblieben sein muss, um sich diesen Plan zu überlegen, der ihm selbst schadet. Wie er Alonso und seine Leute rettete. Und mich.

Wieso hat er mir jemals geholfen? Er hat mir nie eine vernünftige Antwort darauf geliefert. Doch vielleicht hängt sie eng mit jener zu einer anderen Frage zusammen.

»Warum hast du mich durch die Kameras beobachtet?«, hake ich also nach. »Oder hat Shaira gelogen?«

Langsam schüttelt Ivan den Kopf. »Sie hat nicht gelogen. Aber der Zeitpunkt ist ungünstig, um …«

»Wir haben vielleicht keinen anderen mehr«, unterbreche ich ihn.

Ivan spielt an dem Funkmodul in seiner Hand herum, als käme ihm die Antwort schwer über die Lippen. »Du hast mich fasziniert, schon seit ich dich in dieser Wohnanstalt traf.« Seine Stimme klingt bedauernd, was nicht zu seinen Worten passt. »Du hast stets gekämpft für Tom, für Malek, für dich und vielleicht vorhin sogar für mich.« Ein leichtes Lächeln erscheint auf seinen Lippen, doch genug, um die seltenen Grübchen sichtbar werden zu lassen. »Du hast niemals aufgegeben, leben zu wollen. Ein für mich irritierender Charakterzug.«

Ich runzle die Stirn. »Wie meinst du das?«

Er fährt sich durch die Haare. »Ich habe einen Suizidversuch hinter mir, Caitlyn. Deswegen wurde ich schon einmal wegen Morbus Inertia behandelt.«

Die Zeit um mich herum bleibt stehen. Ausgerechnet der stets kontrollierte Ivan hat versucht, sich umzubringen? Im ersten Moment passt es nicht in das Bild, das ich von ihm habe, doch dann merke ich, dass mein Bild voreingenommen war. Ivan hat stets sachlich und gleichgültig seine Arbeit verrichtet, als hätte er jeglichen Emotionen abgeschworen. Vielleicht war er gar nicht kalt und kontrolliert, sondern krank.

Womöglich schockiert mich in Wahrheit auch sein zweiter Satz mehr. Ivan war bereits einmal in der KonzEn? Er hat einen solchen Überlebenskampf geführt und rechtfertigte die Behandlungsmethode trotzdem?

»Ist das nicht widersinnig?«, beginne ich. »Dich nach einem Suizidversuch in eine Anlage zu schicken, die dich zum Überlebenskampf zwingen soll?« Ich runzle die Stirn. »Warum hat das überhaupt funktioniert? Warum hast du dich nicht töten lassen, wie du es sowieso vorhattest?« Ich stocke. »Entschuldige, die Frage ging zu weit, ich …«

Doch Ivan schüttelt leicht den Kopf. »Du hast recht. Es wirkt widersinnig.« Er atmet tief durch. »Ich habe während meines Medizinstudiums eine Depression entwickelt. Ich konnte den Anforderungen nicht gerecht werden und fühlte mich in der Folge minderwertig, verzweifelt und kraftlos. Ein Suizid erschien mir die einzig logische Lösung für meine sinnlose, die Gesellschaft belastende Existenz.« Er mahlt mit dem Kiefer. »Das ist im Nachhinein das Erschreckendste. Als ich die Tabletten schluckte, war ich überzeugt, endlich den Mut für die richtige Entscheidung gefunden zu haben.«

Jegliche Worte trocknen in meinem Mund aus angesichts seines Geständnisses. Das erklärt, woher Ivan so viel über

Krankheiten und Behandlungsmethoden weiß. Und vermutlich auch, wie er an die Tabletten kam.

»Nach meinem missglückten Versuch wurde Morbus Inertia diagnostiziert und ich in eine KonzEn geschickt. Es war eine künstlich angelegte Wüste mit einige speziellen Umweltbedingungen. Mechanischen Schlangen, Treibsand ...« Er holt ruckhaft Luft, als würden ihn die Erinnerungen einholen. »Das Schwierigste war allerdings, an Wasser zu gelangen. Manche sind durch den anhaltenden Durst verrückt geworden.« Er deutet mit dem Daumen auf seine Narbe im Gesicht. »Das hat mir keine mechanische Vorrichtung zugefügt, sondern ein anderes Krankensubjekt.«

Ich ringe um Worte. »Warum hast du die KonzEn denn noch verteidigt, wenn du selbst unter ihr zu leiden hattest?«

»Sie hat meine Symptome behandelt«, entgegnet er. »Gewissermaßen jedenfalls. Ich weiß nicht, was es genau war, aber mein Überlebensinstinkt meldete sich wie ein Reflex, den ich nicht unterdrücken konnte. Als ich in dieser künstlichen Wüste landete, dachte ich daran, einfach aufzugeben. Aber ich spürte, wie quälend dieser Tod sein würde, und mein Körper wehrte sich dagegen, indem er die KonzEn wie eine Marionette durchlief.« Sein Blick bekommt etwas Gequältes. »Als ich herauskam, habe ich das Studium abgebrochen und wurde in diesen Optimierer versetzt. Durch den Jobwechsel sind meine Symptome tatsächlich besser geworden. Ich habe meine Pflicht erledigt und nicht mehr den nicht zu bewältigenden Druck des Medizinstudiums gespürt. Mir wurde Arbeit vorgesetzt, die ich erledigen konnte, also tat ich sie. Ich dachte, alles sei in Ordnung.« Er beißt die Kiefer aufeinander. »Ich habe funktioniert. Manche Tage waren anstrengender als andere, aber ich hatte in der KonzEn gelernt, trotz Kraftlosigkeit weiterzumachen. Der Alltag war manchmal eine Kopie davon.«

Ich nicke, auch wenn ich Ivans Worte nur annehmen, aber nicht vollumfänglich nachempfinden kann. Ich fühle mich, als wären wir gerade nicht in einem abgeschlossenen Raum eines Optimierers, sondern weit weg in einer anderen Zeit- und

Raumdimension. »Aber dann hat es dich doch gar nicht geheilt«, stelle ich fest.

Er zuckt mit den Schultern. »Ich habe danach anständig meine Arbeit vollrichtet. Ich habe nie wieder einen Suizid versucht. Ich zeigte keine Symptome von Ineffizienz mehr.« Plötzlich fixiert er mich. »Allerdings bin ich mittlerweile der Meinung, dass es keine Heilung war.«

Neugierig betrachte ich ihn. »Wieso? Was hat deine Meinung geändert?«

Ivan zögert, ehe er antwortet: »Du warst es.«

»Ich?« Verwirrt schüttle ich den Kopf. »Aber es war doch Alonso, der uns über all das aufgeklärt hat und …«

»Das meine ich nicht«, unterbricht Ivan mich ruhig. »Sicher, Alonsos Argumentation, dass es keinen wissenschaftlichen Nachweis für Morbus Inertia gibt, hat mich durchaus beschäftigt. Aber ausschlaggebend warst du. Du hast stets für das Leben gekämpft, du hattest so viel bewundernswerte Energie. Mir wurde klar, dass ich alles dafür tun würde, damit du und die Kraft in dir weiterleben würden.« Er tritt einen Schritt auf mich zu, plötzlich so nahe, dass ich seinen Atem an meiner Stirn fühle. »Da habe ich mich gefragt, ob es das Gefühl ist, das ich empfinden sollte. Nicht diese innere Abgestorbenheit, sondern den echten Wunsch, für etwas zu leben. Oder für jemanden.«

Seine Augen werden immer weicher, während er spricht, und ich kann mich auf nichts anderes mehr als den Glanz in seinen Augen konzentrieren.

»Shaira hatte recht, ich habe diese Monitore Tag und Nacht gehütet – ein Wunder, dass es nur ihr aufgefallen ist. Ich konnte mich einfach nicht von dir fernhalten.« Ein müdes Lächeln huscht über sein Gesicht. »Trotzdem habe ich nicht mitbekommen, als dieser Brand ausbrach, weil ich den Keller überwachte, durch den Malek zu der Zeit schwamm. Joannas Mitteilung, dass du in den Flammen gestorben wärst, fühlte sich an wie ein Kurzschluss in meiner Brust. Ich bin sofort in die

KonzEn gestürmt und als ich dich dort sah, lebendig, wusste ich, was du in mir ausgelöst hattest.«

Ich schlucke hörbar, überfordert damit, dass ausgerechnet Ivan fähig dazu ist, über seine Gefühle zu sprechen.

»Ich wusste, dass zwischenmenschliche Bindungen als ineffizient gelten. Dass Verliebtheit bloß ein Zustand des Körpers ist, in dem Dopamin und ähnliche Hormone ausgeschüttet werden, etwas rein Biologisches, nichts weiter. Also wollte ich es stoppen. Ich dachte, ich könnte es kontrollieren. Ich habe mich zurückgezogen und zugelassen, dass Shaira dich vom Ausgang abholt ...« Ein bedauerndes Seufzen entspringt seinen Lippen. »Aber ich konnte diesem Rausch nicht widerstehen. Ich war gespalten zwischen der neuen Energie, die du mir gabst, und der Vernunft, dich in Ruhe zu lassen. Doch es ergibt so viel mehr Sinn, diesem Gefühl zu folgen, statt dagegen anzukämpfen. Caitlyn, ich möchte in deiner Nähe bleiben, denn du machst es wertvoll für mich, am Leben zu sein.«

Ich starre Ivan mit offenem Mund an. Alles in mir fühlt sich heiß an und mein Kopf muss mehr als einen defekten Prozessor haben, denn ich bin unfähig, einen klaren Gedanken zu fassen, geschweige denn zu formulieren. »Ivan, ich ... ich weiß nicht, was ich dazu sagen soll.«

»Sag gar nichts dazu.« Erneut lächelt er mit deutlich sichtbaren Grübchen. Dann greift er sanft nach meiner Hand und legt das Funkmodul hinein. Mit einem Klicken, ohne den Blick von mir zu lösen, schaltet er es an und legt meine Finger darum, als wolle er sichergehen, dass es mir nicht herunterfällt. Seine warme Haut auf meiner hinterlässt ein Kribbeln und ich begreife, was er mit diesem Rausch meinte, den er benannte.

Dann lässt Ivan meine Hand wieder los. Während ich das Gerät in meiner Jackentasche verschwinden lasse, mustert er mich, ein unsteter Ausdruck in seinen Augen, den ich nicht deuten kann. Ich habe das Gefühl, irgendetwas sagen zu müssen, doch obwohl meine Gedanken rödeln, ist keiner von ihnen hilfreich.

»Du hast da noch Blut«, platzt es dann aus mir heraus und ich deute auf seine Lippe, von der erneut rote Flüssigkeit in Richtung seines Kinns läuft.

Ivan blinzelt einige Male, dann fährt er sich mit der Zunge über die Lippe, ehe er mit dem Daumen das restliche Blut entfernt. Unwillentlich folgt mein Blick jeder seiner Bewegungen, als würden nur sie noch in meiner Welt existieren.

Wenn ich mit diesem Konzentrationsmangel gleich die KonzEn betrete, bin ich nach fünf Minuten tot. Doch ich kann nur noch auf diese Lippen achten. Ein nicht zu bändigender Wunsch überkommt mich, sie zu berühren, Ivan … zu küssen.

Das Wort »ineffizient« schießt durch meinen Kopf wie ein Stromschlag, der mich von dieser Krankheit zu heilen versucht. Dabei weiß ich längst, dass wir genau das sind: ineffizient. Und ich möchte es nicht einmal mehr ändern.

# 36

Plötzlich ertönt das laute Knarren der Tür im Nebenraum. Wir fahren herum zur Glasscheibe, hinter der Joanna mit Shaira und einem weiteren Wachensubjekt eintritt.

Joanna baut sich vor uns auf, getrennt durch die riesige Glasscheibe. Auch heute bemerke ich dieses merkwürdige Zucken um ihre Augenpartie, doch ihre Miene bleibt eiskalt, als würde sie nicht einmal zwinkern, wenn ich bei lebendigem Leibe gehäutet würde.

»Hallo, ihr beiden«, beginnt sie freundlich. »Deine Einverständniserklärung haben wir noch, Caitlyn. Offiziell hast du diesen Optimierer schließlich nie verlassen.« Ich schnaube verächtlich, dann höre ich ein Knirschen über uns, ehe Joanna nachsetzt: »Nur deine Einverständniserklärung fehlt noch, Ivan.«

Er richtet sich auf und nimmt das Tablet von der heruntergefahrenen Klappe. Ohne eine einzige Zeile zu lesen, unterschreibt er das Dokument.

Joanna hebt überrascht die Augenbrauen. »Habt ihr es eilig?«

»Nicht mehr als ihr.« Ivan legt das Tablet zurück auf die Ablage und wendet sich in Richtung Holztür. Mein Blick bleibt jedoch an Joanna hängen, der immer noch dieses leichte Zucken durch das Gesicht fährt.

»Also dann ...« Sie stockt in ungewohnter Manier. Intensiv beobachte ich sie, als sie sich nach vorne beugt, stärker als das letzte Mal. Die Wachensubjekte hinter ihr zeigen keine Reaktion, doch ich sehe es ganz deutlich: Sie hat Schmerzen.

Sofort richtet sich Joanna wieder auf, versucht das Vornüberbeugen durch eine geschmeidige Bewegung entlang des Tisches zu kaschieren. Doch ich habe es gesehen.

Warum versucht sie ihre Schmerzen zu verheimlichen? Im Optimierer gibt es doch eine Krankenstation. Sie könnte sich behandeln lassen. Oder hat auch sie etwa …?

Ich wage es nicht, den Gedanken zu Ende zu bringen.

»Ihr kennt ja den Weg.« Joanna schaut mich nicht mehr an, als sie auf die Holztür deutet.

Könnte das stimmen? Ist Joanna selbst an Morbus Inertia erkrankt? Lässt sie sich absichtlich nicht behandeln? Das würde bedeuten, dass sie entweder nicht an die Behandlung glaubt oder sich davor fürchtet. Doch einer kalkulierten, eiskalten Persönlichkeit wie ihr traue ich beide Möglichkeiten nicht zu.

Sollte ich recht haben und sie diese Krankheit kaschieren, könnte das erklären, warum Joanna mich zum Schweigen bringen wollte. Denn ich habe schon bei meiner Ankunft die Anzeichen dafür gesehen. Vielleicht wollte sie mich umbringen, damit der Verdacht auf ihre Erkrankung mit mir stirbt.

Doch ich bin sicher nicht der einzige Mensch, der ihre Schmerzreaktionen bemerkt hat, oder? Mit Ivan, Shaira und den anderen arbeitet sie schließlich eng zusammen. Sie konnte nicht jedes Mitarbeitersubjekt auf diese Weise loswerden.

Waren die anderen nicht aufmerksam genug? Gibt es einen weiteren Grund, warum sie es auf mich abgesehen hat? Oder plant sie längst, auch die anderen Mitarbeitersubjekte verschwinden zu lassen?

»Caitlyn?« Ivans Stimme im Eingang zur Höhle reißt mich aus den Gedanken.

Ich wende mich ab und folge ihm. Selbst wenn ich beweisen könnte, dass Joanna an Morbus Inertia erkrankt ist, wie sollte mir das einen Vorteil verschaffen? Zuerst müssen wir die KonzEn durchstehen und diesen Optimierer verlassen. Ob mir mein Verdacht noch nützlich wird, entscheidet sich im Anschluss.

Also folge ich Ivan in die beherrschende Dunkelheit und mit der aufkeimenden Schwärze vor meinen Augen legt sich auch ein Rauschen über meine Ohren. Ich fühle mich wie in einem

Tunnel, das virtuelle Licht des Ausgangs bereits vor Augen. Eigentlich kennen wir doch diesen Ort. Hier kann nichts schiefgehen, oder?

Doch nun, da die Qualen des Experiments so nahe sind, spüre ich die Angst in meinen Gliedern, als wäre sie wie ein Parasit bei meinem letzten Besuch eingepflanzt worden. Das Behandlungsteam könnte ohne Vorwarnung Gesteinsbrocken auf uns herabfallen lassen oder den Weg mit Messern auslegen. Bloß, weil sie die Macht dazu haben. Weil Shaira Ivan und Joanna mich loswerden möchten.

Ich hoffe, dass wenigstens die Kamera funktioniert. Vielleicht ist sie ja nachtsichtfähig? Auch wenn wir das wohl erst erfahren werden, wenn wir zurück bei Alonso sind.

Falls wir jemals dort ankommen.

Plötzlich spüre ich eine raue, warme Hand, die sich um meine schließt. Ich sehe in Ivans Richtung, auch wenn ich natürlich nichts erkennen kann. Dann flüstert er: »Wir sollten uns nicht verlieren.«

Ich nicke und umgreife seine Hand fester. Auf eine merkwürdige Art und Weise vermittelt die Berührung Halt in dieser totalen Dunkelheit, in der ich zu vergessen beginne, wo oben und unten ist.

Die freie Hand fahre ich zu einer der rauen, bröseligen Wände aus. Dann beuge ich mich herab, taste die Ecken zwischen Wand und Boden ab und hebe einige Gesteinsbrocken auf.

»Ich werde wie beim letzten Mal Steine voranwerfen. Nicht erschrecken«, warne ich ihn vor, ehe ich mit einem der Brocken aushole und ihn werfe.

Klöck. Der Stein kommt auf dem Boden auf.

Zrrr. Er rutscht über den sandigen Kies.

Bumm. Er bleibt endgültig liegen.

Einen Moment lang halte ich noch inne, doch keine Falle löst aus, kein ungewöhnliches Geräusch ertönt, keine Gefahr kündigt sich an. »Wir können weiter«, stelle ich also fest. Wir folgen dem Stein bis zur ungefähren Stelle, an der er liegen geblieben sein muss.

»Sei dennoch vorsichtig«, warnt mich Ivan.

Ich nicke unsinnigerweise, dann hole ich mit einem weiteren Stein aus.

Klöck. Zrrr. Bumm.

Das letzte Geräusch hallt dieses Mal von einer Wand wider und ich wage mich voran, bis ich sie spüren kann. Vorsichtig taste ich das Gestein nach einem weiteren Weg ab. Nur eine Richtung ist frei. Also hole ich erneut einen Stein heraus und werfe ihn.

Klöck. Zrr. Bumm.

Die folgende Stille wird nur durchbrochen durch unsere Schritte auf dem knirschenden Kies. Es kommt mir zu einfach vor. Keine Fallen, keine Verletzungen. Tapsen wir haarsträubend eng zwischen Staub und hervorstehenden Messern vorbei? Oder ist das hier noch gar nicht die Station, vor der wir uns fürchten sollten?

Erneut taucht eine Wand vor uns auf. Also hole ich einen Stein aus der Tasche und werfe ich ihn.

Klöck. Zrr.

Pling!

Ein lautes, metallenes Geräusch dringt durch die Höhle. Ich zucke zusammen, Ivans Hand schließt sich krampfhaft um meine. Doch als auch nach einigen Sekunden immer noch nichts Scharfkantiges unsere Kehlen durchschnitten hat, wage ich mich wieder zu atmen

»Das wird die Metallpritsche sein«, kommentiert Ivan und lockert seinen Griff. Er lehnt sich nach vorne, dann höre ich ein zischendes Geräusch, als würde er über Metall und Staub streichen. Ich folge ihm einen halben Schritt, dann ertönt ein Knistern.

»Wasser und Essen«, stellt er fest. Er löst kurz die Hand aus meiner, um damit an meiner Kleidung bis zu meiner Jackentasche herabzutasten, in der er die Vorräte verstaut.

»Solltest du nicht auch ...?«, beginne ich.

»Ich habe nichts, um die Gegenstände zu tragen. Außerdem sollten wir uns sowieso nicht verlieren.« Nun, da ich Ivans Gesicht nicht sehen kann, wirkt auch seine Stimme nicht so stoisch wie sonst. Eher besorgt. Dabei muss er diese Höhle und all ihre Fallen kennen, schließlich hat er Leichen geborgen und tödliche Fallen reaktiviert. Wie viele tote Menschen hat Ivan wohl schon aus der KonzEn getragen?

Seine plötzliche Hand um meine lässt mich nach dem letzten Gedanken zusammenzucken. »Alles in Ordnung?«, fragt er leise.

»Ja.« Angestrengt lenke ich meine Konzentration zurück auf den Weg vor mir und werfe den nächsten Stein.

Klöck. Zrr. Bumm.

Die Gänge sind mittlerweile so eng, dass ich vorgehe, damit wir noch hindurchpassen. Wir kämpfen uns weiter durch die Höhle, weiter durch die Dunkelheit. Ich breche Steine aus der Wand, werfe sie unseren Weg entlang, immer und immer wieder.

Klöck. Zrr. Bumm.

Dann erkenne ich endlich Licht durch meine geschlossenen Lider. Ein sanfter Schein, der Hauch eines Orange-Tons zwischen all dem Schwarz. Noch ein paar Meter, dann haben wir es geschafft.

Klöck. Zrr.

Klatsch!

Instinktiv schreie ich auf und sofort zieht Ivan mich zu sich heran. Bei dem hallenden Schall von aufeinanderprallendem Metall muss ich sofort an die vermeintliche Bärenfalle denken, in die Tom getreten ist.

Erst nachdem der Schock von mir weicht, bemerke ich, dass Ivan seine Arme um mich geschlossen hat. »Ist dir etwas passiert?«, fragt er sorgenvoll. Seine Stimme ist so viel leichter zu lesen als seine Mimik. Hier, in der Dunkelheit.

»Nein, alles gut«, erwidere ich und löse mich langsam aus seinen Armen. »Bei dir auch?«

»Ja, alles in Ordnung.«

»Wir brauchen mehr Steine.«

Ivan greift wieder nach meiner Hand und ich beuge mich herab. Doch als ich gerade nach weiteren Gesteinsbrocken greifen möchte, spüre ich einen kurzen, stechenden Schmerz.

Ich ziehe scharf Luft ein, als das Pochen durch meine Fingerkuppe zieht. Ich schüttle die Hand aus, als könnte ich so den Schmerz vertreiben, während Blut daran herabrinnt.

»Was ist passiert?«, fragt Ivan.

»Ich weiß es nicht genau.« Mit deutlich mehr Vorsicht strecke ich meine Finger aus und lasse sie dieses Mal vom Boden aus zur Wand gleiten. Dadurch spüre ich eine Klinge auf dem Boden liegen, so aufgerichtet, dass man sich daran verletzen soll.

»Da war so etwas wie eine Rasiermesserklinge«, erkläre ich. »Aber es ist nichts Schlimmes passiert. Ich habe mich nur am Finger geschnitten.«

»Soll ich vorgehen?«, bietet Ivan an.

»Nein, alles in Ordnung.« Neben der Klinge greife ich nach einigen Steinen und schmeiße einen weiteren auf den Weg vor uns.

Klöck. Zrr. Bumm.

Stille, also wage ich mich voran. Es kommt mir vor, als wären wir bereits im Labyrinth, nur ohne etwas sehen zu können.

Nach einer Weile erreicht uns endlich das grelle Licht des Höhlenausgangs. Doch ich weiß, was letztes Mal hier passiert ist: der Gesteinswasserfall, der Menschenleben kostete. Also greife ich nach einem weiteren Stein und werfe ihn in Richtung des Ausgangs.

Klöck. Zrrr.

Krach.

Wie erwartet fällt Gestein von der Decke und dennoch keuche ich auf. Danach bleibt alles ruhig.

»War das die letzte Falle?«, frage ich vorsichtig.

»Planmäßig war sie das.«

»Wir ... könnten also rausgehen«, rede ich weiter vor mich hin, ohne mich zu einer Bewegung durchringen zu können.

Dann bestimmt Ivan: »Ich gehe vor.«

»Aber ...«

Doch wie gewohnt reagiert er nicht auf meinen Widerspruch. Die Raubkatze schleicht vorsichtig voran und tritt um die aufgetürmten Steine herum nach draußen.

Mit Restvorsicht folge ich ihm in das gleißend helle Licht. Die erste Station haben wir geschafft, auch wenn ich befürchte, dass die Höhle der einfachste Teil war.

# 37

Als meine Augen sich allmählich an die helle, künstliche Beleuchtung gewöhnt haben, wende ich mich zur Seite. Was ich dann erkenne, lässt das düstere Bild des Brandes vor meinen Augen wiederaufflackern. Verbrannte Büsche formen die Wege des Labyrinths nach, die schwarzen Äste in die Luft ragend, wenn auch nicht mehr schwelend. Zwischen ihnen vereinzelt die rot-rußigen Mauern auf gelb-braunen Gräsern, zum Teil abgebrannt bis auf die rissige Erde. Als wäre es ein Symbol des Todes.

Was diese ganze KonzEn schließlich auch ist.

Ich richte meinen Blick hoch, als ein Knacken hinter uns ertönt. Mit einem rasanteren Rauschen als beim letzten Mal fährt die Klappe zur Höhle zu. Selbst Ivan tritt erschrocken einen Schritt herum, betrachtet die sandfarbene Tür, die uns nun den Rückweg versperrt.

Warum machen sie das? Es gibt doch keine anderen Krankensubjekte, deren Leichnam sie daraus bergen müssten. Und wir hätten doch sicher nicht die Absicht, dahin zurückzugehen, oder?

Plötzliches Getrippel hinter mir lässt mich den Kopf zur Versorgungsstation herumfahren. Zwei Gestalten laufen hinaus, hustend, ihre Kleidung auf Gesicht und Mund haltend. Einer von ihnen zieht ein Bein nach, der andere wirkt wild wie immer, ehe auch hinter ihnen die Türen zufahren.

Malek und Tom.

Es ist wahr. Sie sind am Leben. Sie alle beide.

Ich stürme auf sie zu, sehe noch kurz ihren überraschten Gesichtsausdruck, ehe ich Tom bereits so heftig in die Arme schließe, dass er beinahe rückwärts zu Boden fällt. »Du lebst«, hauche ich.

»Du auch«, stellt er fest und schließt zögerlich die Arme um mich. »Nach dem, was Malek mir erzählte …«

»Es ist alles gut«, unterbreche ich ihn und drücke mein Gesicht in seine Schulter. Denn wenn er nur ein weiteres Wort sagt, werde ich losweinen. Vielleicht tue ich das auch so. »Ich kann es nicht fassen. Du bist wirklich am Leben«, nuschle ich kaum verständlich und fahre immer wieder mit meinen Händen über seinen Rücken, als würde die Erkenntnis dann realer werden.

»Das bin ich«, erwidert Tom lächelnd. »Sie haben mich auf ihrer Krankenstation behandelt.«

»Du bist also geheilt?«, frage ich, ihn immer noch umklammernd.

Doch Tom seufzt. »Es tut nicht mehr weh. Aber der Arzt sagte, einige Nerven seien beschädigt worden. Vielleicht bilden sie sich irgendwann nach, aber im Moment spüre ich meinen Fuß und den unteren Teil des Beins nicht mehr …«

Ich drücke mein Gesicht noch enger an ihn. »Es tut mir leid.«

»Ist schon in Ordnung«, erwidert er jedoch nur und ich merke, dass auch seine Stimme bricht. »Ich bin einfach nur froh, am Leben zu sein. Und dass du es ebenfalls bist.«

Ich lache auf und mit dem Zusammenziehen meiner Muskeln rollt eine Träne über meine Wange. »Ich dachte, ich hätte dich verloren und …«

Ein lautes Knacken der Lautsprecher unterbricht mich und lässt uns auseinanderfahren. Dann ist bereits die altbekannte Stimme von Joanna zu hören: »Was ein rührseliges Wiedersehen.«

Ich schnaube verächtlich, dann greife ich erneut nach Tom, umfasse dieses Mal seine Oberarme, betrachte ihn intensiv wie ein Wunder. »Wir werden euch hier herausholen«, flüstere ich erst zu ihm, dann in Maleks Richtung.

Erst im Anschluss bemerke ich, dass Maleks Blick starr nach vorne gerichtet ist, ehe er knurrt: »Der ist doch vom Behandlungsteam.«

Ich wende mich herum und folge seinem Blick zu Ivan, ehe Joanna durch die Lautsprecher bereits fortfährt: »Aufgrund der Zerstörung, die Caitlyn beim letzten Mal angerichtet hat, mussten wir ein paar Modifikationen vornehmen.«

Ich hebe empört die Fäuste. »Die ich angerichtet habe?«, brülle ich.

Doch natürlich bekomme ich keine Antwort. »Das Labyrinth ist nun, da die Hecken nahezu durchsichtig sind und ein Teil der Anlage nicht mehr funktioniert, sehr viel leichter zu durchqueren. Zudem habt ihr auch noch einen persönlichen Guide.« Mein Blick fällt augenblicklich auf Ivan, der immer noch keine Miene verzieht. »Daher müssen wir an anderen Stellschrauben drehen, um den Behandlungseffekt der KonzEn zu erhalten.«

»An anderen Stellschrauben?«, wiederholt Malek und tritt nun mit dem Fuß gegen die Versorgungsstation.

»Es ist weiterhin eure Aufgabe, das Labyrinth zu durchqueren und den Ausgang zu erreichen. Allerdings gibt es gewissermaßen ein Zeitlimit.«

Nach Aussprache ihres Satzes herrscht kurz angespannte Stille. Wir alle sehen uns ratlos um, als wäre diese Aussage bereits das erste Rätsel, das es zu lösen gilt. Dann ertönt ein Zischen über uns, leise, aber dennoch gleichmäßig über unsere Köpfe verteilt.

»Was ist das?«, ruft Malek und dreht sich im Kreis, um das Geräusch genauer zu verorten.

»Der Rauchabzug«, antwortet Ivan ruhig.

Augenblicklich wende ich mich zu ihm. »Was?«

»Eine Maßnahme im Falle eines Feuers«, setzt Ivan gefasst fort. »Wir hatten sie auch beim Brand des Labyrinths im Einsatz.«

»Was Ivan sagt, ist nicht ganz richtig«, fährt Joanna fort. »Wir haben die zugehörige Zuluftanlage etwas modifiziert. Das System dient nun weniger dem Rauchabzug als der Entziehung von Sauerstoff aus der Luft. Ich verschone euch an der Stelle mit technischen Details, schließlich wollen wir doch effizient bleiben.«

Ich öffne kurz den Mund, um etwas zu sagen, doch mir sind sämtliche Worte entfallen. Augenblicklich lege ich mir die Hand auf den Hals, da es sich anfühlt, als würde ich gewürgt werden.

Das kann nicht ihr verdammter Ernst sein!

»Ich wünsche viel Erfolg!«, endet Joanna, ehe das Rauschen der Lautsprecher verstummt.

Mein Blick fällt zurück auf die herabgebrannten Hecken und für einen Moment scheint die Zeit stillzustehen, obwohl das Zischen über uns immer noch deutlich zu hören ist. Joanna will uns langsam umbringen. Sie gibt vor, uns eine realistische Chance zu lassen, damit wir ersticken oder aufgrund von übereilten Aktionen von einer Falle aufgespießt werden.

Das werde ich nicht zulassen. Noch sind wir am Leben. Und solange ich atme, werde ich kämpfen. Mag sein, dass sie uns kaum eine Chance lässt, diese Aufgabe zu meistern. Aber ich werde jeder noch so geringen Chance hinterherjagen.

Ich werde sicher nicht aufgeben.

Niemals.

# *38*

Zielstrebig stürme ich auf das Labyrinth zu, doch Ivan hält mich am Unterarm zurück. »Ich denke, ich sollte vorgehen.«

»Was, ausgerechnet du?«, fährt Malek ihn an und stellt sich zwischen uns. »Du bist für den Tod meiner ganzen Kolonie verantwortlich!«

»Nicht deiner ganzen«, antwortet Ivan ruhig.

»Du verdammter Mistkerl!« Malek stürmt auf ihn zu, mit so viel Schwung, dass er ihn rücklings zu Boden stürzt. »Du hast meine Mutter auf dem Gewissen!«

Sofort eile ich hinterher, doch Ivan stößt Malek bereits mit einem Ruck von sich weg. »Das bringt jetzt nichts«, erwidert er, ehe er wieder auf die Beine kommt und seine Kleidung richtet. »Wir müssen hier heraus.«

»Ich soll also zulassen, dass du fliehst und überlebst?« Abermals macht Malek Jagd auf ihn, doch dieses Mal stoße ich ihn zurück, bevor er Ivan erreicht. »Vielleicht ist es mir ja wert, hier drinnen zu sterben, nur um einen von euch ebenfalls leiden zu sehen!«

»Aber mir ist es das nicht wert!«, erwidere ich und stoße Malek von mir weg. Tom umgreift seinen Unterarm, was Malek zum ersten Mal zu beruhigen scheint. »Wir haben jetzt keine Zeit dafür. Wir müssen zum Ausgang!«

»Das ist doch sinnlos!« Malek lässt seine Faust durch die Luft fliegen. »Die wollen doch gar nicht, dass wir hier herauskommen. Die wollen uns nur vergeblich kämpfen sehen!« Er hebt den Zeigefinger und deutet damit auf Ivan. »Und der da ist bestimmt Teil des Plans.«

»Bin ich nicht.«

»Natürlich! Der gestiefelte Kater arbeitet mit der Eiskönigin zusammen!« Böse funkelt Malek ihn an und obwohl Ivan ihn überragt, wirkt Malek viel bedrohlicher.

»Wenn dem so wäre, würde ich mich nicht freiwillig in einen Raum begeben, aus dem gerade der Sauerstoff abgelassen wird.« Mit einem Finger deutet Ivan nach oben zu dem immer noch anhaltenden Zischen wie durch dutzende PC-Lüfter.

»Wer weiß«, erwidert Malek jedoch. »Vielleicht hast du irgendeine Geheimwaffe, um weiteratmen zu können, und willst bloß sicherstellen, dass wir anderen wirklich krepieren.«

»Malek, jetzt fahr endlich einen Gang herunter!«, fahre ich ihn an. »Wir müssen hier heraus. Alle zusammen.«

»Ich werde auf keinen Fall mit dem da zusammenarbeiten!«, beharrt Malek jedoch und deutet auf Ivan, der sich nun dem Labyrinth nähert.

Dann richtet sich plötzlich Tom an ihn. »Bitte, Malek. Willst du sterben, nur um deiner Ehre Genüge zu tun?«

Malek knurrt. »Vielleicht«, erwidert er mit dem ersten Ansatz von Zweifeln.

Tom seufzt. »Ich verstehe ja, wenn du ihm nicht traust. Aber wenn wir jetzt streiten, sterben wir alle.«

»Und wenn er uns in eine Falle lockt?«

Tom zuckt mit den Schultern. »Wie viel mehr Fallen sollen wir denn noch begegnen?«

Malek atmet einmal tief durch, dann, endlich, nickt er stumm.

»Wie schön«, entgegne ich ironisch und stürze Ivan nun hinterher, der sich bereits auf den Weg zum Labyrinth begeben hat. Das Letzte, was wir uns jetzt leisten können, ist auch noch Streit in der Gruppe. Wenn wir nicht längst viel zu viel Zeit damit vergeudet haben.

Ivan ist quer durch einige Hecken, deren Äste er abgebrochen hat, ins Innere des Labyrinths getreten. Ich folge ihm, hinter mir Malek und Tom mit etwas Abstand. Mit den Händen schiebt er immer wieder das schwarze, tote Material beiseite, ehe es knackend unter ihm bricht und wir hindurchtreten können, absolut still und gleichermaßen konzentriert.

Ich hoffe, er weiß, was er tut.

Noch immer höre ich das Zischen über uns, die Luft wird spürbar dünner. Dabei weiß ich, dass wir noch etliche Meter zurückzulegen haben, selbst, wenn wir komplett gefahrlos quer hindurchstürmen könnten. Doch schon jetzt fällt es immer schwerer, zu atmen, aufrecht zu stehen, die Muskeln zu bewegen.

Plötzlich stoppt Ivan und streckt die Hand nach hinten aus, um auch mich zum Halten zu bewegen. Malek und Tom holen von hinten auf, ehe sie ebenfalls ausharren.

»Was ist?«, flüstere ich, unsicher, ob einer der Fallen auf Töne hin auslösen kann.

Ivan lauscht noch kurz, dann lässt er die Hand sinken. Ohne eine Erklärung biegt er scharf links ab, wieder quer durch eine der Hecken.

Ich setze mich gerade ebenfalls wieder in Bewegung, als ich erneut Malek hinter mir höre: »Hat der Kater etwa einen Geist gehört? So, wie er hier hindurchstolpert, bringt er sich noch selbst um.«

Ich wende mich nach hinten. »Malek, lass es endlich sein. Ist dein Hass wirklich größer als dein Wille, zu leben?«

Malek blickt mich düster an, während auch er mittlerweile angestrengter atmet. »Was? Beschützt du den Kerl?« Noch ehe ich antworten kann, fährt er fort: »Wieso?«

»Weil er mir das Leben gerettet hat. Mehrfach«, antworte ich, auch wenn es nur noch ein Teil der Wahrheit ist. Doch ehe er weiter nachfragen kann, richte ich mich an Tom, der immer noch heftig humpelnd näherkommt. »Geht es?«

Tom nickt mit aufeinandergepressten Lippen. »Ich war ja noch nie sportlich«, versucht er sich an einem Witz, auch wenn er heftig japst.

»Ich kümmere mich schon um ihn«, wimmelt Malek mich ab. Dann deutet er auf den Weg hinter mir. »Sorge du mal lieber dafür, dass uns der Kater nicht abhaut.«

Schlagartig wende ich mich wieder herum. Ivan ist bereits zwischen einigen weiteren Hecken verschwunden, durch das karge Gestrüpp nur schemenhaft zu erkennen.

Ich beschleunige gerade wieder meinen Schritt, als plötzlich ein Knarren ertönt. Wie von einer der Platten in den Steinmauern, die beiseitegeschoben wird. Hektisch sehe ich mich um, doch die einzigen zwei Wände, die uns umgeben, stehen ungerührt da wie zuvor.

Plötzlich zerschneidet ein Zischen die Luft, dicht gefolgt von einem unterdrückten Aufschrei.

Ivan.

Sofort renne ich los, quer durch die schmalen Lücken, die er in den Hecken zurückgelassen hat. Als ich durch die letzten, behindernden Äste falle, sehe ich, wie Ivan die Hände auf seinen Oberschenkel presst, dessen Knie eingeknickt ist. Blut zieht in seine Hose, ein einzelnes Messer liegt am Boden.

Die Fallen funktionieren noch immer.

»Verdammt«, fluche ich leise, während ich meine Jacke ausziehe, nach irgendeinem Stofffetzen suche, um die Blutung zu stoppen.

»Es geht schon«, bringt er durch aufeinandergepresste Zähne hervor, den Kopf gesenkt, als könnte ich so den Schmerz in seinem Gesicht nicht sehen.

»Wir müssen das behandeln.«

»Es geht schon!«, fährt er mich an und hebt zum ersten Mal seine Hand von der länglichen, rotglänzenden Wunde. Tom und Malek warten in einiger Entfernung zu uns und zum ersten Mal hat Malek keinen bissigen Kommentar auf den Lippen. »Es hat nicht die Beinschlagader getroffen«, setzt er fort und richtet sich langsam wieder auf.

»Sicher?«, frage ich und schaue zu der Wunde herab. »Denn dafür ist da ziemlich viel …«

»Ja«, unterbricht er mich harsch. »Wir müssen weiter.« Er greift zu dem Messer am Boden, dann drückt er mir den blutverschmierten Griff in die Hand. »Nimm«, weist er mich noch wortkarger an als sonst.

Stumm nehme ich die Klinge entgegen, dann setzt sich Ivan abermals in Bewegung, ein Bein deutlich nachziehend.

Ich hoffe, er hat die Verletzung nicht bloß verharmlost.

# 39

Während wir quer durch das Labyrinth irren, müssen wir nun auf ganz neue Arten der Fallensignale achten. Es gibt keine Blumen mehr, dafür kündigen Metallkästen in den Hecken Säureangriffe an. Viele verstreute Äste liegen am Boden, doch die dornenbesetzten Hecken sind nun völlig zerfallen und somit ungefährlich. Dafür genießen wir jeden minimalen, kalten Windstoß mit einem Hauch Sauerstoff, der eine der nun zerstörten Flammenfallen ankündigt. Ein Knacken für sich bewegende Mauern ist kaum noch zuverlässig, also umgehen wir die roten Steine ganz. Nur der modrige Geruch ist noch derselbe, sodass wir auch die Trittfallen vermeiden können.

Dennoch macht es mir der sinkende Sauerstoffgehalt immer schwerer, mich noch zu konzentrieren. Jeden Schritt schleppe ich mich voran, als würde ich einen steilen Berg besteigen, und Übelkeit liegt mir in den Mundwinkeln. Ich spüre das Bedürfnis, mich hinzulegen und die Augen zu schließen. Doch ich weiß, dass ich dann nie wieder aufstehen würde.

»Caitlyn!«

Wie aus dem Nichts zieht Ivan mich nach vorne, sodass ich zu Boden falle. Dumpf nehme ich wahr, wie einzelne Säuretropfen auf meine Hose fallen, an denen sie eine unangenehm prickelnde Wärme hinterlassen.

»Danke«, keuche ich heiser. Die Fallen sind durch die herabgebrannten Büsche deutlich sichtbar, doch meine verschwommene Sicht und mein benommener Geist reichen nicht mehr aus, um mich so sehr darauf zu konzentrieren, wie es nötig wäre. Irgendwann werde ich eine übersehen. Und Shaira und Joanna werden die Gelegenheit mit Freude empfangen.

Ich richte mich zurück auf die Beine, auch wenn mein Körper mich dazu zwingen will, liegen zu bleiben. Der Ausgang scheint in unerreichbare Ferne zu rutschen und ich beginne mich zu fragen, ob wir es wirklich schaffen können. Das Einzige, was meine Aufmerksamkeit fesseln kann, ist mein nächster, anstrengender Atemzug, und für einen Moment erwäge ich sogar, ob die Säurefalle diese Qual früher beendet hätte.

Ich wende mich zurück. Tom und Malek schleppen sich zu uns, kaum noch fähig, gerade zu laufen, japsend, gebückt. Und dieser Anblick schwemmt meinen Kampfeswillen zurück an die Oberfläche. Ich werde nicht zulassen, dass sie sterben, dass irgendwer von uns stirbt. Wenn Joanna die Tore öffnet, flutet wieder Sauerstoff den Raum. Es reicht, wenn es eine Person dorthin schafft.

Also stampfe ich an Ivan vorbei, der ebenfalls heftig keucht. »Was machst du?«

Ich strecke in undefinierter Bewegung eine Hand nach vorne aus. Ich kann nicht länger auf mögliche Fallen achten, denn sonst fehlt mir die Kraft, um die restlichen Meter zurückzulegen. Ich muss hier heraus, auf schnellstem und direktem Weg. Auch, wenn das Risiko besteht, dabei zu sterben.

Kurz berührt Ivan mich am Arm, als ich ihn überhole, ein stummes Zeichen der Widerrede, denn zu mehr fehlt ihm vermutlich die Luft. Doch ich nicke nur, ehe ich weiterlaufe. Ich muss das tun.

Mit dem Messer vor meinem Gesicht schneide ich mich durch die nachgiebigen Äste, die vor meinen Augen ineinander verschwimmen. Neben mir löst eine Falle aus, doch ich bringe nicht mehr als ein verzögertes Wegdrehen über mich. Offenbar war es eine defekte Falle oder ich spüre den Schmerz nicht. Ich konzentriere mich nur noch auf den Ausgang. Ich muss es dorthin schaffen.

Ich stolpere durch die letzte Hecke aus dem Labyrinth heraus und stürze zu Boden. Keuchend bleibe ich liegen, ziehe die letzten Moleküle Sauerstoff ein, die ich finde, während das Zischen hinter meinen klingelnden Ohren den Rest zu verbrauchen scheint. Neben den Türen werden wieder Pfeile abgeschossen, denen ich ausweichen müsste, um den Ausgang zu erreichen. Doch ich kann mir nicht vorstellen, nur einen einzigen, weiteren Meter hinter mich zu bringen.

»Caitlyn«, ertönt es dann über mir und ich richte zögerlich den Kopf hoch. Tom steht neben mir, oder ist es eine Halluzination? »Wir müssen weiter. Wir haben es fast geschafft.« Mit offenem Mund zieht er Luft ein, noch einen Moment, ehe auch er neben mir auf die Knie geht.

Ich muss weitermachen. Für ihn. Für uns alle.

Also nehme ich ein letztes Mal meine Kraft zusammen und drücke mich mit den Händen hoch, bis ich schwankend stehe. Die Übelkeit löst Schmerzen in meinem ganzen Oberkörper aus, aber dennoch setze ich mich in Bewegung. Ich muss nur noch zu diesem Ausgang, ohne tödlich getroffen zu werden. Drei Meter, vielleicht vier. Falls es eine Hoffnung gibt, zu überleben, dann dort.

Ich taumle weiter über den Boden, spüre, wie sich ein Schmerz in meinen Oberarm bohrt. Doch es ist alles so dumpf, der Überlebenswille in mir treibt mich voran, blendet den Schmerz sofort aus. Er wird mich nicht töten. Mehr zählt im Moment nicht.

Meine Beine geben nach und ich stürze abermals zu Boden, mit so laschen Muskeln, als könnten sie mein Gewicht nie wieder tragen. Ich ziehe mich voran, unsicher, ob ich die Pfeile schon überwunden habe oder nicht. Ich muss weiter. Einfach nur weiter.

Blind strecke ich eine Hand aus, da längst nur noch Farben vor meinen Augen auf und ab tanzen. Dann spüre ich das kalte Metall der Tür unter meinen Fingerspitzen

»Ich habe es geschafft«, flüstere ich, unsicher, ob ich tatsächlich einen Ton von mir gebe oder ihn nur in meiner Vorstellung höre. »Ich habe es geschafft.«

Dann sinkt mein Arm schlaff herab.

# 40

Erst das Knirschen vor mir lässt mich meine Augen wieder öffnen. Kühle, frische Luft schießt mir entgegen und augenblicklich nehme ich einen so tiefen Atemzug, als würde meine Lunge über meinen Körper hinausexpandieren.

Ich kann atmen. Ich habe es geschafft.

Als endlich wieder Sauerstoff meine Lungen flutet, stütze ich mich zurück auf die Beine. Plötzlich schießt der Schmerz in meinem Arm in mein Bewusstsein und lässt mich keuchen. Ein Pfeil muss ihn getroffen haben.

Ich halte die Hand auf die schmerzende Stelle, ehe ich mich umwende. Wie Leichen, die ich zurückließ, liegen Tom, Malek und Ivan hinter mir in unterschiedlichem Abstand am Boden. Malek richtet sich als erstes wieder auf, halb in der Hecke hängend, und stolpert auf Tom zu, der immerhin wieder den Kopf hebt. Ivan ist am weitesten entfernt, die offene Wunde muss ihn geschwächt haben.

So wie mich jetzt.

Ich reiße die Jacke von meinen Schultern, dann lehne ich mich gegen die Türen. Im Hintergrund beobachte ich, wie sich auch Ivan wieder auf die Beine richtet und gebückt zu Tom und Malek aufholt, die vor den herausschießenden Pfeilen innehalten.

»Wartet!«, weise ich sie an. Ich stecke das Funkmodul der Kamera in meine Hosentasche und schneide die Jacke mit dem Messer in zwei Teile. Dann werfe ich eine mit Schwung über die Falle links neben dem Ausgang und klemme die Enden um die Metallplatte. Die Pfeile bohren sich in den Stoff, manche schaffen es sogar hindurch, fallen dann jedoch schwunglos zu Boden.

Eine kurze Zeit wird es halten.

Ich beuge mich zur anderen Seite, wiederhole die Prozedur mit dem verbleibenden Stoff, den ich mit einem Knie und dem unverletzten Arm fixiere. »Lauft!«, rufe ich dann.

Malek und Tom setzen sich in Bewegung, dicht gefolgt von Ivan, der nun die letzte Hecke passiert. Ein paar Meter, ehe Malek samt Tom zu Boden stürzt, immer noch mit zu wenig Sauerstoff versorgt. Sofort beugt sich Ivan zu ihnen herab, während Pfeile weiter die Jacke durchlöchern, die ich unter Schmerzen festhalte.

»Lass mich in Ruhe!«, schreit Malek ihn an.

»Gib mir wenigstens Tom«, beharrt Ivan jedoch und legt Toms Arm um seine Schulter, als würde es ihn keinerlei Kraft kosten. Gemeinsam humpeln sie voran, während Malek sich zurück auf die Beine stemmt.

Krachend fallen Ivan und Tom kurz darauf an mir vorbei in den immer noch geöffneten Gang. Wenigstens sie sind schon mal sicher. Nur Malek ist noch auf der Wiese, hustet und keucht.

Mein Blick fällt auf die zweite Falle. Die Jacke hat sich bereits an einer Ecke vom Metall gelöst, während immer wieder Pfeile vom Inneren auf sie einschießen. Lange wird sie nicht mehr halten.

»Malek!«, schreie ich also, während ich provisorisch versuche, das Stück Textil in meiner Hand zu fixieren. Doch es ist bereits zerlöchert und der ziehende Schmerz in meinem Oberarm schränkt mich in den Bewegungen ein. »Beeil dich! Die zweite Falle ...«

Plötzlich ertönt ein Ratschen. Der obere Teil des Jackenstoffs fällt herab, ein Pfeil schießt aus der Falle heraus. Malek schreit auf und stürzt schützend mit den Knien ins Gras. Doch so wird ihn der nächste Pfeil in den Schädel treffen.

Ich will mich gerade aus meiner Position lösen, als plötzlich Ivan an der Tür auftaucht. Am Boden kniend greift er nach dem löchrigen Stoff und spannt ihn abermals über die Falle, den

Kopf gegen die Wand gelehnt, als würde nur das ihn davon abhalten, zusammenzubrechen. »Malek, renn!«, brüllt er dann.

Malek richtet sich wieder auf die Beine, dann läuft er los, als hätte ihn endlich der Sauerstoff erreicht. Als er in den Flur springt, lassen Ivan und ich augenblicklich los. Pfeile stürzen hinaus, in größerer Menge und Geschwindigkeit als je zuvor.

Ich krabble in den Gang zurück, ehe ich rücklings zu Boden falle. Die Tore krachen aufeinander und kurz noch fällt mein Blick auf Ivan neben mir, der sich heftig atmend an eine Wand zieht.

Wir haben es geschafft. Wir haben es tatsächlich geschafft. Wir alle haben überlebt. Jetzt können wir unseren Plan weiterverfolgen. Jetzt müssen wir nur noch diesen Optimierer verlassen. Jetzt ist es fast überstanden.

Ich nehme mir höchstens fünf Sekunden, ehe ich den Schmerz in meinen Arm so weit kontrollieren kann, dass er mich nicht zum Aufschreien bringt. Was würde ich jetzt für eine Schmerztablette tun – oder am besten gleich eine Vollnarkose …

»Verdammte Scheiße«, flucht Malek erschöpft. »Was sollte das denn?«

»Sie wollten uns umbringen. Ist doch nichts Neues, oder?«, werfe ich kraftlos in den Raum, ehe ich auf Ivan zugehe, der den Kopf gegen die Wand hinter sich gelehnt hat. »Wie geht es dir?«

Ivan schließt die Augen. »Nicht schlechter als dir«, stöhnt er und deutet mit einer Hand auf meinen Oberarm. Immerhin scheint seine Wunde nicht mehr zu bluten, auch wenn sie unter dem Stoff sicher deutlich beängstigender aussieht.

Ich höre ein Räuspern neben mir und schaue auf. Malek ist nähergetreten und hat den Kopf schräg gelegt. »Also … ich hasse dich immer noch, Ivan. Aber ich nehme an, dass die gute Erziehung meiner Mutter verlangt, dass ich mich bei dir bedanke. Daher: Danke, das wäre gerade echt knapp für mich geworden ohne dich.« Bestimmt streckt er die Hand zu Ivan aus.

Doch dieser macht nur eine abwimmelnde Handbewegung und stützt sich zurück auf die Beine. »Wir haben keine Zeit für sowas«, erklärt Ivan und tritt an uns vorbei.

Zögerlich lässt Malek die Hand wieder sinken und schaut ihm nach. »Bist du so unhöflich, weil du mich auch nicht ausstehen kannst? Oder weil dich ein schlechtes Gewissen plagt?«

Ivan läuft weiter voran, die Hand an der Decke entlangfahrend. Ich rechne bereits nicht mehr mit einer Reaktion, als er plötzlich antwortet: »Letzteres.«

Überrascht hebt Malek die Augenbrauen. Als er gerade den Mund öffnet, um etwas zu sagen, kommt Ivan ihm jedoch zuvor: »Caitlyn, hast du das Messer noch?«

Ich schließe die Hand fester um den Griff, als könnte ich mir nur so sicher sein. Dabei habe ich es nicht einen Moment losgelassen. »Ja«, erwidere ich also.

»Was habt ihr vor?«, hakt Malek nach.

Doch Ivan fährt unbeirrt fort: »Da ist sie.«

Ich hole zu ihm auf und will ihm gerade das Messer reichen, als er mich an der Taille umfasst und nach oben hebt.

»Was tut ihr da?«, höre ich Malek erneut.

»Uns hier herausholen«, antworte ich knapp, denn jeder Erklärungsversuch gibt dem Behandlungsteam Zeit, uns hier zu erwischen.

»Kannst du das Schloss aufbrechen?«, höre ich Ivan unter mir, während sich immer noch seine Arme um meinen Bauch schließen, um mich hochzuhalten.

Ich strecke meine Hände zur blendend hellen Decke aus und ertaste etwas Kaltes unter meinen Fingerspitzen, eine metallische, perforierte Oberfläche, ganz anders als das Material rundherum. Das ist offenbar die Klappe.

Ich hebe mein Messer an und drücke es in das, was ich als Schloss identifiziere. Meine Arme und mein Rücken krampfen, während ich unkoordiniert daran herumschraube in dem

Versuch, irgendetwas an diesem widerspenstigen Ding zu bewirken. Doch nichts tut sich.

»Das funktioniert nicht«, entgegne ich also. Ich löse mein Messer wieder und stütze eine Hand gegen die Platte. »Dann also mit Gewalt.« Mit einem Ruck schiebe ich das Messer in die Fuge zwischen Halterung und Metallplatte. Kraftvoll heble ich den Schaft immer wieder auf und ab, begleitet von einem immer lauter werdenden Knacken.

Mit einem Mal kommt mir die Platte entgegen und ich lehne mich so weit zurück, dass Ivan ins Schwanken gerät. Er stolpert rückwärts und lässt mich zurück auf die Beine. Noch eine Sekunde suchen wir unsere Balance, ehe ich unser Werk bewundern kann.

Die Klappe ist offen!

Sofort springt Malek an den Sprossen empor, die von der Innenseite der Luke herabhängen, und abermals erinnern mich seine Bewegungen an die eines wilden Wolfes. Als er oben ist, helfen Ivan und ich ihm dabei, Tom nach oben zu heben, ehe auch wir uns auf den metallenen Boden des Wartungsschachtes ziehen.

Im Inneren ist es unerwartet dunkel im Vergleich zum Rest der Einrichtung. Dicke, längliche und spärlich besetzte Lichter am Rand deuten den Weg. Unter ihnen ist die weiß-bläuliche Wandfarbe zu erkennen, doch es ist hier so lichtlos, dass der Boden farblos wirkt.

In absoluter Stille, die dennoch adrenalingeladen ist, eilen wir durch den klappernden, niedrigen Schacht, bis wir vor einer halbrunden, schweren und dennoch alt wirkenden Metalltür stehen. Dahinter herrscht komplette Stille – oder isoliert diese Tresorwand den Raum dahinter bloß?

Auch Ivan lauscht noch einen Moment an der Tür und runzelt die Stirn. »Das ist merkwürdig«, flüstert er in unsere Richtung, obwohl der Hall seine Stimme lauter erscheinen lässt. »Dahinter ist die Überwachungszentrale. Jemand hat die Türen der KonzEn geöffnet und die Steuerung ist nur von diesem Raum aus möglich. Jemand muss da sein.«

Auch ich betrachte kurz nachdenklich die dicke Tür. »Vielleicht sind sie danach alle zum Ausgang gestürmt, um uns abzuholen?«, werfe ich ein, auch wenn ich dem Frieden ebenso wenig traue wie ihm.

»Wie auch immer, das hier ist offensichtlich unser einziger Weg«, stellt Malek fest und reißt Ivan von der Tür weg. »Also werden wir den nehmen.« Ohne zu zögern, reißt er plötzlich das Metall auf und stolpert ins Innere.

Doch als Ivan und ich gerade folgen, hält uns bereits eine Stimme auf: »Ist das euer glorreicher Plan?«

# *4 1*

Voller Schreck betrachte ich Shaira, die mitten im Raum steht, eine Waffe in der Hand, die mich beängstigend stark an jene von Joanna erinnert.

Joanna.

Mein Blick fällt erst jetzt auf den Drehstuhl neben Shaira. Dort, wo die gefesselte Frau sitzt, eine Schwellung an der Schläfe, den Mund zugeklebt, sodass nur gedämpfte Laute und der wütende Blick hindurchdringen.

»Was hattet ihr vor?«, fragt Shaira mit ihrer vor Sarkasmus tropfenden Stimme. »Einfach hier hereinstürmen und uns alle überwältigen? In eurem Zustand?« Mit der Waffe deutet sie an Ivan herab zu seinem verletzten Bein. »Ich hätte euch nach eurem Kampf im Labyrinth wirklich mehr zugetraut.«

Doch obwohl jeder unserer Schritte nun der letzte sein könnte, macht Ivan einen Satz vor mich. »Lass die anderen in Ruhe.«

»Süß, dein neuer Beschützerinstinkt. Oder vielmehr zum Kotzen«, spottet Shaira. Dann verschränkt sie den freien Arm vor der Brust und mustert mich mit schräg gelegtem Kopf. »Aber ich habe gar kein Interesse daran, einen von euch umzulegen. Oder was glaubt ihr, was ich hier tue?« Dann deutet sie mit einem Kopfnicken zu der immer noch gedämpft schimpfenden Joanna, als hätten uns der Anblick und die Laute irgendwie entgehen können.

Verwirrt runzle ich die Stirn. »Was ...?«

»Ich habe euch geholfen«, stellt sie mit so viel Nachdruck fest, dass es eher nach einer Drohung klingt, dann fixiert sie Ivan. »Dachtest du wirklich, du hättest einen genialen, undurchschaubaren Plan? Nachdem du unbedingt in die KonzEn wolltest, bin ich misstrauisch geworden. Warum könnte man freiwillig da rein wollen? Sicher nicht, um mir etwas zu beweisen.« Sie lächelt gehässig. »Dann wurde mir klar, dass Caitlyn an ihren beiden Nesthäkchen hängt und ihr sicher wegen ihnen zurückgekehrt seid, um sie herauszuholen. Dass du nicht einfach durch den Ausgang verschwinden könntest, war uns beiden klar, also blieben nicht viele Optionen ...« Mit einem Kopfnicken deutet sie auf den Wartungsschacht hinter uns. »Ich habe mich also kurz nach dem Beginn eurer KonzEn freiwillig für die Überwachung gemeldet und meinen Kollegensubjekten versichert, ich käme hier allein klar. Nur Joanna ließ sich nicht verscheuchen. Zum Glück war sie, nachdem ihr plattgemacht habt, so abgelenkt, dass ich sie überwältigen und euch endlich die Tore öffnen konnte.«

Ich stocke. Also hat Shaira uns gerettet? Sie hat die Türen geöffnet, die uns wieder mit Sauerstoff fluteten? Und Joanna gefesselt, um uns zu helfen?

»Ich bin in Vorleistung gegangen, weil ich dachte, dass ihr euch dann vielleicht erkenntlich zeigen würdet«, endet Shaira schließlich.

Nun trete ich doch an Ivan vorbei einen Schritt auf sie zu. »Was willst du?«

Sie lächelt, doch zum ersten Mal trieft es nicht vor Sarkasmus. »Ich habe euren Stream gesehen«, beginnt sie ungewohnt sanft. »Ich möchte mit euch kommen. In die Wildnis. Weg von dieser Gesellschaft.«

Im ersten Moment bin ich mir sicher, mich verhört zu haben. Doch das Echo ihrer Stimme wirkt auch dann noch nach, als sie verstummt ist. »Du willst aussteigen?«

»Schon seit ich mich zurückerinnern kann«, erklärt sie. »Ich hasse diese Gesellschaft. Ich hasse die Werte der Menschen, diese Effizienz, dieses ständige Antreiben, diese Entmenschlichung. Doch am allermeisten hasse ich die KonzEn.« Die alte Kälte und Härte kehren in ihre Stimme zurück. »Ich hasse es, mich mitschuldig zu machen, Menschen zu quälen und sterben zu lassen. Doch ich habe keine Wahl. Wenn ich andere Menschen nicht dazu verdamme, ereilt mich dieses Schicksal. Und noch einmal stehe ich das nicht durch.«

Plötzlich senkt sie den Blick und wirkt zum ersten Mal verletzlich.

»Noch einmal?«, frage ich vorsichtig.

Sofort verkrampft sie sich wieder. »Ist für euch nicht relevant.«

Doch da wendet Ivan ein: »Shaira wurde früher bereits auf Morbus Inertia behandelt.«

Ihr Blick wird noch finster. »Woher weißt du ...?«

»Deine Personalakte«, unterbricht Ivan sie. »Ich habe die Akte aller meiner Mitarbeitersubjekte studiert und dein Fall ist mir besonders in Erinnerung geblieben. Kaum jemand kommt mit unter achtzehn Jahren in eine KonzEn und überlebt es.«

»Du hast recht«, faucht sie. »Also, was sagt das über meine Stärke aus, dass ich es geschafft habe?« Ein triumphierender Glanz legt sich in ihre Augen, auch wenn noch immer der Schmerz hindurchscheint. »Stets war ich das Problem. In diesem Optimierer war ich es für dich, Ivilein, und damals war ich es für die Erziehersubjekte. Sie meinten, ich würde die anderen ablenken. Dass es meine Schuld wäre, wenn sie mich prügeln und foltern und mir all die anderen Dinge antun, die du dir in deinem hübschen Kopf nicht einmal ausdenken kannst. Mich zu beseitigen war einfacher, als die vielen Täter wegzuschaffen.«

Fassungslos mustere ich Shaira. Sie wurde in die KonzEn geschickt, weil sie gemobbt und misshandelt wurde?

Shairas Arme zittern, als sie fortsetzt: »Verstehst du, nicht die Arschlöcher wurden bestraft, sondern ich. Ich war die Ineffiziente, sonst hätten sie es ja schließlich nicht auf mich abgesehen, nicht wahr? Und verdammte Scheiße, ich habe ihnen bewiesen, dass sie unrecht hatten. Ich habe diese KonzEn wie eine echte Kämpferin durchgestanden.« Sie schüttelt den Kopf. »Aber danach wurde ich in diesen Optimierer versetzt und seither muss ich mir jeden verfickten Tag mit anschauen, wie andere diese Qualen durchleiden. Ich bin gezwungen, sie dazu zu zwingen. Das ist abartig.« Sie knurrt böse auf.

Ich weiche zurück, denn dass sich ihre Aufmerksamkeit mit der noch in der Hand gehaltenen Waffe nun auf mich richtet, jagt mir Angst ein.

Doch dann erklärt sie nur: »Ich war dazu gezwungen, dir nachzulaufen, als ihr beide eine Flucht versuchtet, Caitlyn, sonst hätte ich es nie getan. Wenn irgendwer davon erfahren hätte, dass Ivan mit dir verschwinden konnte, hätten alle Mitarbeitersubjekte als ineffizient gegolten und wären somit in der KonzEn gelandet. Das konnte ich nicht zulassen ...« Sie senkt abermals den Blick, als würde sie sich schuldig fühlen.

Ich zögere, doch obwohl mich Shairas starkes Auftreten immer noch einschüchtert, kann ich sie nun besser verstehen. Ich möchte mir ihre Situation nicht einmal vorstellen. Dazu verpflichtet zu sein, an jenem Ort zu arbeiten, der einen selbst traumatisiert hat und den man verachtet, muss die Hölle sein. Sie lebte mit nur zwei Handlungsoptionen: Andere Menschen dasselbe Leid erfahren lassen oder selbst noch einmal in die KonzEn geschickt werden mit der Aussicht, dort zu sterben.

Das erklärt, warum sie so verbittert ist ...

»In Ordnung«, äußere ich schließlich in die Stille hinein. »Wenn du versprichst, uns nicht zu erschießen«, mit dem Blick deute ich auf die Waffe in ihrer Hand, »dann werden wir dich mitnehmen und ich lege bei Alonso ein gutes Wort für dich ein.«

Musternd dreht Ivan sich zu mir um. »Caitlyn?«, fragt er dann bloß.

»Ich verurteile es, wie sie mit dir umgegangen ist«, beginne ich und blicke Shaira mahnend an, »aber ich kann jetzt auch ein wenig verstehen, wieso sie es tat. Und vor allem kann ich erahnen, wie sie sich fühlen muss.« Ich verenge die Augen. »Auch wenn Ivan nicht das Monster ist, für das du ihn hältst.«

Sie knurrt. »Ach nein?«

»Er war ebenfalls in der KonzEn und hat ebenfalls nur versucht, zu überleben«, setze ich nach, ehe sie noch voller Wut auf ihn zielt. »Auch wenn er sich dafür vielleicht mehr an die Regeln gehalten hat als du.«

Shaira stockt kurz, dann runzelt sie die Stirn, als könnte sie so den Wahrheitsgehalt meiner Aussage überprüfen. Dann dreht sie den Kopf zu Ivan. »Stimmt das?«

Obwohl mir erst jetzt klar wird, dass es eine Information war, die ich vielleicht gegen seinen Willen mitgeteilt habe, nickt er stumm.

Augenblicklich entspannt sich Shairas Körper etwas und sie lässt die Schultern herabsacken. Dann beißt sie sich auf die Unterlippe. »Vielleicht ... habe ich es übertrieben«, stellt sie dann fest und springt mit dem Blick kurz zu Ivans Verletzungen im Gesicht. »Du hast mich mit deiner Bemerkung echt provoziert, aber ... ich will kein genauso großes Arschloch sein wie die Typen von damals und Leute verprügeln. Also entschuldige, es tut mir leid.«

Ivan reckt etwas den Kopf, als müsste er um Luft ringen. »Entschuldigung angenommen«, gibt er dann gewohnt stoisch zurück.

Shaira schüttelt kurz den Kopf, als würde seine Reaktion erneut Widerwillen in ihr auslösen. »Wie sieht jetzt also euer Plan aus?«

»Zum nächsten Notausgang flüchten und hinaus«, erwidert Ivan.

Shaira lacht verächtlich auf, während wir uns durch ihre gesenkte Waffe in den Kontrollraum wagen. »Super Plan, Ivilein. Und wie willst du das anstellen mit deinem Bein?« Abermals deutet sie an ihm herab. »Ganz abgesehen davon, dass ich euch mit meiner freiwilligen Schichteinteilung vor den Kameras zwar Zeit verschafft habe, aber unsere lieben Kollegensubjekte dennoch weiterhin im Haus sind.«

Erneutes Gemurre von Joanna, das sogar ohne Worte wie eine Drohung klingt. Prompt stößt Shaira gegen das Sitzpolster, sodass sie eine langsame Pirouette auf dem Stuhl dreht.

»Wir würden weniger auffallen, wenn wir in SmartSuits unterwegs wären«, wirft Ivan ein. »Insbesondere, wenn alle darauf angewiesen wären, sie zu tragen.« Er verengt die Augen, als würde er nachdenken.

»Und wie willst du das anstellen, Kater?«, fragt Malek.

»Durch einen Bio-Alarm.« Plötzlich wirken seine Augen wieder hellwach. »Doch dafür müssen wir durch diverse Türen und Treppenhäuser.«

Ohne zunächst einen Ton zu verlieren, hebt Shaira ihr Handgelenk und schnallt die daran befindliche Uhr ab, ehe sie sie Ivan zuwirft. »Sollst ja auch mal wissen, wie es sich anfühlt, ich zu sein«, zischt sie, obwohl es sich eher nach einem Necken anhörte. »Meine Sicherheitsfreigabe funktioniert noch. Was auch immer du vor hast, damit dürftest du zu deinem Ziel kommen.« Dann nickt sie in Richtung von Joanna. »Ich würde es ja gerne selbst übernehmen, aber jemand muss unsere Herzdame bewachen, und lieber gebe ich die Uhr ab als die Waffe.«

Etwas schwermütig wendet Ivan die Technik in seiner Hand. »Danke.«

Doch Shaira hebt nur die Augenbrauen. »Wenn wir es schaffen, zu verschwinden, ist mir das Dank genug.«

»Vielleicht kann ich es uns auch noch etwas einfacher machen«, schlägt Tom unerwartet vor, der vor eins der Pulte getreten ist.

»Was hast du vor?«, frage ich überrascht.

»Unser Projekt mit der Westbach Klinik. Aufgabe war die Anpassung der Sicherheitssysteme«, erinnert mich Tom, während er eine Platte herausreißt, als hätte er sie eigenhändig montiert. Kurz murmelt er einige Worte vor sich hin, ehe er wieder aufspringt und an Malek vorbeiläuft, der daraufhin zur Seite stolpert. Dann zieht er einen Laptop von einem Tisch. »Vielleicht hat der sogar noch Strom.« Mit dem Rest eines Kabels setzt er sich vor das Kontrollpult und beginnt, Drähte und Adapter zusammenzustecken.

»Bingo!«, ruft Tom plötzlich und stellt den Laptop auf das ausgeschaltete Pult. »Damit kann ich etwas anfangen.« Er knackt die Finger, bevor er wieder wild auf der Tastatur herumtippt. »Wie gut, dass ich eine alte Programmierweisheit beachtet habe …«

Irritiert mustere ich ihn. »Und die wäre?«

Ein Lächeln liegt auf Toms Lippen. »Lass dir immer eine Backdoor offen. Zum Beispiel, falls die Kunden nicht zahlen. Oder falls die Kunden dich kidnappen.«

Ich mustere ihn. »Letzteres war sicher keine Programmierweisheit.«

»Nein. Aber dennoch wahr.«

»Schön, was machst du da jetzt also?«, fragt Malek und deutet auf den Laptop.

»Warte«, hält Tom ihn zunächst hin, voll konzentriert auf das Display vor ihm, auch wenn sein Kauen an den Fingernägeln etwas anderes vermuten lassen würde. »Ich kann Türen öffnen, Kameras manipulieren … jedenfalls, sobald ich vollständig auf dem System bin.« Er macht eine abwimmelnde Handbewegung in unsere Richtung. »Ich werde etwas Zeit brauchen, aber bis ihr den Bio-Alarm ausgelöst habt, sind hoffentlich sämtliche Türen offen und wir benötigen die Smartwatches nicht, um den nächstbesten Ausgang zu erreichen.«

»Klingt gut«, gestehe ich. »Soll ich so lange …?«

»Du könntest mir tragen helfen«, wirft Ivan ein, sodass ich mich zu ihm umwende.

»Sollte ich nicht bei den beiden bleiben, um …?«

Nun fällt mir Shaira ins Wort: »Ich passe auf unsere beiden Patienten auf.«

Sofort richtet sich Malek auf. »Ich brauche keinen Beschützer.«

»Sicher, Kleiner.« Liebevoll wuschelt Shaira ihm über den Kopf, auch wenn er ihrer Bewegung auszuweichen versucht. »Bei unserer ersten Begegnung sah das aber anders aus.«

Er kneift die Augen zusammen. »Das hätte ich auch allein hinbekommen.«

»Ach ja?« Shaira lächelt leicht. »Du hättest beinahe in der Höhle die Trittfalle mitgenommen, wenn ich nicht notfallmäßig die KonzEn unterbrochen hätte. Ivilein hat mir dafür eine Woche Doppelschichten aufgebrummt.« Ihr düsterer Blick fixiert wieder ihre.

»Ich wäre da schon nicht reingetreten«, erwidert Malek mit verkrampftem Gesichtsausdruck. Doch als sein Blick auf Toms Bein fällt, ergänzt er: »Trotzdem danke.«

Shaira hebt kurz die Augenbrauen. »Gern geschehen.« Dann richtet sie sich an uns. »Ihr seid ja immer noch da.«

Doch ich zögere. Mir ist nach der Begegnung mit Ivan immer noch unwohl dabei, Malek und Tom mit Shaira allein zu lassen. Doch offensichtlich deutet alles darauf hin, dass sie nicht so brutal ist, wie sie erschien, sondern von vorneherein auf unserer Seite stand. Mit mir und vor allem Malek und Tom hatte sie nie ein Problem. Dann könnte sie gerade der stärkste Personenschutz sein, den wir bekommen können.

»Passt auf euch auf. Und auf unsere Geisel«, bitte ich also nur noch. »Ich gehe mit Ivan. Wir kommen so bald wie möglich zurück.«

Shaira lächelt schief. »Ich versiegle die Tür hinter euch, da kommt keine Fliege mehr durch.« Zur Unterstützung ihrer Worte wedelt sie mit der Pistole herum.

Ich lächle verkrampft, dann folge ich Ivan still zur Tür hinaus.

# 42

Wir huschen die leeren Gänge entlang, umgeben von dem hellen, bläulichen Weiß überall um uns herum, vor jeder Kurve prüfend, dass keiner der Wachensubjekte dort lauert. Hoffentlich kehren sie nicht so schnell in den Überwachungsraum zurück, denn sonst finden sie Tom und Malek als erstes.

Wie viel schwieriger wäre dieser Plan geworden, wenn Shaira uns nicht geholfen hätte?

Im hinteren Bereich des Gebäudes erreichen wir nach der Freigabe durch Shairas Uhr eine Treppe, die nur schwach beleuchtet ist, sodass kaum die Stufen erkennbar sind. Ivan zieht mich mit sich, trotz des Humpelns immer noch überraschend schnell, und knarrend steigen wir Metalltreppe um Metalltreppe nach oben. Ich wusste, dass die KonzEn unterirdisch ist, aber mir war nie bewusst, wie weit wir bereits unter der Erde liegen.

Ivan stößt eine Tür auf, während ich schon längst keine Orientierung mehr habe. Kurz laufen wir den folgenden Gang entlang, ehe Ivan mich plötzlich zurückstößt und uns dann mit einer Armbewegung an die Wand drückt. Ich halte die Luft an und lausche, bis ich Stimmen wahrnehme.

»Ob Ivan immer noch in der KonzEn ist?«

»Wenn Shaira und Joanna sich noch nicht gemeldet haben, muss es wohl so sein.«

»Vielleicht haben sie die Leichenbeseitigung ja allein übernommen.«

»Meinst du, ich könnte dann der nächste Security-Chef werden?«

Die Stimmen entfernen sich, bis sie kaum noch verständlich sind. Dann folge ich Ivan weiter durch die Flure, beeindruckt davon, wie er es schafft, zumeist menschenleere Routen zu finden. Nach einigem wilden Abbiegen komme ich mir schließlich schon genauso vor wie im Labyrinth, ehe Ivan endlich an einer Tür stehenbleibt. »Lagerraum«, verlautet das Schild daran. Abermals hält er die Uhr dagegen, sodass sie sich surrend öffnet. Mit dem wenigen, von hinten hereinfallendem Licht kramt Ivan in Regalen des engen Raumes, in dem Putzmittel, Wischmopps und allerlei gerade eher nutzloses Zeug liegen.

Plötzlich reicht er mir zwei Reinigungsflaschen. »Nimm.«

Misstrauisch betrachte ich das dünne Plastik. »Schlechter Zeitpunkt, um die Bude auf Vordermann zu bringen, findest du nicht?«

Ivan schaut sich kurz zu mir nach hinten um, dann erscheint plötzlich das leichte Lächeln mit den Grübchen, ehe er sich wieder dem Regal zuwendet. »Diese hier enthalten diverse hoch reaktive Chemikalien«, erklärt er dann. »Das werden wir benötigen.«

Ivan wendet sich gerade vom Regal ab, als ich plötzlich Schritte höre. Erschrocken wende ich mich um, als Ivan mich bereits am Arm mit in die Abstellkammer zieht. Kaum, dass ich im Inneren bin, schließt er die Tür, sodass wir im Dunkeln stehen, nur erhellt durch das Licht, das durch die Türspalte dringt.

Der Raum ist winzig und massige Regale umgeben uns. Ich stehe eingequetscht zwischen Metallablagen hinter mir und Ivan vor mir, immer noch die Reinigungsflaschen umklammernd, während ich meinen Kopf beinahe auf seine Brust legen muss, um nicht meinen Nacken zu überstrecken.

Umso deutlicher höre ich seinen Atem, während draußen die Schritte vorbeiziehen. Ich rege mich nicht, blicke nur empor zu Ivan, als könnte er mir Halt geben.

Und das kann er auch.

Die Schritte werden immer leiser und langsam wage ich, die Hände mit den Flaschen zu senken, bis ich sie provisorisch auf Regalen abstellen und meine Finger entspannen kann. Ivans

Augen glänzen in dem dunklen Schimmer, der hineinfällt. Immer noch ziehen sich Blut und blaue Flecken über sein Gesicht und doch heftet sich mein Blick bloß auf seine Lippen.

Jetzt weiß ich, warum Verliebtheit als ineffizient gilt. Denn es stimmt. Diese Gefühle halten mich davon ab, unseren Plan zu verfolgen. Und doch kann ich sie nicht kontrollieren, geschweige denn zurückhalten.

Liegt es an dem Adrenalin, das mir noch immer durch die Adern fließt und meinen Kopf auf Autopiloten umschaltet? Ist mein Körper bloß verzweifelt auf der Suche nach einem Glücksgefühl, um weiter durchzuhalten? Oder möchte ich unsere vielleicht letzten, gemeinsamen Momente in Freiheit ausnutzen?

Ich spüre, wie auch Ivans Atmung sich beschleunigt, während er eine Hand hebt und sanft mit den Fingern über meine Wange streicht. Ich schließe die Augen, als könnte ich so die Berührung noch intensiver fühlen. »Wir sollten gehen«, flüstert er und doch hallt seine Stimme an den Wänden wider. Oder vielleicht auch nur im Inneren meines Schädels. »Wenn wir noch länger hier drinnen bleiben, werde ich mich meiner Ineffizienz hingeben.«

Ich öffne die Augen und atme tief ein, um meinem bebenden Körper wenigstens etwas Spannung zu verleihen. »Das würde ich gerne erleben«, hauche ich.

Ivan verkrampft sich, als würde er mit Körperkraft gegen das Zerfallen seiner Beherrschung ankämpfen. Dann beugt er sich doch herab, bis seine Lippen so sanft meine berühren, als wolle er mich damit kitzeln. »Darf ich?«, flüstert er und jeder Buchstabe hinterlässt eine brennende Spur auf meinen Lippen.

Ich lege meine Hände um seinen Nacken. »Du sollst sogar.«

Bebend und dennoch hingebungsvoll presst er seine Lippen gegen mich. Mit einer Hand fährt er in meine Haare und zieht damit meinen Kopf in den Nacken, um den Kuss weiter zu intensivieren. Immer wieder hält er mit gespannten Muskeln inne, als würde er sich in jenen Momenten erinnern, dass ich Luft zum Atmen benötige.

Es ist so ein krasser Gegensatz zu der sonst so beherrschten Raubkatze, dass ich beinahe glaube, all das passiert nur in meinem Kopf. Doch es ist real. In dieser dunklen Abstellkammer eines Optimierers, gedrängt zwischen Regalen voller Putzmittel.

Ich ziehe tief seinen Geruch ein, schmecke seine Lippen, fühle mich plötzlich unverwundbar. Ich bedaure, so lange damit gewartet zu haben, und weiß zugleich, dass ich länger warten müsste.

Doch es ist nur ein Moment. Ein kurzer Moment der Nähe, des Krafttankens. Vielleicht ein letzter Moment, sollte unsere Flucht schiefgehen.

Ivan presst seine zweite Hand auf meinen Rücken, bis ich seinen ganzen Körper an meinem spüre. Alles in mir fühlt sich an, als würde es aufblühen wie die Grünoase in der Nähe meiner alten Wohnanstalt. Wie Blumen, die durch meine Adern sprießen und mich mit Licht und Leben erfüllen.

Sollten sie uns jetzt finden, dann hat es wenigstens im Glücksgefühl geendet.

Ich spüre die raue Wunde auf seinen Lippen, als sie immer wieder über meine fahren. Wunden, die er sich für mich zugezogen hat.

Als süßer Schmerz, der meine Kehle hinauffährt, erinnere ich mich an seine Worte: »Du machst es wertvoll für mich, am Leben zu sein.«

Ich fahre mit meinen Händen in seine Haare, kann mich nur mit Mühe davon abhalten, kraftvoll hineinzugreifen. Er hat bereits genug Schmerzen.

Ivan löst sich wieder von mir und mustert jeden Winkel meines Gesichts und Körpers, als würde er eine digitale Kopie in seinem Kopf von mir anfertigen. Ich schmecke seinen Kuss mit der Zunge nach, kann ich doch kaum die wenigen Sekunden aushalten, in denen ich ihn nicht spüre.

Ivans Augen sind weich geworden und kleine Fältchen bilden sich ringsherum. Er legt erneut die Lippen an meine, eine minimale Berührung, die mich wahnsinnig werden lässt. Nur mein Griff um seinen Nacken hält mich davon ab, in die Knie zu gehen. Wie kann etwas so Verachtetes sich so gut anfühlen?

Ivan legt seine Wange an meine, dann spüre ich seinen warmen Atem an meinem Nacken, ehe er weitere Küsse auf meinem Hals bis hinunter zu meiner Schulter platziert. Ich schließe die Augen, sauge das Gefühl in mir auf, als wäre es der erste Atemzug, den ich in meinem Leben nehme.

Bis mich ein plötzliches, nahes Krachen so zusammenschrecken lässt, dass ich klappernd gegen das Regal hinter mir stoße.

# 43

»Hallo? Haaallo? Ist doch alles vergebens, ich rede schon wieder nur mit mir selbst ...«

Ich umklammere mit den Händen das Regal hinter mir, als könnte ich nur so zurück in die Realität gelangen. Es kostet mich einige Sekunden, ehe ich das Geräusch verorten kann. Doch dann hellt sich meine Miene auf, der erste Schreck verfliegt.

»Alonso?«, flüstere ich und umgreife die Kamera an meinem Kragen, obwohl ich nicht einmal weiß, ob dort der Lautsprecher versteckt ist.

»Was? Ihr könnt mich tatsächlich hören? Endlich!«, fährt er fort, während Ivan hektisch nach dem Funkmodul in meiner Hosentasche fischt, um den Lautstärkeregler herunterzudrehen. Doch trotz des Schrecks führt jede auch nur beiläufige Berührung von ihm zu einem Kribbeln, das mir durch den ganzen Körper fährt und mich wünschen lässt, ich würde sie deutlicher spüren.

»Es hat funktioniert!«, stellt Alonso fest und im gleichen Moment wird mir klar, was alles gezeigt wurde. Wie konnte ich vorhin nur ausblenden, dass wir immer noch streamen?

Ivan schiebt das Modul wieder in meine Hosentasche und stützt sich mit einer Hand am Regal neben mir ab, um sich näher zu der nun deutlich leiseren Lautsprecher-Kamera-Mikrofon-Kombination an meiner Kleidung herabzubeugen. Seine Nasenspitze fährt durch meine Haare und ich bemühe mich gar nicht, dem Drang zu widerstehen, erneut in seine Haare zu greifen.

»Ich habe gehört, ihr habt die Lage im Griff?«, setzt Alonso hinterher. »Ich meine, soweit man eine Flucht im Griff haben kann.«

»Wir haben zumindest einen Plan, den wir weiterverfolgen können«, erklärt Ivan gewohnt stoisch. Ich weiß nicht, wie er schon wieder so gefasst reden kann, während jeder Schlag meines Herzens meinen Körper zum Beben bringt.

Ich blicke zu ihm und versuche Augenkontakt herzustellen, da ich immer noch nicht weiß, wie dieser Plan aussieht. Hat er vor, das Gebäude in die Luft zu sprengen? Doch dafür würden die Chemikalien der paar Reinigungsmittel sicher nicht ausreichen.

Ivan erwidert kurz meinen Blick, doch anstatt seine Antwort auszuführen, schenkt er mir nur das niedliche und in diesem Moment gleichermaßen schelmische Lächeln.

»Okay … okay …« Alonso redet noch hektischer als sonst. »Ich dachte, ich komme gar nicht zu euch durch. Ich habe es versucht, seit ihr das Ding angestellt habt. Aber ihr werdet nicht glauben, was in der Zwischenzeit passiert ist!«

Ich hebe den Kopf, um erneut an der Tür zu lauschen, doch es bleibt still. Dennoch ist es nur eine Frage der Zeit, ehe sie feststellen, dass wir nicht mehr in der KonzEn sind und nach uns suchen.

»Kurzfassung?«, fragt Ivan.

Alonso seufzt übertrieben. »Ich soll mich mit den wichtigsten News des Jahrhunderts kurzfassen, während ihr Zeit hattet zum Rummachen?«

Ich atme die Hitze aus, die sich plötzlich in meinem Gesicht bildet, was Ivan bloß ein breiteres Lächeln abringt. Dabei können sie mich nicht einmal sehen, schließlich trage ich die Kamera.

»Jetzt erzähl schon«, weise ich ihn also nur an.

»Also, ich habe den Stream wie geplant gestartet. Natürlich nur im Darknet, ich wollte ja nicht gleich entdeckt und mit eingesackt werden. Deshalb dachte ich schon, es würde ewig dauern, bis jemand darauf stößt, geschweige denn die Leute, die genug Macht und Interesse daran haben, uns zu helfen. Nicht nur irgendwelche Perverse, die sich an zur Schau gestellten Foltermethoden erfreuen.« Nur kurz holt er Luft, ehe Alonso in einem Atemzug fortsetzt: »Aber ich habe mich geirrt. Das Ding ist viral gegangen. Überall wurde darüber berichtet und spätestens ab dem Zeitpunkt, wo du gegen diese Pfeile angekämpft hast, Caitlyn, hat sicher die ganze Bevölkerung zugeschaut.«

Ich atme tief durch. Ein merkwürdiges Gefühl beschleicht mich, beim eigenen Überlebenskampf beobachtet worden zu sein. Doch vermutlich erklärt das auch, wie Joanna so schnell auf die Kamera aufmerksam werden konnte. Sie hat sie nicht an meiner Kleidung entdeckt. Sie muss von dem Stream erfahren haben. »Die Leute wissen jetzt also Bescheid, was in Optimierern vor sich geht?«, flüstere ich.

»Mehr noch als das«, fährt Alonso jedoch fort. »Hunderte, nein, tausende Leute haben sich bei mir gemeldet, wollen ebenfalls aus dem System aussteigen, sich uns hier in unserer neuen Kolonie anschließen. Und das, obwohl sich mein Junge nicht gerade von der besten Seite gezeigt hat ...« Er seufzt kurz. »Aber das ist noch nicht alles. Es haben sich im ganzen Land Widerstände gebildet. Die Regierung hatte Angst vor gewaltsamen Aufständen, deswegen hat sie sich auch dazu geäußert. Also, ganz ehrlich, ›geäußert‹ ist wahrlich untertrieben ...«

»Jetzt mach es nicht so spannend«, weise ich Alonso an.

Doch dieser lacht nur kurz auf, ehe er nachsetzt: »Sie haben entschieden, dass sie uns nicht mehr verfolgen werden.«

Ich stocke in der kurzen Pause, die der Wissenschaftler uns lässt, um die Info sacken zu lassen. Und dennoch kann ich nur ausstoßen: »Was?«

»Sie haben gesagt, sie werden ›Parallelgesellschaften‹ wie die unsere akzeptieren. Jedenfalls, solange wir keine Ansprüche auf Ressourcen stellen und keine aktive Bedrohung darstellen. Sie geben uns sogar die zerstörten Grenzbereiche! Die Regierung hat klargestellt, dass sie uns nicht unterstützen und wir weiter unter Beobachtung stehen werden, damit wir keinen Coup oder so starten. Und natürlich werden wir nicht von den

›großartigen Errungenschaften‹ des Landes profitieren. Aber mal ehrlich: Dieses Ergebnis, in der kurzen Zeit, ist grandios!«

Ich recke den Kopf, als würde ich nur so in dem engen Raum noch genug Luft bekommen. Die Regierung erlaubt es jetzt, uns nicht dieser angeblichen Behandlung unterziehen zu müssen, solange wir uns in die Kolonien zurückziehen?

Es ist ein wesentlicher Fortschritt, ja. Wir müssen nicht mehr mit der Angst dort draußen leben, jederzeit auf den Listen der Optimierer in der Priorität zu steigen. Aber dennoch fühlt es sich wie ein halbgarer Kompromiss an. Als wäre es nötig, diese Leiden zu ertragen, um noch dazugehören zu dürfen. Als wäre gehorsame Arbeitseffizienz nötig, um ein Anrecht auf Nahrung, Gesundheitsversorgung und eine nicht lebensfeindliche Umwelt zu haben. Aber es ist dennoch besser, als die Wahl nicht eröffnet zu bekommen.

»Danke dir, Alonso«, erkläre ich knapp. Denn dieses Ergebnis mag für die Bevölkerung eine große Errungenschaft sein, doch für uns ändert sie nichts. Auch wenn wir damit theoretisch einen Anspruch darauf haben, auf Wunsch entlassen zu werden, ist klar, dass das nicht passieren wird. Joanna wird Ivan und mich nicht gehen lassen. Selbst dort draußen werden wir stets weiter auf der Flucht vor ihr und den Leuten dieses Optimierers sein. Aber wenigstens konnten wir für alle anderen etwas bewirken. Vielleicht sogar für Tom und Malek. Es wird ein Leben in miserablen Umweltbedingungen sein, die zwangsläufig die Lebenszeit verkürzen, aber wenigstens ist es ein Leben in Freiheit.

»Danke euch!«, erwidert Alonso. »Und ganz besonders, wenn ihr mir meinen Jungen da herausholt.«

»Das werden wir«, erklärt Ivan in bestimmten Ton und löst sich wieder vom Regal. Dann greift er nach den Reinigungsmitteln. »Nimm die Flaschen mit. Ich nehme die SmartSuits.«

Kurz darauf streifen wir erneut über leere Gänge zurück in ein anderes Treppenhaus, ehe wir Etagen hinablaufen. Als wir ein Plateau erreichen, von dem keine weiteren Treppen abwärtsführen, verlangsamt Ivan seinen Schritt. Wir treten auf den unebenen Beton und er steuert auf eine weitere Tür mit der Aufschrift »Betriebsraum« zu.

»Diese werden wir vermutlich aufbrechen müssen«, flüstert Ivan, als wir nähertreten. »Security-Mitarbeitersubjekte haben normalerweise keine Freigabe, um …«

Als wir uns der Tür bloß genähert haben, klickt sie bereits auf. Ohne die Uhr. Ohne die sonst wohl notwendige Freigabe.

Tom muss erfolgreich mit seinem Hack gewesen sein.

Während Ivan bereits in den Betriebsraum stürmt, frage ich mich für einen Moment, was aus Tom hätte werden können. In einer anderen Zeit, einer anderen Welt. Wenn die Gesellschaft ihn nicht wegen seiner Nervosität in die KonzEn gezwungen hätte. Wenn er seine Genialität hätte ausleben können, ohne eine Todesstrafe fürchten zu müssen. Wäre er der Einstein der IT geworden?

Ein Rumpeln aus dem Inneren befreit mich aus meinen Gedanken, sodass ich Ivan folge. Hitze steigt uns entgegen und laute Geräte rauben mir beinahe das Gehör.

Ivan geht auf einen unförmigen Behälter unter einem dicken, silbern schimmernden Rohr zu, das so dünn wirkt, als wäre es aus Aluminium. Er stellt die Flaschen vor sich auf dem Boden ab und holt das Messer heraus, mit dem er eine Klappe an dem Behälter aufhebelt. Als sie sich schließlich mit einem Klacken löst, schießt mir ein merkwürdiger Geruch in die Nase, den ich nicht identifizieren kann. So, wie ich mir eine explosive, chemische Mischung vorstelle.

»Schütte die Mittel da herein«, weist Ivan mich an und deutet auf den offenen Behälter, ehe er bereits den Verschluss der ersten Flasche abschraubt.

Skeptisch tue ich es ihm gleich. »Und dann? Fliegen wir alle in die Luft?«

Ivan stockt, dann lächelt er leicht. »Nein. Das ist die Reinigungsflüssigkeit für die Belüftungsanlage.« Noch in der Kippbewegung hält er inne, ehe er sich offenbar dazu entscheidet, mich über den ganzen Plan aufzuklären. »Wenn wir die Putzmittel hereingießen, werden die Inhaltsstoffe zusammen mit der vorhandenen Reinigungsflüssigkeit der Anlage verwendet, um die Luft aufzubereiten. Dadurch wird sie mit Inhaltsstoffen aus den Putzmitteln angereichert – oder eher mit den im synthetischen Prozess erzeugten Endprodukten. Die Verteilung dieser Gase über die Belüftungsanlage wird diverse Bio-Sensoren überall im Gebäude auslösen.«

Ich stocke. »Ist das nicht giftig?«

Er wirft einen Blick auf die Flasche, als würde er sich erst jetzt Gedanken darüber machen. »Nein. Aber es könnte etwas auf den Schleimhäuten brennen. Du solltest also gleich zügig den SmartSuit anziehen.« Ivan schraubt weitere Flaschen auf. »Die Chemikalien vollständig aus den Rohren zu entfernen, wird sie Tage kosten. So lange werden sie unsere Verfolgung wohl nicht aussetzen, aber zumindest werden sie einige Minuten brauchen, bis sie den Ursprung identifizieren und ausschließen können, dass es sich um einen lebensbedrohlichen Vorfall handelt.«

Ich nicke langsam, während ich ebenfalls meine Flaschen aufschraube. »Das ist clever«, gestehe ich.

Ivan blickt aus dem Augenwinkel zu mir. »Offenbar war mein abgebrochenes Medizinstudium doch zu etwas gut.« Dann beginnt er, die erste Flasche in das Rohr zu füllen. Ein Knistern ertönt, als würde die Flüssigkeit auf etwas sehr Heißes oder sehr Kaltes tropfen, dann steigt bereits ein weißlich verfärbter Dunst auf. Ich trete näher, leere zeitgleich mit Ivan die restlichen Flaschen, ehe ein scharfer Geruch an meine Nase tritt.

»Jetzt raus hier«, verkündet er, den Kragen seines Shirts wie eine Atemmaske nach oben gezogen.

Ich huste, während sich das Mittel in meine Luftröhre brennt, als würde ein Zahnstocher quergestellt werden. Eilig drücken wir uns in die mitgebrachten SmartSuits, ehe ich Ivan erneut die Treppen hinauffolge.

Nun, eingehüllt in den weißen, knirschenden Stoff, fühle ich mich zum ersten Mal wohler als ohne ihn. Wir halten dennoch weiterhin die Köpfe mit dem Sichtvisier gesenkt, doch wenigstens sind wir nicht schon aus der Ferne als zwei Ausreißersubjekte zu erkennen. Die Kamera musste ich etwas höher platzieren, damit sie aus dem Visier herausragt – ob sie so noch andere Töne als das Knirschen des Plastiks aufnimmt, weiß ich allerdings nicht.

Die Gänge scheinen nun noch leerer als vorher. Vermutlich mussten alle zu den SmartSuit-Ausgabestellen flüchten und brauchen nun wieder Zeit, um sich in den Gängen zu verteilen.

Mit jeder Minute, in der ich wieder gereinigte Luft einatme, beruhigt sich der stechende Hustenreiz in meiner Lunge, bis ich allmählich wieder glaube, kontrolliert atmen zu können. Wie normale Wachen patrouillieren wir über die Flure, auch wenn die röhrenden, engen Anzüge verhindern, dass wir jeden weit entfernten Schritt hören können.

Hoffentlich wird das auch nicht nötig.

# 44

Mit Schwung klopfe ich gegen die Tür des Kontrollraums. »Wir sind's, Caitlyn und Ivan.«

Mit einem überraschend lauten Knacken öffnet sich die Tür und ich fliege hinein. Shaira richtet noch einen Moment die Waffe auf mich, ehe sie langsam die Hand senkt und ebenso wie Malek und Tom den Stoff ihres Oberteils über Mund und Nase stülpt. Dann reißt sie mir bereits wortlos die SmartSuits aus der Hand und reicht je einen an Malek und Tom weiter.

»Weißt du, wie man die anzieht?«, frage ich Malek vorsichtig.

»Mein Vater hat mich immer in die Dinger gezwängt«, erwidert er. »Also ja, ich werde wohl einen Gummianzug übergestülpt bekommen.«

»Das ist mein Junge!«, ertönt es dann plötzlich aus der Kamera an meinem Kragen.

Augenblicklich schaut Malek wieder auf, noch ehe er den Personenpanzer ganz über den Kopf gezogen hat. »Papa?«

»Ja, Malek, ich bin's«, spricht Alonso weiter. »Ich habe dich über den Stream beobachtet und freue mich so, dich zu sehen, lebendig. Auch wenn der Teil mit dem Sehen gerade nicht auf Gegenseitigkeit beruht.«

Malek tritt näher an mich heran und starrt auf die Kamera, aus der auch Alonsos Stimme dringt. Erst ein erneutes Husten erinnert ihn daran, den SmartSuit weiter anzuziehen. »Ich war mir nicht sicher, ob du es überlebt hast«, fährt er in gedämpftem Ton fort, als das Visier seinen Mund bedeckt und seine Stimme nur noch durch die Filter ertönt. »Aber ich hatte dich nicht im KonzEn gesehen, daher ...«

»Sie haben mich nicht bekommen«, unterbricht Alonso ihn. »Aber ihr habt jetzt keine Zeit dafür. Ihr müsst da raus. Ich konnte nur dem Drang nicht widerstehen, dir Hallo zu sagen, nach der ganzen Zeit ...« Seine Stimme bricht. »Also kümmert euch gar nicht um mich. Macht einfach weiter, damit wir uns bald wieder in den Arm nehmen können. Bitte.«

Ein gedämpftes Husten lässt mich noch vor Ende von Alonsos Ansprache den Kopf drehen. Joanna sitzt immer noch gefesselt auf dem Stuhl und atmet schwer gegen den Knebel in ihrem Mund an.

»Wir sollten ihr auch einen anziehen«, stellt Tom fest.

Ich zögere, während sie um Luft ringt. Sie wollte mich umbringen. Uns alle. Hätte sie dafür nicht ein paar Qualen verdient? Immerhin wird sie das nicht umbringen, wenn es stimmt, was Ivan sagte.

Doch was, wenn er sich irrte? Vielleicht gar nicht absehen kann, welche Auswirkungen dieses Gasgemisch haben kann.

Streng genommen hätte Joanna auch den Tod verdient. Aber dennoch könnte ich mir ihr qualvolles Ableben weder mitansehen noch verzeihen.

»Shaira, können wir uns drauf einigen, dass du schießt, sobald Joanna eine falsche Bewegung macht?«, beginne ich also, als ich mich zu ihren Handfesseln herabbeuge.

Shaira hebt prompt die Waffe. »Gerne.«

Obwohl Joanna immer noch hustet und röchelt, fixiert sie mich böse, als ich ihr die Fesseln abnehme. Doch sie rührt sich nicht, erträgt bloß, wie ich ihr zögerlich den SmartSuit über die Füße und Hände stülpe und sie anschließend wieder fessle. Nur, als ich den Personenpanzer verschließe und der Luftreiniger daran anspringt, bemerke ich, wie sie sich einen erleichterten Atemzug gönnt. Ich befürchte zwar, dass der Knebel im Inneren um ihren Mund ihr weiterhin das Atmen erschwert, doch mir ist klar, dass sie wild schreien würde, wenn ich ihn ihr abgenommen hätte.

»Dann können wir jetzt abhauen?«, fragt Shaira, auch wenn sie sich weiterhin auf Joanna konzentriert.

Ich presse die Lippen aufeinander und mustere die anderen im Raum. Diese Falle, in die Tom getreten ist, hat ihm eine dauerhafte Behinderung zugefügt. Er kann nicht rennen, sollte es nötig sein, vielleicht sogar nie wieder. Ivan hat nicht mehr über die Messerverletzung an seinem Oberschenkel gesprochen, doch ich habe ihn die Treppen und Gänge entlanghumpeln sehen. Selbst wenn er noch laufen kann, ist er angeschlagen. Ich will nicht riskieren, mit den beiden vor Wachensubjekten flüchten zu müssen. Daran könnten sie scheitern.

»Wir sollten uns aufteilen«, bestimme ich also und sofort sehen mich alle überrascht an. »Ivan, Tom, Malek, Shaira, ihr werdet gemeinsam verschwinden. Und ich werde sie ablenken.«

Ivan stößt sich von der Tür ab und kommt auf mich zu. »Auf keinen Fall.«

»Wie du weißt, lasse ich mir nicht gerne Befehle erteilen«, wirft nun auch noch Shaira ein.

»Ivan und Malek sind verletzt«, stelle ich fest. »Sollten eure Leute auf uns aufmerksam werden, können sie nicht rennen.«

»Trotzdem kein Grund, dich zu opfern.« Malek imitiert nun dieselbe, widerspenstige Haltung wie Shaira.

»Ich opfere mich nicht«, beteuere ich. »Ich werde mich ihnen vermeintlich stellen und sie von euch weglocken. Dann schaffen wir es alle heraus.«

»Aber du kennst dich nicht im Gebäude aus«, erwidert Ivan.

»Dann wirst du mir einen Weg nach draußen erklären müssen.«

Tom seufzt unzufrieden. »Der Plan gefällt mir nicht.«

»Das ist schlicht indiskutabel«, setzt Shaira nach und geht einen bedrohlichen Schritt auf mich zu. »Du willst dich als Heldin aufspielen? Auf keinen Fall.« Dann dreht sie sich herum. »Die drei Jungs humpeln sich raus. Tom sieht so aus, als könnte er zwei starke Männer gebrauchen. Und wir werden die Kerle beschützen.«

Ich zögere. »Wir beide?«

»Ein genialer Plan«, setzt sie jedoch mit einem Lächeln nach, dann deutet sie hinter sich auf Joanna. »Solange die Chefin noch hier ist, weiß niemand, dass ich die Seiten gewechselt habe. Wir werden so tun, als hätte ich dich dabei geschnappt, wie du entkommen bist und den Bioalarm ausgelöst hast. Wir werden behaupten, Ivan, Malek und Tom seien im KonzEn verstorben und du danach durchgedreht. So locken wir sie weg vom Kontrollraum und sie konzentrieren sich erst einmal auf andere Dinge, als die Verfolgung aufzunehmen.« Sie wendet sich kurz zu den Männern zurück. »Bis dahin sind unsere Jungs hoffentlich durch den erstbesten Ausgang raus und wir können auch verschwinden.«

»Das ist zu riskant«, wirft Ivan erneut ein. »Wir sollten ...«

»Einverstanden«, erwidere ich jedoch bereits. Dann drehe ich mich zu Ivan und lege meine Hände auf seinen Brustkorb. »Du weißt, dass es sinnvoll ist. Außerdem weißt du mittlerweile, wie stur ich bin und dass eine Diskussion sinnlos ist.«

Ivan schließt kurz die Augen und ich spüre unter meinen Händen, wie sich sein Brustkorb aufbläht, bevor er sich wieder absenkt. Dann umgreift er meine Hände. »Ich komme zurück, wenn wir euch draußen nicht antreffen.«

»Ivan ...«

»Keine Widerrede«, höre ich nun plötzlich Malek hinter mir. »Wir versuchen das, aber wenn es schief geht ...«

»... holen wir euch hier heraus«, vollendet Tom nun den Satz, mit den Fingern noch über die Tastatur fahrend, während er redet. »Euch beide.«

»Das wäre verrückt von euch«, erwidere ich und löse mich von Ivan, während Shaira die Szene misstrauisch beäugt.

»Du hast angefangen mit den verrückten Ideen«, erwidert Malek und lächelt schräg. »Schlimm genug, dass ich euch nicht helfen kann, aber auf keinen Fall werde ich akzeptieren, hier nochmal jemanden zu verlieren.«

Ich schnaufe tief durch. Es wirkt mir nicht, als würden sie mir Gelegenheit zur Widerrede geben und jede Sekunde, die wir mit einer Diskussion vergeuden, könnte das Scheitern der Flucht bedeuten. »Na schön.« Erwartungsvoll mustere ich Shaira. »Also, was muss ich jetzt tun?«

Ehe sie mich darauf vorbereitet hat, greift sie plötzlich nach meinem Arm und presst die Waffe gegen meine durch das Visier verdeckte Schläfe. Doch obwohl ich weiß, dass wir zusammenarbeiten, jagt ihr Auftritt mir immer noch Angst ein. »Ich werde meine Beute so präsentieren, wie sonst stets Ivilein es tat.« Sie wirft der Raubkatze einen kurzen, bösen Blick zu, dann zieht sie mich sanft mit auf die Tür zu. »Fünf Minuten Vorsprung, dann seid ihr weg!«, ruft sie noch.

»Passt auf euch auf«, ruft Tom, ehe Shaira bereits ohne zu zögern die Tür öffnet und mit mir auf den Flur tritt.

# 45

Als würden wir bereits beobachtet werden, zerrt Shaira mich unsanft über die Flure. Einige Meter legen wir hinter uns, ehe sie in ihre mittlerweile wieder angelegte Uhr spricht: »Brauche Unterstützung, flüchtiges Krankensubjekt gefasst, bitte auf dem Flur zur Krankenstation treffen.«

Als sie die Uhr wieder senkt, betrachte ich sie musternd. »Krankenstation?«

Sie nickt. »Weit weg vom Kontrollraum«, flüstert sie. »Außerdem wäre es nur wahrscheinlich, dass du dich da verkriechst, nachdem du Giftstoffe in die Luft gepumpt hast, oder?« Sie wirft mir ihr gehässiges Lächeln zu, aus dem ich dieses Mal jedoch auch Vertrautheit herauslese.

Dabei muss ich ihr vertrauen. Denn sollte sie doch noch entscheiden, mich auszuliefern, könnte ich jetzt nichts mehr daran ändern.

Als wir im nächsten Flur einbiegen, sehe ich bereits breite Tore mit der Schildbeschriftung »Krankenstation« darauf. Nur wenige Sekunden später treffen dann bereits andere Personenpanzer ein, die sich uns mit erhobenen Waffen nähern und so mein Herz schneller schlagen lassen.

»Caitlyn ist entkommen«, eröffnet Shaira sofort das Wort und hechelt betont heftig, als hätte sie eine Verfolgungsjagd hinter sich, also tue ich es ihr gleich. »Sie muss den Bioalarm ausgelöst haben.«

Misstrauisch legt einer der anderen Wachensubjekte den Kopf schräg, auch wenn sie immerhin die Waffen senken. »Entkommen? Aus dem KonzEn?«

»Ich wollte sie gerade einsammeln, weil sie die Behandlung abgeschlossen hatte«, setzt Shaira zu jener Erklärung an, die sie vorbereitet haben muss. »Ivan, Malek und Tom haben es nicht geschafft, deshalb dachte ich, ich könnte sie alleine händeln.« Sie hebt etwas den Kopf und ich bin verblüfft, wie überragend sie ihre Stärke spielen kann. Oder ist sie sich tatsächlich sicher, dass ihr Plan funktionieren wird?

»Wieso hast du uns nicht viel früher informiert?«, hakt der Mann gegenüber nach.

»Ich hatte mich direkt an die Verfolgung begeben.« Ihr Blick wird immer kälter, mittlerweile ein sicheres Anzeichen für mich, dass auch sie nervös wird. »Euch zu kontaktieren wäre … ineffizient gewesen.« Sie holpert bei dem Wort so sehr, dass ich plötzlich das Bedürfnis habe, sie festzuhalten.

Der Mann zögert kurz, dann nickt er schließlich. »Gute Arbeit«, erwidert er, auch wenn immer noch dezente Zweifel in seiner Stimme mitschwingen.

Doch entweder bemerkt Shaira das nicht oder übergeht es einfach. »Ich werde sie dann in eine der Vorbereitungszellen bringen und Joanna informieren.« Postwendend dreht sie mit einem zu festen Griff um meinen Arm ab und schleift mich mit sich.

Obwohl ich bereits ahne, dass wir nun zielstrebig auf einen Ausgang zusteuern müssten, stellt sich keine Erleichterung bei mir ein. War das nicht zu einfach? Viel zu einfach?

Da höre ich plötzlich den Mann hinter mir: »Wenn du Caitlyn sofort verfolgt hast, was hast du dann in der Putzkammer gemacht?«

Sofort stoppt Shaira und hält viel zu auffällig inne, während ihr dieselbe Erkenntnis zu kommen scheint wie mir. Ivan und ich haben diese Kammer mit ihrer Uhr zur Freigabe betreten und ihre Kollegensubjekte müssen das herausgefunden haben. Doch wenn sie mich wirklich verfolgt hätte, wäre ich entweder an dieser Tür gescheitert oder hätte sie niemals erreicht. Es gab für sie keinen Grund, die Putzkammer zu betreten. Nicht, wenn sie die Wahrheit sagen würde.

Für eine Sekunde wende ich eher unabsichtlich den Kopf zu ihr, warte ab, was sie vorhat. Ob sie auch für diesen Fall eine Verteidigung zurecht gelegt hat.

Doch dann zischt sie mir plötzlich zu: »Lauf.«

Kurz fluche ich in meinem Kopf, dann renne ich zeitgleich mit ihr los. Immerhin hatte ich nicht wirklich ernsthaft angenommen, dass dieser Plan uns eine einfache Flucht ermöglichen würde. Aber wenigstens haben wir sie von Tom, Ivan und Malek abgelenkt.

Nur das zählt.

»Hey!«, ruft der Mann hinter uns, auch wenn er rasant leiser wird, als wir davonlaufen. Doch dann ertönen bereits Schritte hinter uns, die viel zu schnell aufholen.

Shaira liegt leicht vor mir, biegt so unberechenbar in Kurven ein, dass ich kaum folgen kann. Sie durchrennt einen Raum, zum Glück nicht gestoppt durch die Sicherheitsfreigaben, da nach Toms Hack immer noch alle Türen unverschlossen sind.

»Was geht hier vor sich?«, höre ich noch ein Fluchen hinter uns, doch zum ersten Mal habe ich den Eindruck, dass wir immer mehr Distanz schaffen.

Dann wirft Shaira sich mit Schwung gegen eine Tür, doch ich folge ihr mit so einer Geschwindigkeit, dass ich erst zu spät merke, dass wir uns in ein Treppenhaus begeben. Gerade schaffe ich es noch, am Geländer zu stoppen, ehe ich beinahe darüber in die Tiefe stürze. Doch das Manöver hat mich verlangsamt und ich spüre den Windzug, als nach mir gegriffen wird.

»Stehen bleiben!« Das metallische Klirren einer Waffe schallt durch den hohen Treppenflur.

Doch das werde ich nicht tun. Solange sie uns folgen, können sie sich nicht um Ivan, Tom oder Malek kümmern.

Ein Krachen ertönt und instinktiv ziehe ich die Hände zum Kopf, ehe ich die im Viereck heraufführenden Treppen weiterverfolge, die Shaira vor mir geht. Der Mann hinter mir muss gefeuert haben, doch die engen Stäbe des hohen Treppengeländers werden es ihm nicht leicht machen, uns zu treffen.

Der Personenpanzer knirscht bei jedem Schritt und wirkt wie ein starres, schweres Exoskelett, doch die Verfolgersubjekte sind zu nah, um ihn noch abzustreifen. Außerdem würde die Luft, die in den Lungen brennt, meine Lage gerade nicht verbessern. Wir müssen es so schaffen.

Shaira und ich lassen weitere Etagen unter uns zurück und ich frage mich, wie lange sie diesen Weg noch zu verfolgen plant. Meine Muskeln drohen immer wieder nachzugeben und ich mobilisiere bereits meine letzten Kraftreserven.

Dann springt plötzlich einer der Türen auf. Ich stolpere zurück, als der Wachmann die Waffe auf mich richtet. Ein Schuss aus kurzer Distanz. Er kann nicht verfehlen.

Plötzlich fällt der Mann seitlich zu Boden. Ich erkenne noch, wie Shaira sich wieder aufrichtet, bevor sie mich an der Hand hinter sich herzieht.

Hat sie mich gerettet – schon wieder?

Immer noch fallen dumpfe Schüsse, mehr wie ein entferntes Klacken, leiser als die Pistolen aus den Filmen. Gelegentlich muss ich eine Stufe überspringen oder geduckt weiterlaufen, um nicht getroffen zu werden, denn ich habe nicht vor, mehr über diese Waffen herauszufinden. Längst habe ich das Bedürfnis, mich die weiteren Treppen am Geländer hinaufzuziehen, droht meine Kondition doch unzureichend zu sein. Doch über mir, nur noch wenige Stufen entfernt, sehe ich bereits ein Plateau, von dem keine weiteren Stufen emporführen, aber eine Tür hinaus. Diese letzte Etage muss Shaira ansteuern.

Noch einmal reiße ich mich zusammen und spurte hinter ihr hinauf. Als Shaira die Tür gerade erreicht, springt sie vor uns auf.

Ich weiche zurück, als die Wachfrau vor mir nach Shaira greift und sie so bis zum Geländer zurückdrängt. Ihr Oberkörper beugt sich bereits hinab in die Tiefe und ihr Griff um die Arme der Wachfrau werden sie nicht mehr lange retten.

Ich muss handeln.

Ich versetze der Frau von der Seite einen Tritt, sodass sie ins Stolpern gerät. Sofort richtet sich Shaira wieder auf und stößt sie beiseite, sodass sie endgültig die Treppen herabstürzt und so auch jene Wachensubjekte aufhält, die zu uns aufgeholt haben.

Endlich wieder Vorsprung.

Wir flüchten zur Tür hinaus und stampfen über die weißen Glasplatten. In einem hell ausgeleuchteten Raum aus Glaswänden. Weiß und steril.

Die Eingangshalle.

»Gebt endlich auf!«, schallt es uns entgegen, während Shaira zu einer der Seitenwege abbiegt. »Stehen bleiben!«

Es ist eine gerade Strecke, die Mitarbeitersubjekte mit den Waffen direkt hinter uns. Doch vor mir sehe ich den Notausgang.

Gleich haben wir es geschafft.

»Das ist die letzte Warnung!«

Shaira erreicht die Tür vor mir, drückt den grünleuchtenden Henkel herunter und wirft sich dagegen. Ein ohrenbetäubender Alarm ertönt, doch er ist nicht relevant.

Wir sind draußen.

Shaira springt hinaus und meine Hand greift nach dem Rahmen, bereit, eine weitere enge Kurve zu nehmen, um ihr zu folgen, aus dem Sichtfeld zu verschwinden, ein für alle Mal von diesem Ort zu flüchten. Da spüre ich plötzlich ein Stechen am Nacken. Ich laufe noch weiter, greife mir mit der Hand an den Schmerz, der wie eine Einstichstelle wirkt. Doch noch ehe ich verstehe, was passiert ist, was es bedeuten könnte, breche ich zusammen und werde ohmächtig. Einen Meter vor der Optimierungsklinik. Wenige Schritte vor meiner Freiheit.

# 46

Ein Stechen im Oberarm, dann spüre ich mich selbst tief einatmen, noch ehe ich wieder bei vollem Bewusstsein bin. Ich öffne die Augen, sehe die blau-weißen Wände und Joanna direkt vor mir, die gerade eine Spritze auf einen Tisch neben sich legt. Ich stecke nicht in einem Personenpanzer und kann trotzdem atmen, also haben sie mittlerweile wohl die Ursache der Luftverpestung im Optimierer eliminiert.

Langsam bewege ich meine Finger, als könnte ich sie nur so wieder verorten. Ich sitze auf einem weißen Plastikstuhl, meine Beine und Arme sind daran gefesselt. Doch es fühlt sich merkwürdig an, denn ich spüre zwar die raue Oberfläche von Seilen um meine Fesseln und Handgelenke, jedoch nicht fest genug, um mich zu fixieren.

Mein Herz klopft, als hätte Joanna mir Drogen gespritzt, was sie vielleicht auch hat. Rechts von mir erkenne ich die altbekannte Glasscheibe, doch es kostet mich eine Sekunde, um zu realisieren, dass ich dieses Mal nicht in dem Vorbereitungsraum mit der Holztür bin, sondern auf der anderen Seite. Gefesselt an den Plastikstuhl, den ich sonst nur aus der Ferne sah.

Mein Blick schweift im Raum umher, doch abgesehen von Joanna bin ich allein. Heißt das, Ivan, Shaira und den anderen ist die Flucht gelungen? Oder sind sie nur gerade in einer der Zellen? Wieder im KonzEn? Oder sogar … tot?

Warum bin ich überhaupt hier? Allein mit Joanna? Warum bin ich noch am Leben?

»Wie schön, dass du wach bist, Caitlyn«, beginnt Joanna überspitzt. Ihre Augen fixieren mich, als sie erneut eine Waffe auf mich richtet. »Dann können wir es jetzt zuende bringen.«

Ich spüre, wie sich das Seil an meinen Handgelenken weiter lockert, auch wenn es in meinem Kopf keinerlei Sinn ergibt.

Warum sollte sie sich allein mit mir in diesen Raum begeben und mich nicht einmal korrekt fesseln?

Es muss einen Grund haben, den ich nur noch nicht kenne.

Also bleibe ich sitzen und nicke wie zu einer Kapitulation. »Warum hast du es nicht längst getan?«

Joanna stockt und ihr Zögern bereitet mir wenigstens die Beruhigung, dass sie nicht jeden folgenden Schritt vorhersehen kann. »Wann hätte ich das denn tun sollen?«, fährt sie fort. »Während du, regungslos durch die sehr effizienten Betäubungspfeile, hierher getragen wurdest? Das wäre eine Exekution gewesen, das kann ich doch nicht machen.« Sie hebt eine Augenbraue, als würde sie sich über mich lustig machen.

Meine Finger verkrampfen sich unter den lockeren Fesseln. Das beantwortet nicht meine Frage, denn schließlich sitze ich immer noch hier, lebendig, während sie die Waffe auf mich richtet. Es muss etwas geben, was sie abhält. Und solange ich das nicht kenne, wage ich mich nicht, auch nur mit dem großen Zeh zu zucken.

»Ich dachte, Ivan und dich direkt nach eurer Ankunft in die KonzEn zu schicken, wäre die einfachste und schnellste Möglichkeit, euch alle loszuwerden«, fährt sie fort. »Aber Tatsache ist, dass ich diese Entscheidung zutiefst bedauere, denn dadurch kam überhaupt erst dieser lächerliche Stream zustande.« Sie schüttelt sich, als müsste sie ekelerregende Insekten von ihrem Körper loswerden.

»Er war nicht lächerlich«, erwidere ich. »Wir haben etwas damit bewirkt.«

Doch ehe ich meine Antwort ausführen kann, setzt Joanna nach: »Ja, das habt ihr tatsächlich.« Sie kommt wieder einen Schritt auf mich zu. »Mein Plan war perfekt. Ich hätte behaupten können, dass dieses Feuer in der KonzEn versehentlich ausgebrochen sei und ich den Rauchabzug als Maßnahme zur Brandschutzbekämpfung anwenden musste. Dass es eine bedauerliche Fehlfunktion gab, die euch ersticken ließ. Und dass die drei Krankensubjekte und mein Mitarbeiter, der Notfallhilfe leisten wollte, bloß bedauerliche, aber unvermeidbare Opfer waren.« Joanna legt einen künstlich bedauernden Gesichtsausdruck auf. »Doch leider hat meine Mitarbeiterin wegen eures Streams entschieden, euch mit allen Mitteln die Türen öffnen zu wollen.«

Ich schließe die Augen. Ich würde mir gerne vormachen, dass Shaira mein Leben gerettet hat, doch die Waffe in Joannas Hand ist immer noch auf mich gerichtet. Ich bete, dass wenigstens die vier anderen es nach draußen geschafft haben – auch wenn ich mich nicht wage, nach ihnen zu fragen und so auf sie aufmerksam zu machen.

»Der Stream hat mehr noch als das bewirkt«, fahre ich fort, wenn auch mehr um mich selbst zu überzeugen, dass der Einsatz meines Lebens nicht umsonst war. »Wir haben die Menschen endlich über das aufgeklärt, was in Optimierern vor sich geht, und …«

»Sei nicht so arrogant«, unterbricht Joanna mich jedoch. »Was die Leute im Stream mitverfolgen konnten, war gar nichts. Du hast bloß Informationen veröffentlicht, die der Regierung und anderen Optimierern längst bekannt sind. Wir sind schon immer einer der Kliniken mit der sanfteste KonzEn gewesen. Das war allerhöchstens für ein paar verblendete Individuen schockierend.« Sie deutet auf meinen Kragen, als wäre die Kamera dort immer noch befestigt.

»Die Sanfteste?«, wiederhole ich. »Deshalb sterben hier Menschen?«

»Überall sterben Menschen, Caitlyn. Ständig. Auch außerhalb von Optimierern. So ist das Leben.« Jegliche Miene verschwindet aus ihrem Gesicht, zurück bleibt die undurchdringbare Kälte. »Weißt du, Caitlyn, mein Job ist auch nicht einfach.«

Ich lache verächtlich auf. »Soll ich jetzt Mitleid haben?«

»Ich habe Quoten zu erfüllen«, fährt sie unbeirrt fort. »Die Optimierungskliniken werden bewertet und es gibt drei relevante Faktoren. Die Heilungsquote – jene Krankensubjekte, die behandelt und anschließend wieder in die Gesellschaft entlassen werden. Die Misserfolge – jene wie du, die in Behandlung waren, aber rückfällig werden und erneut in die KonzEn müssen. Und die Abbrüche.« Sie stockt, ohne die letzte Kategorie weiter auszuführen. Und doch weiß ich, dass nur noch eine logische Gruppe fehlt: Menschen, die bei der Behandlung sterben. »Je höher die Heilungsquote ist, desto besser wird die Klinik bewertet. Und mit einer besseren Bewertung bekommt der Optimierer höhere Mittel für Personal, mehr Geld für den Ausbau und vor allem einen guten Ruf. Abbrüche gehören dazu und werden vom Staat toleriert. Das Risiko bei der Behandlung zu versterben, liegt immerhin bei siebzig Prozent. Da kann leicht etwas passieren.«

Intensiv mustere ich Joanna. Obwohl sie all das gelassen ausspricht, wirkt es aus ihrem Mund ketzerisch.

»Was wirklich problematisch ist, sind die Misserfolge. Sie reißen die gesamte Effizienz der Klinik in den Keller. Niemand kann sich Misserfolge leisten.« Joannas Augen werden wieder kalt und ich weiß, dass sie das absolut ernst meint. »Die Westbach Klinik hat die beste Bewertung im Land. Ich konnte nicht zulassen, dass Ivan und dein Fluchtversuch, geschweige denn eurer miserabler Ausbruchsversuch zu fünft etwas daran ändert. Drei frei herumlaufende Misserfolge und zwei geflüchtete Mitarbeitersubjekte ... das wäre eine Katastrophe gewesen.«

»Ja, wie katastrophal, dass diese Leute mein Leben retten wollten«, erwidere ich sarkastisch.

Doch Joanna schüttelt nur den Kopf. »Du weißt nicht, was er riskiert hat.« Sie wechselt die Pistole zur anderen Hand, was mein Herz einen Schlag aussetzen lässt. »Um ein Haar wäre diese Klinik geschlossen worden. Dann wären wir alle, jedes einzelne Mitarbeitersubjekt, vom Security-Personal bis zur Wissenschaftsabteilung, in der KonzEn anderer Optimierer gelandet.« Sie legt den Kopf schräg. »Wegen einer einzelnen Person, die Ivan retten wollte.«

»Es hätte nicht so weit kommen müssen«, antworte ich, während die Waffe immer noch bedrohlich auf mich zeigt. »Ich hatte die KonzEn regulär abgeschlossen. Du hättest mich sogar in die Heilungsquote aufnehmen und einfach gehen lassen können. Ivan wäre nicht eingeschritten und ich hätte nicht zurückkehren können.« Nicht einmal für Tom, ergänze ich innerlich, denn allein hätte ich keine Chance gehabt, ihn zu retten.

Joanna macht eine Kopfbewegung, die wirkt, als hätte sie sich etwas verknackst. »Da wäre ich mir nicht so sicher. Du wirktest mir schon damals, als würdest du ein Misserfolg werden.«

Ich schnaube wütend. »Das ist eine Lüge«, konfrontiere ich Joanna, was sie die Augen aufreißen lässt. »Ich weiß, dass du schon im Labyrinth versucht hast, mich umzubringen. Oder konntest du so früh schon den Ausgang meiner Behandlung erkennen?« Joanna antwortet nicht mehr, also fahre ich fort: »Ich war doch sicher nicht euer erster Misserfolg, oder?«

Sie reckt das Kinn. »Was lässt dich glauben, dass ich mit den anderen nicht genauso verfahren bin wie mit dir, um unsere Statistik rein zu halten?«

Ich schlucke schwer. »Das heißt, du betreibst diesen Aufwand nur für eure Bewertung? Denn du bist mit deinen Handlungen auch ein großes Risiko eingegangen.« Ich deute auf die Waffe in ihrer Hand. »Und tust es immer noch.«

Joanna zögert, beinahe, als hätte ich einen wunden Punkt getroffen. »Ich erhalte den guten Ruf dieser Klinik, dafür ist mir kein Risiko zu hoch.«

»Sind wir deswegen hier?«, resümiere ich und deute mit dem Kopf auf die uns umgebenden Wände. »In einem Raum, der vermutlich nicht überwacht ist?«

Joanna stockt, doch das Schweigen ist mir Antwort genug.

»Also worauf wartest du?«, provoziere ich sie. »Es gibt keine Kamera, die es aufzeichnet. Warum erschießt du mich nicht direkt hier? Was hält dich ab, Joanna?«

Sie atmet schwer durch und ihre Augen gefrieren in der ausstrahlenden Kälte. »Ich warte.«

»Worauf?«

»Dass du dich befreist.« Ihr Blick wandert zu meinen Hand- und Fußgelenken. »Bedauerlicherweise bist du nicht so impulsiv und dumm, wie ich dachte. Denn ich bin mir sicher, du hast längst gemerkt, dass die Fesseln locker sind.« Wieder hebt Joanna die Waffe. »Wie ich schon sagte, ich kann dich nicht einfach hinrichten. Wenn du gefesselt und tot auf einem Stuhl hängst, würde das Fragen aufwerfen, die ich nicht beantworten möchte. Wenn du mich hingegen angreifst, lässt du mir offensichtlich keine Wahl.« Sie geht auf den Tisch zu und lehnt sich rücklings daran, als würde sie sich auf eine längere Zeit einstellen, die sie hier ausharrt.

»Dann hast du mir gerade den perfekten Grund gegeben, weswegen ich hier sitzen bleiben werde«, erwidere ich.

Doch Joanna lächelt nur. »Sicher. Für die nächsten zwei, drei Stunden vielleicht. Oder möchtest du es einen ganzen Tag versuchen? Ewig schaffst du es nicht. Irgendwann wird der Durst oder die Müdigkeit so quälend werden, dass du dich bewegen musst. Dann ist es dir lieber, umgebracht zu werden, als die Qual weiter zu ertragen.«

Mein Atem stockt. Ich bin also hier, um gefoltert zu werden. Ich darf wählen, wann ich sterbe und wie viel Qual ich bis dahin ertragen möchte. Denn in jedem Falle wird es nichts am Ergebnis ändern.

Sie hat all das doch genau durchgeplant.

»Wer macht also die Wachablösung?« Herausfordernd sehe ich sie an.

Doch Joanna schüttelt den Kopf. »Ich weiß, worauf du hinauswillst. Aber du wirst bei meinen Mitarbeitersubjekten keine Hilfe finden. Es hat niemand außer mir mehr Zugang zu diesem Raum.« Sie blickt an dem Stuhl herab, auf dem ich sitze. »Vielleicht werde ich gleich die Fesseln etwas fester ziehen und einfach ein paar Stunden schlafen gehen. Möglicherweise ändert das ja bereits deine Meinung.« Ihr Lächeln erinnert mich nun an jenes hässliche Grinsen, das Shaira stets auflegte.

Ich senke den Blick und erwäge meine Optionen. Doch mir fallen keine ein. Denn was kann ich schon ausrichten? Ich bin wortwörtlich in der Gewalt von Joanna. Selbst wenn ich mich dazu entscheide, sie nicht anzugreifen – wie lange kann ich es durchhalten und zu welchem Zweck? Selbst wenn sie nicht wagt, mich wirklich verdursten zu lassen, so fallen Joanna aber sicher tausend andere Wege ein, mich zu quälen, bis ich durchdrehe.

Sollte ich es beenden, bevor es soweit kommt? Welchen Sinn ergibt es, durchzuhalten? Selbst wenn Ivan oder einer der anderen zurückgekehrt sind, was eher das Worst-Case-Szenario wäre, so könnten sie mir doch nicht helfen. Niemand wird von draußen einfach hereinstürmen und mich rausholen. Niemals, egal, wie lange ich warte. Ich kann nur verlieren.

Ich werde sterben.

Dennoch richte ich mich ein letztes Mal auf. »Wenn du mich also schon umbringst«, beginne ich, »will ich wenigstens die ganze Wahrheit erfahren.«

Joanna zuckt mit den Schultern. »Schön, ich habe für deine Sturheit ausreichend Zeit eingeplant. Was willst du wissen?«

»Wieso willst du mich unbedingt loswerden?«

Ihre Augenbrauen zucken. »Das sagte ich dir doch. Wegen der Statistik.«

»Das glaube ich dir nicht«, wiederhole ich. Dann äußere ich den einen Verdacht, den ich habe: »Es liegt gar nicht an mir. Oder meiner Krankheit. Es ist wegen dir. Weil du krank bist, Joanna. Und ich davon weiß.«

Sie zuckt zusammen, als hätte ich ihr mit einer Nadel ins Auge gestochen. »Unsinn«, erwidert sie kaum überzeugend.

»Was ist es?«

»Ich bin nicht krank«, beharrt sie.

»Ich habe es gesehen«, setze ich jedoch fort. »Das schmerzerfüllte Zucken, die Hand auf dem Bauch ...« Ich deute an ihr herab, bemerke ich doch, dass sie es in diesem Moment erneut tut. Sofort hebt sie die zweite Hand zur Waffe, als könnte sie es so noch kaschieren. »Ich habe es bemerkt und deswegen musste ich weg.«

Joanna fixiert mich. »Halte dich nicht für so überragend klug.«

»Also, was ist es?«

Sie kneift die Augen zusammen, doch scheint schließlich festzustellen, dass eine weitere Gegenwehr nichts bringt. »Endometriose«, bringt sie knapp hervor und wagt sich nun, ihre Hand wieder auf den Bauch zu legen. »Es ist gerade die Zeit des Monats.« Ihre Stimme ist plötzlich belegt, auch wenn sie dadurch weicher klingt als sonst.

»Endometriose?«, wiederhole ich und krame in dem spärlichen, medizinischen Wissen, das sich in meinem Kopf befindet. Es ist eine der schmerzhaftesten Krankheiten, von denen ich gehört habe. Wie kann sie überhaupt noch aufrecht stehen, wenn die Beschwerden gerade akut sind? Oder lügt sie mich an? »Die Krankheit ist doch seit einigen Jahren heilbar«, stelle ich fest.

Joanna atmet tief ein, als würde ihr die Frage noch mehr Schmerzen bereiten als die Krankheit. »Theoretisch schon. Eine Operation, ein paar Tabletten im Anschluss und es ist nie wieder ein Thema.«

In meinem Kopf rattert es, doch noch passen die Zahnräder nicht ineinander. »Was heißt ›theoretisch‹?«

»Endometriose ist eine typische Begleiterscheinung von Morbus Inertia«, bringt sie gepresst hervor, ehe sie den Satz wenige Sekunden in der Luft hängen lässt.

Dabei ist die Aussage so unglaublich, dass sie mich viel mehr Zeit kosten würde, um sie zu verarbeiten. Joanna, die Leiterin der Westbach Klinik, gehört selbst in einen Optimierer. Jedenfalls, wenn es nach dem System geht.

»Die Behandlung von Krankheiten, die mit Morbus Inertia in Verbindung stehen, erhalten nur jene, die die KonzEn durchlaufen haben.« In ihren Augen scheint nun all der Schmerz zu liegen, den sie die ganze Zeit so mühevoll zurückgehalten hat. »Die Vorschriften der Gesundheitsversorgung schreiben vor, dass als erstes Morbus Inertia geheilt werden muss und erst dann die übrigen Komorbiditäten angegangen werden.«

Ich stocke. »Und du verweigerst eine Behandlung, obwohl du selbst so eine Klinik führst?«

»Weil«, korrigiert sie mich. »Die Konjunktion, die durch suchtest: weil.« Joanna hebt kurz den Kopf, als würde es ihr das Atmen erleichtern. »Siebzig Prozent sterben durch die KonzEn. Ein Risiko, das ich nicht eingehen möchte.«

Wut steigt in mir auf. »Schön, dass du das so siehst. Wäre es dann nicht fair, Menschen wie mir diese Wahl auch zu lassen?«

Ihre Augen werden wieder kalt. Offenbar jene Maske, die sie sich über die letzten Jahre antrainiert hat. »Ich fände es fair, ja. Aber es ist nicht meine Entscheidung. Wie ich schon sagte, ich habe Quoten zu erfüllen. Jedes Krankensubjekt, das ich ohne eine Behandlung gehen ließe, würde zu den Misserfolgen zählen. Und wenn diese Klinik zu viele Misserfolge nachzuweisen hat, wird sie geschlossen. Ich habe das Schicksal gerade erst verhindert. Ich trage Verantwortung für meine Mitarbeitersubjekte – ganz im Gegensatz zu Ivan. Mir sind die Hände gebunden.« Sie streckt ihre Handgelenke nach vorne, als müsste ich dort tatsächlich Fesseln sehen.

»Deine Verantwortung in allen Ehren«, erwidere ich sarkastisch. »Aber du willst mich umbringen, um nicht selbst verraten zu werden.«

Joanna fährt sich mit der Zunge über die Lippen, dann erneut das Zucken ihres Nackens. »Es war ein Aspekt von vielen. Aber ja, es galt: Du oder ich. Was glaubst du, wen ich da bevorzugt habe?«

Ich schnaube, kann meine Wut kaum noch zurückhalten. »Ich hatte doch gar nicht vor, dich an irgendwen zu verraten!«

»Aber du hast die Informationen dazu.« Joanna reckt das Kinn. »Nach dem kleinen Sonderauftrag musste ich dich verschwinden lassen.«

Ich runzle die Stirn. »Welcher Sonderauftrag?«

»Das Lagersystem der Krankenstation«, erinnert sie mich.

Ich nicke. Der Auftrag, der kaum ein paar Tage her ist und sich dennoch anfühlt, als wäre er eine Ewigkeit her. »Du wolltest explizit wissen, wer diese Änderungen übernimmt.«

»Damit ich weiß, wer die Information hat«, bestätigt Joanna.

»Warum war das wichtig?«

»Weil es durch die Modifikation möglich war, Bestände in den Medikamenten zu fälschen«, erklärt sie. »Nur so komme ich an ausreichend Schmerzmittel, um mich während der schlimmsten Zeit meines Zyklus' nicht mehr in meinem Büro einschließen zu müssen.«

»Unfassbar«, stoße ich aus und schüttle den Kopf. »Ich habe dir also geholfen und soll dafür jetzt sterben? Dabei hatte ich nicht einmal vor, dir damit zu schaden!«

»Aber die Option bestand«, wiederholt sie nachdrücklich.

Ich atme tief durch. Wenn ich mich jetzt aufrege, führt das zu nichts. »Du könntest verschwinden«, äußere ich also halblaut und Joannas Augen weiten sich vor Überraschung. »Du könntest mich gehen lassen und untertauchen. Ich weiß nicht, ob du die Nachrichten verfolgt hast, aber das ist jetzt offiziell erlaubt.« Mein Ton klingt zynischer, als er sollte. Doch nur so kann ich meine Wut wie einen aufgeblähten Dampfkessel hinauslassen, ohne wie ein Atomkraftwerk zu explodieren.

»Aber dann komme ich nicht mehr an die Medikamente« stellt sie fest.

Ich verziehe angewidert das Gesicht. »Deine Doppelmoral übertrifft wirklich alles.«

»Du hast keine Ahnung von dieser Krankheit und den damit verbundenen Schmerzen.«

»Stimmt. Aber von den Schmerzen und dem Leid, den du den Leuten antust«, erwidere ich. »Du sagst, du verweigerst die Behandlung, weil du Angst hast, zu sterben. Du behandelst deine Symptome, aber nicht die Krankheit. Du willst mich beseitigen, um deine Morbus Inertia Anzeichen geheimzuhalten.« Ich beuge mich etwas nach vorne. »Es wirkt mir, als würdest du nicht an die KonzEn glauben.«

Joanna zuckt zurück und ich prüfe instinktiv, ob auch sie nun ein Pfeil in der Brust getroffen hat. Doch hier gibt es keine Fallen. Keine andere außer sie selbst. »Ich bin verpflichtet, die KonzEn als Behandlungsform für Morbus Inertia durchzuführen«, weicht sie meiner Frage aus. Dann setzt sie nach: »Aber du hast recht. Die wissenschaftlichen Daten beweisen weder den Erfolg der KonzEn-Behandlung noch die Existenz von Morbus Inertia.«

Ich lasse meinen Kopf herabsinken, denn plötzlich verlässt mich die Kraft. Sie weiß ebenso wie Alonso, dass die Krankheit nicht existiert und die KonzEn sinnlos ist. Und dennoch tötet sie Tausende, um zu verhindern, dass ihr dasselbe geschieht. Sie akzeptiert ein Leben in Schmerzen, um nicht gegen die ihr auferlegten Regeln ankämpfen zu müssen. Wie Alonso früher. Wie Ivan. Wie Shaira.

Wie sie alle.

In Wahrheit erhält sich das System selbst. Weder Alonso noch dieser Stream oder selbst die aufbrodelnden Widerstände werden dauerhaft etwas verändern. Es gibt nur einen Weg, wie dieser Wahnsinn gestoppt werden kann: Mächtige Personen in den richtigen Positionen müssen sich gegen die Fortführung der KonzEn stellen. Es darf keine Optimierer mehr geben, denn erst dann haben die Menschen keine Angst mehr davor, in einem zu landen.

Es ist eine wahnsinnige Idee. Doch mit der auf mich gerichteten Waffe, die mich bei der kleinsten Regung töten wird, kann ich genauso gut jedem noch so abwegigen Gedanken nachjagen. Es wird meine Situation nicht verschlimmern, lässt aber wenigstens eine geringe Hoffnung in mir aufleben.

»Wenn es also keinen wissenschaftlichen Nachweis für die Wirksamkeit der KonzEn gibt«, beginne ich, »warum wendest du sie dann noch an?«

Ihre Stirn verkrampft sich. »Ich nehme an, du hast mir immer noch nicht zugehört. Ich muss eine Quote erfüllen.«

»Oh doch, ich habe dir zugehört«, erwidere ich. »Aber interessiert die Statistik, welchen Weg die Leute durch das Labyrinth gehen?«

»Was meinst du damit?«

»Für deine Quote ist nicht relevant, ob die Leute im KonzEn waren oder nicht. Für deine Quote ist interessant, was danach passiert.« Ich lehne mich nach vorne, soweit die Pseudo-Fesseln es zu lassen. »Du hättest eine sehr viel höhere Erfolgsquote, wenn du die Menschen von vorneherein auf ihre echten Krankheiten behandelst und nicht auf Morbus Inertia, eine nicht existierende Sammelkrankheit.«

»Jetzt mal langsam«, zügelt Joanna mich. »Es stimmt, dass es keinen Beweis für Morbus Inertia gibt. Aber dennoch wurde die Krankheit nicht umsonst erfunden.« Sie stolpert bei der Aussprache des letzten Wortes, doch setzt dann ohne Korrektur fort: »Die Gesellschaft benötigt die Effizienz der Menschen, um zu funktionieren. Ja, die KonzEn dient dazu, die Menschen gefügig zu machen. Ihnen Angst einzujagen, sich auf etwas anderes als die Arbeit zu konzentrieren. Sie dazu zu bringen, für die Jobs ihre volle Kraft bis hin zum Tod einzusetzen. Aber wenn es die Krankheit als Druckmittel nicht mehr gäbe, würde es uns noch schlechter ergehen.«

»Glaubst du das wirklich?« Intensiv beobachte ich jede ihrer Regungen. »Sieht die Gesellschaft denn so aus, als hätte sie mit der Effizienz alles im Griff? Stabile Wirtschaft, technische Fortschritte, Gleichstellung der Menschen – vielleicht. Aber die Gesundheit des Einzelnen, das Menschsein an sich, leidet auf vielen Ebenen.« Ich lehne mich im Stuhl zurück, während meine

Hände zu kribbeln beginnen. »Ihr könntet den Menschen wirklich helfen. Sie aus Mobbing-Situationen befreien. Ihre Depressionen behandeln. Oder Endometriose heilen.« Durchdringend sehe ich sie an. »Diese Menschen könnten wieder zurückkehren. Sie wären wieder effizient. Also ein Behandlungserfolg.«

Joanna scheint mit dem Gedanken zu spielen, doch schüttelt dann den Kopf. »Das ist regelrechter Betrug – eine Optimierungsklinik, die nicht auf Morbus Inertia behandelt. Wenn die Regierung das herausfände, würde diese Klinik sofort geschlossen werden und was dann passiert, sagte ich ja bereits.«

»Aber wenn es nicht auffällt, würdest du die effizienteste Klinik des Landes führen, noch unangefochtener als bisher«, erwidere ich. »Ihr würdet die echten Krankheiten der Menschen behandeln und die Erfolgsquote würde für sich sprechen.«

»Falls alles gut geht«, tadelt Joanna mich und schwingt einmal locker mit der Waffe herum, als wäre sie ein Spielzeug. »Wenn auch nur einer der Krankensubjekte nach dem Aufenthalt erzählt, dass wir hier keine KonzEn durchführen, wäre das Projekt beendet – professionell formuliert.«

Ich nicke leicht, denn die Kritik kann ich nicht abweisen. »Das stimmt. Aber ich bin mir sicher, die Leute wären dankbar für diese Art der Behandlung und daher auch bereit, den Optimierer kollektiv zu schützen. Vor allem nach dem, was sie kürzlich über die KonzEn im Stream erfahren haben.« Ich deute auf meinen Kragen, als würde ich immer noch die Kamera tragen.

Joanna beißt sich auf die Lippe. »Ich soll also einfach eine große Krankenstation, eine«, sie zögert, »richtige Klinik aufmachen, die Leute behandeln und nach Hause schicken?«

Ich finde irritierend, das ihr das so schwer über die Lippen geht. »Ich gestehe, dass Risiken bestehen. Wenn du mich umbringst, stirbt damit erst einmal das Wissen um deine Lagersystem-Modifikationen und du fühlst dich sicher. Aber was ist, wenn erneut Änderungen nötig sind? Willst du alle Programmierersubjekte umbringen, die jemals einen Blick auf diesen Code werfen? Besteht nicht selbst dann das Risiko, dass die Modifikationen am Lagersystem irgendwann auffallen? Deinen Mitarbeitersubjekten zum Beispiel, denen du deine Krankheit nicht ewig verheimlichen kannst?«

Ich mustere sie intensiv, doch sie antwortet nicht.

»Seit heute könntest du zwar nicht mehr gegen deinen Willen in einen Optimierer geschickt werden, aber du kämst auch nicht mehr an Schmerzmittel gegen deine Endometriose. Auf der anderen Seite hättest du die Wahl, die KonzEn zu durchlaufen, aber mit so einer schweren Krankheit ist das wohl auch keine Option.«

Joanna verzieht das Gesicht, schweigt jedoch weiterhin, als würde ich ihre tiefsten Ängste ansprechen.

»Wenn du dich hingegen auf die Behandlung von Begleiterkrankungen konzentrierst und mich gehen lässt«, fahre ich fort, »könnte das von Vorteil für dich persönlich sein.«

Sie mustert mich nachdenklich. »Inwiefern?«

»Du könntest angeben, dass ich die KonzEn durchlaufen habe – was nicht einmal gelogen wäre – und mich auf angebliche Endometriose behandeln lassen«, erkläre ich. »Die Mittel für Operation und Medikamente, die dann zur Verfügung ständen, könntest du für dich einsetzen, wenn du es geschickt anstellst – aber das traue ich dir durchaus zu.« Finster mustere ich sie. »Dann müsstest du nie wieder fürchten, ohne Schmerzmittel dazustehen, selbst wenn der Betrug der Klinik eines Tages auffallen sollte. Die Aussicht, im schlimmsten Fall als Aussteigerin zu enden, wäre dann sicher nicht mehr ganz so angsteinflößend, oder?«

Joanna zögert und ich habe das Gefühl, dass ihr die Gegenargumente ausgehen.

»Außerdem kannst du als gutes Beispiel vorangehen«, fahre ich fort. »Wenn du es schaffst, eine beispielhafte Quote hinzulegen, werden andere Optimierer sicher interessiert daran sein, zu erfahren, mit welcher Behandlungsmethode du das erreichst.«

Joanna schüttelt den Kopf. »Wenn ich ihnen das mitteilen würde, würden sie mich sofort ...«

»... melden?«, unterbreche ich sie. »Manche bestimmt. Wer es nicht tut, würde dir obliegen, abzuschätzen. Aber ich glaube, dass sich dieses Vorgehen ausbreiten könnte, bis es kaum noch ein Geheimnis ist. Und dann wäre doch jedem geholfen, oder? Die Regierung bekommt ihre KonzEn gegen Morbus Inertia, ihr bekommt euer Geld und die Krankensubjekte ihre echten Behandlungen.«

»Eine Menge Behandlungen«, korrigiert sie mich. »Schließlich diente die KonzEn auch zum Filtern jener Menschen, für die sich eine Behandlung überhaupt lohnt. Wenn ich plötzlich keine siebzigprozentige Abbruchquote mehr habe, sondern für nahezu hundert Prozent Medikamente und Personal benötige, wird die Gesundheitskasse zwangsläufig misstrauisch werden.«

»Misstrauisch?«, wiederhole ich. »Weil du die KonzEn durch deine hervorragende Forschungsarbeit so weiterentwickelt hast, dass nun viel mehr Menschen als effizientes Gesellschaftsmitglied zurückkehren können? Alles eine Frage der Argumentation, denke ich.«

Joanna kann nur schwer verbergen, dass ihr dieser Gedanke schmeichelt. Zum ersten Mal legt sie die Pistole auf dem Tisch ab, auch wenn sie immer noch die Hand darauf hält. »Falls die Leute zurückkehren«, stellt sie fest, »und im Anschluss nicht vorhaben, das System ebenfalls zu verlassen.«

»Kaum jemand wird sein altes Leben freiwillig aufgeben, wenn er eine andere Wahl hat«, stelle ich fest. »Zumindest nicht nach einer Behandlung im Optimierer, sondern eher davor – um die KonzEn zu umgehen, die sie im Stream gesehen haben. In jedem Falle zählen Krankensubjekte aber erst dann als Misserfolg, wenn sie erneut in Behandlung gehen. All jene, die aussteigen, würden also wohl zu den Abbrüchen zählen oder statistisch gar nicht erfasst sein.«

Joanna wendet das Gesicht zum Boden, als könnte sie sich so besser konzentrieren. Noch immer sehe ich eine innere Zerrissenheit in ihren Augen. Ich weiß, dass jemand wie sie, mit ihrem Ehrgeiz und dem Wunsch nach dem bestmöglichen Ruf, sich normalerweise niemals auf so einen Vorschlag einlassen würde. Dass Joanna gerne in Kauf nehmen würde, viele weitere Menschen sterben zu lassen, nur um ihr geregeltes Leben und ihren sozialen Status zu erhalten.

Die einzige Schwäche in ihrem perfekten Leben, auf die ich kalkulieren kann, ist ihre Krankheit. In der Hoffnung, dass es sie menschlich genug macht, den Vorschlag ernsthaft zu erwägen.

Auch wenn das noch immer nicht bedeutet, dass sie mich gehen lassen wird. Denn ich bin die größte Gefahr, die ihr perfektes Porzellanhaus am minimalsten Riss zersplittern lassen könnte.

# 47

Plötzlich rüttelt es an der Tür hinter der Wissenschaftlerin. »Joanna?«, schallt es hindurch.

Beinahe synchron zucken wir zusammen. »Ich bin gerade in einem Patientengespräch.«

Doch der Mann hinter der Tür lässt sich nicht abwimmeln. »Es ist dringend. Es geht um Ivan.«

Meine Augen weiten sich vor Schreck. Mit letzter Beherrschung umklammere ich das Seil, das allmählich zu meinen Fingern hinabgeglitten ist, und starre Joanna an.

»Er randaliert in der Wartezelle«, setzt die Wache nach.

Als hätte Joanna mir die Waffe in den Bauch geschmissen, krümme ich mich auf dem Stuhl. Er ist doch zurückgekommen. Und mit ihm vermutlich auch Tom, Malek und vielleicht sogar Shaira. Sie sind zurück, hier, wo vor mir noch immer der Tod in Form der eiskalten Wissenschaftlerin steht.

Joanna zögert, während sie mich weiterhin beobachtet. »Bringt ihn nach vorne. Ich brauche noch eine Minute.«

Ich atme tief ein, obwohl meine Muskeln meinen Brustkorb schmerzhaft zusammenquetschen. Eine Minute klingt nicht nach dem Zeitraum, den sie noch abwartet, ehe ich aufspringe und sie angreife. Will sie mich jetzt doch entgegen ihres ursprünglichen Plans einfach erschießen? Oder habe ich mit meiner Ansprache etwas bewirkt?

Die Schritte hinter der Tür entfernen sich und Joanna tritt näher auf mich zu, die Waffe noch in der Hand, aber gesenkt. »Es wird nicht leicht, meinen Mitarbeitersubjekten deine Idee zu verkaufen«, beginnt sie. »Aber ich bin bereit, es zu probieren. Auch wenn es bedeutet, dass wir uns vertrauen müssen.«

»Vertrauen?«, wiederhole ich und kneife die Augen zusammen. »Wir werden uns niemals vertrauen, Joanna. Wir haben einen mündlichen Vertrag. Wenn du keine weiteren Menschen mehr hier umbringst oder in eine tödliche KonzEn schickst, verrate ich niemandem von deiner Krankheit oder den Modifikationen am Lagersystem. Ich habe nicht einmal Tom oder Ivan etwas davon erzählt und wenn du dich an deinen Teil hältst, wird das auch so bleiben.«

Joanna zieht einen Mundwinkel hoch. »Ein Vertrag. Gefällt mir.« Endlich verstaut sie die Waffe unter ihrer Kleidung. »Aber wenn ich auch nur Gerüchte darüber höre, dass du über Dinge redest, die nicht für die Öffentlichkeit bestimmt sind, sehen wir uns hier wieder. Bei dem kleinsten Verdacht werde ich extra für dich die KonzEn wiederbeleben, auch wenn es meine letzte Amtshandlung sein könnte.«

Ich recke das Kinn, um ihr aus der Nähe in die Augen sehen zu können. »Einverstanden.«

Dann, als würde sie eine alarmierende Bombe entschärfen, streckt sie langsam die Hand zu mir aus. Kurz noch wäge ich ab, ob sie diesen Moment nutzt, um mich noch zu erschießen. Doch ihre Waffe ist verstaut, ihre zweite Hand an ihrem Oberschenkel, sie würde sicher einige Sekunden brauchen, um sie erneut zu ziehen.

Das Risiko werde ich eingehen.

Also löse ich bedächtig langsam meine Hände aus den Fesseln, dann lege ich meine Hand in ihre, die sich ebenso kalt und porzellanartig anfühlt wie sie aussieht. Als würden wir immer noch damit rechnen, dass der jeweils andere spontan explodiert, schütteln wir den Handschlag bedächtig langsam, ehe wir uns wieder lösen. Dann tritt Joanna zurück, mustert mich noch einen Moment intensiv, ehe sie ohne ein weiteres Wort auf den Flur tritt.

Mit dem Öffnen der Tür höre ich heftiges Gepolter auf dem Gang. Erst, als Joanna den Raum endgültig verlassen hat, wage ich mich, die Beine aus den Fesseln zu stülpen und ebenfalls zum Ausgang zu gehen.

Vorsichtig linse ich um die Ecke und erkenne Ivan, der von einigen Mitarbeitersubjekten festgehalten wird. »Ich werde nicht kooperieren, solange ihr mir nicht sagt, wo sie ...« Plötzlich fällt sein Blick auf mich, wie ich mich zögerlich vom Türrahmen in das Labor bewege, immer noch unsicher, ob ich der neuen Situation trauen kann.

Joanna baut sich neben uns auf, blickt Ivan strafend an, der die Gegenwehr aus seinem Schock heraus eingestellt hat. »Unter der Voraussetzung, dass Ivan seine ehemaligen Kollegensubjekte nicht niederschlägt«, ihr Blick ist scharf, »könnt ihr ihn loslassen.«

Sofort stürmt Ivan in großen Schritten auf mich zu und schließt mich in seine Arme, so kräftig, dass es sich anfühlt, als würde er mir die Rippen brechen. »Du lebst«, haucht er mir ins Ohr, ehe er sich schlagartig wieder löst und einen Schritt vor mir aufstellt. »Was auch immer du vorhast, Joanna, wir werden uns nicht ...«

Doch Joanna unterbricht ihn mit einer dominanten Handbewegung. »Beruhig dich, Ivan. Ihr könnt gehen.«

Für einen Moment scheint der Satz wie eine farbige Melodie durch das Labor zu schweben. Joanna hält sich tatsächlich an die Vereinbarung.

»Meinst du das ernst?«, fragt einer ihrer Mitarbeitersubjekte vorsichtig. »Die Truppe wirkte nicht, als wären sie geheilt, sie ...«

Joannas Blick wird wieder kalt, während sie den Wachmann fixiert. »Es obliegt nicht euch, den Erfolg einer neuartigen Behandlungsmethode zu beurteilen.«

»Neuartige Behandlungsmethode?«

Joanna nickt. »Die beiden, zusammen mit Tom und Malek, hatten sich bereiterklärt, an meiner Studie zu einer neuen KonzEn-Form teilzunehmen. Mit überragendem Erfolg, wie ich festgestellt habe.«

»Überragender Erfolg?«, wiederholt der Mann. »Diese Leute wollten flüchten. Das hat Shaira selbst berichtet.«

»Shaira war ebenfalls eingeweiht, aber hatte nicht die Erlaubnis, mit euch darüber zu sprechen.« Joannas Ton ist drohend, als wäre es die letzte Erklärung, die sie bereit ist, abzugeben. »Ich nehme an, die Geschichte hat sie erfunden, um die Geheimhaltung zu schützen. Überragend effizient, wie ich finde.« Instinktiv wandert mein Blick zu Joannas Schläfe, doch der blaue Fleck wird von ihren Haaren kaschiert.

»Bring bitte die anderen dazu«, befiehlt sie dann.

Postwendend verschwinden die Mitarbeitersubjekte zurück auf den Gang mit den Zellen, nur Sekunden, bevor sie mit Malek, Tom und Shaira zurückkehren. Shaira zerrt an den vier Händen, die sie festhalten, Malek brüllt aufgebracht und selbst Tom reißt immer wieder an dem Arm, der ihn fixiert. Doch als sie bei uns im Labor ankommen, bedeutet Joanna ihren Mitarbeitersubjekten mit einer Handbewegung, sie ebenfalls loszulassen. Sofort schauen die drei zu mir auf und tiefe Verwunderung steht ihnen im Gesicht. Doch zum Glück bleiben sie ruhig und harren aus.

»Also.« Joanna dreht sich zu uns und baut sich auf, ehe sie die Hand in Ivans Richtung ausstreckt. »Herzlichen Glückwunsch an euch, Caitlyn, Ivan, Malek und Tom. Ihr konntet offenbar von Morbus Inertia geheilt werden. Die Dokumente lassen wir euch zukommen.« Ihr Blick blitzt zu mir auf und ich weiß, dass er bedeutet: »Diese Dokumente werdet ihr niemals bekommen. Erklär ihnen, dass ich euch nicht einmal in der Nähe dieses Optimierers wiedersehen möchte.« Doch da dieses Arrangement auf Gegenseitigkeit beruht, nicke ich zustimmend.

Dann richtet sie sich an Shaira. »Bei dir bedanke ich mich für deine vertrauensvolle Zusammenarbeit. Du wirst sicherlich gerne unsere Krankensubjekte noch nach draußen begleiten, bevor du dich auf dem Weg zu deiner neuen Arbeitsstelle machst, nicht wahr?«

Shaira, die nicht versteht, was vor sich geht, blickt mich mit zusammengezogenen Augenbrauen an. Doch als ich bloß ein

Nicken andeute, richtet sie sich wie eine Soldatin auf und antwortet: »Natürlich.«

Ivan hingegen bleibt ungläubig. Er ist bereits geneigt, etwas zu sagen, als er sich zu mir zurückwendet.

Also schnelle ich nach vorne und greife abermals nach Joannas Hand. »Vielen Dank. Auch dafür, dass wir an deiner interessanten und vorbildlich effizienten Studie teilnehmen durften. Ich hoffe, dass wir vielen Menschen damit helfen konnten.«

Ich erkenne ein erleichtertes Ausatmen in Joannas Lunge. »Die von euch aufgezeichneten Daten werden den Ruf dieses Optimierers sicher steigern. Also muss ich mich bei euch bedanken.« Sanft löst sie sich aus meiner Hand, die ich begonnen habe, viel zu fest zu halten. »Also dann. Auf euer neues, effizientes Leben.« Sie legt ein Lächeln auf, das unechter nicht sein könnte. »Ihr kennt ja den Weg nach draußen.«

Während wir auf den Aufzug zugehen, rechne ich immer noch jeden Moment mit einem Angriff von hinten, einem »Buh, das war alles ein Scherz!«, irgendetwas, das diese surreale Situation auflöst. Doch nichts davon passiert.

Als wir in die Kabine treten und die Tür sich langsam schließt, steht Joanna noch immer inmitten ihrer Mitarbeitersubjekte. Sie wird viel erklären müssen. Ich weiß nicht, ob sie sich wirklich eine Studie ausdenken und meinem Vorschlag folgen wird. Ob sie alle anlügen, bedrohen oder überzeugen wird. Ob sie nur uns hat gehen lassen, um Probleme zu vermeiden, oder ob sie wirklich etwas ändern wird. Ob man ihr glauben oder sie letztendlich in einen Optimierer stecken wird.

Doch für mich ist im Moment nur relevant, dass wir gehen können.

»Was passiert hier?«, fragt Shaira, als wir im Aufzug zurück an die Oberfläche rasen.

»Wir sind geheilt und können gehen«, stoße ich knapp aus, den Blick starr auf die Tür vor uns gerichtet. »Alles andere erkläre ich euch später.«

Die vier verstummen, als könnte jedes Geräusch noch zu einer Unterbrechung unserer Freilassung führen. Die Stille wird erst durch das Klingeln des Aufzugs unterbrochen, als wir die Eingangshalle erreichen. Wir treten auf die Schleuse zu und ziehen in aller Stille die Personenpanzer an.

Niemand, der uns folgt. Niemand, der uns aufhält.

Wir treten in die Schleuse, dann schließlich nach draußen.

Niemand, der uns umbringt.

Obwohl das weiße Plastik mich umgibt, glaube ich den Wind spüren zu können, der mir durch die eingepackten Haare fährt.

Endlich sind wir frei.

Einige Schritte laufen wir noch an der Straße entlang in Richtung der Stadtgrenze, als wären wir nicht in unseren Körpern angekommen. Als könnten sie uns immer noch jederzeit verfolgen, wenn wir zu laut sind. Als könnte immer noch etwas schiefgehen.

Erst, als wir uns nicht mehr in Sichtweite des Optimierers befinden, stoppt Malek mich am Oberarm. »Okay, was ist gerade passiert?« Schon während er redet, zieht er sich den Personenpanzer aus. »Die haben heute noch versucht, uns einzufangen, und plötzlich können wir gehen?«

»Ich denke, Joanna probiert nun Behandlungsmethoden aus, die effizienter sind«, beginne ich und umreiße dann den Vorschlag, den ich ihr für das Fortführen der Klinik unterbreitet habe.

»Und darauf ist sie eingegangen?«, stößt Shaira ungläubig aus.

»Sollte das tatsächlich wahr werden, wäre das eine Revolution«, stellt Ivan fest, der mittlerweile ebenso wie Tom und ich die Kapuze des Personenpanzers herabgezogen hat. »Doch wie hast du Joanna überhaupt dazu bekommen, dieses Vorgehen zu erwägen?«

Ich schlucke schwer. Das ist das eine Geheimnis, das ich vor ihnen allen bewahren werde, um sie und uns zu schützen. »Es wirkte mir, als hätte sie erkannt, dass es so nicht weitergehen kann. Was genau in Joannas Kopf vorgeht, werden wir wohl nie erfahren.«

Ivan mustert mich, als würde er ahnen, dass ich nicht die ganze Wahrheit erzähle, bestätigt dann jedoch nur: »Das ist wahr.«

»Wichtig ist doch nur, dass wir endlich draußen sind, oder nicht?« Shaira breitet die blanken Arme aus und dreht sich in der brennenden Nachmittagssonne. »Endlich raus aus dem System!«

Auch ich beginne, mir den Personenpanzer vom Leib zu streifen. Doch ich werde ihn mitnehmen. Vielleicht kann er uns ein paar Jahre oder zumindest Monate Lebenszeit schenken. »Jetzt kehren wir zu Alonso zurück, oder?«

»Ich hoffe, der alte Herr macht eine anständige Feier für mich, wenn ich zurück bin«, erwidert Malek mit gehobenem Kinn, ehe er doch noch ein schelmisches Lächeln aufsetzt.

Tom knetet seine Hände. »Eine Feier klingt gut«, gesteht er lächelnd. »Auch wenn ich noch nicht genau weiß, wie es werden wird, dort draußen ...«

»Alles ist besser als die Optimierer, oder?« Als würde sie auf dem sandigen Boden tanzen, dreht Shaira sich ein paar Mal, dann läuft sie voraus, obwohl sie die wenigste Ahnung hat, in welche Richtung wir gehen müssen.

Malek legt währenddessen einen Arm um Toms Schultern und spaziert mit ihm weiter in Richtung der Kolonie. »Ich fürchte nur, mit Computer können wir nicht dienen.«

Tom seufzt. »Das dachte ich mir schon. Aber vielleicht finde ich ja irgendwo ein altes Schätzchen, das ich wieder auf Vordermann bringen kann.«

»Fände ich super, aber da wäre dann noch das mit dem fehlenden Strom ...«

»Wie bitte?«

Ich will den anderen gerade folgen, als Ivan mich am Handgelenk zurückhält. Langsam kommt er auf mich zu, den SmartSuit wie ein Paket unter dem Arm verstaut. »Wie wirst du jetzt weitermachen?«

»Ich weiß es nicht. So wie wir alle, schätze ich. Alonso hat sicher ausreichend Arbeit für uns.« Ich zucke mit den Schultern, ehe ich zu ihm aufschaue. »Es wird ganz anders als unser altes Leben. Aber das muss ja nicht unbedingt etwas Schlechtes sein.«

Ivan nickt, doch eher so, als hätte es seine Frage nicht beantwortet. Dann fährt seine Hand seitlich durch mein Haar, was mir eine Gänsehaut über die Haut jagt. »Ich weiß, dass die Flucht eine Ausnahmesituation war«, beginnt er. »Möchtest du, dass ich mich in Zukunft von dir fernhalte?« Ein Lächeln und diese verführerische Grübchen. »Hoffentlich sagst du nicht ›ja‹.«

Sofort recke ich mich nach oben und küsse ihn in den Mundwinkel, als könnte ich so die Grübchen in mir aufnehmen. »Halte dich bitte nicht von mir fern«, antworte ich und schlinge meine Arme um ihn.

Ivan fährt mit den Händen über meinen Körper wie über ein wertvolles Kunstobjekt, das er zu zerbrechen befürchtet. Die Berührungen sind so sanft, dass ich ihn anschreien möchte, mich fester anzufassen, und doch sage ich nichts und genieße jede winzige Berührung, die er mir schenkt.

Als ich mich enger an seinen Körper presse, entfleucht seiner Kehle ein Aufstöhnen. Ich will bereits zurückweichen, befürchte ich doch, ihn an einer seiner zahlreichen Verletzungen berührt zu haben, doch er hält mich mit seinen Armen an sich gedrückt. »Du hast recht«, beginnt er dann. »Unser Leben wird ganz anders werden. Wir werden Bekanntes verlieren ...« Er lehnt sich nach unten, bis seine Lippen mein Ohr berühren. »Aber wir werden auch Wertvolles dazubekommen.«

# 48

Mit einem beängstigenden Knacken meiner Gelenke lasse ich mich auf dem modrigen Baumstamm nieder. Mit dem Handrücken streiche ich mir die schweißnassen Haare aus der Stirn, ehe ich die matschige Unterseite an meinen Oberschenkeln abreibe.

»Oh, bitte nicht.« Alonso taucht wie aus dem Nichts vor mir auf, ehe er sich auf einen der wenigen Stühle gegenüber von mir setzt. »Das verbraucht nur wieder Wasser.«

Ich lächle. »Keine Sorge, die Hose wasche ich noch nicht. Ich glaube, die bekommt noch ein paar Matschflecken dazu, ehe sich das lohnt.«

»Dann ist ja gut.« Er atmet übertrieben erleichtert durch, dann zwinkert er mir zu.

»Ich schließe mich der Pause an.« Mit einem Stöhnen kommt Ivan neben mir auf dem Baumstamm zum Sitzen. Seine Haare stehen wild ab und auch er ist verschwitzt, während er sich die zum Schutz provisorisch um die Hände gewickelten Textilstücke abstreift.

»Pause? Es ist Zeit für Feierabend«, verkündet Alonso und lässt sich in seinem Stuhl zurücksacken. »Es wird sogar schon dunkel.«

Ich blicke zwischen den Häuserruinen die kiesig-matschige Straße entlang zum Horizont. Die Sonne ist kaum noch zu erkennen und färbt den Himmel in wunderschöne Übergänge zwischen violett, rot und einem ersten, dunklen Blauton.

»Von was will der alte Herr denn Feierabend machen? Du hast ja nicht einmal angefangen«, necke ich Alonso, während Ivan einen Arm um mich legt und mich damit an sich heranzieht.

»Hey, nur Malek darf mich so nennen!«, erwidert Alonso mit einer gespielt verärgerten Miene, ehe er plötzlich aufsieht. »Wenn man vom Teufel spricht ...«

»Na ihr beiden.« Malek schlägt uns so heftig auf den Rücken, dass ich beinahe vorwärts vom Baumstamm purzle. »Ihr habt gute Arbeit geleistet heute. Morgen geht ihr dann die Felderweiterung an.«

Ich schnaube. »Ich habe dich nicht aus dem Optimierer geholt, um mich von dir herum kommandieren zu lassen.«

»Zu spät, Kobold.« Ohne mich ernst zu nehmen, stolziert er an uns vorbei und lässt sich im Schneidersitz auf dem Boden neben seinem Vater nieder. »Außerdem habe ich doch auch mit angepackt.«

»Du hast einen Sack Erde geschleppt«, stellt Ivan ruhig fest.

»Das war ein schwerer Sack.« Malek runzelt die Stirn. »Und damit habe ich die Arbeit deinem Kobold abgenommen. Du solltest mir also dankbar sein.«

Ivan mahlt mit dem Kiefer. »Nenn sie nicht so.«

»Wie soll ich sie denn sonst nennen?«

»Caitlyn«, antwortet Ivan so sachlich, als wäre es eine ernstgemeinte Frage gewesen.

»Das ist doch langweilig«, erwidert Malek. »Schließlich hat der gestiefelte Kater doch die tapfere Prinzessin bekommen – auch wenn er dafür seine Stiefel abgeben musste.« Er deutet an Ivan herab zu den zerfledderten Latschen, die er mittlerweile trägt.

»Gestiefeltes Kätzchen? Gefällt mir ja fast noch besser als mein Spitzname für dich, Ivilein.« Shaira ist rasant hinter mir aufgetaucht und hat offenbar meine Schultern als Stopper genutzt, sodass ich abermals ein Stück nach vorne rutsche.

Ich stöhne entnervt. »Wie kannst du denn nach dem Tag immer noch Energie haben?«

Shaira setzt sich breitbeinig auf den Baumstamm neben mir. »Hat die KonzEn mich gelehrt«, erwidert sie wieder kalt, ehe sie uns abwechselnd mustert. »Euch ja offenbar nicht.«

Ich will gerade protestieren, als eine Stimme von der Seite heraneilt: »Ihr glaubt nicht, was ich gefunden habe!«

Sofort wenden wir den Kopf zu Tom, der mit seinem leicht nachgezogenen Bein einen schwarzen Kasten in den Armen transportiert.

»Ist das ...?«, frage ich.

»Ein alter Computer!«, beendet Tom meinen Satz und stellt ihn in der Mitte unseres Kreises ab, als wäre er das Lagerfeuer, um das wir herumsitzen. »Ich habe ihn in einer der Gebäude gefunden, in dem ich Wache gehalten habe.« Er reckt den Kopf wie zu einem Wolfsjaulen, ohne tatsächlich einen Ton von sich zu geben, als wolle er seine Worte beweisen. »Der ist zwar mega alt und verstaubt und sicher ist das eine oder andere kaputt daran. Aber vielleicht finde ich ein paar Ersatzteile und kann das Schätzchen wieder zum Laufen bringen.«

»Wieso?«, fragt Alonso jedoch.

Überrascht schaut Tom auf. »Damit wir ihn benutzen können.«

Alonso lächelt leicht. »Aber wir brauchen hier keine Computer.«

Tom schüttelt den Kopf. »Ja, ja, sag das mal deinen Kontakten, zu denen du einmal die Woche rennst, um dein Tablet aufzuladen oder die neuesten News zu erfahren.«

»Das ist was ganz anderes«, fährt Alonso dazwischen.

»Ich verurteile das ja gar nicht«, erwidert Tom. »Immerhin habe ich so erfahren, dass ein gewisser ›Thawk‹ seit der Veröffentlichung der Optimierer-Priolisten nun einer der bekanntesten Hacker der Welt ist.« Toms Gesicht strahlt, als er sein Pseudonym ausspricht. »Aber damit könnten der alte Herr Laufwege sparen.«

»Ich sagte doch schon, nur Malek darf mich so nennen! Außerdem bin ich noch gar nicht so alt.«

»Für diese Umweltbedingungen schon«, antwortet Ivan, was ihm eine drohende Geste von Alonso und ein lautes, dreckiges Lachen von Shaira einhandelt.

»Tom hat recht«, unterbricht Malek die beiden. »Wer weiß, wofür wir sowas gebrauchen könnten. Ist doch nicht schlecht, die Feinde etwas ausspionieren zu können, oder?«

»Die Menschen im System sind nicht unsere Feinde«, stellt Ivan fest.

»Oh doch, sind sie«, widerspricht Shaira und stößt einen Stein mit dem Fuß weg.

»Es kann in jedem Falle nicht schaden, wenn du bei deinen Kontakten vielleicht das eine oder andere Ersatzteil springen lassen könntest ...« Malek richtet sich an seinen Vater und reißt die Augen auf wie ein Hundewelpe – schließlich weiß er, dass das stets die beste Strategie ist, um Alonso von seinem Wunsch zu überzeugen.

Dieser stöhnt direkt entnervt auf. »Ich habe einen erheblichen Teil meiner Kontakte eingebüßt, seit die Menschen die Gesellschaft folgenlos verlassen dürfen. Aber na schön, ich denke, alte Ersatzteile werden die da draußen wohl am ehesten abgeben können.« Dann richtet er sich an Tom. »Ich werde mal sehen, was ich tun kann. Aber wie ihr an Strom kommt, müsst ihr immer noch selbst herausfinden.«

»Wir könnten etwas von deren Strom abzweigen.« Tom setzt sich nun ebenfalls auf den Boden, direkt vor seinen neuen Rechner.

»Du kennst die Regeln«, antworte ich jedoch. »Wir dürfen nicht ihre Ressourcen nutzen, geschweige denn stehlen.«

»Aber sie nutzen doch auch unsere!« Er zieht die Augenbrauen zusammen. »Sie nutzen das Land, verpesten die Luft, verunreinigen das Wasser, holzen die letzten Wälder ab ... ich finde, da steht es uns zu, ein bisschen was von dem entstandenen Produkt zu nutzen.«

Ich seufze. »Moralisch betrachtet mag sein, aber dennoch könnte so unsere Vereinbarung mit der Regierung hinfällig werden. Am Ende schicken sie uns wieder alle in einen Optimierer.«

»Den wir im Anschluss wieder verlassen.« Ivans plötzliche, beherrschte Stimme in dieser Diskussion lässt uns alle zu ihm hinübersehen. »Es ist immerhin denkbar, dass sich Joannas Praktiken mittlerweile verbreitet haben. Vielleicht sind die Optimierungskliniken keine gefährlichen Orte mehr.«

»Optimierer werden immer ein Tor zur Hölle bleiben«, knurrt Shaira.

»Ich bin ehrlich gesagt auch nicht bereit, das Risiko einzugehen«, äußert Alonso, mehr zu sich selbst als zu uns.

»Es mag noch etwas früh für diesen Schritt sein.« Ivan senkt den Blick. »Aber der Tag wird kommen, wo die Gegenbewegung zur Effizienz, zu Morbus Inertia und zu dem aktuellen System so mächtig geworden ist, dass selbst die einflussreichsten Firmen es nicht mehr stoppen können. Und dann ist auch der Tag für uns gekommen, an dem wir in die Gesellschaft zurückkehren können und uns ein zivilisiertes Leben nicht erstehlen müssen.«

Ich atme tief durch und starre in die Ferne, zwischen den zerstörten Häusern in die untergehende Sonne, während ich seine Worte sacken lasse. Noch immer fällt das Atmen schwer und noch immer spüre ich die unangenehm prickelnden Partikel auf der Haut. Doch es ist auch die wahrgewordene Freiheit. Keine engen Räume mehr, kein durchgeplanter und optimierter Alltag. Scheinbar endlose Weite mit mindestens ebenso endloser Arbeit, dessen Sinn so greifbar ist, dass ich jeden Tag wieder über meine Kraftgrenzen hinausgehe. Für die Versorgung der Leute, den Wiederaufbau der Häuser oder andere Verbesserungen der Lebensqualität.

Dennoch frage ich mich: Ist es das, was ich mir gewünscht habe? Ist es das Leben, mit dem ich zufrieden werde? Oder werde ich mich eines Tages nach einem effizienten Leben samt aller Einschränkungen aber auch Vorzügen zurücksehnen?

# *LUST AUF MEHR?*

Besuche gerne meine Homepage – dort findest du alle Bücher
von mir:

https://jenniferfortein.com

Oder bleib auf Social Media mit mir in Kontakt:

Instagram        @jenniferforteinautor

TikTok           @jenniferfortein

Falls dir das Buch gefallen hat, würde mir eine Rezension sehr
weiterhelfen.

Vielen Dank für's Lesen!

Jennifer Fortein